LA REINA CHARLOTTE

JULIA QUINN
—Y—
SHONDA RHIMES

LA REINA CHARLOTTE

INSPIRADA EN LA SERIE ORIGINAL
LA REINA CHARLOTTE: UNA HISTORIA DE LOS BRIDGERTON,
CREADA POR SHONDALAND PARA NETFLIX

TITANIA

Argentina • Chile • Colombia • España
Estados Unidos • México • Perú • Uruguay

Título original: *Queen Charlotte*
Editor original: Avon. An Imprint of HarperCollins*Publishers*
Traducción: Ana Isabel Domínguez Palomo y M.ª del Mar Rodríguez Barrena

1.ª edición México: mayo 2023

Plaza de los Reyes Magos, 8, piso 1.º C y D – 28007 Madrid
www.titania.org
atencion@titania.org
Ediciones Urano México, S.A. de C.V.
Ave. Insurgentes Sur 1722, 3er piso. Col. Florida
Ciudad de México, 01030. México
www.edicionesuranomexico.com

ISBN: 978-607-748-692-3
E-ISBN: 978-84-19699-17-6

Impreso por: Litográfica Ingramex, S.A. de C.V.
Centeno 162-1. Col. Granjas Esmeralda. CDMX, 09810

Impreso en México – *Printed in Mexico*

Este libro es una obra de ficción. Las referencias a personas reales, sucesos, establecimientos, organizaciones y lugares son únicamente medios para ofrecer autenticidad y se usan de manera ficticia. El resto de los personajes, así como todos los incidentes y los diálogos, surgen de la imaginación del autor y no se deben tomar como reales.

Diseñado por Leah Carlson-Stanisic.

Todo el arte es de Shutterstock, Inc.

Para Lyssa Keusch.
No voy a echarte de menos porque siempre seremos amigas.
Y también para Paul. Voy a decirlo clarito:
HA SIDO TODO IDEA TUYA.

J. Q.

Para mis hijas. Cada una de vosotras es una reina.

S. R.

Queridísimo lector:

Esta es la historia de la reina Charlotte de *Los Bridgerton*.
No es una clase de historia.
Es ficción inspirada en hechos reales.
Todas las libertades que las autoras se han tomado han sido a propósito.
Disfruta.

Queridísimo lector:

Esta fría época del año se ha vuelto muchísimo más fría con la triste noticia del fallecimiento de la princesa Charlotte de Gales. La nieta de nuestro querido rey George III y la reina Charlotte murió durante el parto junto con su bebé.

Y mientras nuestros corazones lloran la pérdida de la princesa, nuestras cabezas lloran todavía más por el futuro de la monarquía. Porque la Corona se encuentra ahora con una crisis. Una crisis que cabe esperar que a la reina Charlotte le resulte de lo más inconveniente después de dirigir con mano férrea los tejemanejes casamenteros de la alta sociedad y del mercado matrimonial.

A esta autora y a toda Inglaterra solo le cabe esperar que la reina Charlotte se concentre por fin en su propia familia. Al fin y al cabo, Su Majestad tiene trece hijos, y ahora mismo la sucesión no está asegurada. Al menos, no sin problemas.

Un hecho que hace que esta autora se pregunte: ¿acaso la fama de la reina como casamentera es solo de boquilla?

Revista de sociedad de lady Whistledown
10 de noviembre de 1817

CINCUENTA Y SEIS AÑOS ANTES

CHARLOTTE

Essex, Inglaterra
Camino de Londres
8 de septiembre de 1761

Al igual que todos los miembros de la aristocracia alemana, la princesa Sophia Charlotte de Mecklenburg-Strelitz poseía una gran cantidad de nombres. Sophia por su abuela materna, Sophia Albertine de Erbach-Erbach, condesa de nacimiento y duquesa por matrimonio. Charlotte por su padre, Charles Louis Frederick de Mecklenburg-Strelitz, que fue el segundo hijo y murió antes de poder ser el cabeza de familia. Después estaban las extensas tierras y propiedades con su correspondiente guion que indicaban su linaje. Mecklenburg-Strelitz y Erbach-Erbach, por supuesto, pero también Saxe-Hildburghausen, Schwarzburg-Sondershausen y, si se quería remontar lo suficiente, Waldeck-Eisenberg.

Aunque disfrutaba de todos sus nombres y estaba orgullosa de hasta el último, el que más le gustaba era Lottie.

Lottie. Era el más sencillo de todos, pero no le gustaba por ese motivo. Al fin y al cabo, sus gustos pocas veces tendían a lo sencillo. Le gustaban las pelucas altas y que sus vestidos fueran grandiosos, y estaba convencida de que nadie en su casa apreciaba los entresijos de la música o del arte tanto como ella.

No era una criatura sencilla.

No lo era.

Sin embargo, le gustaba que la llamasen Lottie. Le gustaba porque casi nadie usaba ese nombre. Había que conocerla, conocerla muy bien, para llamarla Lottie.

Por ejemplo, había que saber que en primavera su postre preferido era el bizcocho de frambuesa y albaricoque, mientras que en invierno era el *strudel* de manzana; pero la verdad era que le gustaba la fruta, y también los dulces, y cualquier dulce que llevara fruta era su preferido.

Las personas que la llamaban Lottie también sabían que cuando era pequeña, le encantaba nadar en el lago que había junto a su casa (cuando hacía suficiente calor, algo que casi nunca pasaba). También sabían que cuando su madre le prohibió esa práctica (al tildarla de ser demasiado mayor para semejante frivolidad), ella se pasó tres semanas sin dirigirle la palabra. La paz se reestableció después de que Charlotte escribiera un documento legal sorprendentemente detallado sobre los derechos y los deberes de todas las partes implicadas. Su madre no aceptó de inmediato los argumentos de Charlotte, pero intervino su hermano mayor, Adolphus, que aseguró que había presentado datos sólidos y que había demostrado lógica e inteligencia, por lo que había que recompensarla, sin duda.

Adolphus fue quien acuñó el diminutivo «Lottie». Y ese era el verdadero motivo de que fuera su nombre preferido. Se lo había puesto su hermano favorito.

No, perdón, el que fue su hermano favorito.

—Pareces una estatua —comentó Adolphus, que sonreía como si ella no se hubiera pasado las últimas tres semanas intentando que no la casara con un desconocido.

Charlotte desearía no tener que hacerle caso. No tener que dirigirle una sola palabra durante lo que les quedaba de vida, pero incluso ella reconocía que semejante muestra de terquedad era inútil. Además, se encontraban en un carruaje en el sudeste de Inglaterra y les esperaba un largo trayecto por delante, tan largo como el que habían recorrido ya.

Estaba aburrida y furiosa, una combinación que nunca era buena.

—Las estatuas son obras de arte —repuso con tono gélido—. El arte es hermoso.

Eso le arrancó una sonrisa a su hermano, maldita fuera su estampa.

—El arte puede ser hermoso de ver —replicó él con cierta sorna—. Tú, en cambio, resultas ridícula a la vista.

—¿Qué insinúas con eso? —quiso saber Charlotte con malos modos.

Él se encogió de hombros.

—No te has movido en seis horas.

Oh. ¡Oh! No debería haber sacado el tema. Charlotte clavó sus ojos oscuros en él con tal ferocidad que debería aterrorizarlo.

—Llevo seda lionesa con incrustaciones de zafiros indios cubierta por una capa de encaje de doscientos años de antigüedad.

—Y estás preciosa —le aseguró él, que extendió un brazo para darle una palmadita en una rodilla, aunque se apresuró a apartar la mano cuando vio su expresión.

Asesina.

—Al parecer, si me muevo demasiado, los zafiros podrían desgarrar el encaje. —Charlotte gruñó. Gruñó literalmente—. ¿Quieres que desgarre el encaje? ¿Eso quieres? —No esperó a que le contestara. Ambos sabían que no hacía falta—. Por si eso no bastara —siguió—, el vestido se asienta sobre una estructura hecha a medida con ballenas.

—¿Ballenas?

—Sí. Ballenas, hermano. Los huesos de las ballenas. ¡Han muerto ballenas para que yo tenga este aspecto!

Al oírla, Adolphus soltó una carcajada.

—Lottie...

—No —le advirtió ella—. No te atrevas a llamarme Lottie como si te importara.

—Por favor, *Liebchen*, sabes que me importas.

—¿De verdad? Porque no lo parece. Más bien parece que me han puesto un lazo como a un cerdo cebado para sacrificarme en un altar.

—Charlotte...

Ella le enseñó los dientes.

—¿Me pongo una manzana en la boca?

—Charlotte, ¡ya basta! Te ha elegido un rey. Es un gran honor.

—¡Eso! —masculló—. Por eso estoy furiosa. Por las mentiras. No dejas de mentir.

No soportaba las interminables mentiras. No era un honor. No sabía bien lo que era, pero desde luego que no era un honor.

El rey George III de Gran Bretaña e Irlanda había aparecido de la nada (o, mejor dicho, sus emisarios habían aparecido, porque él no se había dignado a hacer acto de presencia) e, inexplicablemente, había decidido que ella, Sophia Charlotte de Mecklenburg-Strelitz, sería su futura reina.

Mecklenburg-Strelitz. ¡Habían viajado hasta Mecklenburg-Strelitz! A Charlotte le encantaba su hogar, con sus plácidos lagos y sus verdes prados, pero era muy consciente de que Mecklenburg-Strelitz estaba considerado uno de los estados menos importantes del Sacro Imperio Romano Germánico.

Por no hablar de la distancia. Los emisarios del rey habían tenido que cruzar montones de ducados y principados (con montones de duquesas y de princesas) antes de llegar a Mecklenburg-Strelitz.

—No te miento, Charlotte —le aseguró su hermano—. Es un hecho. Te eligieron.

Si se hubiera podido mover con la cotilla de ballenas, se habría girado para mirarlo más de frente. Pero como no podía, se vio obligada a conformarse con dirigirle una mirada gélida.

—¿Y qué dificultad entrañaba que me eligieran? —preguntó—. ¿Qué necesitan? Nada especial. Alguien que pueda tener muchos hijos. Alguien que sepa leer. Alguien con habilidades sociales. Alguien de linaje real. Eso es lo único que se necesita.

—Eso no es lo único, *Liebchen*.

—¡No es un gran honor! Y podrías haberles dicho que eligieran a otra. Alguien lo bastante idiota para querer el puesto.

—No querían a alguien idiota. Te querían a ti.

Por el amor de Dios, era imposible que fuera tan necio.

—Piensa, Adolphus —le suplicó—. ¿Por qué yo? Podría casarse con quien quisiera. Con cualquiera. Y, sin embargo, han cruzado todo el continente por mí. Debe de haber un motivo para eso.

—Porque eres especial.

—¿Especial? —Se quedó boquiabierta por su ingenuidad. No, ni hablar. Su hermano no era ingenuo, solo intentaba calmarla, como si fuera una niña atolondrada, demasiado ciega o estúpida para reconocer la telaraña de traición que habían tejido a su alrededor—. Soy una desconocida para ellos

—dijo—. Ellos son desconocidos para nosotros. Es imposible que me creas tan ignorante. Hay un motivo para que me quisieran a mí, una forastera. Y no puede ser bueno. Sé que no puede ser bueno porque no me has mirado a los ojos desde que me lo contaste.

Adolphus tardó un momento en hablar. Cuando lo hizo, sus palabras no sirvieron de nada.

—Es algo bueno, Lottie. Serás feliz.

Lo miró fijamente. Miró a ese hombre que conocía mejor que a ninguna otra persona. Era su hermano, el cabeza de familia desde que su padre murió nueve años antes. Había jurado protegerla. Le había dicho que era buena y valiosa, y ella lo había creído.

Debería haber sido más avispada. Era un hombre y, como todos los demás, consideraba a las mujeres peones que se podían mover por Europa sin pensar siquiera en su felicidad.

—No sabes nada —dijo en voz baja.

Él guardó silencio.

—Aseguras que seré feliz como si pudieras saberlo de alguna manera. Como si tus palabras pudieran garantizarlo. ¿Me has preguntado una sola vez lo que yo quiero? No, no lo has hecho.

Adolphus soltó un suspiro irritado. Estaba poniendo a prueba la paciencia de su hermano, eso estaba claro. Pero le daba igual, y su furia hacía que se mostrase imprudente.

—Ordena que el carruaje dé media vuelta. No voy a hacerlo —anunció.

El semblante de su hermano se endureció.

—He firmado el contrato de compromiso. Vas a hacerlo.

—No.

—Sí.

—Hermano —lo miró con una sonrisa tan dulce como irritante—, como no ordenes que el carruaje dé media vuelta, saltaré. ¿Deseas saber lo que pasará si salto?

—Estoy seguro de que vas a decírmelo.

—La cotilla que llevo puesta, confeccionada con el hueso de ballena más caro y de mejor calidad, es muy delicada. Además, las ballenas están

..uy afiladas y cortan mucho. Y, por supuesto, voy al último grito de la moda, por lo que la cotilla está muy ceñida. —Chasqueó un dedo contra su cintura para resaltar sus palabras, aunque en realidad el chasco se lo llevó ella. Había perdido la sensibilidad en la caja torácica y bien podría estar golpeando una pared.

—¿La aflojamos?

—No, no vamos a aflojarla —masculló ella—. Debo llegar hecha un figurín, lo que quiere decir que debo seguir encerrada en esta monstruosidad. Por tanto, si tengo el aspecto de una estatua, ridículo a la vista, se debe a que no puedo moverme. No, ¡no me atrevo a moverme! Mi vestido es tan elegante que, si me muevo demasiado, es posible que acabe atravesada por las ballenas y me maten.

Adolphus parpadeó.

—Maravillas de ser una dama —añadió ella entre dientes.

—Estás alterada.

Si pudiera, lo mataría en ese momento.

—Charlotte...

—Es una opción viable —dijo ella—. Lo de moverme. Lo he considerado. Elegir que me mate mi ropa interior. Seguro que tiene algo de irónico, aunque confieso que ahora mismo no le veo la ironía. La gracia, sí. La ironía..., no estoy segura.

—Charlotte, lo digo en serio, ya basta.

Sin embargo, no podía parar. Su mente era un hervidero de pensamientos. Su rabia era justificada, y estaba asustada, y a cada kilómetro que avanzaba se acercaba más a un futuro que no comprendía. Sabía lo que estaba pasando, pero no sabía el porqué, y eso la hacía sentirse tonta y diminuta.

—¿Qué nos queda, una hora más? —siguió—. Creo que si me esfuerzo en los movimientos, sin duda me habré desangrado antes de llegar a Londres.

Tuvo la impresión de que Adolphus contenía un gemido.

—Como he dicho, estás alterada. Exaltada. Y lo entiendo...

—¿Lo entiendes? ¿De verdad? Me encantaría que me lo explicaras. Porque no estoy alterada. Ni exaltada. Estoy furiosa. Y no puedo respirar. Y ambas cosas te las debo a ti, hermano.

Él cruzó los brazos por delante del pecho.

—Voy a hacerlo —le advirtió—. Voy a dar un brinco y me empalaré en esta ridícula cotilla y me desangraré hasta morir.

—¡Charlotte!

Al oírlo levantar la voz, por fin cerró la boca. Adolphus casi nunca le hablaba con ese tono. De hecho, no estaba segura de que lo hubiera hecho antes.

Su afable hermano desapareció delante de sus ojos, reemplazado por el poderoso y serio duque de Mecklenburg-Strelitz. Era desconcertante. Exasperante. E hizo que la niña que seguía viviendo en su interior quisiera echarse a llorar.

—Sé que debería haber sido más firme contigo cuando nuestros padres murieron —dijo—. Permití que leyeras demasiado y consentí todos tus caprichos y frivolidades. Así que acepto toda la responsabilidad por el hecho de que ahora seas tan obcecada y tengas la errónea idea de que puedes tomar decisiones. No puedes. Yo estoy al mando. Esto va a suceder.

—No veo por qué no puedes…

—¡Porque son el Imperio británico y nosotros una minúscula provincia alemana! —rugió su hermano.

Charlotte se encogió. Solo un poquito.

—No teníamos alternativa —masculló él—. Yo no tenía alternativa. ¿Quieres un motivo? Muy bien. No tengo ninguno. No hay un buen motivo. De hecho, el motivo puede ser terrible. Sé que nadie con tu aspecto o con el mío se ha casado nunca con estas personas. Jamás. ¡Pero no puedo ponerlo en duda! Porque no puedo ganarme la enemistad de la nación más poderosa del planeta. Está hecho. —Se inclinó hacia delante, vibrando por la rabia e incluso también por la indignación—. ¡Así que cierra la boca, cumple con tu deber hacia tu país y sé feliz!

Charlotte dio un respingo. Porque, por fin, Adolphus decía la verdad. Él tenía la piel oscura. Ella tenía la piel oscura. Oscura como el chocolate, como las maderas más cálidas. No necesitaba ver con sus propios ojos al rey George III de Gran Bretaña para saber que él la tenía blanca.

Así que ¿por qué? ¿Por qué había hecho eso el rey? Sabía lo que los europeos de piel blanca pensaban de las personas como ella. ¿Por qué iba a «contaminar» su linaje con una joven de ascendencia morisca? Su árbol genealógico tenía raíces en África, y no hacía falta retroceder muchas generaciones para encontrarlas.

¿Por qué la quería a ella?

¿Qué ocultaba?

—*Liebchen* —dijo Adolphus, que suspiró y la miró con ternura. Una vez más, volvía a ser su hermano mayor—. Lo siento. Pero hay peores destinos que casarte con el rey de Inglaterra.

Charlotte tragó saliva y miró por la ventanilla la campiña inglesa por la que iban pasando. Era verde y llena de vida. Campos de labor y bosques, pueblecitos con bucólicas iglesias y calles empinadas. Supuso que no se diferenciaba tanto de su patria, aunque no había visto ni un solo lago.

¿Era demasiado pedir desear que hubiera un lago?

—¿Volveré alguna vez a Schloss Mirow? —preguntó en voz baja.

En los ojos de su hermano se asomó una expresión contrita, tal vez incluso triste.

—Seguramente, no —admitió—. Pero no querrás hacerlo. Dentro de un año, seremos demasiado pueblerinos para tus gustos.

Charlotte tuvo la extraña sensación de que si se encontrara en cualquier otro sitio, si fuera cualquier otra persona, se echaría a llorar. El día anterior, las lágrimas habrían aflorado. Ardientes y furiosas, con la arrolladora pasión de su juventud.

Sin embargo, iba a ser una reina. No lloraría. Lo que fuera que hubiese en el interior de las personas que creaba las lágrimas y formaba los sollozos... tenía que desactivarse.

—Échate hacia atrás —dijo. Se zafó de sus manos y se colocó las suyas con firmeza en el regazo—. Pones en peligro mi vestido. Tengo que estar perfecta cuando llegue, ¿no?

Su palacio la esperaba.

GEORGE

Palacio de Saint James
Londres
8 de septiembre de 1761

A George no le importaba ser rey.

Las ventajas eran evidentes. Tenía más dinero del que una persona podría gastar jamás, varios palacios que podía considerar su hogar y todo un ejército de criados y consejeros que luchaban entre sí por satisfacer todos y cada uno de sus caprichos.

¿Chocolate por la mañana con las tres cucharadas justas de azúcar y una gotita de leche? «Aquí lo tiene, Majestad, con un platillo con el borde de plata».

¿Un ejemplar del tratado sobre la historia de las plantas suculentas de Richard Bradley? «No tema, da igual que lo publicaran en 1739, ¡lo encontraremos de inmediato!».

¿Un pequeño elefante? «Seguramente tardemos varios meses en conseguirlo, pero nos pondremos a ello de inmediato».

Solo por puntualizar, él no había pedido un elefante. De ningún tamaño. Pero le alegraba saber que podía hacerlo.

Así que sí, ser rey era maravilloso. Pero no siempre, y tampoco podía quejarse así en general, porque acababa pareciendo un imbécil cuando se quejaba por ser el rey.

Aunque había desventajas. Por ejemplo, la escasa intimidad de la que disfrutaba. Como en ese preciso momento. Un hombre normal tal vez disfrutaría de que lo afeitara su ayuda de cámara sin más ruido que los trinos de los pájaros que se colaban por la ventana abierta; pero, en su caso, su madre y uno de sus consejeros habían invadido su vestidor.

Y ninguno mostraba la intención de cerrar la boca.

—Le estaban tomando medidas para un vestido cuando la dejé —dijo la princesa Augusta.

—Todo marcha tal como debería —susurró lord Bute.

—Quería ponerse una monstruosidad de París. ¡De París!

Lord Bute asintió con la cabeza, un gesto bastante diplomático que no indicaba si estaba de acuerdo o en desacuerdo.

—Creo que la capital francesa es famosa por ser un centro de moda.

George cerró los ojos. La verdad, era raro, pero la gente parecía hablar con más libertad en su presencia cuando tenía los ojos cerrados, como si de alguna forma no pudiera oírla.

No era un truco que pudiera usar a menudo; por ejemplo, no estaría bien visto cerrar los ojos mientras estaba sentado en el trono o recibiendo a otros jefes de Estado. Pero en momentos como ese, echado hacia atrás con una toalla caliente en las mejillas y en el cuello mientras esperaba la llegada de su ayuda de cámara con la espuma de afeitar y la navaja, podía ser de lo más revelador.

Porque la discusión de su madre con lord Bute versaba sobre su prometida, algo que no habría sido excepcional, salvo por el detalle de que él todavía no la conocía y de que la boda se celebraría al cabo de seis horas.

Así era la vida de un rey. Cualquiera diría que ser ungido por Dios le otorgaría el derecho de ver a su prometida antes de la boda. Pero no, un rey se casaba por su país, no por su corazón ni por sus deseos carnales. No importaba que no viera a Sophia Charlotte de Mecklenburg-Strelitz antes de pronunciar los votos. De hecho, tal vez sería mejor, teniendo en cuenta las circunstancias.

Aun así, sentía curiosidad.

—Se va a casar con un rey inglés —repuso su madre—. Debe llevar un vestido inglés. ¿Vio lo que llevaba esta mañana cuando me la presentaron?

—Me temo que no me di cuenta, alteza.

—Llena de adornos. Era demasiado para una visita matutina. Zafiros. En pleno día. Y encaje confeccionado por monjas. ¡Monjas! ¿Se cree que somos católicos?

—Estoy seguro de que solo deseaba causarle una buena impresión a su futura suegra —adujo lord Bute.

La princesa Augusta resopló.

—Estos centroeuropeos... tienen demasiadas ínfulas.

George se permitió sonreír. Su madre había nacido con el nombre de Augusta de Saxe-Gotha-Altenburg. No se podía estar más en el centro del continente europeo que Gotha.

Sin embargo, Augusta era princesa de Gran Bretaña desde hacía veinticinco años. Más de la mitad de su vida. Se suponía que iba a ser reina, pero ese honor se le negó cuando su marido, entonces príncipe de Gales, recibió el golpe de una pelota de críquet en el pecho y murió poco después. La Corona se saltaría una generación, pasando de abuelo a nieto, y sin marido que fuera rey, Augusta no sería reina.

Aun así, se había dedicado en cuerpo y alma a ese país. La princesa Augusta había dado a luz a nueve príncipes y princesas, que hablaban todos el inglés como lengua materna. Si su madre se consideraba a esas alturas como una británica de pura cepa, George suponía que era comprensible.

—Pero es atractiva —dijo lord Bute—. Tiene una cara muy agradable. Y un buen porte. Hasta se podría decir que su apostura es regia.

—Sí, por supuesto —convino Augusta—. Pero es muy... marrón.

George abrió los ojos. Eso no se lo esperaba.

—La tierra es marrón.

Su madre se volvió hacia él. Parpadeó.

—¿Qué...? —Se interrumpió antes de poder hacer un juego de palabras involuntario, algo que a George le pareció una suerte de tragedia.

Le gustaban mucho los juegos de palabras, voluntarios o no. Le encantaba cómo se encadenaban las palabras, y si a veces eso implicaba que sus frases contenían cuatrocientas sesenta y tres palabras, el problema lo tenía otra persona.

Él era el rey. Las frases largas eran su derecho por nacimiento.

—¿Qué tiene eso que ver con lo que estamos hablando? —preguntó su madre, después de una pausa que no parecía lo bastante larga como para albergar todo el proceso mental de George.

—Me encanta la tierra —contestó él, ya que creía que esa era explicación suficiente.

—Como a todos —susurró lord Bute.

George no le hizo ni caso. No le molestaba lord Bute; era de lo más servicial, y compartía con él su amor por la filosofía natural y por las ciencias. Pero también era irritante de vez en cuando.

—La tierra es marrón —repitió George—. Y de ella brota la vida, la esperanza. Es marrón. Es preciosa.

Su madre lo miró fijamente. Lord Bute lo miró fijamente. Él se limitó a encogerse de hombros.

—Es posible —insistió su madre—, pero nadie nos dijo que tendría la piel tan oscura.

—¿Supone eso un problema? —preguntó George. Cerró los ojos de nuevo. Reynolds había llegado con la navaja, y era mucho más relajante así. Aunque, pensando con lógica, nunca había que relajarse demasiado con una navaja cerca de la garganta.

—Pues claro que no —se apresuró a contestar ella—. Desde luego que a mí no me importa de qué color sea.

—Te importaría si fuera morada.

Silencio. George sonrió para sus adentros.

—Vas a provocarme una jaqueca —repuso su madre al fin.

—Tenemos estupendos médicos en el palacio —replicó George con afán servicial. Era cierto. Había muchísimos más médicos de los que necesitaría una persona.

Salvo un rey, al parecer. Un rey necesitaba muchísimos médicos. Ese rey en particular.

—Sabes que no voy a sufrir una jaqueca —protestó su madre—. Pero, en serio, George, ¿podrías dejarme terminar?

Él le hizo un gesto con la mano. Era un gesto regio, por cierto. Lo había aprendido de joven y era muy útil.

—No estamos preparados para que sea tan oscura —añadió su madre.

—Desde luego —convino lord Bute, que no añadió absolutamente nada a la conversación.

—Y no se va.

Al oírla, George abrió los ojos de golpe.

—¿Qué?

—Que no se va —repitió su madre—. Le he frotado la mejilla para asegurarme.

—Por el amor de Dios, madre —dijo él, que casi se levantó del asiento. Reynolds retrocedió de un salto, con la rapidez justa para no cortarle el cuello con la afilada navaja—. Por favor, dime que no le has frotado la piel a mi futura esposa.

Ella se indignó.

—No he querido insultarla.

—Eso da igual, has... —Se interrumpió mientras se pellizcaba el puente de la nariz. «No grites. No grites. No grites». Era importante que mantuviera la calma. Siempre pensaba mejor cuando mantenía la calma. Si perdía los papeles, su mente empezaba a funcionar a toda velocidad, y lo que necesitaba en ese momento (lo que siempre necesitaba) era pensar con tranquilidad. «Calma. Calma». Tomó una bocanada de aire—. No eres tonta, madre. Sin duda sabes lo grosero que es semejante gesto.

La postura de la princesa Augusta, que ya estaba muy derecha, se volvió más tiesa si cabía.

—Soy la madre del rey. Tú eres la única persona que está por encima de mí. Por tanto, no puedo ser grosera con nadie, salvo contigo.

—Tu argumento no se sostiene —replicó George—. ¿Se te ha olvidado que cuando anochezca ella será la reina? Y, por tanto, estará por encima de ti.

—Bah. Tal vez en jerarquía.

—¿No era precisamente eso lo que querías recalcar?

Sin embargo, su madre nunca había tenido una buena relación con la lógica cuando esta contradecía sus argumentos.

—Es una chiquilla —añadió ella.

—Tiene diecisiete años. ¿Debo recordarte que tú te casaste con mi querido padre cuando tenías dieciséis?

—Razón por la cual sé muy bien lo que digo. No tenía ni un ápice de madurez en mi boda.

Eso hizo que George se parase a pensar. Era muy raro que su madre hablase de sí misma en esos términos.

—Va a necesitar una guía —siguió su madre—. Que yo le daré.

—Seguro que estará muy agradecida —terció lord Bute.

Siempre tan servicial, como de costumbre. George se desentendió de él y miró de nuevo a su madre.

—Estoy seguro de que le encantará contar con tu ayuda y apoyo después de haberla tratado como si fuera un bicho raro.

Augusta sorbió por la nariz con delicadeza.

—Tú siempre estás dispuesto a cantar las alabanzas de la ciencia y la investigación. Sin duda, no tendrás en cuenta mi curiosidad. Nunca he conocido a nadie con ese color de piel. No sé cómo funciona. Por lo que tengo entendido, aplicarle una tintura doble de arsénico rebajaría el tono hasta igualarlo al mío.

George cerró los ojos. Por el amor de Dios.

—Sabía que era un pelín oscura —siguió su madre.

—Desde luego —susurró lord Bute.

Augusta se volvió para mirarlo.

—¿Por qué lord Harcourt no nos lo dijo claramente? Él la vio al firmar los documentos, ¿no es así?

—Mencionó algo de sangre morisca —contestó lord Bute.

—Algo... —repitió Augusta con retintín—. Eso podría significar cualquier cosa. Creía que sería de color café con leche.

—Hay quienes así la considerarían.

—No tal y como yo me tomo el café.

—En fin, todos nos servimos una cantidad de leche dife...

—¡Silencio! —rugió George.

Se callaron. Ventajas de ser el rey.

—No vais a hablar de mi esposa como si fuera una maldita taza de café —mascculló George.

Su madre puso los ojos como platos al oírlo usar un lenguaje tan vulgar, pero se mordió la lengua.

—Majestad... —repuso lord Bute.

George lo silenció con un gesto de la mano.

—Madre —dijo mientras esperaba a que ella lo mirase a los ojos para hacer la pregunta—: ¿Apruebas este matrimonio o no?

Ella apretó los labios.

—Da igual si lo apruebo.

—Deja de dar rodeos. ¿Lo apruebas?

—Sí —contestó ella. Con bastante firmeza, además—. Creo que será buena para ti. O, al menos, no será mala.

—¿No será mala? —repitió George.

—Para ti. No será mala para ti. —Y después, como si no supieran a qué se refería, añadió—: No creo que exacerbe tu... problema.

Ahí estaba. Eso de lo que nunca hablaban. Salvo cuando sucedía y no les quedaba más remedio.

La última vez fue especialmente atroz. George no recordaba todos los detalles; nunca lo hacía, siempre se despertaba después agotado y confundido. Pero recordaba que estaban discutiendo sobre ella, su futura esposa. Ya iba de camino, había embarcado en Cuxhaven, pero una voz en la cabeza le había advertido que no era el momento apropiado para un viaje. No era una época segura para viajar.

Ella perdería la luna.

¿Qué quería decir eso? Ni siquiera él lo sabía, pero eso fue lo que brotó de sus labios.

No estaba seguro de lo que sucedió después. Como era habitual, tenía grandes lagunas en su memoria. Siempre visualizaba el fenómeno como una niebla atmosférica, que brotaba de su boca mientras dormía, que se suavizaba y se difuminaba hasta que se alejaba, llevada por el viento.

La memoria como si fuera niebla. Habría sido poético de no ser porque se trataba de su memoria.

Lo siguiente que recordaba fue que se despertó en el Colegio Real de Médicos. Como si lo hubieran despertado de golpe de una siesta. Su madre estaba allí, junto con unos cuantos médicos.

Uno de ellos había sido hasta útil.

Algo agradable, para variar.

—¿Puedo continuar, majestad?

George miró a Reynolds, que se había mantenido apartado y en silencio durante toda la conversación, con la navaja en la mano. Levantó un dedo para indicarle al ayuda de cámara que necesitaba un poco más de tiempo y después miró a su madre.

—Dices que apoyas este matrimonio, pero al mismo tiempo pareces asustada. Quiero que me lo expliques.

Augusta tardó unos segundos en contestar.

—Tendremos que hacer cambios —dijo—. Deprisa.

—La gente hablará —añadió lord Bute.

—La gente hablará —convino ella—. Eso es un problema. No nos interesa que crean que no lo sabíamos.

—¿Que es de piel oscura? —preguntó George.

—Exactamente. Deben creer que lo quisimos así. Tal vez que intentamos hacer una declaración de intenciones. Que deseamos unir la sociedad.

—Ya tenemos los tratados comerciales —dijo lord Bute—. Pero se pueden cancelar...

—No podemos cancelar la boda real el mismo día de la celebración —repuso Augusta con sequedad.

—Por Dios, no —susurró George. No quería ni imaginarse los rumores que correrían si eso llegara a suceder.

—Es posible que la alta sociedad no la acepte —insistió lord Bute—. Eso es un problema.

Augusta no pensaba tolerarlo.

—Nosotros somos el Palacio. Un problema solo lo es si el Palacio dice que es un problema. Eso es un hecho, ¿verdad?

Lord Bute carraspeó.

—Efectivamente.

—Y el rey es la cabeza de la Iglesia de Inglaterra y el soberano de esta gran nación. Por lo tanto, nada de lo que él haga será jamás un problema para el Palacio. ¿Verdad, lord Bute?

—Verdad.

—Por lo tanto, debe darse por sentado que el Palacio ha deseado que sea así. ¿No es así, lord Bute?

—Sí, así es.

—Bien. —Augusta hablaba con voz seca, cortante—. En ese caso, la elección del rey ha sido intencionada. Para dejarlo claro, ampliaremos la lista de invitados a la boda. Y se harán añadidos a la corte de la nueva reina.

Lord Bute puso los ojos como platos.

—¿Está diciendo...?

—Lo dice el rey. —Augusta se llevó una mano al pecho, la personificación de la rectitud femenina—. Yo solo soy su madre. Yo no digo nada.

A George se le escapó una carcajada al oírla.

El único indicio de que Augusta lo oyó fue el hecho de que apretara un poco los labios. Apenas tomó aire antes de decirle a lord Bute:

—El rey desea ampliar la lista de invitados a la boda y hacer añadidos a la corte de la nueva reina.

George sonrió. Por fin lo entendía. Su madre era listísima.

—Por supuesto, alteza. —Lord Bute miró a Augusta, después a George y nuevamente a Augusta—. Es que... ¿el rey se da cuenta de que la boda es dentro de seis horas?

—Pues sí —contestó George con una sonrisa.

—Estoy pensando en los Danbury —dijo Augusta—. Tu abuelo hablaba de ellos, ¿no?

—No sabría decirte —admitió George.

—Sí que lo hacía —aseguró su madre—. No los Danbury actuales, por supuesto. No llegó a conocerlos. Pero sí conocía al padre. Inmensamente rico. Diamantes, creo. De África. —Miró a lord Bute—. ¿Está tomando notas?

—Sí —se apresuró a contestar el aludido mientras buscaba papel, frenético. George le deseó suerte. No iba a tener mucha suerte a ese respecto en el vestidor.

—¿Quién más? —preguntó Augusta—. ¿Los Basset?

—Una elección excelente —repuso su consejero, que seguía buscando papel. Y pluma—. ¿Se me permite sugerir a los Kent?

Augusta asintió con la cabeza en señal de aprobación.

—Sí, servirán. Estoy segura de que hay más. Confío en que tanto usted como lord Harcourt decidirán quién es apropiado.

—Por supuesto, alteza. Ordenaré que envíen las invitaciones de inmediato. —Lord Bute carraspeó—. Las recibirán con muy poca antelación. Tal vez tengan otros planes.

Su madre agitó una mano. Era un gesto regio, y George estaba segurísimo de que le resultaba tan útil como a él.

—¿Otros planes? —repitió ella con expresión incrédula—. ¿Quién no desea asistir a una boda real?

AGATHA

Palacio de Saint James
Capilla real
8 de septiembre de 1761

Si Agatha Danbury hubiera sabido que iba a asistir a una boda real, se habría puesto un vestido más bonito.

Aunque la ropa que llevaba en ese momento no tenía nada de malo. Al contrario, iba al último grito de la moda, con un vestido diseñado por Madame Duville, una de las tres mejores modistas de Londres. El tejido era un damasco de seda de color dorado oscuro tan rico que Agatha sabía que resaltaba el tono oscuro de su piel. El petillo también era precioso e iba adornado a la última moda con un solitario lazo a la altura del escote y con sucesivos bordados en plata, además de un magnífico topacio nigeriano.

Así que sí, objetivamente su vestido era deslumbrante.

El problema era que no lo habían diseñado específicamente para una boda real, y cualquiera con dos dedos de frente sabría que si se asistía a una boda real, había que aflojar el monedero si se quería un vestido único para la ocasión.

Sin embargo, tal como sucedieron las cosas, Agatha no tenía una invitación a los esponsales del rey George III y su novia alemana cuando se despertó esa mañana. Ni tampoco tenía esperanza de poder acercarse siquiera a la realeza en algún momento de su vida. El lado donde ella se encontraba y el lado donde se encontraban ellos nunca se mezclaban.

Jamás.

Sin embargo, un llamamiento real era algo que no podía obviarse, y por eso su marido y ella estaban sentados en ese momento en una banca muy bien situada de la capilla real, intercambiando miradas nerviosas con los demás integrantes de su grupo.

Ella era quien intercambiaba miradas nerviosas. Porque su marido estaba dormido.

Leonora Smythe-Smith, que siempre usaba diez palabras cuando bastarían cinco, se volvió para mirarla.

—¿Por qué estamos aquí? —susurró.

—No sabría decirlo —contestó Agatha.

—¿Ha visto cómo nos miran?

Agatha contuvo la tentación de mascullar: «Pues claro que he visto cómo nos miran». La verdad, habría que ser un completo imbécil para no darse cuenta de los dardos que les lanzaban desde las bancas de los aristócratas.

Unos aristócratas con pieles tan claras como el alabastro, hasta el último de ellos.

Y aunque los Danbury y los Smythe-Smith (y los Basset, los Kent y otras familias prominentes) disfrutaban de una vida de riquezas y privilegios, seguían siendo una riqueza y unos privilegios separados de la aristocracia británica tradicional. Su piel oscura significaba que nunca la considerarían una acompañante adecuada para sus hijas, y mucho menos una esposa para sus hijos.

No le importaba. O… solo le importaba muy de vez en cuando. De hecho, solo le importaba en momentos como ese, cuando se descubría compartiendo espacio con duques, duquesas y demás. La idea de devolverles el desdén diciéndoles que ella también era descendiente de reyes, que su nombre real era Soma y que por sus venas corría la sangre real de la tribu Gbo Mende de Sierra Leona la tentaba muchísimo.

Claro que ¿para qué? La mayoría ni sabría ubicar Sierra Leona en un mapa. Apostaría que la mitad incluso creería que se había inventado el país.

Idiotas. El mundo estaba lleno de idiotas. Hacía mucho que lo había descubierto, junto con la deprimente realidad de que poco podía hacer al respecto.

Así era la vida de una mujer, sin importar el color de su piel.

Agatha miró de reojo a su marido. Seguía durmiendo. Le dio un codazo.

—¿Qué? —mascullό él.

—Estabas dormido.

—No lo estaba.

Lo dicho: idiotas.

—Jamás se me ocurriría dormirme en la capilla real —protestó él al tiempo que se quitaba con los dedos una pelusa del chaleco de terciopelo.

Agatha meneó la cabeza. ¿Cómo había conseguido que se le pegara una pelusa en el chaleco durante el trayecto de su casa al palacio de Saint James?

Su marido no... era la persona que mejor le caía. Suponía que era una forma agradable de describirlo. Formaba parte de su vida desde que tenía tres años, cuando sus padres la comprometieron en matrimonio con él.

Mientras la educaban para ser la esposa perfecta para él, se preguntó qué clase de hombre aceptaba un compromiso matrimonial con una niña de tres años. Herman Danbury pasaba de los treinta años cuando firmó los documentos. En caso de que estuviera ansioso por tener herederos, habría elegido sin duda a alguien que pudiera dárselos con mayor celeridad.

Obtuvo la respuesta (si acaso se le podía llamar así) después de la boda. Todo se reducía al linaje. Danbury también descendía de sangre real y se negaba a mezclar la suya con alguien que no procediera de la flor y nata de la sociedad afrobritánica. Además, como le había informado con jovialidad, se había asegurado catorce años más de soltería. ¿Qué hombre no estaría encantado con esa situación?

Agatha sospechaba que había un buen número de bastardos de Danbury por todo el sudeste de Inglaterra. También sospechaba que su marido aportaba bien poco a la manutención de esos pobres niños. Más bien nada.

Debería ser un crimen. De verdad que sí.

En cualquier caso, su marido dejó de engendrar bastardos después de la boda. Agatha lo sabía porque le había dicho en términos muy explícitos que ella satisfacía todas sus necesidades. Y teniendo en cuenta la frecuencia con la que se veía satisfaciéndolas, lo creía.

Se removió incómoda en el asiento. Esa mañana estaba satisfaciendo sus necesidades cuando llegó la invitación real. De resultas, no había tenido tiempo para darse su habitual baño caliente postcoital. Se sentía dolorida. Tal vez incluso irritada.

En fin, más dolorida e irritada de lo habitual.

Sin embargo, estaba dispuesta a desentenderse de las molestias porque, en primer lugar, no tenía alternativa y, en segundo lugar, ¡estaba en la boda real!

Semejantes sorpresas no sucedían a menudo en la vida, y en la suya eran una novedad.

—¿No deberían haber empezado ya? —preguntó la señora Smythe-Smith.

Agatha se encogió de hombros.

—No lo sé —susurró, en parte porque sería de mala educación no contestar.

—El rey llegará cuando el rey desee llegar —terció Danbury—. Es el rey.

Soltó dicho comentario con un tono tan pomposo que cualquiera diría que tenía experiencia tratando con reyes.

No la tenía. Era algo de lo que Agatha estaba totalmente segura.

Sin embargo, supuso que su marido sí tenía razón en algo: un rey haría lo que deseara hacer, lo que incluía llegar tarde a su propia boda.

O invitar a toda la élite londinense de piel oscura a la ceremonia.

Miró de nuevo con disimulo hacia el lado opuesto de la capilla. No todas las personas la fulminaban con la mirada. Algunas solo miraban con curiosidad.

«No me miréis. Yo sé tan poco como vosotros de lo que está sucediendo», quería decirles.

Al menos, tenía mucho que ver mientras esperaba. La capilla real era tan exquisita como se había imaginado. No era del estilo rococó imperante en ese momento, algo que la sorprendió. Pensaba que el palacio estaría más *au courant*.

Sin embargo, ese estilo más sencillo era precioso, y, la verdad, mucho más de su agrado. En concreto, el techo era una auténtica maravilla. Un artesonado precioso, pintado por el mismísimo Hans Holbein. O eso leyó en una ocasión. Siempre le habían interesado la arquitectura y el diseño. El techo le recordaba a un panal, con los artesones y...

—Deja de mirar embobada —mascculló Danbury.

Agatha bajó la mirada a toda velocidad hasta la altura de los ojos.

—Pareces una plebeya —le recriminó—. Intenta comportarte como si ya hubieras estado aquí.

Agatha puso los ojos en blanco en cuanto él apartó la mirada. Como si cualquiera fuese a creer que alguno de los dos había pisado el palacio antes de ese día.

Aunque entendía lo que Herman quería decir. Su vida estaba llena de «casis». Casi encajaba. Casi lo aceptaban. Había estudiado en Eton College, pero ¿le habían permitido jugar en los equipos? Después estudió en la Universidad de Oxford, pero ¿lo habían invitado a alguno de los clubes especiales y secretos?

No, por supuesto que no. Tenía dinero, tenía educación, incluso tenía linaje real africano. Pero su piel era tan oscura como el chocolate, de modo que la alta sociedad nunca lo aceptaría.

Y ahí residía la gran contradicción de la vida de Agatha. No le gustaba su marido. De verdad que no. Pero lo compadecía. Por todas las indignidades que se le clavaban en el corazón. A veces, se preguntaba si habría sido un hombre distinto si le hubieran permitido alcanzar todo su potencial. Si no lo hubieran pisoteado o relegado cada vez que estaba a punto de conseguir sus objetivos.

Si la sociedad lo viera como el hombre que era de verdad, tal vez él podría verla como la mujer que ella era de verdad.

O tal vez no. La sociedad estaba llena de hombres que veían a las mujeres como meros accesorios y como yeguas de cría.

Aun así, no podía dejar de preguntárselo.

—¡Oh! —exclamó la señora Smythe-Smith, y Agatha siguió su mirada hacia el fondo de la capilla. Alguien importante acababa de llegar.

Todos se pusieron en pie.

—¿Es el rey? —preguntó Danbury.

Agatha meneó la cabeza.

—No lo veo. Creo que no.

—¡Es la princesa! —exclamó la señora Smythe-Smith.

—¿Cuál de ellas? —susurró Agatha. ¿La novia? ¿Una de las hermanas del rey?

—La princesa Augusta.

La madre del rey. Agatha contuvo el aliento. La princesa Augusta era, sin lugar a dudas, la mujer más poderosa del país. Una reina en todo menos en el nombre y de la que se rumoreaba que era el verdadero poder tras el trono.

Los asistentes se pusieron en pie a la vez, y Agatha estiró el cuello para ver mejor. Al cuerno con parecer una plebeya, quería ver a la princesa. Además, Danbury le estaba dando la espalda y también miraba embobado.

La princesa Augusta se movía como una reina, o al menos como Agatha creía que debía moverse una reina: con elegancia y determinación. El abanico que llevaba era una elegante extensión de su mano derecha. Tenía la espalda más derecha que una vela. Si el evidente peso del vestido la incomodaba (la tela por sí sola debía de pesar más de cinco kilos), no lo aparentaba.

¿Qué se sentiría al tener tantos ojos clavados en su persona? Agatha no alcanzaba a imaginárselo. Ser el centro de semejante atención, seguramente todos los días... Debía de ser agotador.

¡Ah, pero el poder...! La capacidad de hacer lo que deseara, de ver a quien quisiera y, lo más importante, de no ver a quienes quisiera evitar.

Por desgracia, eso tampoco podía imaginárselo.

Consiguió ver mejor a la princesa Augusta cuando llegó al pasillo central. Parecía no mirar a nadie y, al mismo tiempo, decir: «Os veo a todos, pero no os merecéis mi atención». Su mirada pasó por la multitud, sin clavarse en nadie hasta...

Hasta que se clavó en ella.

Agatha se quedó sin respiración. Era imposible.

La princesa Augusta continuó con su regio avance, acercándose más, y Agatha no atinaba a imaginar siquiera qué podrían haber hecho su marido y ella para insultar a la princesa, porque ¿qué motivo la llevaba sino a mirarlos con semejante atención?

No eran imaginaciones suyas, ¿verdad? Tal vez la princesa estuviera mirando a los Smythe-Smith. Aunque también costaba creerlo.

Dos metros, un metro...

Se detuvo. Justo delante de ellos.

Agatha hizo una genuflexión. Hasta casi rozar el suelo. Cuando se incorporó, la princesa Augusta le estaba preguntando a su marido:

—Su padre tenía amistad con el difunto rey, el abuelo de mi hijo, ¿no es así?

Era cierto. El padre de Danbury conoció al rey George II. Agatha no estaba segura de que semejante relación pudiera considerarse una amistad, pero a Su Majestad le habían gustado mucho los diamantes procedentes de las minas de la familia en Kenema.

La princesa no parecía esperar respuesta, porque añadió antes de obtenerla:

—Me complace muchísimo que nos acompañe hoy en esta ocasión familiar, lord Danbury —dijo con retintín.

Agatha se descubrió inclinándose hacia delante. ¿Lo había oído bien?

—¿Lord? —preguntó Danbury con dificultad—. Yo... no sé qué...

La princesa Augusta lo interrumpió sin más.

—Recibirá la proclamación oficial por parte del rey después de la boda. Tienen el honor de ser lord y lady Danbury.

¿¡Lady Danbury!? Ella, Agatha Danbury, acababa de pasar a ser lady Danbury. Y había sucedido delante de un sinfín de testigos, en la capilla real del palacio de Saint James.

Aquello era... No podía estar pasando.

Aunque era real. La princesa Augusta se puso delante de ella y dijo:

—Todos los miembros de la alta sociedad deben tener título nobiliario.

—¿La alta sociedad, alteza? —repitió ella.

La princesa Augusta recibió su comentario con un ligerísimo movimiento de cabeza.

—Ya es hora de que nos unamos como sociedad, ¿no le parece?

Agatha entreabrió los labios, pero aunque hubiera tenido la capacidad para hablar en ese momento, habría dado igual, porque la princesa Augusta había pasado a la siguiente banca y estaba saludando a lord y lady Smythe-Smith.

¿Qué diablos acababa de pasar?

Su marido no cabía en sí de orgullo.

—Lord Danbury —susurró él con asombro—. Imagínatelo.

—Me lo imagino —replicó Agatha en voz baja mientras observaba la elegante genuflexión de la flamante lady Smythe-Smith, tan renuente a incorporarse que al final la princesa Augusta tuvo que ordenarle que se levantara.

—Lo siento, alteza —dijo lady Smythe-Smith—. Quiero decir que gracias, alteza, yo...

—Una última cosa —la interrumpió la princesa Augusta, aunque volvió a mirar a Agatha y a su marido—: ¿Cómo se llama? —le preguntó a Agatha.

—¿Yo? —repuso ella, señalándose con la mano.

La princesa Augusta asintió con un gesto seco de cabeza.

—Agatha Luisa Aminata Danbury.

—Un buen nombre.

—Gracias, alteza.

La princesa la miró con expresión penetrante.

—¿Qué quiere decir Aminata? Supongo que Luisa es en honor de una de nuestras maravillosas princesas.

—Por supuesto, alteza. —Era cierto. Sus padres quisieron que tuviera un nombre regio, uno que fuera apropiado para las dos culturas de las que procedía, y para su segundo nombre habían elegido Luisa, muy popular entre la familia real británica. Para su tercer nombre...—. Aminata es... —Carraspeó.

No estaba acostumbrada a hablar con alguien del estatus de la princesa Augusta, y estaba aterrada, la verdad. Pero recordó algo que le dijo su niñera en una ocasión.

«Sé aterradora».

Aunque no lo fuera, aunque en realidad estuviera aterrada...

Podía imaginarse que era aterradora. Podía imaginarse que tenía la fuerza y el poder para postrar de rodillas a hombres y mujeres. Y tal vez así lograría proyectar parte de ese espejismo.

Miró a la princesa Augusta a los ojos.

—Aminata es un nombre familiar. Significa «de confianza, fiel y honesta».

—¿Y es usted de confianza, fiel y honesta?

—Lo soy, alteza.

La princesa Augusta la miró varios segundos más de lo que resultaba cómodo.

—Bien —dijo finalmente—. Servirá a la reina como miembro de su séquito.

—Yo... —¿Qué? Agatha movió la boca varios segundos antes de conseguir articular las palabras—. Sí. Sí, alteza. Será un gran honor para mí.

—Por supuesto que lo será. —La princesa Augusta miró a Danbury, que las observaba boquiabierto, y se despidió con un gesto brusco de la cabeza. Después, se alejó.

—¿Qué acaba de pasar? —susurró Agatha.

—¿Por qué tú? —quiso saber Danbury.

—No lo sé.

—Es por su nombre —terció lady Smythe-Smith—. Animata.

—Aminata —la corrigió Agatha—, y no es mi nombre.

—Acaba de decir que se llama así.

Agatha meneó la cabeza mientras la miraba. Por el amor de Dios, esa mujer era tonta.

—No es el motivo de que me haya elegido.

—Entonces, ¿por qué lo ha hecho?

—No lo sé. ¿Por qué nos ha elegido a todos? ¿Por qué de repente somos aristócratas?

—Lo somos —repuso Danbury con brusquedad—. Pero tú eres algo más. Tú formas parte de la corte.

—Estoy tan sorprendida como tú —le aseguró ella.

—Se debe a la relación de mi familia con el difunto rey.

—Lo sé.

—Así que ¿por qué te quieren a ti expresamente?

—No lo sé. No conozco a estas personas.

—Ya las conocerá —replicó lady Smythe-Smith, recordándoles que seguía atenta a su conversación.

—Querido —dijo Agatha mientras le daba unas palmaditas a su marido en un brazo—, estoy segura de que solo me han elegido por ti y por tu reputación. Al fin y al cabo, a ti no pueden elegirte para formar parte del séquito de la reina. Eres un hombre. Como no podían contar contigo, me lo han pedido a mí.

—Supongo que es eso —masculló Danbury.

—No soy nada sin ti, querido —añadió ella. Unas palabras que había pronunciado en incontables ocasiones, y que no habían perdido su efecto.

Danbury volvió a mirar hacia la parte delantera de la capilla, y Agatha retomó su inspección del techo. Le gustaba muchísimo el patrón que conformaban los octógonos y las cruces suizas, y...

Algo le llamó la atención. Había alguien en la galería. Agatha echó un rápido vistazo a su alrededor. ¿Se habría dado cuenta alguien más?

No. Nadie más miraba hacia arriba.

Era una muchacha. De piel oscura, como ella, tal vez de un tono un poco distinto, aunque era imposible estar segura con esa luz. Pero desde luego que no era blanca, y estaba en una zona restringida al paso.

Agatha miró de nuevo a su alrededor. Todos se miraban entre sí, algunas personas empezaban a abanicarse a medida que se caldeaba la estancia por la multitud.

Alzó la mirada una vez más. La muchacha había desaparecido.

Qué curioso.

Aunque no tanto como todo lo demás que había pasado ese día.

Lady Danbury. Dama de compañía de la reina.

¡Uf!

BRIMSLEY

Palacio de Saint James
Capilla real
8 de septiembre de 1761

Bartholomew Brimsley iba a perder su empleo.

O lo iban a colgar.

O ambas cosas. La verdad, eso parecía lo más probable. Lo echarían de su puesto como asistente real y lo colgarían, y después, dado que trabajaba para la Casa de Hannover, que era la dueña de medio mundo y podía hacer lo que se le antojara, seguramente contratarían a una cuadrilla itinerante de vendimiadores italianos para que pisotearan sus restos.

Solo quedarían algunos mechones de pelo y trozos de entrañas, y sería justo lo que se merecía.

—Tenías una tarea —masculló, hablando consigo mismo—. Una. Sola. Tarea.

Por desgracia para él, dicha tarea consistía en acompañar a la princesa Sophia Charlotte de Mecklenburg-Strelitz a la capilla real del palacio de Saint James, donde debía casarse con Su Majestad el rey George III de Gran Bretaña e Irlanda.

En ese dichoso momento.

Aunque la había perdido.

Y pensar que lo había interpretado como un ascenso… Sophronia Pratt, la camarera mayor de la princesa Augusta, lo había llevado a un lugar apartado la semana anterior y le había dicho:

—Te han concedido el honor de servir a nuestra nueva reina. —Y mientras él seguía asimilando el sorprendente giro, Sophronia añadió—: La llaman princesa Charlotte, no princesa Sophia. Eso es lo primero que debes saber.

—¿Eso quiere decir que su nombre como reina será Charlotte?

—No lo sabemos. Solo podemos hacer suposiciones, y en lo referente a las familias reales, es mejor no hacerlas nunca.

—Sí, señora —repuso Brimsley. Se preguntó qué librea le darían. No las casacas rojas de los lacayos y los cocheros; sin duda alguna, le darían algo mucho más elegante, acorde a su elevada posición. El ayuda de cámara del rey lucía una de color azul marino, pero a él le gustaba el escarlata.

—Llegará la semana que viene —siguió Sophronia—. No sabemos qué día exactamente, pero me han informado de que la boda tendrá lugar de inmediato.

—¿De inmediato, señora? —repitió Brimsley.

—En cuestión de horas. El mismo día, eso seguro.

—¿Hay algún motivo para las prisas, señora?

La camarera mayor lo fulminó con la mirada.

—Si lo hay, a ti no te interesa ni mucho menos.

—Por supuesto que no, señora —dijo Brimsley, pero por dentro se estaba diciendo de todo. Esa mujer podría retirar el ascenso lo mismo que se lo había dado. De modo que inclinó la cabeza como era de esperar y añadió—: Estaré preparado, señora.

—Bien. Pues caminarás cinco pasos por detrás de ella. Siempre. La acompañarás siempre. Contestarás sus preguntas…

—¿Siempre?

—A veces. —Sophronia le dirigió una mirada seria y desdeñosa a partes iguales—. Contestarás sus preguntas a veces.

Brimsley no supo muy bien cómo interpretarlo.

—No sabrá cómo se hacen las cosas aquí —explicó ella, y el desdén empezaba a superar con creces a la seriedad—. Una de tus principales obligaciones será ayudarla a aprender.

—¿No requerirá eso que conteste todas sus preguntas?

La camarera mayor de la reina puso los ojos en blanco, y Brimsley, aunque no era muy hábil leyendo los labios, estaba seguro de que articuló las palabras «Señor, dame fuerzas».

Que se las diera a los dos. La verdad. Lo estaban echando a los leones, y ambos lo sabían.

—La princesa alemana tiene que aprender a vivir como nosotros —sentenció Sophronia.

Brimsley asintió con un gesto solemne de la cabeza.

—Lo entiendo, señora.

—En esta corte.

—Por supuesto, señora.

—Donde manda la princesa Augusta —añadió con retintín.

Brimsley abrió la boca. Sin duda mandaría la nueva reina, no la princesa Augusta.

La camarera mayor enarcó una ceja con un gesto sorprendentemente regio.

—¿Algo que decir?

Brimsley no era idiota. Tal vez vanidoso, pero no idiota.

—No, lo entiendo perfectamente, señora —dijo.

—Ya me parecía a mí que lo ibas a entender —repuso ella—. Por eso te recomendé para el puesto.

—Gracias, señora.

Sophronia lo miró con una expresión que dejaba claro que valoraba muy poco su agradecimiento.

—¿Quieres saber por qué otro motivo te recomendé?

Brimsley no estaba seguro de querer saberlo.

—Por tu cara —confesó ella—. Tienes cara de pez.

—¿Gracias? —Tosió—. Señora.

—Supongo que ese es otro motivo. Acabo de insultarte, y tú me has dado las gracias. Vivirás muchos momentos así con la reina.

Saber eso no lo animó.

—¿Eso quiere decir que ha oído muchas cosas sobre ella?

—Ni una sola palabra —contestó Sophronia con sequedad—, pero las familias reales son todas iguales en ese aspecto. En cualquier caso, tu cara de pez te da un aire de desdén perpetuo. Pareces muy complacido contigo mismo, cuando los dos sabemos que no tienes motivos para estarlo.

Brimsley no estaba seguro de haber recibido nunca mayor insulto, y de no ser él la víctima, probablemente la admiraría por su forma de hacerlo. Había sido magistral.

—Una cosa más —dijo la camarera mayor—. Las preguntas que te haga la nueva reina tal vez no sean las más apropiadas para que aprenda a adaptarse a nuestra forma de vida. ¿Me he explicado con claridad?

—Sí, señora —contestó Brimsley, porque, la verdad, esa mujer era aterradora.

Y quería el trabajo. Porque suponía que implicaba un aumento de sueldo.

De modo que saludó con una reverencia a la princesa Charlotte, que, a decir verdad, no se parecía en nada a lo que había esperado, y empezó el que supuso que sería el trabajo de toda su vida... O lo que era lo mismo: caminar cinco pasos por detrás de su elegante y regia persona.

Salvo que la princesa no parecía comprender cómo funcionaba nada en absoluto, porque mientras recorrían el largo pasillo hasta sus aposentos, se detuvo.

Así que él también lo hizo.

Se quedó quieta un momento, seguramente esperando que la alcanzara, algo que no podía hacer, por supuesto, de modo que se quedó allí plantado, presa de la agonía, hasta que la princesa reanudó la marcha y después...

Se detuvo de nuevo.

Y él se paró también.

La princesa no lo miró, pero se percató por la tirantez de sus hombros de que estaba molesta.

A continuación, ella dio un paso. Solo uno, sin llegar a cambiar el peso de un pie a otro del todo. Después se dio media vuelta de repente, como si intentara sorprenderlo haciendo... ¿el qué? Brimsley no lo sabía. Los miembros de las familias reales eran criaturas raras.

—¿Por qué no te has movido? —quiso saber ella.

—Usted no se ha movido —contestó—. Alteza.

—Sí me he movido.

—No ha avanzado —le explicó—. Solo ha fingido dar un paso.

Ella lo miró fijamente un rato, y a Brimsley se le pasó por la cabeza que, con el tiempo, sería más aterradora que la princesa Augusta o la señora Pratt.

—¿Alteza? —dijo, con prudencia.

—Camina a mi lado —le ordenó ella—. Tengo preguntas.

Se obligó a quedarse quieto.

—Alteza, las cosas no se hacen así.

—¿A qué te refieres?

No señaló con la mano, porque no se señalaba en presencia de una futura reina, pero le indicó con un gesto un punto cercano a los elegantes zapatos que ella llevaba.

—Usted camina ahí y yo... —Hizo de nuevo otro gesto, en esa ocasión hacia sus zapatos muchísimo menos elegantes—. Y yo camino aquí, alteza.

Ella entrecerró los ojos oscuros.

—¿No puedes caminar a mi lado?

—Siempre estoy a su lado, alteza. —Carraspeó—. Cinco pasos por detrás.

—Cinco pasos por detrás.

—Cinco pasos por detrás —confirmó él.

—Siempre.

—Siempre, alteza. —«Soy su sombra. Salvo que yo soy bajito y paliducho, y usted es alta e impresionante, y tiene la piel del color de un majestuoso roble», pensó con creciente histeria.

Ella era distinta, comprendió. No por el color de su piel ni por la textura de su pelo. Era distinta por dentro. Tenía esa cualidad mágica e intangible que hacía que las personas quisieran estar con ella. Escuchar lo que decía y respirar el mismo aire que la rodeaba. Si fuera más fantasioso, diría que chispeaba.

Aunque no era fantasioso. Así que la describiría como inteligente. Y elegante. Y se dio cuenta de que ese día los habían echado a los leones a los dos.

—Siempre estarás ahí —dijo ella.

«Siempre», juró para sus adentros. Pero no sería adecuado profesar en voz alta la ferviente emoción que le había atenazado el corazón de repente, de modo que se limitó a decir:

—Cuando me necesite, alteza.

—¿Cómo te llamas? —quiso saber ella.

—Brimsley, alteza.

—¿Solo Brimsley?

—Bartholomew Brimsley.

—Bartholomew. Te pega. Por supuesto, nunca lo usaré.

—Por supuesto —repuso él. Había sido una sorpresa que lo preguntara siquiera.

—Brimsley —dijo ella con el toque justo de sequedad en una futura reina, en su opinión—, háblame del rey.

—¿Del rey, alteza?

Ella lo miró como si estuviera observando a una criatura de muchísima menos inteligencia.

—El rey —repitió—. Va a ser mi marido. Deseo saber cosas de él.

—El rey —dijo él de nuevo, queriendo ganar tiempo con desesperación. Estaba seguro de estar padeciendo una pesadilla despierto. Sin duda, esa era una de las preguntas que la señora Pratt le había indicado que no contestara.

—¿Puedes contarme algo sobre él? —insistió la princesa Charlotte.

—En fin...

La princesa no cruzó los brazos por delante del pecho, quizá porque su vestido estaba tan profusamente adornado que le resultaría imposible hacerlo, pero la expresión de su cara sugería sin duda ese gesto.

—El rey... —dijo él.

—El rey. Seguro que lo conoces.

—Sí, alteza. Es el rey.

—*Mein Gott* —masculló la princesa.

Y Brimsley al final no le dijo nada sobre el rey. De hecho, usó todos los trucos que se sabía para evitar mencionar al rey en la conversación. Pero en ese momento se preguntó si no habría sido un error. Tal vez si le hubiera dicho que el rey era apuesto, o que era honorable (ambas cosas ciertas), ella no habría huido pocos minutos antes de la boda.

Tal vez si hubiera dicho que al rey le interesaba la agricultura y la astronomía (cosas que también eran ciertas), él, Brimsley, no estaría escabulléndose por un lateral de la capilla en un intento por hacerse invisible mientras se dirigía a la sacristía.

Por suerte para él, los invitados de la boda estaban más interesados en sus pares que en un solitario criado que se movía como un cangrejo aterrorizado. Consiguió pasar una puerta, y después otra, y después...

¡El rey!

Brimsley intentó no orinarse encima. Lo consiguió por los pelos.

Pasó junto al rey, que no reparó en él en absoluto; le hizo una reverencia al arzobispo, que le hizo un gesto con la mano típico de los sacerdotes, y por fin llamó la atención de Reynolds, el ayuda de cámara del rey.

—Hay un problema —susurró Brimsley.

Reynolds era más alto que él, más atlético que él y más guapo que él. Y los dos lo sabían. Aun así, Brimsley tenía algunas ventajas a su favor.

Aunque no en ese preciso momento.

—¿Qué has hecho ahora? —le preguntó Reynolds, tan condescendiente como siempre.

Brimsley tragó saliva con fuerza.

—La novia ha desaparecido.

Reynolds lo agarró de un brazo.

—¿Qué has dicho?

—Lo que has oído. —Brimsley les dirigió una mirada aterrada al resto de los ocupantes de la estancia. El arzobispo estaba medio sordo, no le cabía duda, pero el rey lo miró de repente.

Brimsley se movió hacia un lado. No podía darle la espalda al rey... Si bien no era una ofensa castigada con la horca, sí que podrían echarlo del palacio a patadas por eso.

Aunque, la verdad, el ya mencionado hecho de que hubiera perdido a la novia era su mayor preocupación en ese momento.

Fuera como fuese, se sentiría mucho mejor si pudiera colocarse de tal manera que no pudiera ver al rey mirándolo fijamente.

—Brimsley, ¿dónde está? —masculló Reynolds.

—No lo sé —contestó—. Evidentemente.

Reynolds emitió un sonido que parecía más un gruñido.

—Eres un inútil.

—No sé si a ti se te daría muy bien seguirle la pista a una mujer desdichada.

—No es mi trabajo seguirle la pista a una mujer desdichada. Mi trabajo es el rey.

Tenía razón, maldita fuera su estampa, pero Brimsley jamás lo admitiría. Reynolds se lo estaría echando en cara durante días.

—No es el momento de discutir —susurró Brimsley mientras intentaba con desesperación no mirar al rey. Pero ¿cómo no se miraba a un rey? Era como no mirar el sol.

Una metáfora muy adecuada. Si miraba al rey demasiado tiempo, sin duda acabaría en llamas. Y, sin embargo, nada existía sin él. Ni ese palacio, ni ese país, ni...

—¡Brimsley! —rugió Reynolds.

—No sé qué hacer —reconoció. Era la admisión más dolorosa que había hecho en la vida.

—¿Dónde la viste por últ...?

Sin embargo, la pregunta de Reynolds quedó en el aire, interrumpida por el chirrido de una silla al arrastrarse sobre el suelo. El rey se había puesto en pie.

—Majestad —dijo Reynolds, y solo la presión de su mano en el brazo de Brimsley evitó que este se postrara a los pies del rey.

—Al parecer, no me necesitan —dijo el rey. Y salió de la estancia.

Brimsley lo miró sin dar crédito. Reynolds lo miró sin dar crédito. Y después se miraron el uno al otro.

—¿Qué acaba de pasar? —preguntó Brimsley.

—No lo sé —contestó Reynolds—, pero no puede ser nada bueno.

—¿Deberíamos ir tras él?

—Tú no, desde luego. —Reynolds salió corriendo por la puerta en busca del rey, dejando a Brimsley a solas con el arzobispo.

—Excelencia —dijo Brimsley con una sonrisa desvaída.

—¿Estamos listos ya? —preguntó el arzobispo.

—Mmm, no del todo. —Brimsley retrocedió hacia la puerta andando hacia atrás, porque tampoco se le daba la espalda a un arzobispo, y después recorrió el pasillo con paso acelerado, presa del pánico.

No podían haberse ido muy lejos. Esa puerta conducía justo al exterior, y la otra volvía a la capilla, lo que quería decir…

Se detuvo en seco al doblar una esquina. Reynolds estaba mirando al rey, que a su vez hablaba con un hombre al que él no había visto en la vida. No estaba lo bastante cerca como para oír lo que decían, pero el rey lo escuchaba con mucha atención, y después dijo algo, y el hombre replicó algo, y…

¡El hombre abofeteó al rey!

Brimsley estuvo a punto de desmayarse.

Dos guardias se adelantaron a toda prisa, seguramente para ponerle grilletes, pero el rey los detuvo y permitió que el desconocido se marchara. Y después salió por la puerta. El día de su boda. El rey salió de la capilla sin más.

Brimsley dio un paso al frente, desconcertado por lo que acababa de presenciar. Y también presa de una terrible curiosidad. La información era moneda de cambio entre el personal del palacio, y aquello era oro.

Sin embargo, en ese preciso momento Reynolds lo vio.

—No deberías estar aquí —le susurró con sequedad.

—¿Qué acaba de pasar?

—Ni una palabra. A nadie.

—Pero…

—¡Ni una palabra!

Brimsley apretó los labios hasta formar una fina línea. Tenía curiosidad. ¡Muchísima curiosidad! Pero Reynolds era el ayuda de cámara del rey y su hombre de confianza, y él no. De hecho, no sería el ayuda de nadie si no encontraba a la princesa Charlotte.

—Tengo que irme —dijo de repente.

Reynolds lo miró por encima de su portentosa nariz.

—Vete con viento fresco.

Brimsley regresó a la capilla por el mismo pasillo. Dios, cómo odiaba a Reynolds.

A veces.

CHARLOTTE

Palacio de Saint James
Exterior de la capilla real
8 de septiembre de 1761

Charlotte estaba examinando el muro del jardín. Podía hacerlo. Si se aferraba al tronco de la enredadera que subía por los ladrillos, metía un pie en ese recoveco por detrás de las flores moradas y se aupaba...

Treparía por el muro y lo saltaría en un abrir y cerrar de ojos.

No en vano había trepado a todos los árboles de Schloss Mirow.

No sería fácil con el vestido de novia. La princesa Augusta había elegido uno sencillo, pero la tela era pesada y el tontillo, muy voluminoso. Aun así, seguramente fuera más fácil moverse con ese vestido que con el que ella había llevado de París.

«Gracias, Augusta». Al menos, por eso.

Apretó los dientes, metió el pie en el recoveco, extendió los brazos todo lo que pudo para aferrarse a la enredadera e hizo fuerza.

No lo consiguió.

—¡Maldición!

Podía intentarlo de nuevo. Iba a marcharse de ese dichoso palacio aunque muriera en el intento. Nadie le hablaba del rey. Le había preguntado a su madre, le había preguntado al idiota de Brimsley, le había preguntado a la modista que se comportaba como si ese odioso vestido de novia fuera a la moda, pero no, ni una sola persona le decía nada importante.

¿Era apuesto?

¿Era amable? ¿Atlético? ¿Le gustaba leer?

Quizá era feo. Quizá ese era el motivo de que nadie se dignara a hablarle de él. Le habían enseñado su retrato en miniatura, pero todos sabían que los miniaturistas cobraban para que los hombres parecieran más guapos de lo que eran en realidad.

Podía pasar por alto que fuera feo. La belleza estaba en el interior, ¿no?

Bueno, en realidad no lo estaba. La belleza estaba en el exterior, pero ella era una buena persona. Podría superarlo.

¿Y qué respuestas le habían ofrecido esas personas (Brimsley y la modista, que teóricamente trabajaban para ella)?

Nichts. Nada. Brimsley había contestado, primero, diciendo que el rey era el rey y, segundo, diciendo que era el gobernante de Gran Bretaña e Irlanda y, tercero, informándole de que era el monarca desde octubre.

Rey, gobernante, monarca. Tres sinónimos que no revelaban absolutamente nada.

¡Y la modista! Cuando le preguntó si el rey era cruel, la mujer había dicho:

—Alteza, juntos tendrán unos hijos maravillosos.

¿Qué quería decir eso?

Así que se iba. Le daba igual que la travesía atlántica desde Cuxhaven hubiera sido tan horrorosa que había vomitado sobre Adolphus seis veces. Volvería a Mecklenburg-Strelitz aunque muriera en el intento. Además, Adolphus se merecía hasta la última gota de vómito. Era culpa suya que se viera inmersa en esa situación.

Retrocedió unos pasos. Tal vez si tomaba carrerilla...

—Saludos, milady.

Charlotte casi se murió del susto. Desconocía que hubiera alguien más en el jardín. Un hombre, mayor que ella, pero joven todavía, había salido por una puerta en la que ni había reparado.

Lo miró de arriba abajo con rapidez y descartó de inmediato la idea de que trabajaba en el palacio y de que lo habían enviado para obligarla a volver a la capilla. Evidentemente era uno de los invitados a la boda; su traje de color plateado impecablemente confeccionado así lo atestiguaba. No llevaba peluca sobre el pelo oscuro, una decisión que ella aprobaba. Sus cejas también eran muy oscuras y habrían quedado ridículas con un pelucón blanco en la cabeza.

En otro momento, cualquier otro día, le habría parecido que tenía una cara muy agradable. Pero ese día, no. No tenía tiempo para esas frivolidades.

—¿Necesita ayuda de algún tipo? —le preguntó él.

Ella lo miró con una sonrisa tensa.

—Estoy bien. Gracias.

Lo estaba despachando abiertamente, pero él se quedó allí plantado, observándola con una expresión inescrutable. No desagradable, pero tampoco era…, en fin, escrutable.

Agitó una mano en dirección a la capilla.

—Puede volver al interior y esperar con el resto de mirones.

—Eso haré —le aseguró él—. Pero antes…, me pica la curiosidad. ¿Qué está haciendo?

—Nada —se apresuró a contestar.

—Es evidente que hace algo —repuso él con mucha amabilidad, la verdad.

Charlotte puso un brazo en jarras y trazó un arco con el otro sin señalar a ningún sitio.

—Pues no.

Él la miró con expresión guasona y, la verdad, también un poco condescendiente.

—Pues claro que sí.

—No hago nada —masculló ella.

—Sí que lo hace.

Himmel, qué irritante era ese hombre.

—Si quiere saberlo, intento averiguar la mejor manera de saltar el muro del jardín.

—Saltar… —Miró el muro y después la miró a ella—. ¿Para qué?

Charlotte se sentía tan frustrada que tenía ganas de llorar. Solo quería escapar, y ese desconocido no dejaba de hacerle preguntas. Lo peor de todo era que debía mantener la conversación en inglés, que era un idioma infernal. Nada útil. En alemán, podía unir palabras y formar otras nuevas, maravillosamente largas y descriptivas. En vez de decir «Voy a saltar el muro para huir de mi boda», podía describir toda la situación con un «saltamurosprenupcial».

Un alemán sabría exactamente a qué se refería.

¿Un inglés? ¡Bah!

—Le pido por favor que me deje tranquila —le dijo al desconocido—. Debo marcharme.

—Pero ¿por qué? —insistió él.

—Porque creo que puede ser una bestia —se sinceró de repente.

Eso llamó la atención del desconocido. Enarcó las cejas, esas preciosas cejas oscuras que habrían parecido ridículas debajo de una peluca.

—Una bestia.

—O un trol.

Él parpadeó varias veces.

—¿Y de quién hablamos exactamente?

—En fin, es una pregunta impertinente. Y no es de su incumbencia en absoluto. —Y después, porque a todas luces estaba perdiendo la cabeza, se contradijo al contárselo todo—: El rey —dijo con desesperación—. Hablo del rey.

—Ah. —El hombre adoptó una pose pensativa. Tenía una cara atractiva, pensó Charlotte con una punzada histérica. A diferencia del rey, al que escondían de ella.

—Nadie habla de él —siguió—. Nadie. Evidentemente es una bestia. O un trol.

—Entiendo.

Charlotte se volvió de nuevo hacia el muro.

—Creo que si me agarro de aquí…

—¿Justo ahí? —Él le indicó un punto.

—Sí. —Charlotte lo miró con renovado interés. La verdad, tenía muy buena constitución, atlética y en forma bajo la ropa. Tenía un montón de hermanos y sabía que los sastres usaban multitud de trucos para que los hombres parecieran más fuertes y viriles. También sabía cómo reconocer dichos trucos, y saltaba a la vista que el sastre de ese hombre no había utilizado ninguno. Desde luego que era lo bastante fuerte para serle útil. Esbozó una sonrisa amable—. ¿Podría ayudarme levantándome?

—Sí, por supuesto —contestó él, un dechado de amabilidad y educación—. Pero tengo una pregunta: ¿no le gustan las bestias ni los troles?

Lo miró con expresión elocuente. El desconocido estaba perdiendo el tiempo. Un tiempo del que ella carecía.

—A nadie le gustan las bestias ni los troles.

Sin embargo, él no había terminado con sus preguntas.

—¿Tanto importa su aspecto?

—No me importa qué aspecto tenga —contestó casi a voz en grito—. Lo que no me gusta es la ignorancia. Le he preguntado a todo el mundo por él. No solo por su aspecto. Sino por cómo es. Y nadie me dice absolutamente nada.

—Eso es un problema —susurró él.

—Aquí —dijo ella al tiempo que le hacía un gesto para que se acercara—. Basta con agarrarme de aquí. Si alguien me aúpa, creo que puedo saltar el muro del jardín.

—Quiere que la aúpe para saltar el muro y así escapar.

Mein Gott, qué lento era.

—Eso he dicho, sí.

Él miró a su espalda, a la capilla.

—Se darán cuenta de que no está, ¿no cree?

—Ya me preocuparé por eso después. Ahora, si no le importa, solo necesito una ayudita. —Hizo un gesto apresurado—. Vamos, dese prisa.

Sin embargo, él cruzó los brazos por delante del pecho.

—No tengo la menor intención de ayudarla.

En ese momento, sí que se irritó. Había sido muy agradable y parlanchín, y había dado la impresión de que era un caballero, cuando en realidad solo la estaba haciendo perder el tiempo.

—Soy una dama en apuros —mascculló—. ¿Se niega a ayudar a una dama en apuros?

—Me niego cuando la dama en cuestión intenta saltar un muro para así no tener que casarse conmigo.

Charlotte se quedó paralizada. Tanto que habría jurado que la sangre dejó de correrle por las venas. Alzó la mirada. Hasta clavarla en sus ojos, que tenían una expresión muy, pero muy guasona.

—Hola, Charlotte —dijo él—. Soy George.

—Yo... Yo...

Él esbozó una sonrisa diabólica.

—¿Tú...?

Ella hizo una genuflexión. Una tan respetuosa que habría tocado el suelo con la frente de ser físicamente posible.

—Lo siento mucho, muchísimo, majestad.

Él extendió un brazo y la tomó de la mano para tirar de ella y levantarla.

—Majestad no. George. —Su boca adoptó un rictus curioso, y por un momento dio la impresión de que estaba casi abochornado—. Quiero decir que sí, majestad. Pero para ti, George.

Charlotte estaba segura de que no había palabras para describir su estado de desdicha mental en ese momento. Ni en inglés ni en alemán. Pero lo intentó de todas formas.

—Por favor, acepte mis disculpas —le suplicó—. De haber sabido que era usted...

—¿Qué habrías hecho? ¿No me habrías dicho que intentabas escapar?

Estaba riéndose de ella. Lo captaba en su voz. Pero el dejo burlón hizo poco por mitigar su total y absoluta vergüenza. Y su miedo.

Parecía un hombre agradable. No había estallado de furia por su comportamiento. Pero los dos sabían que podía convertir su vida en un infierno con solo chasquear los dedos. Y ella acababa de insultarlo de la peor manera posible.

—En fin... —comenzó mientras se devanaba la cabeza en busca de las palabras adecuadas para semejante situación—. Sí. Quiero decir, no. Quiero decir que lo siento mucho, majestad.

—George —la corrigió—. Solo George.

No podía apartar los ojos de él. Era tan... amable. En absoluto lo que se había esperado, incluso antes de intentar sin éxito preguntarles a todos por él.

Y no porque fuera apuesto, que lo era.

Lo era de verdad.

Era por algo más. Algo que no sabía cómo describir, salvo que sentía un hormigueo en el brazo desde que él le había tomado la mano, y que habría jurado que sentía el cuerpo más ligero que un momento antes, como si de repente pudiera verse flotando unos centímetros por encima del suelo.

Todo parecía distinto. Ella se sentía distinta.

Él se inclinó hacia delante.

—Lo de ser el rey... —dijo en un tono casi conspirador— planea sobre nosotros. Un accidente de nacimiento por mi parte. Pero pensé que tal vez, como mi esposa, podrías obviar ese hecho y ser Solo George para ti.

—¿Solo... George? —repitió.

Él asintió con la cabeza.

—Por supuesto, eso fue antes de descubrir que no quieres casarte conmigo.

—Yo no he dicho eso —se apresuró a decir Charlotte.

—Oh, sí que lo has hecho.

—No, no lo he hecho.

—Lo has hecho.

—No... —Charlotte meneó la cabeza, a todas luces frustrada—. No lo conozco.

Él extendió los brazos a los costados.

—Yo tampoco te conozco. Solo sé que se te da fatal escalar muros.

—Intente escalar uno con esta ropa —replicó ella.

Él soltó una risilla.

Y ella sonrió.

—¿Qué? —preguntó Charlotte.

Él meneó la cabeza, como si no diera crédito a lo que estaba pensando.

—Eres incomparable. Nadie me dijo que serías tan guapa.

De repente, Charlotte no supo qué hacer con las manos. Ni con las piernas. Sentía el cuerpo raro, como si el aire que respiraba contuviese alguna sustancia burbujeante que chispeaba en el viento.

—Tal vez seas demasiado guapa para casarte conmigo —siguió George—. La gente hablará. —Ladeó la cabeza y esbozó una sonrisilla traviesa—. Teniendo en cuenta que soy un trol.

Charlotte quería morirse.

—Majestad...

—George.

—George —se obligó a repetir. No era fácil. Era un rey. Nadie llamaba a un rey por su nombre de pila.

—¿Qué quieres saber? —le preguntó él.

—¿Qué?

—No me conoces. Ese es el problema, ¿verdad? ¿Qué quieres saber de mí?

—Eso es muy... No...

Él esbozó una sonrisa expectante sin apartarle los ojos de la cara.

—Todo —contestó.

El rey asintió despacio con la cabeza.

—Muy bien. Así que todo, ¿no? En fin. Nací prematuro, y todos creían que iba a morir. Pero no lo hice. Se me da bien la esgrima. Aunque soy mejor tirador. Mi comida favorita es el cordero. No como pescado. —Levantó la mirada de golpe—. ¿Te gusta el pescado?

—Yo...

—Da igual —la interrumpió, ya que a todas luces no le interesaba su respuesta—. No lo comeremos. Me gustan los libros, el arte y la buena conversación. Pero sobre todo me gustan las ciencias.

—¿Las ciencias?

—La química, la física, la botánica. Y especialmente la astronomía. Las estrellas y los cielos. Soy todo un agricultor, seguramente sería granjero de no tener ya otro puesto.

Charlotte parpadeó mientras intentaba seguirlo.

Él se señaló las costillas.

—Tengo aquí una cicatriz de cuando me caí de un caballo. Y otra aquí —continuó mientras se señalaba una mano, la base del pulgar— por haber sido torpísimo con un cuchillo pelador. Y estoy muy nervioso por casarme con una mujer a la que he conocido unos minutos antes de la boda, pero no puedo demostrarlo y escalar un muro porque soy el rey de Gran Bretaña y de Irlanda, y eso provocaría un escándalo. Pero te prometo que no soy un trol ni una bestia. —Hizo una pausa, y Charlotte por fin vio un asomo de nerviosismo en esos cálidos ojos oscuros. La miró. La miró de verdad, y dijo—: Solo soy George.

Charlotte sintió que le cambiaba la cara. Estaba sonriendo. No recordaba la última vez que había sonreído con tantas ganas. Le gustaba. ¡Le gustaba! Parecía un milagro, pero le gustaba ese hombre con quien le habían ordenado que se casara. Hablaba un poquito deprisa cuando tomaba carrerilla, pero era… interesante. Y gracioso.

Y muy apuesto.

—George —dijo, saboreando el nombre en la lengua—. Yo…

—*Liebchen!*

Charlotte se dio media vuelta. Adolphus se acercaba a toda prisa.

—¡Te hemos estado buscando por todas partes! —dijo su hermano—. ¿Qué…? —Jadeó—. Majestad.

Adolphus hizo una reverencia. Profunda. Respetuosa.

—Ah —dijo George, con el dejo más amable que se podía imaginar—. Es usted el hombre responsable de mi futura felicidad.

—*Ja* —repuso en alemán Adolphus, que parecía muy incómodo—. Le pido perdón. Sí. No. Yo…

—En fin, ha llegado en el momento más oportuno —siguió George—. Charlotte estaba decidiendo si quiere o no casarse conmigo.

La alarma demudó el semblante de Adolphus.

—Charlotte no cabe en sí de gozo por la idea de convertirse en su esposa.

—No —lo contradijo George con sequedad—. Todavía no se ha decidido. —Señaló con la cabeza el muro del jardín—. Puede que salte el muro en vez de casarse conmigo.

Adolphus abrió la boca. Después hizo ademán de cerrarla. Y la abrió de nuevo.

—La decisión es totalmente suya —añadió el rey.

Charlotte decidió en ese preciso instante que lo amaba. Tanto como se podían decidir esas cosas. Además, solo lo conocía de hacía cinco minutos. No era tan fantasiosa.

George se volvió para mirarla con una sonrisilla tímida.

—Debería volver al interior porque sospecho que, a estas alturas, hay unos guardias muy nerviosos que creen que me han secuestrado. ¿Charlotte?

Ella lo miró, incapaz de pronunciar palabra.

Él le tomó una mano, se inclinó y le rozó los nudillos con los labios.

—Espero verte dentro.

Solo atinó a mirarlo fijamente.

—Y en ese caso —añadió George al tiempo que le soltaba los dedos despacio—, seré el que está de pie junto al arzobispo de Canterbury.

Se alejó con grandes zancadas, resplandeciente con esa casaca de fastuosos bordados.

—Dime que no sigues dudando —le pidió Adolphus.

Charlotte se volvió despacio hacia su hermano. Se había olvidado de su presencia.

—En fin —dijo con tranquilidad mientras se miraba el odioso vestido que la princesa Augusta la había obligado a ponerse—, antes tengo que cambiarme de ropa.

GEORGE

Palacio de Saint James
Salón de recepciones
Esa misma noche, más tarde

George estaba aterrado.

¿Se podía estar aterrado y exultante a la vez? Debía de ser posible, porque él sentía ambas cosas, junto con miedo.

Pavor.

No, eso era lo mismo que el miedo.

¿Contaba? ¿Las dos, juntas? Si el miedo y el pavor eran sinónimos, eso quería decir que eran lo mismo y, por tanto, solo experimentaba una emoción, no dos.

Se miró las manos. ¿Se estremecían?

No, pero ¿le temblaban? Tal vez, pero hacía fresco. Ese podía ser el motivo.

¿Temblar y estremecerse eran sinónimos? Esa sí que era una pregunta interesante. Diría que no. No en el fondo. Había una diferencia apreciable entre temblar y estremecerse. No como entre el miedo y el pavor. El pavor era un miedo mayor, pero el temblor no era el mismo movimiento que el estremecimiento. No se podían comparar ambas cosas.

Los dos pares de palabras, a eso se refería. Porque el quid de la cuestión era comparar las palabras de cada par entre sí.

Inspiró hondo. «Ya basta. Tranquiliza tu mente», se ordenó.

Eso le sucedía a veces.

A menudo.

Más de lo que le gustaría.

Su cerebro parecía salir corriendo sin él, y no podía controlar sus pensamientos. Eso era lo peor de todo, porque ¿acaso no debería un hombre ser capaz de controlar su mente? Era el rey. Si no podía regir su propia mente, ¿cómo esperaba regir a los demás?

Y en ese momento estaba aterrado. Y exultante.

Tal como ya había mencionado.

Todo por culpa de ella. De la princesa Sophia Charlotte de Mecklenburg-Strelitz. No, ya estaban casados. Ya era la reina Charlotte de Gran Bretaña e Irlanda.

Ya era una reina. Su reina.

No la estaba buscando cuando se encontraron en el jardín de la capilla. Acababan de decirle que se había fugado, y él sintió una abrumadora oleada de alivio y de vergüenza… Una vez más, una combinación contradictoria de emociones.

En aquel momento solo necesitaba aire.

Se sentía muy confiado. Le habían buscado un nuevo médico, un escocés que tenía su consultorio en Londres. Solo había pasado una semana, pero volvía a sentirse más centrado, como un hombre preparado para casarse. Pero después ese criado servil con cara de pez había entrado y le había dicho a Reynolds que la novia había desaparecido. En aquel momento, bajó la mirada, y las manos empezaron a estremecérsele, y solo atinó a pensar en…

Escapar.

Sin novia, no había boda. No necesitaba estar allí.

Siempre le había gustado mucho el jardín de la capilla. No era como estar de verdad al aire libre, donde los campos se extendían a lo lejos y los árboles eran majestuosos, pero era bucólico y relativamente rústico para un espacio eclesiástico. Había setos, por supuesto, pero hacía años alguien había plantado flores silvestres en los parterres. Solía escaparse a ese lugar cuando necesitaba intimidad.

Además, nadie parecía ir a buscarlo cuando estaba allí. Era una ventaja.

Sin embargo, el doctor Monro se encontraba de pie en el pasillo, seguramente por órdenes de su madre, que no pensaba arriesgarse, y no había aceptado sus excusas ni sus explicaciones. No le hizo reverencia alguna ni le besó el sello. Al contrario, cuando le dijo al médico que no estaba preparado y que no se encontraba bien, el doctor Monro lo miró a los ojos y le dijo:

—Lo he examinado a conciencia y está usted perfectamente bien.

—¿Le parezco perfectamente bien? —le preguntó George, que alzó las manos estremecidas.

Creía que con eso se zanjaría la discusión, porque cualquier imbécil vería que no se encontraba bien, pero el médico exclamó:

—¡Se encuentra perfectamente bien! —Y, después de eso, lo abofeteó.

Y eso... había... funcionado.

Los estremecimientos cesaron. Su mente redujo la velocidad y se centró. Parpadeó, levantó una mano para impedir que los guardias se llevaran a rastras al doctor Monro a la mazmorra más cercana y le dio las gracias al médico.

Había sido una revelación.

Un milagro.

La voz del doctor Monro tenía algo. Y tal vez la bofetada también, pero sobre todo la voz. Era pausada y ronca. Imperiosa. Cuando le habló, George volvió en sí. Sus pensamientos dejaron de correr y sus manos, de estremecerse, y se sintió preparado.

Había salido para respirar aire fresco, y allí estaba ella, intentando trepar por una frondosa rama de glicinia. Charlotte. Su princesa, que pronto sería su reina. No estaba seguro de que fuera ella antes de oírla hablar, pero lo sospechaba. Su piel era oscura, tal como le había dicho su madre, y llevaba un vestido de color marfil muy sencillo que encajaba con la descripción de su madre. Tenía la edad adecuada y un porte regio.

La creyó bonita.

Eso fue lo único que pensó, la verdad, al verla de pie junto al muro. Pero después, ella habló.

Y fue su eterna perdición.

Cuando Charlotte hablaba, el mundo cobraba vida. Era feroz, terca y asombrosamente directa. La inteligencia transformaba esa cara bonita en algo incandescente. La verdad, no sabía que una mujer pudiera ser tan hermosa.

Era una estrella. Un cometa. Era todo lo que brillaba en el cielo nocturno, llevado a la Tierra por la magia que la iglesia juraba que no existía.

¿Cómo se explicaba que alguien fuera especial? ¿Que, de alguna manera, fuera más que otras personas? ¿Habían nacido bajo el ala de un ángel? ¿Su sangre corría a otra velocidad?

La gente llevaba diciéndole esas cosas toda la vida, pero él sabía que solo era un accidente de nacimiento. Había nacido para ser rey y, por tanto, lo mimaban y lo alababan. Cuando hablaba, los demás lo escuchaban.

Sin embargo, escuchaban a su rey. No a George.

Charlotte era distinta. Podría haber nacido en un estercolero y la gente habría saltado barricadas para escuchar sus palabras. Su carisma era tal que no se podía fingir.

Ni enseñar.

Era, sencilla y llanamente, magnífica. Muchísimo más de lo que él jamás esperaría ser.

Y no solo por su belleza. Su inteligencia era aterradora. Ahí radicaba el problema. Si fuera fea, si fuera aburrida, podría sentirse a la altura de ser su marido.

Supo que debía permitirle decidir por sí misma si deseaba el matrimonio. De alguna manera, reconoció que su espíritu no se podía doblegar. Sí, supuso que podía ordenarle que ocupara su puesto en la capilla y sí, no le cupo duda de que su hermano le habría ordenado que ocupara su puesto en la capilla, pero él sabía que un matrimonio forzado jamás sería una verdadera unión. No con ella.

No podían domarla. Sería un crimen intentarlo siquiera.

Así que se arriesgó. Le dio la oportunidad de darle la espalda a ese matrimonio. Y así se provocó media hora de espantosa ansiedad.

Estaba bastante seguro de que decidiría seguir adelante con la boda. Desde luego, esperaba que lo hiciera. La conversación había ido bien. Tal vez ella no hubiera recibido la flecha de Cupido con tanta puntería como él, pero desde luego que parecía gustarle, algo que a menudo era a lo máximo a lo que se podía esperar en un matrimonio real.

Sin embargo, hasta que no la vio entrar en la capilla, resplandeciente con un vestido de color marfil con capa, bordado con oro y plata, no tuvo la certeza absoluta de que haría acto de presencia.

La vio recorrer el pasillo y, con cada paso, la alegría que sentía aumentaba. Mientras la miraba, lo embargó la seguridad, la certeza, de que esa mujer era perfecta y de que ese matrimonio era adecuado.

Esa unión sería un punto y aparte para él.

El hermano de Charlotte la tomó de la mano y la dejó sobre la suya, y George sonrió y dijo:

—Te has cambiado de vestido.

—Necesitaba algo más acorde a una reina —repuso ella.

Su reina.

Habría jurado que el corazón empezó a cantarle en el pecho.

Sin embargo, en ese momento, después de la larga y solemne ceremonia, después de tantísimas horas manteniendo conversaciones banales con personas de cuyos nombres jamás se acordaría, sintió que algo tétrico y desagradable roía la periferia de su felicidad.

No era merecedor de una criatura tan magnífica. Y con el tiempo, ella lo descubriría.

Lo habitual era que estuviese bien. Que se comportara con normalidad, al menos, con toda la normalidad que podía exhibir un rey. Pero, a veces, algo lo hacía saltar. No podía explicarlo: algo cobraba vida en su mente, y era incapaz de apagar la extraña e infame llama que ardía y crepitaba en su interior.

Se llenaba de palabras, esa era la única manera de describirlo. Su cuerpo se llenaba de palabras, normalmente sobre los cielos y las estrellas, pero a veces también sobre el mar, los dioses y los hombres normales y corrientes. Las sílabas se retorcían y se mezclaban en su interior, quemándole la boca, presionando contra su piel. Hasta que era demasiado y tenía que decirlo.

Y lo peor de todo, lo peor de lo peor, era que sabía cuándo su mente no funcionaba como era debido. Al menos, al principio de un episodio. Era capaz de decir que algo iba mal, pero no sabía cómo arreglarlo.

Aunque no le sucedió en ese momento.

Respiró hondo. Estaba perfectamente bien. Perfectamente.

Era el día de su boda, y estaba perfectamente bien.

Charlotte se encontraba a unos cuantos metros, hablando con su hermano y con la flamante lady Danbury. Tenía un aspecto precioso y regio, y su pelo era una nube perfecta coronada por la tiara más etérea y extravagante que había visto en la vida. De repente, se le ocurrió que era el momento de sacar a su esposa a bailar.

Acortó la distancia que los separaba e hizo una reverencia.

—¿Me concede este baile, majestad?

Una sonrisa le iluminó la cara como si se hubiera prendido por dentro.

—Será un placer, majestad.

George la condujo al centro de la pista de baile. Otras parejas se reunirían con ellos pronto, pero se daba por sentado que ese baile era solo para los reyes. Y aunque habían intercambiado palabras toda la tarde, era la primera conversación privada desde la ceremonia.

Esperó a que la música empezara, la condujo en los primeros pasos y después le preguntó:

—¿Qué se siente al ser reina?

Ella se sobresaltó un poco.

—No lo sé —contestó—. ¿Qué se siente al ser rey?

—No conozco otra cosa.

—No puede ser verdad. Pasaron años antes de que ascendieras al trono.

—Cierto —admitió él—, pero siempre supe que era mi destino. Soy el primogénito del heredero de un rey. Tenía doce años cuando mi padre murió y me convertí en el príncipe de Gales. Nunca me han tratado como a un ser humano ordinario.

¿Detectaría Charlotte el dejo anhelante en su voz? No deseaba no ser rey, pero en ocasiones desatendería con gusto los asuntos de Estado para ocuparse de su jardín.

George el Granjero. Así era como lo llamaban a sus espaldas. No tenían ni idea de que se lo tomaba como un cumplido. Lo que le dijo a su madre esa mañana fue totalmente en serio. La tierra era bonita. El suelo era un milagro, y de él brotaba toda la vida y la esperanza.

—No me has contestado —insistió al tiempo que le tomaba una mano y la levantaba por encima de los hombros para que pudiera girar—. ¿Qué se siente al ser reina?

—Es una pregunta imposible.

—¿Lo es? Pues a mí no me lo parece. Debe de ser un cambio extraordinario para cualquier mujer, ya sea una criada como una princesa.

—Quizá. —La música los separó unos segundos, y cuando volvieron a estar cara a cara, ella dijo—: Es mucho menos especial ser una princesa en Europa. Abundamos como las setas, la verdad.

George fue consciente de que empezaba a sonreír.

—No sé si eso es maravilloso o aterrador.

—¿Un enjambre de princesas?

—Un ejército —la corrigió él.

—Eso sí que sería aterrador —repuso ella—. No has visto a mi hermana con un arma.

A George se le escapó una risilla.

—No sé cuántas hermanas tienes —admitió.

—Solo una viva.

—Lo siento.

Ella se encogió de hombros con delicadeza.

—Las demás murieron antes de que yo naciera. No tuve la oportunidad de conocerlas.

—Como suele pasar en estos casos. —Los padres de George eran muy afortunados por el hecho de que todos sus hijos hubieran sobrevivido a la infancia. Su hermana Elizabeth había muerto dos años antes, con dieciocho, y él había llorado su pérdida. Pero, de momento, era la única de sus hermanos que había muerto.

—Tú tienes muchos hermanos y hermanas —señaló Charlotte.

—Pues sí. Espero que llegues a considerarlos familia. Estoy seguro de que a Caroline Matilda, mi hermana menor, le interesaría muchísimo tu ejército de princesas.

—¿Tiene buena puntería disparando?

—Por Dios, espero que no. Solo tiene diez años.

Charlotte se echó a reír. Fue una carcajada sincera, no especialmente musical, pero cargada de alegría.

—Debo confesar que yo tampoco soy muy ducha con un arma. Tu hermana y yo aprenderemos juntas.

—Una idea aterradora —susurró George—. Y una que tal vez tenga que esforzarme por coartar. Pero, lo más importante, ¿cómo llamaríamos a este ejército de princesas?

—En esto nos falla el inglés —se lamentó Charlotte con un mohín desdeñoso de la nariz—. En alemán, tendríamos una palabra. *Armeeprinzessinnen.* Todos sabríamos exactamente lo que significa.

—También hablo alemán —le recordó George—. Y no creo que haga falta una palabra nueva. ¿Hay algún motivo por el que no deberíamos llamarlo *Armee der Prinzessinnen*?

—Detalles sin importancia —protestó Charlotte—. Prefiero las palabras largas.

—*Backpfeifengesicht* —susurró George.

Una sonrisa iluminó la cara de Charlotte mientras decía:

—Una cara que necesita un puñetazo. Una palabra muy útil. Hace falta en inglés.

—Diría que hace falta en cualquier idioma —repuso él—. Pero da la casualidad de que eres la reina. Puedes inventar todas las palabras que desees.

Ella sonrió.

—*Puñonecesitadodecara.*

—*¿Caranecesitadadepuño?* —sugirió George.

—La tuya es más certera, pero la mía es más satisfactoria.

A George se le escapó una carcajada, lo bastante alta como para atraer miradas curiosas.

—Cuidado —le advirtió Charlotte con una sonrisilla traviesa—. La gente pensará que nos caemos bien.

—¿Y no es así? —le preguntó en voz baja.

Sin embargo, ella se libró de contestar por los pasos del baile. Los dos trazaron un regio círculo antes de que sus manos volvieran a tocarse, momento en el que ella dijo:

—Eso espero.

—Los matrimonios de estado son un riesgo —repuso él.

Charlotte aceptó el comentario con un minúsculo gesto de cabeza y comentó:

—Debes saber que no tenía elección.

—Eso no es cierto —replicó en voz baja. La tomó de la mano mientras recorrían un pasillo central imaginario. Los demás invitados todavía no se habían sumado al baile, de modo que solo estaban ellos dos, procesionando solos—. Recuerdo perfectamente decirle a tu hermano que la decisión estaba en tus manos.

—Es imposible que creas que en realidad tenía elección.

George intentó desentenderse de los aguijonazos que la inquietud le estaba provocando en el pecho.

—Tu actitud dejaba entrever que sí la tenías cuando intentabas saltar el muro del jardín.

—Eso no puedo negarlo.

—Y yo te ofrecí la posibilidad de elegir. Si no lo consideraste así, es absolutamente cosa tuya.

Ella reflexionó unos segundos antes de hablar.

—Te agradezco muchísimo que me la ofrecieras. Me sorprendió que lo hicieses.

—No soy un ogro. Ni —añadió al tiempo que ladeaba la cabeza— un trol ni una bestia.

La música culminó con una floritura, indicando que el primer baile en solitario había terminado. George hizo un gesto regio con el brazo para invitar a los presentes a unirse a ellos. Cosa que hicieron, envolviendo a la pareja real en un perfumado remolino de seda y satén. Y aunque Charlotte y él seguían siendo el centro de atención, George ya no se sentía tan expuesto.

Eso suponía cierto alivio.

—No me dijeron prácticamente nada de ti —dijo Charlotte.

—A mí tampoco me hablaron mucho de ti.

—Estoy segura de que hay menos cosas que decir de mí.

—Imposible. No habría palabras suficientes para describirte.

—Ahora sé que exageras. —Pero se ruborizó un poco. No era tan fácil verlo con un tono de piel como con el suyo, pero eso le parecía emocionante. Como si así fuera un mayor desafío.

Charlotte no sería fácil de comprender. Era un diamante. Impoluto. Pero nadie sabía cómo aparecían los diamantes sin imperfecciones. Aparecían así, la magia de la tierra.

—Ven —dijo al tiempo que señalaba un lateral de la estancia—. Dejemos la pista de baile para nuestros invitados.

Regresaron a un extremo del salón. Charlotte se dispuso a observar la multitud mientras él la observaba a ella.

—Eres preciosa —le dijo. No era su intención decirlo, no en ese preciso momento, pero brotó de sus labios como un poema.

Ella se volvió para mirarlo.

—Eres muy amable por decirlo.

George se esforzó por adoptar una pose despreocupada.

—Solo es la verdad, pero sin duda ya lo sabes.

—¿Acaso la belleza no está en los ojos de quien mira?

—Si ese es el caso, tú eres la criatura más exquisita que haya nacido jamás, porque soy yo quien te mira.

Ella sonrió al oírlo, una sonrisa auténtica. Pero parecía estar conteniéndose. ¿Quería echarse a reír?

—¿Qué? —le preguntó.

—¿El qué?

—Estabas a punto de soltar una carcajada.

Ella alzó la barbilla.

—No.

—Permíteme que lo diga de otra manera: estabas conteniendo una carcajada.

—¿No es lo mismo?

—En absoluto. Pero estás eludiendo la pregunta.

—Muy bien, si insistes...

—Insisto —la interrumpió y sonrió. No recordaba la última vez que se sintió de esa manera, como si necesitara conquistar y cortejar, y sobre todo, que fuera un reto.

—Estaba pensando en que no te pega un lenguaje tan opulento —dijo.

—Eso pensabas, ¿no?

Ella cambió de postura. Y agitó un poquito los hombros. Parecía muy complacida consigo misma.

—Pues sí.

—¿Y cómo puedes saberlo teniendo en cuenta que acabamos de conocernos?

—No sabría explicarlo, pero creo que te conozco.

El corazón le dio un vuelco al oírla. Y habría sido glorioso de no ser porque el terror le atenazó el corazón. No lo conocía. Si lo conociera, no se habría casado con él.

George se miró la mano. No la veía estremeciéndose, pero tenía la sensación de que sí lo hacía. De que podría hacerlo.

«Podría». Ese era el problema. Lo que podría suceder. No lo sabía. Nunca lo sabía. Solo sabía que... no quería hacerle daño.

No podría hacerle daño. Eso era lo más importante de todo. Tenía que serlo.

Tomó una decisión.

—Tengo una sorpresa para ti —anunció.

—¿Para mí? —La alegría asomó a su cara—. ¿Qué es?

—Tendrás que ser paciente. Y vas a necesitar tu capa.

—¿Eso quiere decir que está fuera?

—No exactamente. En fin, sí lo está. Ya lo verás. —La tomó de una mano y tiró de ella hacia su madre, que estaba hablando con los miembros de la delegación de Mecklenburg-Strelitz—. Es hora de despedirnos.

Charlotte miró a los invitados, que seguían festejando y bailando.

—¿Ya?

—Ya no hacemos falta. Nadie puede marcharse hasta que nosotros lo hagamos, así que en realidad les estamos haciendo un favor.

—George —dijo su madre cuando llegaron junto a ella—, te veo muy bien.

El mensaje implícito era: «A veces, no es así».

George apretó los labios antes de replicar:

—Es el día de mi boda, madre. Por supuesto que estoy muy bien.

Augusta se volvió hacia Charlotte y le hizo una genuflexión.

—Majestad.

Por un instante, dio la sensación de que Charlotte no sabía qué hacer. Esa misma mañana fue ella la que hizo una genuflexión delante de Augusta. Al final, inclinó la cabeza y dijo:

—Alteza.

—Nos marchamos ahora mismo —anunció George—. Voy a llevar a Charlotte para que vea su regalo.

—¿Su regalo? —Augusta frunció el ceño—. Ah, ¿te refieres a...?

—No, no, no. Ni una palabra. Es una sorpresa.

—Debo despedirme de mi hermano —dijo Charlotte—. Vuelvo enseguida.

—Es buena para ti —dijo la princesa Augusta en cuanto Charlotte se marchó.

—Sí —convino George.

—Y, por supuesto, tú eres bueno para ella. Eres el rey. Serías bueno para cualquiera.

No quería asentir con la cabeza, pero lo hizo. Debía responder a su afirmación de alguna manera.

—¿Te acostarás con ella esta noche? —preguntó Augusta. Aunque era más una exigencia.

—¡Madre!

—Cada día que pasa sin que haya un heredero al trono, se debilita la posición de nuestra familia.

—¿Eso es lo único para lo que sirve un rey? —replicó George. Estaba harto de esa conversación. Una conversación que su madre sacaba prácticamente todos los días—. ¿Un semental real al que pasean delante de la yegua elegida?

Augusta se limitó a echarse a reír.

—No finjas que te molesta. Me he dado cuenta de cómo la miras.

—No deseo mantener esta discusión con mi madre.

—Y yo no deseo mantener esta discusión con mi hijo, pero al parecer debo hacerlo. —Las finas arrugas que su madre tenía alrededor de la boca se hicieron más pronunciadas—. No olvides tu deber para con tu país.

—Madre, te aseguro que siempre lo tengo muy presente.

—Ahora todo es muy moderno —siguió Augusta—. En mis tiempos, hubo siete personas en el dormitorio durante mi noche de bodas para presenciar el acto conyugal. Para confirmar que tu padre y yo hiciéramos lo necesario para concebirte.

«¡Por Dios!».

—Ahora lo que se estila es darle intimidad a la pareja —añadió ella—. Que no sería un problema en circunstancias normales. Pero en tu caso, George…

Cerró los ojos al oírla.

—No, madre.

Sin embargo, ella siguió:

—Es que tienes ideas propias.

El mensaje implícito era: «Unas ideas muy raras».

George soltó el aire. Tenía una sensación curiosa en las manos. Necesitaba marcharse. Y estaba muy harto ya de las insinuaciones de su madre.

—Di lo que quieres decir, madre.

Ella lo miró a los ojos.

—Haz lo que tienes que hacer.

—¿Y al cuerno con las consecuencias?

—Yo no he dicho eso.

—No hacía falta.

Augusta miró a Charlotte, que seguía despidiéndose de su hermano.

—Es preciosa, de verdad. E inteligente. Eso es bueno, aunque la mayoría de los hombres diga lo contrario. Tendrá buenos bebés.

George meneó la cabeza.

—Buenas noches, madre.

Ella se limitó a señalar con la cabeza hacia un punto por encima de su hombro.

—Ya vuelve.

—Gracias por esperar —dijo Charlotte—. Estoy lista.

—Me alegro mucho de oírlo —replicó Augusta.

George le dirigió una mirada elocuente a su madre, que por suerte Charlotte no vio.

—Vámonos ya —dijo al tiempo que tiraba de la mano de su flamante esposa.

—¿No tenemos que despedirnos de nadie más?

—De nadie en absoluto. —Echó a andar con paso vivo, ansioso por salir del palacio después de la conversación con su madre. La quería, de verdad, pero de un tiempo a esa parte siempre parecía ponerlo de los nervios.

Su carruaje los esperaba en el camino de entrada, y menos de diez minutos después, ya habían llegado a su destino.

—¿Adónde me llevas? —preguntó Charlotte—. ¿Hemos llegado ya?

—No mires. No abras los ojos.

Charlotte obedeció. Casi. Se dio cuenta de que echaba una miradita con los párpados entornados.

—Te he visto mirar —dijo con voz cantarina—. ¿Debo mandar a un criado a por una venda para los ojos?

—No, no, lo juro —contestó ella con una carcajada—. No miraré.

George le cubrió los ojos con una mano.

—No te creo.

—No puedo bajar del carruaje con los ojos cerrados.

—Deberías haberlo pensado antes de desobedecerme.

—¡George!

Le encantaba oírla pronunciar su nombre, sobre todo de esa manera, con un dejo risueño. Apreciaría el regalo. Sabía que lo haría.

Era por el propio bien de Charlotte.

Lo comprendería.

Debía hacerlo.

CHARLOTTE

Buckingham House
Londres
Una hora más tarde

—¿Estás preparada?

Charlotte asintió con la cabeza mientras intentaba controlar la sonrisa bobalicona que sentía en las comisuras de los labios. George le había tapado los ojos con las manos, algo que jamás había tolerado cuando era pequeña, pero esa noche no protestó. Su mano era grande y cálida, y su fuerza insinuaba algo chispeante y maravilloso.

¿Cómo era posible que hubiera tenido tanta suerte? Sabía lo que significaba que arrancaran a alguien del hogar de su infancia para contraer matrimonio. Aunque fuese la primera de su familia en casarse, otros nobles del Sacro Imperio Romano Germánico vivían cerca, y las noticias volaban. Era habitual que se negociara con las novias sin pensar siquiera en las diferencias culturales o en los distintos idiomas.

Ni siquiera importaba si les gustaba el novio o no. Todavía se hablaba del desastroso enlace entre Sophia Dorothea de Prusia y el margrave «loco» de Brandenburg-Schwedt.

Sin embargo, George era perfecto. Bueno, tal vez no fuera perfecto, porque ella era una persona sensata y sabía que nadie podía ser perfecto. Aunque era todo lo que ella podía esperar. Y por primera vez desde que Adolphus le informó de que iba a dejar Mecklenburg-Strelitz, era feliz.

—Unos cuantos pasos más y ya —dijo George una vez que se apearon del Carruaje Dorado de Estado que los había llevado por las calles de Londres—. Quiero que disfrutes de la mejor posición.

—¿Para qué?

—¡Vamos, vamos! No es necesario ser tan impaciente.

Charlotte se dejó guiar, caminando sobre la gravilla. ¿Un camino para los carruajes, quizá? Seguramente. Habían llegado en uno.

—Ya casi estamos —anunció George—. Uno, dos...

Y a la de tres, le apartó la mano de los ojos para revelar una residencia magnífica. De estilo neoclásico y con forma de «U», con columnas y pilastras a lo largo de la fachada. Una alfombra roja cubría los escalones de entrada, procedente de la puerta principal, y llegaba hasta el carruaje.

—¿Qué te parece? —le preguntó George con una nota ansiosa en la voz.

—Es preciosa. —Se volvió hacia su flamante marido y vio que la luz de las antorchas se reflejaba en sus ojos oscuros—. ¿Quién vive aquí?

—Acabo de rediseñarla para ti.

Charlotte sabía que eso no podía ser del todo cierto, no cuando su boda se había acordado tan solo unos meses antes. Pero, de todas formas, le encantaba. La piedra de la fachada era más de su gusto que el ladrillo del palacio de Saint James.

Y lo más importante: sería dueña y señora de su casa. Sería la reina no solo de un país, sino también de su casa. Algo que no le resultaría fácil de conseguir en el palacio de Saint James, donde residía la princesa Augusta.

Allí en...

Detuvo sus pensamientos.

—¿Cómo se llama?

—Buckingham House —contestó él—. Pero puedes cambiarle el nombre si te apetece.

—No, me gusta. Suena como algo perdurable en el tiempo.

—Espero que así sea.

Charlotte no podía dejar de sonreír. Desconocía que tuviera esa capacidad para sentir alegría, que otro ser humano pudiera hacerla tan feliz. No podía dejar de pensar en lo afortunada que era. George era amable, y gracioso, y parecía muy inteligente. Durante el trayecto desde el palacio de Saint James, le había hablado de algunos de sus intereses científicos. Poseía un telescopio, al parecer uno muy grande, y otro artefacto llamado «planetario» que predecía la posición de los planetas y de la luna.

La astronomía nunca le había interesado especialmente, pero cuando George le habló del tema, fue como si cobrara vida. Quiso saber más. ¡Quiso aprender!

¿Y además le había comprado una mansión?

—¿De verdad es tuya? Ay, George...

—Es tuya —puntualizó él.

Ella parpadeó, convencida de que no lo había oído bien.

—Es mía. ¿A qué te refieres?

George echó a andar hacia el enorme edificio que se alzaba tras ellos.

—Aquí es donde vivirás. Ordené que trasladaran todas tus pertenencias durante la ceremonia.

Charlotte no dejaba de mirar el edificio, como si a través de la piedra pudiera ver sus objetos personales y sus vestidos, seguramente guardados ya en armarios y vitrinas.

—No sé si te estoy entendiendo bien —replicó—. Si este es mi hogar, ¿no es también el tuyo?

—Supongo que oficialmente nuestro hogar está en el palacio de Saint James —contestó él, con un dejo en la voz que puso de manifiesto que no había considerado la cuestión hasta ese momento—. Pero aquí es donde residirás tú.

—¡Ah! —fue lo único que Charlotte acertó a decir.

Él le dio unas palmaditas en el brazo.

—Estarás comodísima. Es una residencia muy moderna.

—¿Dónde vivirás tú? —le preguntó por fin. Porque no había mencionado ni una sola palabra sobre sus propios planes.

—Tengo una propiedad en Kew.

—En Kew —repitió ella. Qué frases más cortas, y todas como réplicas a las de George. Se sentía muy tonta, la verdad.

Y detestaba sentirse así. En realidad, le resultaba intolerable.

—No está lejos. A poco más de quince kilómetros.

—Así que tú vivirás en Kew.

—Sí.

Charlotte miró de nuevo Buckingham House, esa residencia que tan gloriosa le había parecido cuando él le apartó la mano de los ojos. En ese momento, solo era un edificio. Grande, elegante, pero solo un edificio.

Se obligó a sonreír. Aunque no lo logró del todo.

—Y yo viviré aquí.

—Sí.

—George —dijo con cautela—, es nuestra noche de bodas.

—Y es tarde —se apresuró a añadir él, como si hubiera estado esperando la frase perfecta para cambiar de tema—. Debes de estar muy cansada del largo viaje, así que te acompañaré al interior. Conocerás a los miembros de tu personal de servicio y después podrás dormir.

—No —protestó—. George, es nuestra noche de bodas. Se supone que...

Él se limitó a mirarla, y ella juraría que algo... cambió en sus ojos. ¿Qué era lo contrario del brillo? Porque eso fue lo que sucedió. Algo se apagó. Quizá hasta se enfriara.

—Estamos casados —insistió—. ¿No se supone que debemos hacer lo que hacen las parejas casadas?

Él enarcó las cejas, aunque el tema no parecía hacerle gracia.

—¿Estás exigiendo que lleve a cabo mis obligaciones conyugales contigo?

—No te estoy exigiendo nada. Ni siquiera estoy segura de lo que entrañan las obligaciones conyugales. Solo sé que... —Se sintió fracasar. Se sentía insegura, a la deriva. Desconocía lo que estaba sucediendo y lo peor era que tampoco sabía lo que debería suceder—. ¿No vamos a pasar la noche juntos? —preguntó por fin—. Mi institutriz me ha dicho que eso es lo que sucede en la noche de bodas. Los novios duermen juntos en la misma cama.

—De acuerdo —claudicó él con un resoplido irritado—. Me quedaré.

Charlotte lo observó mientras él echaba a andar hacia la mansión a regañadientes, totalmente atónita por el cambio en su comportamiento.

—¿George? —lo llamó con una nota indecisa en la voz.

Él se detuvo cerca de la puerta de entrada y, aunque se dio media vuelta, era evidente que la impaciencia lo carcomía.

—He dicho que voy a quedarme —dijo—. ¿No vas a entrar?

—Yo... Sí. —Se recogió las faldas y se apresuró a seguirlo.

¿Qué estaba pasando? ¿Dónde estaba el hombre simpático que había bromeado con ella sobre un ejército de princesas y sobre saltar los muros del jardín?

Respuesta: andando a grandes zancadas delante de ella mientras pasaba por delante de la hilera de criados en formación para recibirlos.

—Ah, hola, hola —los saludó ella, que se detuvo para asentir con la cabeza y parecer educada, a diferencia de su furioso marido, que ya había atravesado la mitad del vestíbulo—. Gracias —le dijo a la mujer que supuso que era el ama de llaves—. Brimsley, aquí estás. Por supuesto que estás aquí.

Él le hizo una reverencia.

—Para servirla, majestad. ¿Puedo presentarle al personal?

Charlotte miró desesperada a George, que había llegado al pie de una escalinata.

—Tal vez en otro momento. —Echó a andar hacia su marido todo lo rápido que podía sin echar a correr—. ¡George! ¡George!

Sin embargo, él ya estaba subiendo.

—¡George! —repitió, apretando el paso, aunque poco podía hacer con el vestido de novia—. No puedo andar tan rápido como tú. Por favor. Espérame.

Él se volvió tan de repente que Charlotte se detuvo en seco.

—Pensaba que me querías en el dormitorio —repuso al tiempo que hacía un gesto con el brazo en dirección al pasillo—. ¿No es ahí donde debo estar?

—No.

—¿No?

—No si te vas a comportar así. Estás enfadado. ¿Qué ha pasado? ¿Qué he hecho? Sea lo que sea, lo siento. —Echó mano de toda su valentía y extendió un brazo. Para tomarlo de la mano—. Por favor —insistió—. Perdóname. No sé qué está pasando.

Sintió el temblor de esa mano, lo oyó contener el aliento y después pareció calmarse.

—No necesitas pedir perdón por nada —le aseguró él—. Es que..., es que quiero irme a Kew.

—Pues vámonos.

—No —replicó, alzando demasiado la voz—. Yo...

Charlotte lo entendió. Y fue horrible.

—No quieres que yo vaya a Kew.

—Este es tu hogar —insistió George, pero las palabras le parecieron mecánicas, como si fueran un discurso ensayado.

—Y Kew es el tuyo —concluyó ella.

—Sí.

—Entiendo —replicó. Aunque no lo entendía. No entendía nada.

—¿Lo entiendes? —le preguntó él con alegría, apartando la mano de la suya—. Bien. Muy bien. En ese caso, todo se ha arreglado. Vas a instalarte, a ponerte cómoda y todo saldrá bien. Ya hablaré contigo... después. —Le sonrió, y lo hizo con sinceridad sin lugar a dudas, y empezó a bajar la escalinata.

¿¡Cómo!?

Ni hablar.

—No me parece bien —se obligó a decir.

Él se volvió.

—¿Así es como van a ser las cosas? —le preguntó—. ¿Así va a ser nuestro matrimonio? ¿Tú allí y yo aquí?

George tragó saliva.

—Sí.

—¿Por qué?

—He pensado que así será... —Tragó saliva de nuevo y, la verdad, no parecía encontrarse bien—. Será más fácil.

—¿Para quién?

—¿Cómo dices?

—¿Para quién será más fácil? —repitió—. ¿Para ti o para mí?

—No pienso discutir esto contigo.

—Solo quiero entender qué está pasando. Esta noche me lo he pasado muy bien contigo. ¡Nos lo hemos pasado muy bien, los dos! No puedes negarlo. Así que por lo menos debes explicarme…

—¡No estoy obligado a hacer nada! ¡Yo soy quien decide! —gritó—. Y he tomado una decisión. Soy tu rey.

—¡Oh! —Charlotte retrocedió y, de alguna manera, encontró su orgullo en algún sitio—. Siento el error —repuso con gélida indiferencia—. Pensé que solo eras George. Perdóneme, majestad.

E hizo una genuflexión.

Sin embargo, él la llamó por su nombre. Arrepentido, como si le importara.

Como si ella importara, cuando sabía perfectamente que no era así.

Charlotte habló de nuevo, haciendo gala de una exquisita educación.

—Majestad, ¿puedo retirarme o quiere decirme algo más?

No obstante, aunque su voz era recatada, su mirada era todo lo contrario. Mantuvo los ojos en los suyos sin flaquear, negándose a romper la conexión.

—Charlotte —dijo él—, esto es lo mejor.

—Por supuesto, majestad. Lo que desee.

Lo miró fijamente. Y, una vez que él se fue, siguió mirando la escalinata. Tomó una bocanada de aire. Intentó no llorar.

Las reinas no lloraban. ¿No era eso lo que había decidido esa mañana?

¡Por el amor de Dios! ¿Fue esa mañana cuando estuvo hablando con Adolphus en el carruaje, durante el trayecto? Le parecía que había pasado toda una vida.

Miró el larguísimo pasillo. ¿Cuáles eran sus aposentos? George lo había señalado, pero estaba tan enfadado que en realidad ella no se había fijado.

Cuadró los hombros. No era una inútil. Sería capaz de encontrar su propio dormitorio. Sin embargo, cuando echó a andar, sintió una presencia. Suspiró. Brimsley. No podía ser otro.

Lo llamó por su nombre.

Y apareció a su lado como por arte de magia.

—¿Sí, majestad?

—También estás aquí. En este pasillo.

—Estoy donde esté usted, majestad. —Levantó una vela para iluminar el camino.

—Ya lo veo. —Suspiró, pero el aire se le atascó en la garganta y sonó como si estuviera al borde de las lágrimas.

—Maj…

—Estoy bien, Brimsley —lo interrumpió. No soportaría que le preguntara si se encontraba mal.

—Sí, majestad.

—Mis aposentos —dijo, intentando no ceder y encorvar los hombros—. ¿Están en este pasillo?

—Sí, majestad. La puerta abierta del final. La acompaño encantado.

—No es necesario que lo hagas.

—Pero debo hacerlo, majestad.

¡Por el amor de Dios!

—Deja de llamarme «majestad».

Brimsley parecía apenado. O tal vez estuviera estreñido.

—Es usted la reina consorte de Gran Bretaña e Irlanda, majestad. No puedo llamarla de otra manera.

Charlotte suspiró. Hondo.

—Bueno, pues en ese caso, deja de seguirme.

—No puedo, majestad.

—¿Estaría infringiendo la ley si te mato? —murmuró por lo bajo.

—¿Cómo dice, majestad?

Charlotte se enderezó.

—¡Como tu reina, te ordeno que dejes de seguirme!

La expresión de Brimsley no cambió en lo más mínimo.

—Mi deber es ocuparme de su bienestar, majestad. En todo momento.

—No te quiero aquí.

¡Quería a George! Pero no al hombre que la había llevado a Buckingham House. Quería al hombre del jardín.

A Solo George.

Había creído que sería su George.

—Con el tiempo, espero que se acostumbre a mi presencia, majestad —repuso Brimsley.

—Maravilloso —dijo ella, agotada—. Podremos pasar juntos el resto de nuestras vidas.

Permitió que la guiara hasta sus aposentos y después dejó que las doncellas la prepararan para acostarse. Y luego, por fin se quedó sola, acostada en una cama gigantesca, con la mirada clavada en el exquisito bordado del maravilloso dosel.

Cerró los ojos.

—Debería haber saltado el muro.

BRIMSLEY

Buckingham House
11 de septiembre de 1761

A Brimsley le encantaba su nuevo trabajo.

Le habían dado una librea nueva, con un chaleco dorado de brocado, y el cambio a Buckingham House significaba que había ascendido hasta lo más alto de la jerarquía entre el personal de servicio. ¿Quién podía ser más importante que el asistente de la reina?

Aunque no ocupara la cabecera de la mesa en los aposentos de la servidumbre, un lugar reservado para el mayordomo, se sentaba a la derecha de este.

Seleccionaba las mejores porciones de carne cuando comía. No le preocupaba si habría budín o no para todos, porque cuando se era la segunda persona en servirse el plato, siempre había de sobra.

Y todos lo trataban de otra manera. Las criadas ya no lo miraban con desdén. Era él quien las desdeñaba, mirándolas por encima de la nariz, incluso a las que eran más altas... que, para ser sinceros, eran casi todas.

¿Cara de pez? ¡Y un cuerno! Estaba en la cima del mundo.

La nueva reina todavía no había descubierto sus numerosas virtudes, pero, para ser justo, ni siquiera había pasado una semana desde la boda. Su Majestad se estaba adaptando a su nueva vida, tal como había dicho la señora Pratt. Pero al menos no estaba en el palacio de Saint James, donde la princesa Augusta mandaba con puño de hierro. Estaba seguro de que la reina sería más feliz en Buckingham House.

Cuando se adaptara.

Si se adaptaba...

Aunque lo lograría. Él se aseguraría de que así fuera.

Los días de la reina transcurrían tal como él había supuesto desde el principio:

Se levantaba.

La vestían.

La peinaban.

Desayunaba.

Miraba por la ventana.

Almorzaba.

Leía un libro.

La llevaban de vuelta a sus aposentos, donde la cambiaban de ropa y volvían a peinarla para la cena, y después se trasladaba al comedor formal, una estancia alargada y grande, y cenaba.

Algunos días leía el libro antes de mirar por la ventana.

La verdad fuera dicha, parecía un poco aburrida, pero él cambiaría gustoso su vida por la de ella, sin pensarlo siquiera. ¿Una vida regalada? ¿Llena de ropa elegante, complicados peinados y solo la comida que a uno le gustara?

Ni siquiera habría sido capaz de imaginarse semejante vida de no verla con sus propios ojos día tras día.

Pasaba gran parte de su tiempo siguiendo a la reina por Buckingham House, y fue durante uno de esos paseos cuando ella se detuvo de repente y lo llamó.

Él se adelantó.

—Majestad.

—¿Qué hay en mi agenda diaria para esta semana?

No estaba seguro de haberla oído bien.

—¿En su agenda diaria, majestad?

La reina se volvió para mirarlo.

—Supongo que habrá visitas de caridad. A los pobres. ¿A los huérfanos?

—No hay huérfanos, majestad.

La vio enarcar esas cejas tan regias.

—¿No hay huérfanos, Brimsley? ¿Con lo grande que es Londres?

Brimsley tosió. Un tanto apocado.

—En su agenda diaria, majestad.

—¿No podemos poner algunos?

De repente, se imaginó levantando literalmente a unos cuantos huérfanos diminutos y colocándolos al lado de la reina.

La imagen no le hizo ni pizca de gracia.

—No creo que esta semana sea la mejor para los huérfanos, majestad.

La reina soltó un resoplido impaciente.

—Muy bien. Sé que debo encontrarme con mis damas de compañía. Eso es importante. Y aquí hay muchas cosas que ver. Las obras de arte. Las galerías de Londres. Siempre me ha gustado la música y el teatro. ¿Hay algún concierto en mi agenda diaria? ¿Alguna ópera?

—Majestad...

Ella lo miró, expectante.

—No hay nada en su agenda diaria, majestad.

—¿Cómo es posible? —explotó la reina.

Brimsley se encogió. Sintió el repentino deseo de empezar a moverse, inquieto, y él jamás hacía algo así. Era uno de los motivos por los que lo habían ascendido a ese puesto. O eso le había dicho Reynolds, que parecía estar al tanto de todo.

—¿No hay nada en mi agenda diaria? —repitió la reina—. ¿Nada en absoluto?

—Nada, majestad.

La reina dio un paso hacia él, y Brimsley trató de retroceder, pero ella lo inmovilizó con su mirada. Lo dejó petrificado en el sitio.

—Brimsley... —dijo—. Soy la reina. Tengo obligaciones. Obligaciones oficiales, ¿no es así?

—Así es, majestad. Muchas obligaciones.

—En ese caso, ¿cómo es posible que no haya nada en la agenda diaria de la reina?

Brimsley no había caído en la cuenta de que a la reina se le escapaba por qué sus días estaban tan vacíos.

—Majestad, está usted disfrutando de unos días de tranquilidad con motivo de su boda.

Ella lo miró fijamente.

—Esta es mi luna de miel —dijo por fin.

Por primera vez desde que la conoció, Brimsley se compadeció de ella.

—Sí, majestad.

La semana siguiente fue clavada a la anterior:

La reina se levantaba por las mañanas.

La vestían.

La peinaban.

Desayunaba.

Miraba por la ventana.

Almorzaba.

Leía un libro.

Y etcétera. Siempre sola.

Salvo por él, que siempre se mantenía a cinco pasos de distancia.

La reina estaba triste y él no sabía qué hacer al respecto.

Se le ocurrió que debería hablar con Reynolds. El rey era el responsable de la tristeza de la reina, y nadie mejor que el ayuda de cámara del rey para entender la situación.

Sin embargo, eso significaba admitir delante de Reynolds que había fracasado en su puesto de asistente de la reina, y nada podría ser peor que eso.

Y entonces recibió una carta de la princesa Augusta.

Palacio de Saint James
Saloncito de la princesa Augusta.
Ese mismo día, más tarde

—Supongo que sabes por qué te he mandado llamar —le dijo la princesa Augusta.

En realidad, Brimsley no lo sabía. Sobre todo porque también estaba presente Reynolds, junto con el conde de Harcourt y lord Bute, dos de los consejeros más antiguos del rey.

Reynolds, con su lustroso pelo rubio, sus penetrantes ojos azules y esa voz tan grave. Reynolds, con su metro ochenta de estatura (si no lo pasaba) y un porte y una actitud dignos de un duque. Lo detestaría si se dignara a pensar en él.

Algo que no hacía, por supuesto. ¿Por qué iba a pensar en él? Reynolds estaba con el rey, y él estaba con la reina. De manera que el único supuesto en el que sería necesario que él pensara en ese rostro tan simétrico solo tendría lugar cuando el rey y la reina tuvieran algo que hacer juntos.

O cuando Reynolds y él tuvieran algo que hacer juntos, algo que sucedía alguna que otra vez. Más o menos.

No podía afirmar que fueran amigos, pero tenían ciertos intereses en común. Así que a veces se veían.

A veces.

De forma ocasional.

Muy de vez en cuando, la verdad.

Lo cierto era que la madre del rey nunca los habían convocado a la vez. Sinceramente, era algo aterrador. Sin embargo, sintió cierta satisfacción al ver que el ayuda de cámara del rey tampoco sabía muy bien a qué atenerse.

—Infórmame, ahora mismo —dijo la madre del rey con voz autoritaria—. Quiero saber cómo están el rey y la reina. ¿Cómo se llevan?

Oh.

¡Oh!

¡Oh, oh, oh!

Brimsley tragó saliva con incomodidad y mintió como un bellaco.

—Parecen contentos.

Su respuesta no pareció apaciguar a la princesa.

—Esperaba algo más detallado que un simple comentario sobre la aparente satisfacción y la alegría de la pareja.

—Es maravilloso verlos juntos —terció Reynolds, que nunca acostumbraba a exagerar—. El rey se ha enamorado de su belleza.

—¿De verdad? —La princesa Augusta frunció el ceño y sus labios, que siempre tenían un rictus desdeñoso, prácticamente desaparecieron cuando los apretó—. ¿El rey George está enamorado? ¿Tan pronto?

Brimsley estuvo a punto de poner los ojos en blanco. Sabía que Reynolds estaba exagerando.

—Yo jamás me atrevería a definir las emociones del rey —apostilló él.

—Por supuesto que no —se apresuró a añadir el ayuda de cámara de Su Majestad—. Solo me refería a que es feliz.

—¿Y qué evidencia tienes de eso? —exigió saber la princesa Augusta.

—Sus conversaciones —contestó Brimsley.

—¿Sus conversaciones?

Brimsley asintió con la cabeza.

—Y sus paseos.

La reina paseaba. Así que supuso que el rey también lo hacía.

—Y sus risas —añadió Reynolds—. Muchas risas. Es entrañable verlos reír.

De repente, dio la impresión de que la princesa Augusta se inclinaba hacia delante, aunque no movió un solo músculo.

—¿Y qué me decís de sus relaciones?

Brimsley se limitó a mirarla en silencio. No podía estar refiriéndose a...

—Su unión conyugal.

—Su unión conyugal —repitió Reynolds.

Brimsley lo miró de reojo. El ayuda de cámara del rey parecía tan espantado como él, pero lo disimuló rápidamente encogiéndose de hombros y componiendo una expresión que parecía decir: «No sé de lo que está hablando. ¿Tú sabes de lo que está hablando?».

Decidió pagarle con la misma moneda y compuso una expresión que decía: «Yo tampoco sé de lo que está hablando. A lo mejor se refiere a unas flores. O a una tarta».

Se volvieron hacia los tres dignatarios con sendas caras de no entender nada.

Lord Bute estampó una mano en el brazo de su sillón.

—¡La princesa viuda de Gales desea confirmar si se ha consumado el matrimonio!

Brimsley se preguntó cuánto tiempo más podría seguir fingiendo que era imbécil.

—¡Está hablando de sexo! —rugió el conde de Harcourt, que después se ajustó la corbata—. Lo pregunta por el bien de la nación, por supuesto.

—Por supuesto —repitió él con un hilo de voz.

—¿Y bien? —insistió lord Bute.

Brimsley miró a Reynolds. Debía ser el ayuda de cámara del rey quien respondiera a esa pregunta. Al fin y al cabo, el culpable era el rey. Todo Buckingham House había sido testigo de la escena sucedida la noche de bodas. La reina estaba preparada para cumplir con su obligación y yacer con el rey. Fue él quien se marchó sin razón aparente.

Reynolds se removió, inquieto.

—Desde luego —dijo por fin, aunque a oídos de Brimsley no pareció muy seguro—. Que yo sepa, quiero decir, sí.

—¿Que tú sepas? —repitió la princesa Augusta.

—Alteza, no los acompañé hasta el dormitorio.

Brimsley estuvo a punto de soltar una carcajada.

—¿Tienes algo que decir? —le preguntó lord Bute.

—Sí, Brimsley —terció Reynolds con retintín—. ¿Tienes algo que decir?

—Yo tampoco los acompañé hasta el dormitorio —soltó.

El ayuda de cámara del rey gimió.

La princesa Augusta los miró con cara de no estar acostumbrada a lidiar con idiotas y después preguntó:

—En ese caso, ¿diríais que ha sido una luna de miel satisfactoria?

—Desde luego —contestó Reynolds—. ¿Estás de acuerdo, Brimsley?

Se obligó a asentir con la cabeza mientras contestaba:

—Muy satisfactoria.

La princesa los miró con los ojos entrecerrados y la pesadilla apareció de nuevo delante de sus ojos, esa en la que lo pisoteaban unos vendimiadores italianos. Salvo que en esa ocasión también había una cabra.

Sin embargo, la princesa Augusta dio una palmada y sonrió.

—¡Esto va bien! —exclamó. Miró a sus acompañantes—. ¿Os parece que va bien?

—Muy bien —respondió lord Bute.

—Va estupendamente —terció el conde de Harcourt—. Estupendísimamente.

—Tal vez tengamos un heredero de camino antes de que pase una quincena —dijo la princesa Augusta—. ¿No sería espléndido?

—Sí, alteza —se apresuró a contestar Brimsley antes de comprender que no se dirigía a él.

La princesa los despachó con un gesto.

—Podéis iros.

Brimsley dio un paso hacia atrás, y luego otro, al mismo tiempo que lo hacía Reynolds. Juntos retrocedieron hasta la puerta y por fin escaparon al pasillo.

—¿Qué acaba de pasar? —susurró el ayuda de cámara del rey.

A lo que Brimsley replicó:

—¿Nos pueden colgar por esto?

Reynolds lo miró fijamente.

—¿En serio? ¿Eso es lo que se te ocurre?

—¿A ti no? —repuso Brimsley.

—Eres un egoísta.

—Y tú estás ciego —le soltó él—. Nuestra obligación es complacer al rey y a la reina, y nuestra existencia depende de su voluntad. Y, por extensión, también depende de la voluntad de la madre del rey. Si se disgusta... —Hizo un gesto con un dedo, como si se rebanara el pescuezo.

—Deberías estar en los escenarios —replicó Reynolds. Siempre daba la impresión de que lo ninguneaba cuando hablaba, y no solo porque le sacaba casi medio metro de altura.

—¡Acabamos de mentirle a la princesa Augusta! —masculló Brimsley—. Y se dará cuenta de que algo no cuadra cuando dentro de una quincena no haya ningún bebé en camino.

—En fin, no sé qué podemos hacer nosotros al respecto.

—Aquí no hay ningún «nosotros» que valga —replicó él—. Solo tú. Tú tienes que convencer al rey de que la mande llamar.

—No puedo.

Algo pasó por los ojos de Reynolds. Algo tan fugaz que Brimsley estuvo a punto de no verlo. Dolor. Preocupación, quizá.

De repente, recordó la escena con aquel hombre en el pasillo de la capilla real. El hombre que abofeteó al rey.

Eligió sus palabras con mucho cuidado.

—¿Hay algo que debería saber sobre el rey?

—Solo que es tu rey.

—Pero la reina…

—La reina acaba de ser elevada a la posición más alta de la nación, por no decir del mundo. No debería tener la menor preocupación.

Brimsley estuvo a punto de gemir.

—Reynolds…

—Debo irme —dijo de repente el ayuda de cámara del rey—. No me gusta dejar desatendido a Su Majestad durante mucho tiempo.

—¿Qué podría pasarle? —se burló Brimsley.

La expresión de Reynolds se ensombreció. Después, se alejó.

Buckingham House
Comedor
12 de septiembre de 1761

Brimsley seguía dándole vueltas a la conversación con la princesa Augusta al día siguiente, mientras observaba a la reina disfrutar de su cena. Se había sentado en un extremo de la mesa, como siempre, y estaba deslumbrante con un vestido dorado de escote redondo.

Una mesa para veinte. Dispuesta para una única comensal.

Mientras ella comía, él no tenía mucho que hacer. Seis criados la atendían durante esas ocasiones. En cuanto acabó la sopa (consomé de pollo esa noche), el criado Número Uno apareció por su derecha con la sopera en las manos por si le apetecía repetir. El criado Número Dos apareció por su izquierda para retirar el plato en el caso de que no le apeteciera.

—James —susurró Brimsley, dirigiéndose al criado Número Tres. Todos se llamaban igual. Era más fácil así.

El susodicho se volvió un poco. Lo justo para hacerle saber que lo había oído.

—¿No crees que esta noche está rara? —le preguntó en voz baja al criado.

—¿La reina?

Brimsley habría gruñido de haber podido hacerlo. Por supuesto que se refería a la reina. Era la única mujer en la estancia.

Sin embargo, se limitó a asentir con la cabeza. Ofender a un James era peligroso. Tenían la costumbre de mantenerse unidos. Y todos eran muy atléticos.

El criado se encogió de hombros sin más. Inútil. Brimsley se inclinó un poco hacia la izquierda, en un intento por obtener una mejor imagen de la reina Charlotte. Le había parecido nerviosa durante el camino hasta el comedor, aunque no sabría explicar por qué. Tal vez porque él mismo estaba nervioso.

Seguía bastante preocupado por la conversación con la princesa Augusta. Si acaso «bastante preocupado» podía usarse para describir a una persona aterrada hasta el extremo de que sus intestinos llevaban un día atascados.

No le cabía duda de que la princesa Augusta descubriría en algún momento que el rey y la reina llevaban vidas separadas en distintas residencias. La verdad, era un milagro que alguien no se lo hubiera dicho ya.

¿O lo habían hecho?

Sintió la acidez de la bilis en la garganta.

A lo mejor la princesa Augusta estaba jugando con ellos. A lo mejor sabía que el matrimonio real hacía aguas. A lo mejor el único motivo por el que no lo había despedido era porque quería planear algo peor para él.

¿Todavía se usaba el garrote vil para ajusticiar a la gente?

¿Y si (¡el Señor no lo quisiera!) lo degradaba? Podría enviarlo a las caballerizas. Ya no se sentaría junto a la cabecera de la mesa. Ni siquiera le permitirían entrar en la cocina apestando a caballo.

Y las miradas que le echarían... Ni siquiera serían de lástima. Solo de desprecio.

Tal vez el garrote vil fuera lo mejor. Podría...

—Brimsley.

Se cuadró de hombros al instante. La reina había soltado los cubiertos, pero todavía seguía con la sopa. Ni siquiera había acabado de cenar.

Se apresuró a acercarse a ella.

—¿Sí, majestad?

—Prepara el carruaje.

Brimsley parpadeó. Aquello era de lo más inusual. Pero si así lo deseaba...

—Por supuesto, majestad. —Echó a andar hacia la puerta, pero se detuvo para preguntar—: ¿Puedo saber cuál es nuestro destino?

—Vamos a ver a mi marido.

¡Ay!

¡Ay!

¡Ay, por Dios!

Palacio de Kew
Londres
Esa misma noche, más tarde

—¿Dónde está?

Brimsley se apresuró para mantenerse cerca de la reina. Nunca la había visto moverse con tanta rapidez. Apenas había abierto la portezuela del carruaje y ella había puesto un pie en el suelo, cuando de repente ya estaba enfilando la avenida de entrada, con la oscura capa de color morado flotando a su espalda.

Un pequeño ejército de criados salió corriendo por la puerta del palacio, entre ellos Reynolds, quien, por cierto, parecía haber perdido su característico aplomo. Brimsley intentó llamar su atención y, por desgracia, lo logró.

—¿Qué has hecho ahora? —le preguntó el ayuda de cámara del rey.

—¡Ah, que esto es culpa mía! —le soltó él.

—¡Tú! —exclamó la reina con voz imperiosa, señalando a Reynolds.

El susodicho hizo una apresurada reverencia.

—Majestad, no la esperábamos.

—¿Dónde está? —exigió saber ella.

—En el observatorio, majestad.

La reina lo miró con expresión desdeñosa. A Brimsley le encantó.

Reynolds señaló mientras decía:

—Por ahí, majestad.

Ella echó a andar en la dirección indicada, y Brimsley la siguió, manteniendo los cinco pasos de distancia. Sin embargo, en un momento dado, la reina se detuvo y levantó una mano.

—Espera aquí.

Esa fue la primera vez que permitió que se alejara de su vista.

—¿Va a enfadarse con ella? —le preguntó a Reynolds.

—Desde luego —contestó el ayuda de cámara, que seguía mirando a la reina mientras esta se alejaba—. Pero ella va a plantarle cara. Tal vez sea bueno que lo haga.

—Tal vez —repitió él, aunque no muy convencido—. O tal vez sea malo.

Reynolds carraspeó.

—¿Te gustaría entrar mientras esperamos para descubrirlo?

—¿Si es para bien o para mal? —puntualizó él.

Seguían el uno al lado del otro, contemplando el lugar por donde la reina se había marchado. Brimsley miró a Reynolds de reojo. Nada de parecer ansioso.

Reynolds murmuró un «sí» como respuesta.

—Deberías entrar y calentarte. Esta noche hace frío.

No hacía ni pizca. Era una noche muy agradable.

Sin embargo, sintió un escalofrío por la emoción. La noche sería más agradable todavía si entraba con Reynolds.

—Gracias, caballero —replicó con un dejo coqueto en la voz—. Muy amable por su parte hacerme semejante ofrecimiento.

Reynolds entró en el palacio, esperando que él lo siguiera, y eso hizo. Ya lo habían hecho antes. No tan a menudo como les gustaría, pero lo bastante como para que conociera el camino.

Reynolds era demasiado pomposo, pero besaba de maravilla.

—Siento envidia de que el asistente del rey tenga mejores aposentos que el asistente de la reina —comentó Brimsley una vez en su interior.

—No podía ser de otro modo —replicó Reynolds—. Soy más importante que tú.

Brimsley decidió pasar por alto el comentario, en parte porque ya había acorralado al ayuda de cámara contra la pared y en parte porque era cierto.

Sin embargo, todavía quedaban muchas cosas por discutir.

—Tenemos un problema —dijo mientras empezaba a desabrocharle las calzas. Todos sus encuentros eran momentos robados. Debían ser rápidos.

—Desde luego.

—¿No vamos a hablar del tema?

Reynolds le pasó la camisa por la cabeza.

—¿Has recibido otra carta de la princesa Augusta?

Brimsley asintió con la cabeza y ladeó el cuello para facilitarle el acceso. A esa hora de la noche, a Reynolds le había crecido la barba lo bastante como para que su aspereza le provocara un delicioso escalofrío.

—Palacio quiere un informe —siguió Brimsley, que le arrancó las calzas, tras lo cual lo tumbó sobre la cama—. ¿Qué vas a decirles?

—¿Yo? —replicó Reynolds, que a esas alturas le estaba desabrochando las calzas—. ¿Por qué tengo que ser yo quien hable?

Brimsley se colocó sobre él y lo besó con urgencia.

—Fue el rey quien se negó a consumar el matrimonio.

La cosa iba divinamente hasta que Reynolds retrocedió y dijo:

—Ella podría haberlo seducido.

—Es una dama. Casta, pura y bien educada.

—Muy bien —claudicó Reynolds, que se la agarró en ese momento. Esbozó una sonrisa diabólica mientras le daba un apretón—. Sin embargo, podría haberle enseñado un tobillo o...

Brimsley se agachó más hasta pegarse a él. La tenía dura. Reynolds la tenía dura, y llevaban semanas sin disfrutar de la oportunidad de pasar un momento juntos. Ansiaba las caricias de su hombre, y cuando las tenía, nada era suficiente. Sin embargo, incluso en esos escasos momentos de pasión robada, debía defender a su reina.

—Ella le pidió que se quedara —le recordó mientras lo besaba—. Él exigió regresar aquí, a Kew. —Otro beso—. Sin ella. Como bien sabes.

Reynolds rodó sobre el colchón hasta quedar encima de él.

—Lo dices con un dejo acusatorio.

Brimsley recuperó su posición superior.

—Podrías haber hecho algo.

—Yo no lo controlo.

—Pero estás a su servicio. Lo conoces. ¿Hay algún problema? ¿Tiene alguna deformidad? —Apenas era capaz de formular la pregunta—. ¿Le pasa algo en… sus partes?

Reynolds retrocedió.

—Te has pasado muchísimo de la raya.

—Solo estoy preguntando. Tenemos un problema.

Reynolds gimió, como si no pudiera creerse que lo hubieran reducido a mantener semejante conversación.

—Creo que a sus partes no les pasa nada. La tiene grande. Por lo que he visto, la tiene grande y sana. No hay ninguna deformidad.

—Bien. Ella es una belleza. Un diamante incomparable. —Brimsley guardó silencio, consciente de que debía medir muy bien sus palabras—. Aunque tal vez a él no le resulte guapa. ¿No es su tipo?

Reynolds lo miró, confundido.

—No sé si puedo definir su tipo.

Brimsley miró sus penes con expresión elocuente. A esas alturas, ya no estaban tan duros. Algo comprensible, dada la conversación.

—Femenino —dijo Reynolds—. Su tipo es femenino, sin lugar a dudas. Salvo por eso, no he prestado mucha atención.

—Bien —replicó Brimsley mientras sopesaba el asunto—. Tal vez solo necesiten pasar tiempo a solas. Algo que están haciendo ahora mismo.

Reynolds asintió despacio con la cabeza y después le acarició el torso con los nudillos de una mano. Desde allí fue bajando, y bajando, hasta que se la agarró.

—¿Crees que estarán juntos a solas quince minutos?

Brimsley le acarició los labios con un dedo.

—Ojalá sean veinte.

GEORGE

Palacio de Kew
Observatorio
Diez minutos antes

La reina había ido a Kew.

Eso no se lo esperaba.

Él había hecho lo correcto. Lo honorable. Había cumplido con su obligación para con la nación y la Corona, y se había casado con la princesa alemana. Y luego la había dejado sola.

Nadie parecía reconocer el enorme sacrificio que le había supuesto. Su flamante novia lo tenía embobado. Posiblemente todo acabara en un enamoramiento fulgurante y pasajero, pero de momento solo podía pensar en Charlotte. En su belleza, en su ingenio, en su chispeante recuerdo. Durante los días transcurridos desde la boda, no se había separado del telescopio porque a veces, mientras contemplaba el firmamento, intentando calcular órbitas y distancias, era capaz de olvidar que tenía una esposa.

Tenía miedo. No entendía su mente, no comprendía por qué a veces parecía volar y a veces no lo hacía. Había visto el terror en los ojos de su madre cuando empezaban los espasmos, cuando las palabras salían solas de su boca, ristras de nombres y de verbos que solo tenían sentido en su cabeza.

En una ocasión, le pidió a Reynolds que lo escribiera, para llevar un registro de sus incoherencias y así tratar de descifrar los momentos en los que se encontraba en un estado mental más sensato. Era horrible. No podía permitir que Charlotte lo viera cuando le sucedía eso.

Necesitaba protegerla de esos episodios.

Necesitaba protegerse de su espanto.

Y el firmamento era un lugar seguro. El sol, las estrellas y los planetas. Meteoritos y lunas. A ellos no podía hacerles daño. Y ellos no podían mirarlo con desprecio.

De manera que se había encerrado en el observatorio del palacio de Kew, donde se pasaba las horas con su gigantesco telescopio gregoriano. Era una obra de arte, diseñado por el mismísimo James Short y que solo rivalizaba con el que el rey francés les había encargado hacía poco a los monjes benedictinos de París.

Le habían dicho que Charlotte se estaba adaptando a la vida en Buckingham House. Les había pedido a varios criados de confianza que la mantuvieran vigilada y, según sus informes, pasaba los días con tranquilidad. Al parecer, le gustaba leer y mirar por las ventanas.

Eso parecía normal.

Así que ¿por qué había ido a Kew?

Aguzó el oído. Oía pasos que se acercaban. De una sola persona. En ese caso, estaba sola.

Se sacudió la camisa para quitarse las migajas de la cena. ¿Estaba presentable? No tenía un aspecto muy regio. Llevaba días en el observatorio, ya que había decidido dormir en un camastro en un rincón. Todavía no habían recogido la mesa, donde seguían los platos de su cena. No había tenido tiempo. Reynolds había subido los escalones a la carrera unos minutos antes para decirle que habían visto el carruaje de la reina en el puente.

Volvió a mirar por el telescopio. No quería dar la impresión de haber estado esperándola.

Aguzó el oído de nuevo. Los pasos se oían más cerca.

Por fin, oyó su voz.

—¿Qué es este lugar? —le preguntó.

Se apartó del telescopio, fingiendo que no la había oído llegar.

—¡Charlotte! Ah. Hola. Estás aquí.

Ella movió los labios, pero no llegó a esbozar una sonrisa.

—Aquí estoy.

—Este lugar es mi observatorio —contestó, haciéndole un gesto con un brazo—. Aquí es donde miro las estrellas. —¿Estaría interesada? Pensaba que sí—. La noche es clara y perfecta —siguió, invitándola a acercarse al telescopio—. Puedes ver las constelaciones. Y creo que ahora mismo estoy viendo un planeta. Ven a mirar.

Ella dio un paso en su dirección con el ceño ligeramente fruncido mientras observaba sus alrededores.

—Espero que no te importe que esté todo hecho un desastre —dijo él al tiempo que enderezaba unos cuantos papeles hasta formar una pila ordenada—. No te esperaba.

—¿De lo contrario lo habrías ordenado?

—Seguramente no —respondió.

La observó mientras ella examinaba la estancia. Era extraño tenerla allí, y eso lo ponía nervioso. No le gustaba tener visitas en el observatorio; era uno de los pocos lugares donde podía estar solo. Ni siquiera les permitía la entrada a los criados. Salvo a Reynolds, por supuesto. Alguien tenía que llevarle los platos y recogerlos después. Además, su ayuda de cámara sabía cuándo no debía hablar. Y lo más importante: sabía escuchar. Porque, a veces, solo necesitaba que alguien lo escuchara.

Charlotte se acercó a la pared más alejada, donde él había colocado unos cuantos dibujos. Uno era un diseño para un nuevo tipo de telescopio. Otro era una carta de constelaciones del cielo austral.

—¿Esto es lo que has estado haciendo? —le preguntó de repente.

George parpadeó.

—¿Cómo dices?

—Desde la boda. —Se acercó a la carta de la pared y después al dibujo del telescopio—. ¿En esto te has mantenido ocupado desde la boda?

Sus preguntas lo alegraron. Porque podía responderlas.

—En fin, pues sí. Es muy emocionante. Hay una alineación…

—En este lugar —siguió ella, con una voz que adquirió un dejo cortante—. Te has pasado todo este tiempo en este sitio.

—Observatorio —la corrigió—. Pero sí. ¿Te gustaría mirar por el telescopio? La noche es muy clara, como ya te he dicho, y estoy casi seguro de que he encontrado Venus. Quiero decir que sé que lo he encontrado, pero debería verificarlo antes en mis cartas. Así es como se hacen las cosas según el método científico. Hay que documentar y verificar.

Charlotte guardó silencio y él se sintió obligado a seguir hablando, de manera que se acercó a la carta que ella había estado mirando.

—Esa no. Esa es del hemisferio sur. ¿Sabes que los cielos australes no son iguales que los nuestros? Las constelaciones son completamente distintas. Debería ir en algún momento de mi vida, pero dudo mucho que pueda. Tengo demasiadas cosas que hacer en casa.

La miró, expectante. No había anticipado que le interesara la astronomía.

Sin embargo, Charlotte empezó a menear la cabeza.

—¿Qué he hecho mal? —le preguntó.

—¿Cómo dices?

—¿Qué error he cometido?

—No has cometido ningún error. —No se le había ocurrido que Charlotte se creyera la responsable de su separación. Claro que tampoco sabía cómo corregir el malentendido sin revelar sus deficiencias.

—¿He dicho algo que te haya ofendido? —insistió.

—No. —Por supuesto que no. Era perfecta. Ese era el problema.

—¿He hecho algo que te haya ofendido?

—No. Por supuesto que no.

—Entonces, ¿¡qué es!? —gritó ella—. ¿Qué es lo que no soportas de mí?

—No tiene nada que ver contigo —contestó sin más.

Ella era su cometa, su estrella fugaz. Brillaba como el firmamento y, cuando sonreía, era como si de repente encajaran todas las ecuaciones matemáticas. El mundo recuperaba el equilibrio e imperaba la simetría.

Era la personificación de la belleza, de la inteligencia, y él era…

Él era un hombre con un problema.

Con un problema que nunca sabía cuándo iba a dar la cara. Si sufriera uno de sus episodios delante de ella, lo vería en su peor momento…

No se creía capaz de soportarlo.

Aunque ¿cómo se lo explicaba? No podía hacerlo, por supuesto. De manera que repitió las palabras de antes y esperó que con eso bastara.

—No tiene nada que ver contigo, Charlotte.

—Algo debe de pasarme —protestó ella, levantando la voz—. De lo contrario, no me habrías alejado de ti tan alegremente.

George no sabía cómo hablarle. ¿Serían sus palabras airadas un detonante para su mal humor? Eso era lo más importante que había aprendido del doctor Monro. ¿Cómo le gustaba decirlo a él? Debía aprender a regir su mente, eso era. ¿Cómo iba a regir a los demás si no se regía a sí mismo?

Tomó una bocanada de aire. Charlotte era impredecible. Caprichosa. Había abandonado la residencia donde estaba disfrutando de su luna de miel en Buckingham House en contra del decoro y las buenas costumbres, por no mencionar sus órdenes. Había aparecido en su casa sin anunciarse. En su observatorio, en su santuario privado.

¿Quién hacía algo así? ¿Qué tipo de mujer era?

—¿Por qué me odias? —le preguntó ella.

—No te... —Dejó la frase en el aire y murmuró una palabrota. Estaba perdiendo el control de la conversación. Algo inaceptable—. No seas irrazonable.

—George, ¡creía que estabas en algún burdel!

Eso lo hizo retroceder, espantado.

—¿Sabes siquiera lo que significa esa palabra?

—Sé lo que es un burdel —contestó ella, irritada—. Más o menos. Tengo hermanos. Pero eso da igual. Lo que quiero decir es que casi desearía que te hubieras ido a algún burdel.

—No creo que hables en serio —repuso él.

—Eso podría entenderlo en cierto modo —adujo ella, que puso los ojos en blanco por la frustración—. Pero esto... ¿De verdad prefieres las estrellas a mi compañía?

—Yo no he dicho que prefiera...

—Llevas en este sitio...

—Observatorio —la corrigió de nuevo—. El único de su naturaleza en toda Inglaterra. —Sonrió, ufano—. Si quieres, puedo enseñártelo. El telescopio en concreto es una obra de arte.

Charlotte lo miró fijamente y, ¡por el amor de Dios!, fue incapaz de imaginar siquiera lo que estaba pensando.

—A ver si lo he entendido bien —dijo finalmente—. Has estado en este observatorio sin parangón durmiendo, comiendo, mirando el firmamento y emocionándote con las constelaciones desde nuestra noche de bodas, mientras yo he estado encerrada en esa agobiante residencia, con las doncellas cambiándome de ropa tres veces al día como si fuera una muñeca, sin tener ningún lugar adonde ir, sin nadie con quien hablar y sin nada que hacer.

—Eres la reina —repuso él sin más—. Puedes hacer lo que te plazca.

—Salvo pasar tiempo con mi marido.

—Vamos, Charlotte...

—¡No me trates como si fuera tonta!

—No entiendo de qué te quejas.

—Tengo diecisiete años y me he convertido en reina de repente.

George se descubrió retrocediendo mientras ella hablaba. No pretendía hacerlo. No quería hacerlo. Pero sintió que su mente empezaba a descontrolarse. Las palabras pasaban por su cerebro como si fueran dardos, y tuvo que hacer un esfuerzo enorme para no empezar a sacudirla.

—Estoy en un país extraño —siguió Charlotte—. Comiendo comida extraña. Y con costumbres extrañas.

—Podemos decirles a los chefs que preparen platos que te resulten familiares —sugirió—. *¿Schnitzel? ¿Strudel?* Estoy seguro de que aprenderán a cocinarlos.

—No es por la comida —le soltó ella, aunque acababa de decir que la comida formaba parte del problema—. No lo entiendes porque naciste para ser quien eres. Dices que puedo hacer lo que me plazca, pero no puedo hacerlo. A la reina no se le permite visitar a la modista ni ir a las galerías de arte, ni a las heladerías. No puedo hacer amistades. Debo mantenerme apartada. No conozco a una sola persona. Salvo a ti, y no puedo estar contigo.

¡Era él quien no podía estar con ella! Algo muy distinto.

—Estoy completamente sola —siguió Charlotte, y su voz fue perdiendo fuerza poco a poco—. Y tú prefieres mirar el firmamento a estar conmigo.

George se mantuvo en silencio. Se limitó a mirarla. Quería que fuera feliz. Quería que se sintiera a gusto, como en casa. ¿Acaso no veía que lo estaba intentando?

—¡Di algo! —le suplicó ella.

Él negó con la cabeza.

—No quiero pelearme contigo.

—¡Pues yo sí quiero pelearme contigo! —gritó—. Cualquier cosa sería mejor que este… este abandono. Esta indiferencia. No lo soporto más.

George se mantuvo inmóvil. Como una estatua. Era la única manera.

—¡Peléate conmigo! —le suplicó ella—. Por favor.

Siguió sin moverse. Si lograba mantenerse quieto, tal vez lograra superar la noche sin sufrir un episodio. O, al menos, podría mantenerlo a raya hasta que ella se fuera.

«Venus… El tránsito de Venus…».

No podía perder el control en ese momento. No.

«Venus. Venus, Marte, Júpiter…».

—¡Pelea por mí, George! —le susurró ella.

No quería lastimarla.

No quería siquiera menear la cabeza. De manera que regresó junto al telescopio y dijo:

—Vete a casa, Charlotte.

Miró por el telescopio y lo ajustó, aunque enfocaba hacia el lugar exacto. Necesitaba fingir que estaba ocupado. Así, ella se iría sin ver la expresión de su cara.

Sin embargo, no se fue. O, al menos, no lo hizo tan rápido como él creía. Y se vio obligado a quedarse donde estaba, mirando por el telescopio, fingiendo que no era dolorosamente consciente de su presencia.

¿Charlotte lo estaba mirando? ¿Lo estaba juzgando?

Miró las estrellas. Localizó Venus.

Rezó para que ella se marchara.

Y, al final, lo hizo.

Palacio de Kew
Observatorio
A la mañana siguiente

—Majestad —dijo Reynolds—, el doctor Monro ha llegado.

—Que pase —replicó George mientras apilaba unos documentos y se ponía en pie. No le gustaba recibir visitas en el observatorio. El médico sería su segundo visitante en dos días, pero los momentos de desesperación requerían medidas desesperadas—. Gracias por venir tan pronto —dijo mientras Reynolds hacía pasar al médico.

—De nada, majestad —repuso el doctor Monro mientras admiraba el instrumental con el que contaba el observatorio—. Una colección científica impresionante. No sé si tiene parangón en Inglaterra.

George lo miró con una sonrisa autocrítica.

—Ser rey conlleva ciertas ventajas. Una de ellas es que se consigue lo mejor de lo mejor. —Sin embargo, y sin que sirviera de precedente, no quería hablar de su mesa filosófica ni de su telescopio. Respiró hondo. No le gustaba pedir ayuda. Pero sabía que debía hacerlo—. Monro, yo... Eh... Necesito su ayuda.

—Por supuesto. Estoy a su disposición siempre que Su Majestad presienta que se acerca un episodio.

—El problema es... que eso no basta. —George se pasó una mano por el pelo. Su madre siempre le decía que no era un gesto regio, pero en ese momento no le importaba en lo más mínimo—. A ver, he aprendido unas cuantas cosas sobre la ciencia y hay algo que tengo claro: los científicos se guardan lo mejor para sí mismos. ¿Estoy en lo cierto, Monro?

—No estoy seguro de entenderlo, majestad.

—Pueden pasar años antes de que los grandes descubrimientos lleguen al público. Y lo entiendo, porque hay motivos para mostrarse cautelosos. Digamos que se le encarga a un médico el tratamiento de un rey...

—¿Estamos hablando de un caso hipotético? —murmuró el doctor Monro.

George estaba dispuesto a seguirle el juego. De momento.

—Por supuesto —contestó—. Solo es un ejemplo. Este médico, el que está tratando a un rey, no puede permitirse el menor error ni, no lo quiera Dios, acabar dañando a su soberano. De manera que solo utiliza sus tratamientos más seguros, los que más ha usado, y se guarda los métodos más revolucionarios hasta que tenga la certeza de haberlos probado lo suficiente y demuestren ser seguros. —Empezó a juguetear con una de las piezas de su mesa filosófica antes de enfrentar la mirada del médico—. ¿Me entiende ahora, Monro?

El médico asintió despacio con la cabeza.

—Empiezo a hacerlo.

—No es suficiente curar los episodios una vez que empiezan. Si la reina llega a verme así, no sé si… —No quería ni imaginárselo. No podía permitírselo.

—¿Debo suponer que la reina no está al tanto de su problema? —le preguntó el doctor Monro.

—Efectivamente, no lo está. —George luchó contra el impulso de agarrar algún instrumento. Era difícil mantenerse quieto, pero necesitaba que el médico viera lo serio que era el tema para él—. Si por casualidad le hiciera daño, no lo quiera Dios… Debe de haber algo que usted pueda hacer, ¿no es así? Algo que detenga los episodios antes de que empiecen. —Y añadió las palabras con las que nunca se permitía soñar siquiera—: Para siempre.

El doctor Monro guardó silencio mientras lo sopesaba.

—He estado experimentando con algo más… proactivo.

—Por favor. Quiero curarme.

—Tendría que residir en el palacio durante meses. Y tener acceso continuo a Su Majestad. En cualquier momento. Y permiso para emplear… —carraspeó— medidas extremas.

—Lo que sea necesario —replicó George sin titubear—. Lo que necesite. Contamos con el tiempo y la privacidad de mi luna de miel.

El médico echó un vistazo por el observatorio.

—¿Esta es su luna de miel?

—Ahora entiende mi problema. No me atrevo a pasarla con mi esposa. No puedo arriesgarme a que me vea cuando no soy yo mismo.

Sin embargo, mientras pronunciaba esas palabras, se preguntó si era un impostor. Porque tal vez su verdadero yo fuera ese. ¿Y si el hombre que decía tonterías, que sufría episodios y espasmos que duraban horas y que no recordaba al día siguiente...? ¿Y si ese hombre era su verdadero yo?

Tal vez el espejismo fuera el resto de su vida. George el Granjero. George el Científico. El hombre que quería amar a su esposa. ¿Y si ese era el rey falso?

—Estoy preparado, doctor Monro —aseguró. Había llegado el momento de descubrir la verdad.

—Podemos empezar hoy mismo —sugirió el médico.

—Excelente. ¿Qué necesita?

—Mmm... Para empezar, nada. Nos limitaremos a hablar. Pero tendré que disponer de un laboratorio en el palacio. ¿Puede ordenar que trasladen mis instrumentos a Kew?

—Ahora mismo —contestó.

—Y que preparen un baño de hielo para esta tarde —añadió el médico.

—¿Desea tomar un baño helado? —No se imaginaba nada más desagradable, pero si al hombre le gustaba el agua fría...

—Usted lo hará —puntualizó el doctor Monro mirándolo de forma penetrante—. Si voy a tratarlo, no será mi rey. Hará lo que yo le diga, cuando se lo diga. ¿Lo entiende?

—Sí —susurró George. Porque quería curarse. Y, por primera vez desde hacía meses, experimentó un soplo de optimismo. Sentaba bien tomar una decisión, haber tomado por fin las riendas de su problema, aunque fuese a entregárselas a otro—. ¿Podemos empezar ahora mismo? —le preguntó.

El doctor Monro parpadeó, sorprendido.

—Sí —contestó con expresión satisfecha... o tal vez fuera emocionada—. Sí, por supuesto. Siéntese —dijo al tiempo que señalaba una silla de madera de respaldo recto—. Ahí mismo.

George lo obedeció.

—No se mueva mientras hablo —dijo el médico.

George asintió brevísimamente con la cabeza.

—En su caso, el problema está claro. Es rey.

Quiso asentir de nuevo, pero no lo hizo. Estaba decidido a seguir las órdenes del médico.

—Como tal, está acostumbrado a la obediencia de los demás.

Observó que el hombre empezaba a pasearse de un lado para otro, delante de él. Tres pasos hacia un lado, tres pasos hacia el otro.

—Pero debe aprender a obedecer.

Se preguntó si lo que decía era cierto. Posiblemente lo fuera.

—Sobre todo, debe aprender a someterse. Su mente se desboca porque carece de disciplina. Por eso desafía los límites de la razón. Ese es el origen de los episodios. ¿Lo entiende?

George guardó silencio. No sabía si se le permitía hablar.

El doctor Monro se detuvo al instante, se inclinó hasta acercarse a su cara y rugió:

—¿¡Lo entiende!?

George se asustó.

—Sí —contestó—. Sí. Lo entiendo.

—¡Majestad! —Reynolds entró en tromba en el observatorio—. ¿Qué sucede? ¿Se encuentra bien?

—Necesitamos completa soledad —dijo el doctor Monro, que apenas miró a su ayuda de cámara—. Márchese.

George vio que Reynolds lo miraba. Era evidente que no pensaba marcharse sin que su rey se lo ordenara, así que tragó saliva y asintió con la cabeza. Debía hacerlo. No tenía alternativa.

A su ayuda de cámara no pareció gustarle, pero echó a andar hacia la puerta.

—¡Espere! —masculló el médico.

Reynolds se dio media vuelta.

—¿Sí, señor?

—Mi paciente necesita un cambio en su dieta.

—¿Se refiere al rey? —replicó Reynolds, con un dejo en la voz que rayaba la insolencia. George no pudo evitar sentirse agradecido.

—Me refiero a mi paciente. Eso es lo que va a ser durante un futuro indefinido. Por favor, avise en la cocina de que su desayuno serán gachas de avena a partir de ahora.

—¿Gachas de avena, señor? —repitió Reynolds.

—Gachas de avena claras.

—En Kew no las comen ni las fregonas que trabajan en la cocina —repuso su ayuda de cámara.

El doctor Monro no se dignó replicar.

—Quiere darle gachas al rey —dijo Reynolds sin dar crédito.

George apretó los labios para contener una sonrisa. Su ayuda de cámara era leal. Un amigo, incluso. Eso lo emocionó.

Sin embargo, necesitaba la ayuda del médico, así que se volvió hacia Reynolds y le dijo:

—Por favor, asegúrate de que se cumplan las órdenes del doctor Monro. Es un tratamiento nuevo, muy prometedor.

—Majestad... —repuso Reynolds, que parecía poco convencido.

—Estoy decidido, Reynolds —añadió George—. Márchate.

Palacio de Kew
Observatorio
14 de septiembre de 1761

George no estaba tan decidido al día siguiente. Sin embargo, estaba dispuesto a completar el tratamiento. El doctor Monro había instalado un laboratorio en el sótano del palacio y allí se llevarían a cabo los tratamientos.

Aunque debería sentir algún tipo de camaradería (al fin y al cabo, se trataba de un lugar donde se aplicaba la ciencia, con modelos anatómicos en las paredes y estantes llenos de tarros y recipientes), lo único que sentía era terror. A diferencia de su observatorio celestial, ese lugar era oscuro y subterráneo. La luz parpadeante de las antorchas proyectaba sombras siniestras, pero lo peor era que el doctor Monro había llevado sus jaulas llenas de animales. Ratas, en su mayoría. Y un par de conejos. Algún que otro perro.

No parecían muy saludables.

—Esta es la cura —dijo el médico, dirigiéndolo hacia una silla de respaldo recto que habían asegurado al suelo—. La sumisión. Tal como ya le he dicho. Si no puede regir su mente, no está preparado para regir a los demás.

George miró la silla, espantado. Estaba hecha de madera y hierro, pero contaba con unas palancas y unos artilugios aterradores. ¿Y qué eran esas correas que colgaban de la parte superior del respaldo? No iría a rodearle la cara con ellas, ¿verdad?

—Atadlo —le ordenó el doctor Monro a sus ayudantes.

George intentó controlar la respiración mientras le aseguraban las muñecas y los tobillos a la silla.

«Esto es necesario —se dijo—. Es lo correcto».

«Tienes que regir tu mente. Tienes que regir tu mente».

Sin embargo, se le aceleró el corazón, y cada vez respiraba más rápido y de forma más superficial. Estaba asustado. Aquello era necesario, era lo correcto, pero estaba asustado. Seguro que era normal. Debía de serlo.

—Hasta que no demuestre estar preparado para regir su mente —dijo el médico—, seré yo quien lo controle. ¿Me entiende?

George asintió con la cabeza y estaba a punto de decir que sí cuando uno de los ayudantes lo amordazó.

—¿¡Me entiendes, muchacho!? —rugió el doctor Monro.

George asintió frenéticamente con la cabeza.

—Me importa un bledo quién fuera tu padre, los títulos que tengas y si eres o no el representante de Dios en la Tierra. Aquí solo eres otro animal más enjaulado. Y como a cualquier otro animal, ¡voy a domesticarte!

George cerró los ojos justo cuando otro de los ayudantes le colocaba una correa en torno a la frente. Estaba listo para que lo domesticaran.

AGATHA

Buckingham House
Saloncito de la reina
14 de septiembre de 1761

Y en ese momento iba a tomar el té con la reina. Agatha no acababa de entender cómo había llegado a ese punto en su vida.

Aunque claro que lo entendía. La reina tenía la piel oscura, y el Palacio quería asegurarse de que se sentía bien recibida y como en casa. De ahí que hubieran decidido que otras personas de piel oscura por fin se convirtieran en compañía respetable. Sin embargo, no entendía por qué habían elegido como reina a la que fuera la princesa Sophia Charlotte de Mecklenburg-Strelitz.

Según se rumoreaba, la «vieja» aristocracia (como se hacía llamar a esas alturas la nobleza de piel clara) seguía preguntándose si se podía anular el matrimonio y elegir a una nueva reina entre sus filas. Muchos, si no la mayoría, seguían sin aceptar a sus recién elevados pares. Varios de los nuevos lores, lord Danbury entre ellos, habían intentado solicitar la entrada en White's como nuevos miembros.

A todos les habían cerrado la puerta en las narices.

Agatha no podía evitar pensar que el Palacio no había previsto el color de la piel de Charlotte. De haberlo hecho, ¿no habrían enviado un poquito antes las invitaciones a los miembros de la élite londinense de piel oscura? Aunque no se quejaba, ni mucho menos. ¿Quién se podría quejar por haber sido invitada a una boda real? Claro que todo el mundo sabía que la vieja aristocracia había recibido las invitaciones varias semanas antes de la fecha en cuestión.

Así que, en esos momentos, la aristocracia inglesa exhibía una gran variedad de tonos de piel. El Parlamento lo llamaba el «Gran Experimento». Y lo era, suponía ella. Era algo grande. Y algo experimental. Observó a la nueva reina por encima del opíparo té que habían servido en la mesa situada entre ambas. ¿Era Charlotte consciente del cambio que había originado? ¿Con su mera existencia? Sospechaba que no lo era, secuestrada como estaba en Buckingham House.

—Ha sido muy amable por su parte invitarme a tomar el té —dijo.

La reina Charlotte le sonrió y asintió con la cabeza. Demostrando una gran educación.

Agatha acercó una mano a la comida que tenía en el plato y se percató de que ni siquiera la había probado, de modo que se apresuró a hacerlo.

—Las galletas están deliciosas.

—Sí. No las había probado nunca. La comida es distinta en Mecklenburg-Strelitz.

—¿Ah, sí? Claro, es normal. ¿Le gusta la comida inglesa?

—Es deliciosa. Todo es delicioso. —Como si quisiera demostrar sus palabras, eligió una galleta de albaricoque y le dio un bocado. Sin embargo, fue un gesto repentino, como si estuviera nerviosa, le pareció a ella.

Algo muy extraño. ¿Por qué iba la reina consorte de Gran Bretaña e Irlanda a ponerse nerviosa por el simple hecho de conocerla a ella?

—Qué bien —murmuró, tras lo cual bebió un sorbo de té, desesperada por hacer algo con la boca que no fuera hablar. La verdad, el ambiente no podía ser más incómodo. ¿Cómo se hablaba con una reina? Dejando a un lado la cuestión del rango (si acaso eso era posible), había al menos seis criados en la estancia.

Y un arpista. Que tocaba muy bajito para no entorpecer la conversación.

—Me alegro de que haya venido —le dijo la reina.

Como si hubiera podido declinar la invitación... Agatha sonrió con educación y preguntó:

—¿Va a recibir a sus damas de compañía de una en una?

—No.

—¡Oh!

La reina señaló como al descuido a su asistente.

—Brimsley me dijo que la invitara. Me dijo que sería usted discreta.

Eso la sorprendió.

—¿Este encuentro requiere de mi discreción?

—Porque estoy en mi luna de miel.

—¿En su luna de miel? —repitió. ¡Por el amor de Dios! ¿Por qué la había invitado la reina a su palacio durante la luna de miel? Miró de reojo a Brimsley, que parecía alarmado. Le dirigió un brevísimo asentimiento de cabeza al asistente, tan breve que posiblemente él ni lo viera. Pero quería que alguien tuviese claro que reconocía la delicadeza de la situación. No debería saberse que la reina estaba necesitada de compañía durante la luna de miel.

De otra compañía que no fuera la del rey, por supuesto.

Sin embargo, no había ni rastro de Su Majestad el Rey, y antes de que la hicieran pasar a esa maravillosa estancia decorada en tonos turquesas, dorados y beiges, había oído rumores de que el rey no residía en Buckingham House.

—¡Va de maravilla! —añadió la reina Charlotte—. Una luna de miel espléndida. Mi marido es el mejor marido del mundo. El más inteligente. Y muy guapo.

—Siempre se ha dicho que el rey es muy apuesto —comentó Agatha con cautela.

—Sí.

Agatha bebió otro sorbo de té.

—¿Más? —le preguntó la reina.

Asintió con la cabeza, agradecida.

La reina levantó una mano y tres criados se apresuraron a obedecerla. Uno de ellos le rellenó la taza; otro le sirvió un poco de leche; el tercero le echó un terrón de azúcar.

—El Baile de las Doncellas del Té —murmuró Agatha.

—¿Cómo dice?

¡Caray! No pretendía que la reina la oyera.

—Solo estaba admirando la precisión de sus criados —dijo—. Se mueven como si fuera un baile con una preciosa coreografía.

La reina sopesó sus palabras y después asintió con la cabeza. Hasta sonrió.

—Es cierto, ¿verdad? Pero eso no es lo que ha dicho.

—Lo he llamado «El Baile de las Doncellas del Té» —admitió.

La sonrisa de la reina se ensanchó. No mucho. Ni siquiera dejó a la vista sus dientes. Pero Agatha tuvo la sensación de que quizá empezaba a sentirse cómoda.

Pobre mujer. Pobre muchacha, en realidad. Solo tenía..., ¿cuántos?, ¿diecisiete años? Ella tenía la misma edad cuando se casó con Danbury, pero al menos no se había visto obligada a mudarse a otro país.

Los primeros días de su matrimonio fueron horribles. Seguían siéndolo casi siempre, pero al menos ya entendía lo que hacía. En su caso, no había tenido que adaptarse a nuevas costumbres, y hasta que la elevaron de forma tan inesperada a la posición de dama de compañía de la reina, no había tenido el menor problema para moverse en sociedad.

La reina Charlotte estaba a la deriva.

Bebió un sorbo de té. Habría sido un crimen no hacerlo, después de que los criados lo hubieran servido con tanta pompa. Sin embargo, la reina y ella se habían sumido en otro incómodo silencio.

—¿Le gusta la música? —le preguntó la reina de repente.

—Sí. No puedo decir que sea una gran conocedora, pero me gusta escucharla.

—Yo soy una gran aficionada.

—En ese caso, somos muy afortunados. ¿Piensa celebrar conciertos en su hogar?

La reina miró a Brimsley, que asintió levemente con la cabeza.

—Pronto —respondió—. Cuando acabe mi luna de miel.

—Ah. —Y ese fue el fin de la conversación.

La llegada de un criado salvó a Agatha de intentar dar con otro nuevo tema que fuera apropiado. El recién llegado le dijo algo breve a Brimsley, quien, según estaba descubriendo, era el asesor de confianza de la reina.

Tanta confianza como se pudiera establecer en dos semanas, claro estaba.

Brimsley se adelantó.

—El rey le envía un regalo, majestad. Está esperando en el vestíbulo. Con una nota —añadió, y procedió a entregársela.

—¿Una nota? —El rostro de la reina se iluminó por la emoción. Fue casi doloroso de presenciar.

Agatha esperó a que rompiera el lacre.

—¡Oh, qué detalle más bonito! —exclamó la reina—. ¿A que es bonito? —repitió, extendiendo el brazo hacia delante, y Agatha tardó un momento en comprender que quería que leyera la nota.

¿Ella, Agatha Danbury, estaba a punto de leer la correspondencia privada entre los reyes?

De haber sido católica, se habría santiguado. En serio.

—Léala en voz alta —le ordenó la reina.

—«No quiero que te sientas sola» —leyó ella y carraspeó—. «George erre mayúscula».

—Su firma.

—Sí, por supuesto. —Agatha miró de nuevo la elegante letra antes de soltar la nota en la mesa—. Creo que hasta ahora nunca había visto la firma de un monarca.

La reina sopesó sus palabras un instante.

—Supongo que yo tampoco. No, un momento. Firmamos en la capilla, ¿verdad?

Agatha asintió con la cabeza.

—Como manda la costumbre, majestad.

La reina se volvió hacia su asistente.

—Enséñame el regalo.

Brimsley soltó una tosecilla incómoda.

—Esto… Quizá no sea el mejor momento.

—¡Tonterías! Quiero verlo ya.

Agatha intentó disimular la preocupación. Sospechaba que Brimsley conocía mejor el funcionamiento de las costumbres palaciegas que la reina, y si a su juicio ese no era el momento adecuado para que viese el regalo del rey, seguramente fuera por un buen motivo.

Aunque no se desobedecían las órdenes de una reina. De manera que, al cabo de un momento, los criados entraron con una cesta de mimbre.

—¿Qué es eso? —quiso saber la reina.

Agatha se inclinó hacia delante. Solo veía una bola de pelo de color caramelo claro.

—Ese es el regalo del rey —contestó Brimsley.

—Pero ¿qué es?

—Creo que es un perro, majestad.

La reina miró la bola de pelo, después miró a Agatha y después miró a su ayudante.

—No —negó con firmeza—. Los perros son grandes y majestuosos. Un pinscher, un perro pastor, un schnauzer. Eso es un conejo deforme.

A Agatha se le escapó una carcajada.

—Veo que está usted de acuerdo —dijo la reina, que se volvió para mirarla.

—Esto... Bueno... Nunca me han gustado los perros —admitió—. De ninguna raza.

—¿Le gustan los conejos deformes?

—Desde luego que no.

La reina miró el perro en silencio un momento.

—¿Tiene nombre?

—Pom Pom, majestad —contestó Brimsley.

—¿¡Pom Pom!? —La reina añadió algo en voz baja en alemán.

—El ayuda de cámara del rey me ha dicho que el nombre lo ha elegido Su Majestad —añadió Brimsley.

—¿El ayuda de cámara del rey? ¿El que conocí en el palacio de Kew?

—Reynolds —confirmó el asistente.

—¿Y este tal Reynolds conoce bien a Su Majestad?

—Bastante.

La reina guardó silencio, pensativa.

—¿Y Reynolds ha dicho que el rey quiere que me lo quede?

—Desde luego, majestad. Dice que el rey quiere que usted sea feliz.

La reina entrecerró los ojos.

—Parece que conoces muy bien a este tal Reynolds.

Brimsley tosió y se puso colorado. Agatha enarcó las cejas. ¡Qué interesante!

—Reynolds y yo llevamos muchos años trabajando para la familia real —adujo al final el asistente.

Sin embargo, la reina ya no le estaba prestando atención.

—Supongo que es un regalo considerado —dijo al tiempo que acercaba un dedo a la bola de pelo. Acto seguido, la miró a ella con una expresión decididamente firme en la cara—. Mi marido es el mejor marido del mundo.

Agatha no dijo: «Sí, ya lo ha dicho antes». En cambio, asintió con la cabeza.

—Es nuestra luna de miel —añadió la reina, que tragó saliva, y el movimiento pareció casi doloroso en su delicado cuello, cargado de piedras preciosas.

Agatha fue incapaz de seguir soportándolo. Soltó la taza y el platillo con cuidado en la mesa. Cuando habló, lo hizo en voz baja.

—¿Puedo serle franca, majestad?

La reina se volvió hacia Brimsley, que con un brusco gesto de la cabeza despachó al resto de los criados del saloncito. Acto seguido, levantó la cesta de mimbre y echó a andar hacia la puerta.

—Solo estaré a cinco pasos de distancia —dijo.

La reina esperó a que su asistente se marchara y después se volvió hacia ella con algo parecido al alivio en la mirada. O tal vez fuera desesperación.

—Hábleme con franqueza, por favor. Nadie lo hace.

Agatha tomó una metafórica bocanada de aire para infundirse valor y se lanzó.

—En primer lugar, se le da fatal mentir. No me he creído ni una sola palabra de las que ha dicho sobre su luna de miel. No intente hacerlo cuando se integre en la sociedad. Causaría un escándalo.

La reina puso los ojos como platos.

—¡Oh! No me había dado cuenta de...

—Mi luna de miel fue un desastre —confesó Agatha con sinceridad—. No sabía qué esperar de la noche de bodas, y mi marido era un hombre mayor e impaciente. Sigue siendo un hombre mayor e impaciente.

—Lo siento.

—Las cosas son como son —replicó ella. Hacía mucho tiempo que había aceptado las cartas que le había repartido la vida. Lujo y riqueza, sin un ápice de verdadera comodidad—. El acontecimiento en sí fue doloroso y aterrador. Así que le aseguro que es normal que su noche de bodas no fuera perfecta ni maravillosa.

La reina no dijo nada.

Agatha esperó.

Nada.

«¡Por el amor de Dios!».

—Majestad —empezó a decir con muchísimo tacto—, ¿ha tenido usted una noche de bodas?

Y fue como si reventara un dique.

—¡No pudo ser más cruel! —gritó la reina—. Ni más grosero. O egoísta. Solo quería irse. Supongo que se sentía mal y no parecía entender que yo no quería que se fuera a Kew y que me dejara aquí sin nadie con quien hablar, y ahora va y me regala ese bicho como si fuera a mejorar las cosas, pero eso no compensa...

—¡Majestad! —la interrumpió Agatha.

La reina dejó de hablar y asintió levemente con la cabeza. ¡Por Dios, qué joven parecía!

—¿Me permite que siga siendo franca? —le preguntó ella.

La reina asintió de nuevo con la cabeza.

—Estoy hablando de la consumación del matrimonio. El rey y usted consumaron el matrimonio, ¿no es así?

Sin embargo, la reina se quedó allí sentada con una expresión inescrutable.

—Majestad —insistió Agatha, cada vez más alarmada—. Charlotte. Si no consumaron el matrimonio, no está realmente casada con el rey. Su posición corre peligro. El Gran Experimento corre peligro. ¡Por Dios! Consumaron el matrimonio, ¿verdad?

La reina guardó silencio.

—¿Sabe de lo que estoy hablando cuando me refiero a la consumación del matrimonio? —le preguntó Agatha, temiéndose la respuesta.

La expresión de la reina se tornó un tanto esperanzada.

—¿Tiene algo que ver con ese gran experimento?

¡Ay, por Dios! Que el Señor las ayudara a las dos.

Agatha se cuadró de hombros. Estaba a punto de cimentar su papel en la historia, aunque nadie lo supiera jamás.

—Llamaremos a Brimsley —dijo con decisión—. Vamos a necesitar suministros.

La reina asintió con la cabeza y se volvió hacia la puerta.

—¡Brimsley!

El aludido apareció al instante.

La reina señaló a Agatha.

—Lo que necesite.

—Papel para dibujar —dijo ella—. Y carboncillos. O lápices. Cualquier cosa me valdrá.

El asistente de la reina no pareció extrañado por la petición, o no lo dejó entrever. Al cabo de diez minutos, regresó con todo lo necesario.

—No soy una gran artista... —se excusó Agatha, que empezó a dibujar.

—Tonterías. Estoy segura de que es usted excelente. Aunque... —Charlotte se inclinó hacia delante—. ¿Qué es eso?

Agatha se preguntó, y no por primera vez, si aquello era una pesadilla hecha realidad.

—Eso es el miembro viril de un hombre.

—¿El qué?

—Su...

—¡Milady! —exclamó Brimsley, escandalizado.

Agatha se volvió con brusquedad para mirarlo.

—¿Prefieres que siga en la inopia?

—Sí, Brimsley —terció Charlotte—. ¿Prefieres que siga en la inopia?

El ayudante tragó saliva y se le movió la nuez.

—Por supuesto que no, majestad.

—¿De verdad tiene esa forma? —preguntó Charlotte, siguiendo el contorno del dibujo con un dedo. Después se miró los dedos, grises por el polvo del carboncillo, y se los frotó para limpiárselos—. No parece muy práctico.

—Bueno, luego cambia —le aseguró Agatha.

—¿En serio? —La reina se volvió hacia Brimsley—. Tú tienes uno, ¿verdad?

Brimsley se puso muy colorado.

—Sí, majestad.

—Y... ¿cambia cuando...? —La reina miró a Agatha.

—Cuando el hombre desea a su esposa —concluyó ella.

—Eso —dijo la reina, mirando de nuevo a Brimsley— ¿cambia entonces?

El asistente miró a Agatha con una expresión desesperada en la cara.

—Este no es el tipo de conversación que...

—Lo sé muy bien —lo interrumpió ella de mala manera.

—Brimsley no está casado —señaló la reina.

—Sí, bueno —replicó Agatha—, estrictamente hablando, no es necesario que esté casado. Cualquier mujer valdría, supongo.

Brimsley tragó saliva.

La reina miró de nuevo el dibujo.

—¿Qué hace un hombre con esto?

Agatha miró a Brimsley, que estaba sudando y tenía la mirada clavada en el techo.

—Introducirlo en su mujer —contestó ella.

La reina retrocedió hasta el punto de que pegó la barbilla al cuello.

—¡Es una broma!

—Me temo que no.

Charlotte miró a su asistente en busca de confirmación.

—Brimsley...

—Majestad, por favor —le suplicó él—. Se lo ruego...

La reina miró a Agatha.

—Lo estamos incomodando.

—Muchísimo —terció Brimsley con un hilo de voz.

—Introducirlo en su mujer —repitió Agatha—. Entre los muslos. No... —Miró el papel y soltó un pequeño gemido—. No creo que pueda dibujarlo.

La reina miró a Brimsley.

—¿Puedes...?

—¡No! —exclamó él, con la cara como un tomate.

Charlotte la miró de nuevo.

—¿Y cuántas veces lo introduce?

—Tantas como sean necesarias, majestad.

—¿Durante cuánto tiempo?

Agatha no podía mentirle.

—A veces, parece una eternidad.

La reina asintió despacio con la cabeza, asimilando la información.

—¿Lo disfrutaré?

—Yo nunca lo he hecho. Pero tampoco lo he visto como algo de lo que disfrutar. Más bien me parece una obligación. Quizá sea diferente si se hace con alguien que te guste. —Se encogió de hombros—. No lo sé.

Y posiblemente no lo sabría nunca.

—En fin, a mí no me gusta George —dijo la reina sin más—. Así que no entiendo por qué tendríamos que molestarnos con todo este asunto.

—¡No! —exclamó Agatha antes de poder contener su reacción—. Debe hacerlo. Majestad, está usted en Gran Bretaña. Hasta hace poco tiempo, decapitaban a las reinas por no tener hijos.

—¿Y esta es la única manera de quedarse encinta? ¿Está segura?

—Segurísima.

La reina frunció el ceño.

—Tampoco hay tanta prisa.

Agatha aferró una de las manos de la reina, consciente de que estaba incumpliendo el protocolo.

—Majestad —dijo con una nota urgente en la voz—, debe mantener relaciones conyugales, de lo contrario, no será la reina.

—Pero estamos casados.

—No del todo.

La reina murmuró algo... que Agatha creyó que era: «En alemán, tenemos semillas», pero seguramente no lo había entendido bien.

—¿Majestad? —le preguntó en voz baja.

—He dicho que necesito hablar en alemán —contestó la reina, claramente frustrada—. Necesito mis palabras largas. Este medio matrimonio es ridículo. En alemán, tendríamos una palabra para describirlo y yo la conocería, y estaría al tanto del tema.

—Por supuesto —murmuró Agatha, sin entender bien de lo que hablaba Su Majestad.

La reina la miró con un nuevo brillo en los ojos.

—No soy tonta. ¡No lo soy!

—No —convino ella, sorprendida por el repentino cambio de tema. Aunque no le estaba dando la razón para quedar bien. Charlotte no era tonta. Al contrario, sospechaba que era una de las personas más inteligentes que iba a conocer en la vida. Sin embargo, se encontraba en una situación imposible.

Claro que no era del todo imposible, ¿verdad? Porque esa era su vida.

Se sentía sola. La reina se sentía sola y desesperada, y ella, Agatha, no sabía qué hacer al respecto.

—No soy tonta —repitió Charlotte—. Pero cada día que pasa, todos me hacen sentir como si lo fuera. Me visten, me dicen adónde tengo que ir, a quién tengo que ver y a quién no puedo ver, y qué debería... —Alzó la vista de repente—. ¡Ni siquiera puedo comer pescado!

—¿Cómo dice?

—El rey detesta el pescado, así que no puedo comerlo, aunque no vivamos juntos. Me encanta el pescado, ¿sabe?

—No lo sabía.

—Los arenques. Crecí cerca del mar Báltico, y allí se comen mucho. Es una costumbre danesa.

—Danesa —repitió Agatha con un hilo de voz.

—Estamos muy cerca de Dinamarca. Pero ¿alguien lo sabe? No, no lo saben, porque nadie se preocupa por mí.

—Estoy segura de que eso no es cierto.

—¿Ah, sí? —replicó Charlotte con brusquedad—. Pues no sé cómo podría estarlo. Esta es la segunda vez que nos vemos.

—En fin... —Agatha se devanó la cabeza en busca de una explicación—. Es usted la reina. Por definición, todo el mundo se preocupa por usted.

Charlotte enarcó una ceja.

—Es evidente que sabe usted muy poco de reinas.

—Voy aprendiendo sobre la marcha.

Su Majestad apretó los labios.

—Esto —dijo al tiempo que señalaba los dibujos de la mesa—. ¿De verdad es necesario hacerlo?

—Es necesario. —Agatha logró esbozar una sonrisilla—. Estoy segura de que conoce usted una palabra que lo describa en alemán.

Charlotte la miró en silencio un instante y después la sorprendió al soltar una carcajada.

—Es usted graciosa. —Apretó los labios de nuevo y después suspiró—. Bueno. Pues confieso mi ignorancia en ambos idiomas.

—Lo siento —replicó Agatha.

—Usted no tiene la culpa.

—No, pero lamento su situación. Así es la vida de las mujeres, me temo. Es injusto y está mal.

—Es injusto, desde luego que sí. Esto... —Charlotte hizo un gesto con la mano en dirección a los sórdidos dibujos—. Yo no soy culpable. Está claro que el rey no me quiere. Y no puedo obligarlo de ninguna manera a hacer esto conmigo. Tal vez sea lo mejor. Si no soy reina, si no estamos casados, a lo mejor podemos olvidarnos de todo esto y puedo volver a casa.

—¡No! —exclamó Agatha.

Charlotte la miró, sorprendida por el repentino exabrupto.

—Espero que se quede —añadió, obligándose a hablar con un tono de voz más sereno. Si la reina se marchaba, adiós al Gran Experimento.

—El rey no me quiere —insistió.

Agatha no sabía qué decir. Al final replicó:

—Es un pomerania. Su conejo deforme.

—¿Pom Pom?

—Es un perro. Un pomerania de pura raza, muy inusual. Si fuera una piedra preciosa, sería un diamante.

Charlotte acarició las piedras preciosas que le adornaban el cuello.

—Diamantes —repitió Agatha.

—Mis preferidas —susurró la reina, que se volvió para mirar a Brimsley.

El ayudante asintió con la cabeza.

—Traeré al perro.

Palacio de Saint James
Saloncito de la princesa Augusta
Una hora después

Agatha ni siquiera había salido de Buckingham House cuando un criado la interceptó para entregarle un mensaje. No se iba a casa. Debía ir directo al palacio de Saint James. La princesa Augusta requería su presencia.

—Que el Señor me ayude —murmuró mientras se subía al carruaje. Demasiada realeza para un solo día. Su marido se pondría celoso por tanta atención; pero, la verdad, resultaba agotadora—. Lady Danbury —se recordó—. ¡Lady Danbury!

Al parecer, debía ganarse el título.

La princesa no la hizo esperar y la llevaron directamente al saloncito.

—Ya conoce al conde de Harcourt, por supuesto —dijo la princesa Augusta.

Agatha no conocía al susodicho. El conde de Harcourt se habría negado a reconocer su simple existencia antes de la boda real. Sin embargo, hizo una genuflexión mientras decía:

—Por supuesto.

La princesa Augusta la invitó a tomar asiento con un gesto, y después la miró con unos gélidos ojos azules.

—Por favor, hábleme de su encuentro con la reina.

Agatha controló la expresión para no demostrar sorpresa. Las noticias viajaban rápido. La princesa debía de tener una nutrida red de espías.

—No sé si la entiendo.

—Se ha encontrado con la reina —dijo la princesa Augusta.

—Pues sí.

—Le pido que me hable de dicho encuentro.

Agatha se hizo la tonta.

—Hemos tomado el té.

La princesa la miró en silencio.

Ella le devolvió la mirada.

Al fin, Augusta dijo:

—Han tomado el té.

—Sí —repuso ella.

—¿Y?

—He conocido a su perrito.

—A su perrito.

—Sí —replicó con una sonrisa afable—. Tiene un pomerania.

La princesa la miró.

Ella le devolvió la mirada.

Augusta soltó una especie de resoplido impaciente y luego miró al conde de Harcourt.

El hombre carraspeó.

—¿De qué ha hablado con Su Majestad?

De ninguna de las maneras iba a revelar la naturaleza de su conversación con la reina.

—No sé si lo recuerdo con exactitud —contestó.

El conde frunció el ceño, airado.

—Estoy seguro de que sí lo recuerda.

—¿Tan importante es lo que dos damas hablan mientras toman el té? Normalmente, se habla de vestidos, de arreglos florales, de bordados y de los cotilleos de la temporada social. Y, si se es muy atrevida, de las últimas composiciones musicales y...

—No creo que la muchacha esté al tanto —la interrumpió el conde, dirigiéndose a la princesa Augusta.

—Lo está —lo contradijo la madre del rey con brusquedad, tras lo cual miró a Agatha—. Ya sabemos de qué se habla normalmente durante la hora del té. Pero ¿de qué se ha hablado durante este té en concreto, niña?

—¿Este té? —repitió ella, fingiendo inocencia.

—Agatha, estás siendo obtusa a propósito y no voy a tolerarlo.

—Lady Danbury —replicó en voz baja.

—¿Cómo dices?

—Lady Danbury. Ese es el tratamiento que debo recibir, alteza. El que usted fue tan amable de otorgarme. Lady Agatha Danbury. Y sí que recuerdo un detalle sobre este té. Y es que la reina desconoce que nuestros títulos son todavía nuevos y flamantes. ¿No le parece un tema interesante para un futuro té?

La princesa Augusta la miró en silencio.

Ella le devolvió la mirada.

—Lord Harcourt —dijo la princesa sin mirar siquiera al conde—, tal vez debamos mantener esta conversación de mujer a mujer.

—Permita que yo me encargue —protestó lord Harcourt—. Si lord Bute...

Sin embargo, la princesa Augusta no dudó en interrumpirlo.

—Creo que soy capaz de arreglármelas sola.

Ambas esperaron en silencio hasta que el conde se marchó. Después, la princesa Augusta la miró como si la estuviera evaluando y dijo:

—Me sorprendes. Siempre te he tenido por una mujer callada.

—No soy callada. Es que mi marido habla muy alto.

La princesa Augusta sopesó sus palabras, y ella creyó atisbar cierto respeto renuente en su cara.

Claro que era imposible saberlo con seguridad.

—Lady Danbury —dijo la princesa—, necesito saber qué está pasando en Buckingham House. Necesito una persona de confianza. ¿Me entiende?

—Sí.

—En ese caso...

Agatha eligió sus palabras con mucha cautela.

—Tradicionalmente, cuando se otorga un título, va acompañado de tierras y dinero. De una propiedad. Sin esas cosas, un título solo es... un título. —Unió las manos sobre el regazo—. Milady, todos tenemos necesidades.

Augusta apretó los labios.

—Quiere dinero.

No, no quería dinero. Quería respeto. No sabía por qué de repente ansiaba proteger a su marido (un hombre que ni siquiera le caía bien), pero no soportaba la expresión que ponía cada vez que llegaba a casa después de sufrir un nuevo desprecio o insulto. Lo habían convertido en lord. El rey lo había proclamado uno de los hombres más influyentes de la sociedad, pero nadie lo trataba como tal. Nadie trataba a los nuevos lores con el respeto que merecían.

Agatha se obligó a mirar a la princesa directamente a los ojos.

«Sé feroz —se dijo—. Sé feroz».

Y dijo en voz alta:

—Se le olvida que el motivo por el que su suegro, el difunto rey, conocía a mi familia es porque mi suegro también es un rey. Y en Sierra Leona abundan las riquezas. Ya tenemos dinero. Tenemos más dinero que muchos de los miembros de la alta sociedad. Lo que necesito es que a mi marido no le nieguen la entrada en White's. Necesito que lo inviten a las cacerías. Necesito que nadie me impida entrar en el establecimiento de la mejor modista o alquilar el mejor palco para asistir a la ópera.

—Eso es pasarse de la raya —protestó Augusta—. Pide demasiado. Debería agradecer lo que se le ha concedido.

Agatha la miró con frialdad.

—Dice que necesita saber lo que está pasando en Buckingham House. Supongo que porque lord Bute cree que tiene usted la situación bajo control. Porque de lo contrario, la Cámara de los Lores se le echará encima. ¿No es así?

—Cuidado, lady Danbury —le advirtió la princesa.

—Me limito a señalar que ambas tenemos necesidades. Usted necesita saber lo que está pasando en Buckingham House. Nosotros necesitamos que nuestro estatus se equipare al de la alta sociedad. —Se llevó la taza de té a los labios—. Podemos ayudarnos mutuamente.

—Es usted mucho más de lo que parece —dijo la princesa Augusta después de una larga pausa.

—Lo mismo digo.

La princesa la miró con expresión astuta.

—Creo que hemos llegado a un acuerdo.

—¿Ah, sí?

—Claro que un acuerdo es solo eso. Un acuerdo. Sin moneda de cambio, no es nada.

—Información —repuso Agatha.

—Exacto. —Augusta ladeó un poco la cabeza—. Así que le pregunto, lady Danbury, ¿qué sabe usted? ¿Qué está sucediendo en Buckingham House?

—No es tanto lo que está sucediendo —respondió—, como lo que no está sucediendo.

La princesa Augusta la miró en silencio un buen rato.

—Entiendo —dijo al fin.

—Creo que lo entiende, sí.

—¿Está segura de esto? —le preguntó la princesa.

—Segurísima.

La princesa Augusta poseía el tipo de cara que no traicionaba la menor emoción. Sin embargo, Agatha se había pasado toda la vida asistiendo a eventos donde debía guardar silencio. Así que sabía cómo interpretar las reacciones de las personas.

Augusta estaba enfadada.

Y asustada.

Y frustrada, y estaba calculando y planeando su siguiente movimiento.

—Váyase a casa, lady Danbury —le dijo—. Seguiremos en contacto.

Agatha se puso en pie y se despidió con una genuflexión.

—Espero sus indicaciones, alteza.

Al día siguiente, llegó una carta dirigida a lord Danbury. Con el sello real. Agatha se mantuvo en recatado silencio mientras su marido la abría.

—¡Nos han dado tierras! —exclamó.

Agatha se llevó una mano al pecho.

—¡No me digas!

—Una propiedad, aquí en Londres. Y los niños tienen plaza garantizada en Eton.

—Sus futuros están asegurados —murmuró ella.

—Jamás pensé que vería este día —dijo su marido—. Después de todo lo que..., de todo lo que he soportado... —Se volvió hacia ella—. ¿Sabes cómo es posible que esto haya sucedido?

Podría habérselo contado. Podría haberle dicho que había hecho un trato con la madre del rey, que había traicionado a la reina. Podría haberle dicho que todo era gracias a su inteligencia y a su astucia, pero lo miró a la cara y vio su asombro y su alegría por el hecho de que, por fin, les hubieran concedido la dignidad y el respeto que les habían negado durante tanto tiempo, y decidió que no merecía la pena.

Se merecía disfrutar de ese momento.

Así que sonrió y le acarició una mano.

—No tengo la menor idea.

—Pues yo sí —aseguró Herman, que levantó el brazo como si estuviera celebrando su victoria—. El rey me ha visto. Ha visto lo que soy. Reconoce mi valor. Entiende que las viejas costumbres han quedado atrás y que vivimos en un mundo nuevo. Que los hombres son hombres, sin importar su procedencia.

—Y que las mujeres son mujeres —apostilló ella.

—¿Cómo dices?

—Nada, querido —respondió, dándole unas palmaditas en el hombro—. Háblame de nuestro nuevo hogar.

—Está en una zona muy distinguida. Seremos la envidia de todo el mundo. Basset no va a creerse que...

Sin embargo, Agatha había dejado de prestarle atención. Esa victoria era suya. Ella había sido la artífice de ese éxito. Jamás se llevaría el mérito, pero no dudaba de sí misma. Sabía muy bien quién era. Sabía lo que valía. Sabía lo que merecía.

Las viejas costumbres estaban liquidadas. Vivían en un mundo nuevo.

GEORGE

Palacio de Kew
Aposentos del rey
15 de septiembre de 1761

—¿Su Majestad se encuentra bien?

George detuvo sus intentos por vestirse. Reynolds estaba en el vano de la puerta, con la bandeja del desayuno.

—Por supuesto —contestó, aunque en realidad los botones le estaban dando mucha guerra—. ¿Por qué no iba a estarlo?

—Está temblando, majestad.

—¿Ah, sí? —George se miró las manos. Efectivamente, le temblaban—. ¿Hace frío?

—No —respondió su ayuda de cámara—. Pero todos los días nos traen una enorme cantidad de hielo.

—Sí. Los baños son…

Horrendos.

Una pesadilla.

Terribles para sus partes viriles.

George carraspeó.

—Bueno, supongo que me están ayudando.

Al menos, esperaba que lo hicieran. Los baños consistían en su mayor parte en dejar que los corpulentos ayudantes del doctor Monro le sumergieran la cabeza bajo el agua. Era horrible, pero ya se estaba acostumbrando. Y debía confiar en la palabra del médico, que aseguraba que de esa manera sus episodios desaparecerían.

¿Qué alternativa tenía?

Su ayuda de cámara torció el gesto, disgustado.

—En cuanto a la comida —dijo mientras colocaba la bandeja en la mesa—, yo no se la daría ni al mozo que limpia las cuadras. Creo que no es digna ni de los caballos.

—Reynolds, ¿estás cuestionando el tratamiento del doctor Monro?

El susodicho, siempre tan circunspecto, no contestó.

—Admito que tengo mis dudas —siguió George—, pero debo intentarlo. Es la única opción que tengo para estar con ella.

—Con el debido respeto, Su Majestad es... Su Majestad. Su Majestad puede hacer lo que le plazca. Su Majestad podría estar con ella ahora mismo.

Eso lo tentaba mucho. De hecho, no pensaba en otra cosa. Pero sabía que no estaba preparado.

—No puedo correr el riesgo —replicó—. Sobre todo con una mujer tan impredecible. Tan caprichosa. ¿Qué me dices de lo de la otra noche? ¡Presentarse en Kew sin avisar! —Sonrió por el recuerdo. Charlotte era mucho más que su belleza, mucho más que su cerebro. Era magnífica—. ¡Vaya, si está casi tan loca como yo! —murmuró.

—Majestad... —replicó Reynolds con tono de reproche.

George lo miró a modo de disculpa. Sabía que no le gustaba que dijera que estaba loco. Llevaban juntos desde su infancia, desde antes de que fuese obvio que acabaría siendo rey y que Reynolds sería...., en fin, pues Reynolds. Habían forjado una amistad y compartían secretos.

—Muy bien —claudicó—. Lo diré de otra manera. Una mujer como ella es demasiado peligrosa para un hombre como yo.

—O tal vez sea su pareja perfecta.

—¿Eso crees? —La idea le gustaba más de lo que pensaba.

—Creo que no lo sabremos hasta que Su Majestad pase más tiempo con ella.

George hundió la cuchara en las gachas. La verdad, era horrible. Pero eso era lo que había.

—No puedo estar con ella —dijo con un suspiro—. Pero a lo mejor tú sabes algo. Ese asistente que la acompaña siempre..., el bajito, ¿te ha dicho algo?

—Brimsley —repuso Reynolds—. Hemos hablado.

—¿Y?

Su ayuda de cámara hizo una pausa para elegir sus palabras.

—Creo que se siente sola, majestad.

—Sola. Qué cosas. Y yo que llevo toda la vida ansiando tiempo para mí mismo.

—Es lo que tiene aquí en Kew —señaló Reynolds—. Usted mismo lo ha elegido.

—Casi nunca estoy solo. El bueno del doctor Monro y sus ayudantes no me dejan ni a sol ni a sombra.

—Vuelvo a repetirlo, majestad. Usted mismo lo ha elegido. Y puede retractarse cuando quiera.

George meneó la cabeza. Todo el mundo parecía creer que ser rey era fácil, que la habilidad de gobernar a los demás hacía, en cierto modo, que la vida fuera todo alegría. Pero ordenar que le prepararan su budín preferido (y que lo hicieran siempre que le apeteciera) distaba mucho de ponerle fin al tratamiento médico solo porque le resultaba desagradable.

—Debo llegar hasta el final —dijo—. Esta separación… Lo hago por ella.

Reynolds se mordió la lengua, pero solo un momento.

—La reina está recién casada, majestad. Esta es su luna de miel. Debe de echar de menos a su marido.

George se permitió esbozar una sonrisa tristona.

—Creo que yo también la echo de menos.

Le dio la impresión de que su ayuda de cámara quería añadir algo más, pero se lo impidió con un gesto de la cabeza. Reynolds empezaba a repetirse. Ya habían mantenido esa conversación más de una vez. Y, además, el doctor Monro acababa de llegar.

Entró sin llamar, como era su costumbre.

—Doctor Monro —lo saludó George.

Reynolds hizo una reverencia, pero no pudo ser más breve.

El médico parecía preocupado.

—¿Su Majestad cree que cuenta con la suficiente seguridad?

—¿Con la suficiente seguridad, doctor?

—Me refiero a la guardia de Su Majestad, a sus lacayos, a sus criados. —Agitó una mano en el aire con gesto furioso, señalando hacia los rincones como si estuviera criticando a todos los ocupantes del palacio—. Corren tiempos tristes, y la Corona tiene muchos enemigos, así que detestaría pensar que un espía puede colarse en el círculo más íntimo de Su Majestad. Por no hablar de algún villano, un charlatán, algún ladronzuelo...

—Doctor Monro —lo interrumpió, porque la verdad, no entendía lo que quería decir—, ¿de qué está hablando?

—Mi perro ha desaparecido.

¡Oh!

—Qué pena —replicó con cautela—. ¿Cuál de ellos?

—El pomerania. Lo compré hace solo dos semanas. Ni siquiera me ha dado tiempo a experimentar con él.

—Qué lástima —murmuró George, que no miró a Reynolds. Estaba seguro de que Reynolds tampoco lo estaba mirando a él.

—Desde luego —repuso el médico, que resopló, indignado—. Esta mañana al llegar al laboratorio, descubrí que su jaula estaba abierta y que ese bicho tan tonto no estaba por ningún lado.

George suspiró y meneó la cabeza, fingiendo casi con éxito que se compadecía de él.

—A lo mejor no es tan tonto. Ya sea un lobo o un perro faldero, un animal se cansa pronto de su jaula. ¿No está de acuerdo, doctor?

El médico lo miró con expresión penetrante y George no tardó en componer una expresión de aburrimiento. O de desinterés. Ambas le parecían apropiadas.

—Su Majestad ha pasado demasiado tiempo en el observatorio —declaró el doctor Monro—. No me gusta la palidez de su piel ni el color de sus ojeras. Me temo que pueda sufrir otro episodio de forma inminente.

Reynolds carraspeó.

—Los..., esto..., los episodios de Su Majestad jamás han podido predecirse por un cambio en su tez.

El médico se volvió para mirarlo.

—Señor —añadió Reynolds.

—No acepto consejos médicos de un ayuda de cámara —mascculló el doctor Monro, que se volvió para decirle a George—: Hemos olvidado nuestros objetivos. Hemos relajado las rutinas. Pero no importa, podemos retomar el buen camino. Ordenaré que preparen un baño helado de inmediato y después irá directo a la silla.

George tomó una trémula bocanada de aire. Detestaba la silla. Casi tanto como los baños de hielo. Pero ambas cosas eran necesarias. Estaba preparado para hacer lo que fuera con tal de curarse.

Sin embargo, mientras el doctor Monro se alejaba hacia la puerta, apareció un criado con una nota sellada en una bandeja. El médico hizo ademán de asirla.

—Es para Reynolds, doctor —dijo el criado mientras apartaba la bandeja.

—Pero ¿sabe leer? —soltó el doctor Monro.

—Doctor —terció George con brusquedad—, semejantes insultos son innecesarios.

—Perdóneme, majestad.

George aceptó la disculpa con un rápido gesto de la mano y después miró a Reynolds. No era normal que su ayuda de cámara recibiera correspondencia o, al menos, no lo era que la recibiera delante él.

—Noticias de Buckingham House —anunció Reynolds, que levantó la mirada una vez que acabó de leer.

George se alegró visiblemente.

—¿En serio?

—Sí. La reina ha recibido su… Esto… —Miró al médico de reojo—. Su presente.

—¡Ah! —Así que estaban hablando en clave. Qué divertido era todo aquello—. ¿Y qué le ha parecido?

Reynolds titubeó.

—Sigue —lo animó.

—Esto… Dice que es un conejo deforme.

«¿Un conejo… deforme? Pero…».

Y después se echó a reír. Rio como hacía días que no lo hacía. Se imaginó a su mujer. Se imaginó la ridícula bola de pelo que era el perro. Y rio, rio y rio.

Fue como si la luz del sol por fin le diera en la cara.

—¿Sabéis lo que os digo? —dijo mientras se ponía en pie—. Que hoy no habrá baño helado. Ni silla.

—Majestad —replicó el médico con voz severa—. No voy a permitirlo. Usted y yo tenemos mucho que hacer.

—Lo siento, doctor. Hoy prefiero dedicarme a mi granja. Me apetece disfrutar del aire fresco y del ejercicio.

—¡Muchacho! —rugió el médico, que se colocó delante de George, intentando cortarle el paso—. ¡Te ordeno que te quedes aquí!

Esa fue la primera vez que la voz del médico no lo impulsó a obedecerlo. En cambio, lo miró con una sonrisa y atravesó la estancia para hacerse con su casaca.

—¡Reynolds, el carruaje!

—Con sumo gusto, majestad.

George recorrió el pasillo con una velocidad y un propósito que a esas alturas le parecían casi desconocidos.

—Majestad, ¿pasará todo el día trabajando la tierra? —quiso saber Reynolds.

—Siempre y cuando no llueva.

—Muy bien. ¿Y la cena?

George bajó unos cuantos peldaños de la escalinata y después se detuvo.

—Buena pregunta.

—Hay opciones.

—Desde luego. —Se dio unos golpecitos con una mano en un muslo. Sentía una energía nerviosa, que no era... mala. Se sentía despierto. Expectante.

Esperanzado.

—¿Majestad?

Se decidió.

—Creo que cenaré con mi esposa.

—Excelente, majestad. Enviaré un mensaje a Buckingham House.

—Muy bien. Pero que no informen a la reina, creo. Por si acaso... —No quiso ni decirlo.

—¿Cambia de opinión? —sugirió Reynolds.

Soltó un suspiro, aliviado.

—Exactamente.

Reynolds sonrió.

—No lo hará, majestad.

Buckingham House
Comedor
Esa misma noche

Aquello era un error.

Debería ser fácil. Era rey, y ese era su castillo.

Metafóricamente hablando.

Buckingham House solo era una casa. Pero la había comprado para Charlotte. Era suya. Había oído que la servidumbre ya se refería a ella como «la casa de la reina».

Él era el intruso.

Esa era la primera vez que pisaba el comedor de Buckingham House. Vio una hilera de criados junto a la pared, muchos de ellos recién llegados al oficio de servir a la familia real, y en mitad de todo, la silla vacía de Charlotte.

Su mujer llegaría pronto. Estaba seguro de eso, aunque solo fuera porque habían mantenido su presencia en secreto. Se les había ordenado a los criados que no le dieran la noticia a la reina. Supuso que todos pensarían que era un gesto romántico por su parte, cuando la verdad era que lo asustaba la posibilidad de que Charlotte pidiera que le llevaran la cena a su dormitorio si le avisaban de que la estaba esperando.

Aquello podía salir muy mal.

«Ya falta poco para el tránsito de Venus».

«El tránsito de Venus. Venus, Venus, Marte, Júpiter...».

Se aferró al borde de la mesa. Eso no era en lo que quería pensar. No importaba. Bueno, sí que importaba. Por supuesto que importaba. En realidad, ese asunto era de vital importancia, aunque no importaba en ese momento, por eso no debería estar pensando en él. Debería estar pensando en Charlotte. En su esposa. En su novia. En su belleza. Era demasiado guapa. Demasiado guapa para él.

«Soy un trol, bueno, un trol no, o a lo mejor sí, y ella es tan guapa…».

—Majestad.

Era Reynolds, que le colocó una mano en un hombro que lo ayudó a tranquilizarse. Su respiración se relajó, y por fin fue capaz de beber un sorbo de vino.

—Reynolds, bonito color el de este vino —dijo.

—Lo comentaré en la cocina, majestad.

George asintió despacio con la cabeza. Podía hacerlo. ¡Quería hacerlo! Podía…

Charlotte había llegado. Pero todavía no lo había visto. No estaba mirando la mesa. Su mirada parecía estar clavada en algo que flotaba en el aire… Quizá simplemente no estuviera mirando nada.

No parecía encontrarse bien. Parecía… confundida.

Sintió que se le rompía el corazón. Esa no era la muchacha de lengua afilada y mirada penetrante con la que se había casado.

Se puso en pie.

—Hola, Charlotte.

Ella se detuvo en seco. Pese a la tenue luz de las velas, la vio mirar a un lado y a otro, como si estuviera buscando una vía de escape.

—Hola —replicó ella, quizá con cierta cautela. No se acercó a la mesa. Su menudo asistente se encontraba detrás de ella, contemplando la escena.

George señaló el festín desplegado sobre la mesa.

—¿Te parece bien que cene contigo esta noche?

—¿Cenar? —repitió ella.

George estaba a punto de contestar, pero su mujer no había acabado de hablar.

—¿Cenar? ¿Estás…? ¡Cenar!

Estaba enfadada, pues. Aunque, al menos, parecía haberse recuperado.

—¿De verdad crees que voy a sentarme en la misma mesa que tú para cenar contigo después de...? —Levantó los brazos—. ¡Estás loco!

Dio un respingo al oírla. Reynolds se adelantó.

—Esa debe de ser la única explicación. —Charlotte siguió hablando, al parecer consigo misma, pero cada palabra atravesó el alma de George como si fuera una daga. Sintió un nudo en la garganta. Le costaba respirar.

—Majestad —dijo Reynolds, con voz baja y tranquilizadora.

George se obligó a asentir con la cabeza. Y, en ese momento, se percató de que Charlotte iba a marcharse.

—Charlotte, por favor. No te vayas.

Ella no le hizo caso.

Se apresuró a seguirla y se detuvo solo para señalar a Brimsley con un dedo.

—Quédate aquí.

Dio la impresión de que el asistente pensaba desobedecerlo, pero Reynolds le colocó una mano en un brazo.

—¡Charlotte! —la llamó de nuevo. Su mujer se movía muy rápido, demasiado para alguien que llevaba un vestido como el que llevaba ella—. ¿Adónde vas?

—¡No lo sé! ¡Lejos de ti! —Se volvió lo justo para mascullar—: ¡Adonde tú no estés!

—Charlotte —repitió él con un dejo suplicante en la voz—. Charlotte, por favor. Si me das la oportunidad de... —De esa manera, no conseguiría nada. Tendría que ser el rey—. ¡Charlotte! —la llamó con voz autoritaria—. Detente ahora mismo.

Ella lo obedeció, pero no se volvió.

—Soy consciente de que te he dado pocos motivos para que me aprecies —dijo él, hablándole a su espalda—. Te he dado pocos motivos para que confíes en mí.

—Ninguno —creyó oír.

Ladeó la cabeza para que le crujiera el cuello y, en cierto modo, eso lo ayudó a controlar sus emociones.

—Entiendo que te sientas así. Me casé contigo y luego me encerré en el observatorio y ahora vengo aquí a cenar como si… —¿Como si qué? Ni siquiera él lo sabía. Soltó el aire—. Concédeme solo una noche. Permíteme explicarte en qué he estado ocupado. No lograré que me perdones, pero a lo mejor consigo que me odies un poco menos.

Ella suspiró. No lo oyó, pero lo vio en la subida y en la bajada de sus hombros.

—Por favor —le suplicó.

Charlotte se volvió.

Él le tendió una mano y, ¡oh, milagro!, ella la aceptó.

CHARLOTTE

Palacio de Kew
Observatorio
Una hora después

—Mira, ¿lo ves?

Charlotte acercó el ojo al telescopio. George la había llevado de vuelta a su observatorio y estaba intentando que viera algo a través del enorme instrumento. Sin embargo, no tenía ni idea de lo que quería que viese. Allí solo había destellos de luz y algún que otro puntito brillante.

—Así no —le dijo él, que le colocó las manos en los hombros para ajustar su postura—. Así. ¿Qué ves?

—No veo nada.

—Concéntrate.

Charlotte puso los ojos en blanco. O más bien puso un ojo en blanco, porque el otro seguía pegado al telescopio. Movió los hombros en un intento por zafarse de sus manos.

—No puedo concentrarme contigo aquí pegado, diciéndome que me concentre.

George resopló, y eso la irritó.

—Muy bien —dijo él, que extendió las manos hacia el frente—. Permíteme que ajuste la lente un poquito.

—Si te apartases y me dejaras... —dejó la frase en el aire y jadeó—. ¡Ay, madre! —exclamó—. ¿Qué es eso?

—Eso es Venus —respondió él con manifiesto orgullo.

—Venus. ¡Venus! —Charlotte se apartó un poco del telescopio. George parecía encantado de la vida y tal vez hasta orgulloso. No alcanzaba a imaginar las emociones que cruzaban por su propia cara. Incredulidad, ¿quizá? ¿Asombro? Pegó de nuevo el ojo al telescopio—. El planeta Venus. ¿Estoy viendo el planeta Venus?

—Sí. He...

—El planeta —repitió ella, volviendo a mirar a George.

—Sí, el planeta —le aseguró con una sonrisa irónica. Saltaba a la vista que su asombro le gustaba.

—El planeta —dijo de nuevo—. Estoy mirando un planeta. Esto es... —Guardó silencio mientras consideraba las ramificaciones—. Esto es una maravilla. Alguien ha inventado —añadió, haciendo un gesto hacia el telescopio— este instrumento que nos permite ver algo que está a miles de kilómetros...

—A millones —la corrigió él.

—¿Millones?

George sonrió.

Charlotte se quedó allí inmóvil un momento, parpadeando.

—Me resulta imposible abarcar esa distancia. Desde aquí a Mecklenburg-Strelitz hay..., ¿cuántos kilómetros?, ¿ochocientos?

—Más o menos. Quizá un poco más.

—Es... Yo...

George sonrió. La misma sonrisa genuina que esbozó en el jardín de la capilla. Cuando le dijo que era Solo George.

—¿Qué?

—Estoy intentando hacer los cálculos. Un millón y medio de kilómetros es... Creo... Es como dos mil veces ochocientos kilómetros, ¿verdad?

Él asintió con la cabeza.

—Y Venus está a más de un millón y medio de kilómetros.

—*Mein Gott!*

—Eso digo yo.

—Es asombroso. Es *wunderbar*. —Meneó la cabeza, maravillada—. No conozco una palabra inglesa capaz de describir lo que me parece.

—Tal vez tengas que inventar una —replicó él—. Por si se te ha olvidado, eres reina y estás en tu derecho.

Eso le arrancó una carcajada. No podía creérselo. Con lo enfadada que había estado con él… Y todavía lo estaba. No pensaba perdonarlo así como así. Sin embargo, George había conseguido hacerla reír.

—A saber qué será lo siguiente que inventen los científicos —dijo.

—Eso es algo que me pregunto todos los días —repuso George, hablando muy en serio—. ¿Y si pudiéramos ir a la Luna?

—No seas ridículo —le soltó ella, resoplando.

—¿Y si pudiéramos ver el interior de nuestros cuerpos sin necesidad de abrirlos?

—Eso es muy desagradable.

—Pero ¿y si pudiéramos?

Charlotte se estremeció por el disgusto.

—Prefiero seguir pensando en Venus.

—Una opción estupenda —replicó George, con expresión entusiasmada.

La verdad, todo su cuerpo parecía vibrar por la emoción. Como si brillara desde el interior. Ese era el efecto de la pasión en las personas, comprendió Charlotte. Era raro encontrarse a alguien tan entusiasmado por algo. Hasta ese momento, había creído que eso era lo que ella sentía por la música, pero después de verlo a él…

Solo era una aficionada.

—He estado estudiándolo —añadió George, que rebuscó entre un montón de cartas estelares y sacó una para señalar con gran emoción una línea de puntos—. Va a suceder un fenómeno extraordinario. Todavía faltan unos cuantos años, pero los científicos necesitarán todo ese tiempo para prepararse. Venus va a trazar un arco muy concreto que nos ofrecerá una oportunidad única para hacer mediciones precisas. Y, gracias a eso, podremos conocer la distancia que existe desde la Tierra al Sol.

—Eso es asombroso —dijo ella.

Él sonrió.

—Lo llaman «el tránsito de Venus». Será todo un espectáculo.

—Y gracias a eso —replicó ella levantando un dedo, como si cualquiera pudiera suponer al ver el gesto que se refería a Venus—, ¿se pueden calcular las distancias entre dos cuerpos celestiales?

—Esa es la idea.

—¿Puedes enseñarme?

—Bueno, yo… —George parecía no encontrar palabras. Saltaba a la vista que lo había sorprendido—. No veo por qué no. ¿Has estudiado Matemáticas?

—No del tipo que sospecho que se necesita para hacer estos cálculos —respondió con cierta irritación—. Hay una gran diferencia entre las materias que se creen adecuadas para que las estudien los niños y las niñas.

Él se encogió de hombros.

—Si deseas aprender algo, debes aprenderlo.

Charlotte intentó no sonreír. Ese tipo de momentos eran los que le dificultaban la tarea de no enamorarse de él.

Regresó junto al telescopio y localizó de nuevo Venus. Era un punto brillante y luminoso en el firmamento, tanto que eclipsaba a cualquier estrella.

—Es precioso, George —murmuró.

—Sí —reconoció él, que parecía contento.

Charlotte se apartó del telescopio para mirarlo.

—¿Esto es lo que has estado haciendo? ¿Durante todo este tiempo?

Él asintió con la cabeza.

—El firmamento tiene algo… En este mundo en el que vivimos, en el que ostento tanto poder y soy una figura tan importante, es bueno recordar que solo soy una mota de polvo en el universo. —Esbozó una sonrisa que lo hizo parecer muy joven—. Eso hace que me sienta humilde.

Charlotte ardía en deseos de extender la mano para tocarlo. Pero no podía hacerlo. Todavía no. No confiaba del todo en él.

—Ser rey es peligroso —siguió George—. Han creado un mundo que gira en torno a mi persona. Eso me ha hecho egoísta. —Apartó la mirada un instante y después volvió a enfrentar la suya—. No alcanzo a imaginar lo doloroso y cruel que fue para ti que yo destrozara tu noche de bodas.

—También era la tuya —le recordó ella.

—Lo siento mucho.

—Sí, en fin. —Charlotte tragó saliva—. No voy a perdonarte. Todavía.

—Todavía —repitió él con una nota risueña en la voz—. Eso significa que hay esperanzas.

—Es posible —replicó ella.

—Sabes que, en realidad, no cuenta como noche de bodas, ¿verdad? —le dijo George mientras daba un pasito en su dirección.

—¿Ah, no?

Él negó con la cabeza.

—No llegamos a pasar la noche juntos.

Recordó la conversación con lady Danbury. La advertencia de Agatha había mermado en gran parte el deseo de llevar a cabo sus obligaciones conyugales. Pero, al mismo tiempo, entendía que estaba obligada a hacerlo. A consumar el matrimonio. De lo contrario, no sería una verdadera reina.

—Podemos empezar de cero —sugirió George—. ¿Volver a intentarlo?

—Me parece una idea razonable —contestó al tiempo que se quitaba una pelusa imaginaria de la falda, en un intento por parecer despreocupada—. Ya llevamos una semana casados.

—Sí —replicó él en voz baja—. Y solo te he besado una vez.

—En la capilla.

—He deseado muchas veces volver a hacerlo.

Charlotte lo miró a los ojos.

—¿Ah, sí?

—Cada minuto… —Dio otro paso hacia ella—. De cada día.

—¿Por qué?

—¿Por qué? —repitió George.

Ella asintió brevemente con la cabeza.

—Porque existes —contestó, como si fuera una obviedad—. Te vi, hablé contigo y me quedé deslumbrado. Apenas puedo respirar por el deseo de volver a besarte.

Charlotte tenía la extraña sensación de estar suspendida en el espacio. Como si el aire que la rodeaba se hubiera solidificado y pudiera flotar entre los estremecimientos que le provocaba cada respiración.

—¿Me permites que lo haga? —susurró George.

Ella asintió con la cabeza. No sabía qué esperar, solo sabía que iba a morirse si no lo tocaba.

Sin embargo, fue un momento incómodo. Y casi gracioso. George sonrió, y ella comprendió que también estaba muy nervioso.

Así que le devolvió la sonrisa. Porque no pudo evitarlo.

Y después su mano le acarició una mejilla.

—Charlotte —murmuró.

—George...

Sus labios se rozaron.

—Siempre —dijo él, que le rodeó la cintura con el brazo libre, le puso la mano en la espalda y la acercó.

Era la primera vez que estaba tan cerca de un hombre. Su calor corporal, su fuerza física..., la dejaron sin aliento.

Le tocó el pelo, suave y fuerte, y él gimió, encantado.

—¿Te ha gustado? —le preguntó Charlotte con timidez.

—Muchísimo. Creo que cualquier cosa que hagas me gustará.

Le colocó las manos en el torso.

—Eso me gusta —dijo él.

Envalentonada, y contenta, levantó una mano y le retorció una oreja.

—Eso también.

—Ya no se me ocurre nada más —reconoció Charlotte.

Sus brazos la estrecharon con más fuerza.

—A mí se me ocurren muchas cosas.

—¿Ah, sí?

—Ajá. —Volvió a apoderarse de sus labios y en esa ocasión el beso fue más exigente—. Esto, por ejemplo.

Después, no hubo más palabras. La besó con la misma pasión que ella había descubierto en su voz mientras hablaba de las estrellas. La besó como si fuera una joya excepcional, delicada pero indestructible.

Se sintió adorada.

Venerada.

Volvía a ser, otra vez, Solo George.

Pero también fue Solo George en el jardín de la capilla. Y después cambió. Recelosa, se apartó de él y deslizó una mano por su brazo hasta que el único contacto fue el roce de sus dedos. Necesitaba saber lo que significaba ese beso.

—¿Esto significa que vienes a casa? —quiso saber—. ¿A Buckingham House?

—Sí —respondió él—. Me voy a casa, a Buckingham House.

—¿Esta noche?

George asintió con la cabeza.

—Vuelve a casa en tu carruaje. Yo te sigo sin demora.

—¿No podemos viajar juntos? Como hicimos después de la boda.

Él se encogió de hombros con timidez.

—Me temo que son las reglas para asegurar la sucesión. Después de la boda, no había necesidad, porque era imposible que hubieras concebido al próximo rey.

—Ahora tampoco la hay.

—Pero no lo saben —puntualizó él, que la besó de nuevo, en esa ocasión con una dulce promesa—. Y después de esta noche, sí la habrá.

Buckingham House
Los aposentos del rey
Esa misma noche

Durante los días transcurridos desde la boda, Charlotte no se había permitido asomarse siquiera a los aposentos de George.

Aunque le había costado muchísimo. El dormitorio del rey estaba pegado al suyo. De hecho, ambos estaban conectados a través de una serie de saloncitos. Y sentía curiosidad. Tal vez incluso se sentía un tanto vengativa. Muchas noches había deseado quitarse las sábanas de encima, entrar en tromba en sus aposentos y romper algo. A veces, había deseado romper algún objeto que él apreciara. Otras veces, había deseado romper algo pequeño, algo de lo que nadie se percatara en un primer momento. Para que la herida se infectara.

Igual que le había pasado a su propia herida.

Sin embargo, había resistido la tentación.

Su nueva vida era una existencia de lo más extraña. Era la reina de la nación más poderosa del mundo. Si quería romper algo, alguien limpiaría los destrozos de inmediato, y después los criados tal vez pensaran que debían aplaudirla.

«Muy bien hecho, majestad. Sus habilidades destructivas no tienen parangón».

Era fácil imaginarse la escena. De hecho, la veía con claridad. Un ejército de criadas y criados, alabándola por dificultarles la vida un poco más.

Así que no, no había entrado en los aposentos de George para romper algo. Porque lo único que le quedaba era la dignidad. O, al menos, eso era lo único que controlaba. Podía ser testaruda. Podía ser incluso caprichosa. Pero se negaba a ser un monstruo.

Claro que esa noche todo era distinto. No sabía bien qué había llevado a George a reconsiderar su decisión de vivir separados, pero no pensaba cuestionarla. No ganaría nada metiendo el dedo en la llaga. No cuando tenían la oportunidad de empezar de nuevo.

Además, George le gustaba.

¡Le gustaba mucho!

Así que allí estaba, en el vano de la puerta de su dormitorio. Era del mismo tamaño que el suyo, pero cada objeto decorativo, cada mueble, proclamaba que allí dormía un rey. Los cuadros de reyes y príncipes del pasado. Las gruesas y suaves alfombras. El cabecero de su cama, de un rojo regio, coronado con oro.

Estaba nerviosa, pero también emocionada. Y estaba lista.

Esa noche se convertiría en una esposa.

En reina.

George estaba de pie frente a la chimenea con una bata negra y una copa en la mano, que soltó cuando la vio entrar.

—Charlotte.

Ella sonrió con timidez.

—George.

Se acercó a ella, que no se movió. No estaba asustada exactamente, pero las mariposas que tenía en el estómago estaban bailando un *schuhplattler*. Las cosas que debía hacer con él… eran toda una novedad. Y jamás le gustaba hacer algo sin ser competente en la materia. Detestaba sentirse tonta o ignorante.

George se detuvo delante de ella y la tomó de una mano.

—Me dejas sin aliento.

Charlotte se señaló el camisón.

—Es bonito, pero tiene mil botones diminutos. Ahora mismo, me preocupa que mis doncellas hayan elegido mal.

La sonrisa de George encerraba un sinfín de pecaminosas promesas.

—Desabrochar botones se me da muy bien.

Y procedió a demostrárselo, liberando con destreza cada botoncillo de su ojal. Lo hizo sin apartarse de ella, rozándole prácticamente la frente con la suya y dejando que la calidez de su aliento le bañara los labios.

Lo deseaba hasta un punto doloroso.

—He soñado con esto —susurró él.

—Yo… creo que… también.

Lo vio abrir los ojos de par en par y, en ese momento, una de sus grandes manos la aferró por una cadera.

—No sabes lo mucho que me complace oír eso.

—Me gustó mucho cuando me besaste —dijo con timidez.

Él sonrió; una sonrisa que lo hizo parecer un muchacho y que la derritió por dentro.

—Me alegro —repuso.

Y en ese momento, el espacio que los separaba desapareció porque volvió a besarla. Sus labios eran ardientes y voraces, y cuando gimió contra ellos, él aprovechó el momento para acariciarle la lengua con la suya.

Fue glorioso y deseaba mucho más, pero justo entonces George se apartó.

—Charlotte —dijo—, ¿sabes lo que sucede durante la noche de bodas?

—Ah, sí —contestó, aliviada por hablar de algo que conocía—. Lo sé todo. He visto dibujos y me han ofrecido una descripción detallada de lo que va a ocurrir.

—Bien —repuso él, que parecía sorprendido. Muy sorprendido—. Me alegra saberlo.

—Yo... —Se mordió el labio. ¿Era apropiado hacer peticiones? ¿Estaba permitido hacerlas?

—¿Qué pasa? —le preguntó él.

Charlotte decidió que no iba a perder nada si confesaba sus deseos.

—No me gusta la parte en la que mi cabeza golpea la pared repetidamente. ¿Hay alguna manera de evitarlo?

George puso los ojos como platos.

—¿Quién te ha explicado eso?

—No importa quién haya sido —contestó ella. Agatha le había descrito su experiencia de forma confidencial y le parecía una deslealtad revelar su identidad—. Es que...

—¡Sí! —la interrumpió George—. Se puede evitar.

—¿Estás seguro? Porque si es la única manera de hacerlo...

—No lo es. —Se mordió el labio—. Te lo prometo.

Charlotte entrecerró los ojos.

—¿Estás intentando no reírte?

—¡No! —exclamó él, un poco más alto de lo que le parecía necesario.

—Lo estás haciendo.

—No.

—Mientes.

—Bueno, solo un poco —confesó George.

—Lo sabía. —Le dio un suave puñetazo en un hombro—. ¿Por qué te parece gracioso?

—Yo... —No fue capaz de añadir nada más.

—Dímelo —insistió ella.

—Es que no sé de qué manera... En fin... —Frunció el ceño y torció el gesto. Su expresión le encantó—. Supongo que, en algún momento, descubriré de qué manera puedo hacer que te golpees la cabeza contra la pared repetidamente —siguió—, pero no entiendo por qué querría hacerlo.

—Es un alivio.

—Charlotte —dijo, tomándola de una mano—. No sé lo que te han contado, pero esto, nuestra noche de bodas, no tiene por qué ser algo doloroso. Al menos, no al principio. Tal vez sea incómodo, de hecho estoy seguro de que lo será, pero espero que también te resulte placentero.

Charlotte parpadeó. Eso contradecía todo lo que Agatha le había contado.

George se llevó su mano a los labios.

—¿Me permites intentarlo?

—Intentar...

Sus dedos regresaron a la multitud de botoncillos.

—Que te resulte placentero.

Esas palabras le desencadenaron un torrente de escalofríos por el cuerpo.

—Creo que eso me gustaría.

George desabrochó unos cuantos botones más y después rozó con los labios la piel que quedó expuesta.

—Ven —murmuró y la tomó de la mano para llevarla a la cama.

Habían apartado las mantas, de manera que se acostó entre las sábanas de seda. George se despojó de la bata, dejando que le cayera por los hombros, y ella apartó la mirada. No había sido su intención, pero tampoco esperaba que se desnudara justo en ese momento.

—No tengas miedo —dijo él mientras se acostaba a su lado.

—No lo tengo.

George se colocó de costado, apoyándose en un brazo.

—Bien —replicó mientras le apartaba un rizo de la cara y se limitaba a contemplarla sin más.

—¿Qué? —dijo ella, avergonzada por su escrutinio.

—Eres preciosa —repuso él—. No me creo que seas mía.

Charlotte sintió que se ruborizaba por el placer. No era un cumplido novedoso, pero procedente de sus labios parecía distinto. No era un simple halago. Era mucho más.

Al final, mirarla no le resultó suficiente. George la pegó a él y deslizó una de sus manos por debajo de su camisón, para ir subiendo por la pierna. Subió y subió hasta llegar a la curva de la cadera.

Eso la dejó sin aliento. Cuando la tocaba, lo sentía dentro. Eso no tenía sentido, pero según pasaban los minutos, el sentido común la iba abandonando. George le quitó despacio el camisón, de modo que se quedó desnuda a su lado.

—Se me ha olvidado decirte una cosa —dijo él.

Charlotte alzó la mirada con expresión interrogante. En ese momento él la rodeó con un brazo y rodó hasta quedar sobre ella. Esos ojos oscuros la atravesaron.

—Es algo recíproco —añadió—. Yo también soy tuyo.

La besó con una pasión desatada, con una avidez que la llevó a sentirse como el más preciado de los tesoros.

Aquello no era lo que Agatha le había descrito. Aquello era glorioso.

George se acomodó entre sus piernas y lo sintió entre los muslos.

—Espero que esto no te duela —dijo—. Pero, si es así, no debería tardar mucho en desaparecer.

Ella asintió con la cabeza.

—Confío en ti.

Él empujó hacia delante. Despacio. Después, se apartó un poco antes de volver a empujar.

—¿Estás bien?

Charlotte asintió con la cabeza.

—Me resulta raro, pero... sí.

George se movió de nuevo y, por extraño que pareciera, le dio la impresión de que estaba dolorido.

—¿Tú estás bien? —le preguntó, preocupada.

—Estupendamente —respondió, pero lo hizo con los dientes apretados.

—Pues pareces...

—Shhh —le suplicó—. Estoy esforzándome al máximo.

—¿Para qué?

Lo vio sonreír. ¡Sonreír! Pero fue una sonrisa de esas que se esbozaban cuando alguien no se creía lo que estaba sucediendo.

—¡George!

—Lo estoy intentando, Charlotte —masculló.

—¿El qué?

—Ir despacio. No quiero hacerte daño.

Ah. Sopesó sus palabras.

—¿Quieres ir más rápido?

—¡Dios, sí!

La desesperación de su voz le resultó maravillosa. Y eso la envalentonó.

—A lo mejor deberías hacerlo —dijo.

Él negó con la cabeza.

—Todavía no. Dentro de poco —repuso al tiempo que introducía una mano entre sus cuerpos—. Esto va a gustarte. O eso espero.

Charlotte jadeó. Estaba acariciándola trazando círculos. Se sintió muy acalorada por todo el cuerpo. Era incapaz de pensar en otra cosa que no fueran esos dedos traviesos y, después, antes de ser consciente de lo que estaba pasando, George la penetró por completo.

—Charlotte —dijo.

—George —replicó ella. No sabía que era posible pronunciar una palabra mientras se sonreía, pero eso fue lo que hizo.

—Aquí estoy.

—Aquí estás.

Empezó a moverse en su interior, y a medida que sus movimientos se hacían más frenéticos y descontrolados, fue incapaz de pensar en otra cosa.

Allí estaban.

Juntos.

A la mañana siguiente

Cuando Charlotte se despertó, estaba sola en la cama de George. Algo que no le molestó, porque tal vez el rey acostumbrara a madrugar.

Todavía tenían que descubrir muchas cosas el uno del otro.

Se puso el camisón y regresó a través de las estancias adyacentes a su dormitorio, donde descubrió que le habían preparado una palangana para que se aseara. Después de lavarse la cara, llamó al ejército de doncellas que la vestían todas las mañanas. Sin embargo, en esa ocasión no le pareció una obligación. Solo sentía felicidad. Se sentía alegre y emocionada por el día que se le presentaba por delante.

Cuando salió al pasillo, Brimsley la estaba esperando como de costumbre. Llevaba una bola de pelo inquieta en los brazos.

—¡Pom Pom! —exclamó ella.

En caso de que su ayudante se percatara de la alegría con la que saludó a su perro, no hizo el menor comentario.

—Majestad —dijo mientras dejaba el pomerania entre sus brazos.

—¿Verdad que hace una mañana preciosa? —le preguntó ella.

Acababan de pasar delante de una ventana a través de la cual se veía el cielo gris y una fina llovizna.

—La viva imagen del esplendor bucólico —replicó él.

Charlotte recompensó la mentira con una sonrisa radiante.

—¿Has visto al rey? —preguntó—. Si ha salido a cabalgar o a dar un paseo, lo esperaré para desayunar. Me gustaría comer con él.

—No creo que haya salido, majestad. Creo que tiene visita.

—¿Visita?

—Su madre —respondió Brimsley.

—¡Ah! —Aunque no le apetecía hablar con Augusta, estaba ansiosa por ver de nuevo a su marido, tanto como para interrumpir la conversación y apartarlo de la princesa. Se volvió hacia su ayudante—. ¿Están en el saloncito?

—Sí, majestad.

Siguió andando en la dirección indicada (seguida por Brimsley, que lo hacía cinco pasos por detrás, *natürlich*), pero se detuvo antes de anunciar su presencia. Augusta hablaba con brusquedad. Con más brusquedad que de costumbre.

—No me obligues a preguntártelo —estaba diciendo.

Charlotte le hizo un gesto a Brimsley con la mano para indicarle que guardara silencio y después retrocedió un paso. No quería que la vieran.

—No voy a obligarte a preguntármelo —replicó George—. Esto no es asunto tuyo. Es mi matrimonio.

Cualquier reserva que tuviera Charlotte por el hecho de escucharlos a escondidas, se evaporó al instante. ¡Estaban hablando de ella! Seguro que tenía derecho a escuchar.

—Tu matrimonio es un asunto de Palacio —lo corrigió Augusta con esa pronunciación tan exquisita que la caracterizaba—. Tu matrimonio es un asunto del Parlamento. Tu matrimonio es un asunto de toda la nación.

—Madre...

—Esto no puede salir mal —lo interrumpió—. Necesito saber si te has acostado con ella.

Charlotte se llevó una mano a los labios.

—No debería verme obligada a recordarte que el futuro de la Corona pesa sobre tus hombros —añadió Augusta.

—Más bien sobre mi cabeza —murmuró George.

Charlotte sonrió, encantada con la burla.

—No seas tonto —lo reprendió su madre—. Dímelo. ¿Has hecho lo que debes hacer?

—Me dijiste que debía casarme por el bien de la Corona —replicó George, con un dejo impaciente en la voz—. Y lo hice. Me dijiste que la conquistara, por el bien de la Corona. He hecho todo lo que está en mi mano. Me dijiste que no podía permitir que llegara a conocerme de verdad, porque debía proteger los secretos de la Corona. Lo he hecho.

Charlotte se quedó petrificada. ¿George había impedido que lo conociera de verdad? ¿A qué se refería? Miró a Brimsley, que seguía a cinco pasos detrás de ella. ¿Estaría oyendo la conversación?

Sin embargo, George no había acabado de hablar y lo hizo alzando la voz cada vez más.

—Me dijiste que me acostara con ella. Lo he hecho. Lo entiendo. Desde que tomé la primera bocanada de aire al llegar a este mundo, me ha quedado clarísimo que he nacido para traer la felicidad o la desgracia a esta gran nación y que, por tanto, a menudo debo actuar en contra de mis pasiones.

Charlotte no quería seguir escuchando, pero era incapaz de moverse. Algo empezó a morir en su interior.

No, a morir no. A pudrirse. Esa horrible sensación... tardaría mucho en desaparecer. Más bien iría empeorando, poco a poco, iría pudriéndose, centímetro a centímetro.

—Soy la viva imagen de la obligación —dijo George, con evidente sarcasmo—. La Corona reside en mi interior, la llevo clavada como un puñal. No hace falta que me lo expliques, madre. La Corona soy yo.

Charlotte retrocedió un paso. Y luego otro. Después, se dio media vuelta. Brimsley la miraba con expresión cautelosa. Pasó a su lado y echó a andar hacia el comedor.

—Voy a desayunar —anunció, en cuanto estuvo segura de que George y su madre no la oirían—. No es necesario esperar al rey.

GEORGE

Buckingham House
Salón principal
16 de septiembre de 1761

«El matrimonio. El matrimonio es un asunto de Palacio. Un asunto del Parlamento. El Parlamento, la Cámara de los Lores, lord, lord, lord Bute, no lord Bute, nuevos lores, hay tantísimos nuevos lores...».

George cerró los ojos con fuerza. Su mente volaba de nuevo. Se suponía que eso no debía pasar. No ese día, no durante la mañana más memorable de su vida.

«Mañana, mañana. Sol matinal, calidez del sol, el sol es una estrella. No demostrado, no demostrado».

«Charlotte. Piensa en Charlotte. Su cara, su sonrisa».

Tomó una honda bocanada de aire.

«Gobierna tu mente».

¿Por qué había tenido su madre que ir esa mañana? ¡Cuando era tan feliz! Tan él mismo.

Su madre se había mostrado muy exigente, muy decidida a convertir algo hermoso en frío deber. Le había hablado con voz hiriente, y su intención había sido deshacerse de ella rápido.

Habría dicho cualquier cosa con tal de conseguir que se fuera.

Lo único que quería era ese día. Solo un día para sentirse un hombre. Solo un hombre.

Solo George.

Alguien carraspeó a su espalda. Reynolds.

—¿Se ha ido? —le preguntó.

«Solo George. Solo George».

Solo era George. Tenía que recordarlo.

«Gobierna tu mente».

—Su madre se ha marchado, majestad. Yo mismo la he acompañado.

George asintió con la cabeza, aunque siguió dándole la espalda a Reynolds. Se mantuvo muy erguido. Tenía que mantener el control.

—¿Y Charlotte?

—La reina está desayunando en el comedor. Si quiere reunirse con ella...

Reynolds dejó la frase en el aire. George se miró las manos. Le temblaban. No mucho.

Aunque sí lo justo.

«Solo George. Solo George».

Charlotte estaba en el comedor. No lo vería. Si fallaba, si perdía el control...

Se le aflojaron las rodillas y se aferró al brazo del sillón que tenía más cerca antes de caer al suelo. Reynolds corrió a su lado y lo ayudó a sentarse en el mullido asiento.

—Majestad —dijo su ayuda de cámara, tomándole la muñeca a George para buscarle el pulso—. El corazón le late muy deprisa.

—Lo sé.

—¿Mando llamar al médico? —preguntó Reynolds.

—¡No! —Era incapaz de enfrentarse a Monro. Esa mañana, no. No cuando había sido tan feliz—. Estoy bien. No lo necesito.

Sin embargo, estaba temblando. Le temblaba todo el cuerpo. No podía estar así. Ya no.

Miró a Reynolds con expresión suplicante.

—Charlotte...

Reynolds asintió una sola vez con firmeza.

—Nunca lo sabrá.

Buckingham House
Sótano
Quince minutos después

Se decidió que el doctor Monro reubicara su laboratorio en los niveles inferiores de Buckingham House. Pero solo en parte. No podría trasladar toda su colección, ni la grotesca silla de hierro. Algunas cosas eran demasiado raras como para que estuvieran a la vista en una casa habitada. Incluso en el rincón más recóndito del sótano.

Solo unas pocas personas estaban al tanto del laboratorio improvisado, y entre la servidumbre de Buckingham House, solo Reynolds conocía la verdadera identidad del médico y el motivo de que se mudara. No podía saberse que estaban tratando al rey por un problema nervioso.

El Parlamento saltaría por los aires. Los británicos perderían la fe en la Corona.

Y luego estaba Charlotte. No soportaría que presenciara uno de sus episodios. Lo único que quería era que hubiera algo puro en su vida. Algo que no tiznaran ni su posición, ni sus obligaciones.

Ni su locura.

Si todo salía según el plan, el doctor Monro lo curaría. Volvería a estar completo, sería la clase de persona que quería ser. El marido que merecía una mujer como Charlotte.

—Estoy ansioso por empezar de inmediato —le dijo George a Reynolds mientras bajaban al sótano.

—¿Ansioso, majestad? —Era evidente que Reynolds tenía dudas.

George se permitió una sonrisa torcida.

—Ansioso por los resultados —explicó. No estaba ansioso por recibir el tratamiento. Pero, de momento, Monro era el único médico que había conseguido un mínimo de éxito. El día de la boda consiguió hacerlo regresar a la realidad. Necesitó una bofetada, pero se calmó. Gobernó sus galopantes pensamientos, y cuando se encontró con Charlotte en el jardín de la capilla, se sentía lo bastante normal como para charlar con ella. Incluso para coquetear.

Su primera conversación fue mágica, y no habría sido posible sin el doctor Monro.

De modo que estaba dispuesto a concederle al médico el beneficio de todas sus dudas.

Alrededor de una hora después de que bajara al sótano, llegó el médico, acompañado por sus dos corpulentos ayudantes. George casi dio un respingo al verlos. Reynolds adoptó una postura claramente hostil.

—Tal como predije —dijo Monro a modo de saludo.

—No he tenido un episodio —le aseguró George.

El médico lo miró como si dijera a las claras: «¿Y por qué estoy aquí?».

—He sentido que se avecinaba uno —dijo George, que luego se corrigió—: He sentido la posibilidad de tener uno.

—Explíquese.

George le contó la conversación con su madre, la presión a la que lo había sometido y su interpretación de que pretendía convertir algo hermoso en una tarea desagradable.

—No se merece la belleza —dijo Monro.

George no supo qué replicar.

—Solo es un hombre. No es especial.

—No soy especial —repitió George.

—Debe comprender que no es mejor que ninguna otra persona.

—Entiendo.

—No lo creo —masculló Monro.

—¡Doctor! —protestó Reynolds—. No puede dudar de su palabra. Es el rey.

—¡No es nada! —El doctor Monro estampó una mano en la mesa—. Solo es un hombre, no es más que tú ni que yo. De hecho... —Comenzó a pasearse de un lado para otro de la estancia, como un depredador—. De hecho, es menos que tú y que yo.

Reynolds apretó los dientes.

—Es mucho menos —siguió el médico—, y hay que reducirlo a la nada antes de poder rehacerlo. —Miró a George fijamente—. Cuando estés en mi laboratorio, responderás a «muchacho» —anunció.

Reynolds se volvió hacia George, estupefacto.

—Majestad, no puede… —le suplicó.

—¡No me interrumpas! —gritó el médico mientras salpicaba saliva al hablar—. Me ha concedido un control total sobre él. Cada segundo que desperdicias, pone en peligro su recuperación.

—Debemos permitir que lo intente —le dijo George a Reynolds.

—Majestad, no creo que…

—Me ayudó una vez —lo interrumpió George—. Antes de la boda. Debo creer que puede ayudarme de nuevo.

Reynolds dejó de discutir, pero saltaba a la vista que no le hacía gracia. El doctor Monro, en cambio, sonrió mientras decía:

—Entiendo que debemos actuar en secreto.

George asintió con la cabeza.

El médico señaló a sus ayudantes.

—En ese caso, no podrán hacer mis recados. No si no existen oficialmente.

Miró a Reynolds.

—¡No! —protestó el ayuda de cámara. Pero era más una exclamación incrédula que una negación.

—Por favor —dijo George—. Tengo que intentarlo.

El doctor Monro lo miró con expresión triunfal antes de señalar a George con la cabeza.

—El muchacho necesita un baño helado.

Reynolds se volvió hacia él, que asintió con la cabeza. Solo entonces se marchó.

El médico les ordenó a sus ayudantes que esperasen a su espalda antes de prestarle toda su atención a su paciente.

—Estás acostumbrado al esplendor —dijo mientras unía las yemas de los dedos y se paseaba de un lado para otro de la estancia—. Al lujo. A las comodidades. Nunca has conocido los saludables beneficios de las costumbres espartanas.

George sopesó esas palabras.

—Si la opulencia lleva a una mente desordenada, ¿por qué no están locos todos los reyes?

—¿Quién dice que no lo están?

—Estoy casi seguro de que mi padre estaba cuerdo. Al igual que mi abuelo. Era cruel —añadió, casi como si se le hubiera ocurrido después, porque su abuelo nunca se había refrenado de usar la vara de castigo—, pero desde luego que estaba cuerdo.

—No sabría decirlo. Nunca llegué a examinarlos. —El doctor Monro se acercó, pegando la cara a una distancia muy incómoda de la suya—. Para la mayor parte del mundo, tú das la imagen de cordura. Solo unos pocos elegidos conocen tu verdadera naturaleza.

—Me gustaría que siguiera siendo así.

El médico asintió con la cabeza.

—Se necesitan métodos sencillos. Primero, debes retomar tu dieta de gachas y nabos.

—Me temo que eso será imposible —repuso George. Señaló los pisos superiores, hacia el resto de la casa—. ¿Cómo voy a explicarlo?

—Te dije que era mala idea abandonar Kew. Aquí no podremos obtener resultados óptimos.

—En ese caso, debemos conformarnos con intentarlo lo mejor que se pueda.

El doctor Monro apretó los labios, enfurruñado.

—Mis métodos están pensados para ser integrales. No funcionarán si eliges unos sí y otros no.

—En ese caso, elijo todo lo que se puede hacer en Buckingham House —repuso George—. Sin duda, eso es mejor que nada.

El médico resopló, irritado.

—Amordazadlo —le ordenó a uno de sus ayudantes.

George no opuso resistencia. Lo hizo la primera vez. Fue algo instintivo. En ese momento, ya sabía que no debía hacerlo.

Se sometería. De esa manera se curaría por completo.

Al acabar el día, George estaba agotado. Y muerto de frío. El doctor Monro había usado la bañera de hielo en dos ocasiones, asegurando que el doble tratamiento era necesario para compensar la falta de la silla de hierro. El otoño se acercaba, y pese a que Buckingham House era de construcción relativamente nueva, había corrientes de aire. Reynolds le había llevado una manta, pero George se negaba a que lo vieran andando por la casa envuelto como si fuera un bebé.

El médico quería domesticarlo. Y él lo entendía, pero sin duda se le permitía conservar un mínimo de orgullo.

Estaba ansioso por ver a Charlotte. Ella, junto con la ciencia, era lo único que le brindaba alegría. Ella era el motivo de que se estuviera sometiendo a eso.

No sabía cómo había pasado el día. Si los informes que había recibido antes eran certeros, seguramente hubiera leído un libro y luego hubiera mirado por la ventana.

Tal vez hubiera jugado con Pom Pom. Tenía entendido que por fin se había acostumbrado al perro.

Fuera como fuese, su día seguro que había sido más agradable que el suyo.

Esperaba verla después de haber comido y haberse dado un baño caliente, pero se cruzaron en el pasillo delante de sus aposentos. Ella ya se había cambiado para la cena, y llevaba un exquisito vestido de un suntuoso color burdeos. La habían peinado de una manera que parecía sencilla, pero que sospechaba que era muy complicada en realidad.

Al menos, parecía sencilla a sus ojos. Seguramente hubiera tenido que estar sentada durante una hora para alcanzar una perfección tan bucólica.

Las mujeres eran criaturas misteriosas.

—Charlotte —la saludó. Sonrió. Se alegraba de verla, aunque no se encontrase en su mejor momento.

—George.

Frunció el ceño al oírla. No parecía contenta. De hecho, parecía muy descontenta.

Se percató del libro que llevaba en la mano.

—¿Has estado leyendo?

—Sí. —Ella levantó el libro hacia un lado. Brimsley se acercó de inmediato y lo aceptó.

—¿Algo interesante?

—Poesía.

—¿Y te ha gustado?

Ella se encogió de hombros.

El tono de la conversación no era tal como se había esperado. Charlotte casi se mostraba huraña. Aun así, insistió. Miró a Brimsley, que le devolvió la mirada con hostilidad apenas disimulada.

¿Qué demonios estaba pasando?

Miró a Reynolds, que seguía con la manta en las manos. Su ayuda de cámara también miraba a Brimsley. Si no fuera imposible, habría pensado que intentaba comunicarse.

¿Acaso se conocían?

Soltó un suspiro. Estaba agotado y no tenía paciencia para intrigas palaciegas. Se concentró de nuevo en Charlotte mientras se esforzaba por mantener la fachada alegre pese a su pésimo humor.

—¿Te importa decirme el autor?

—Shakespeare —contestó ella.

—Ah, en ese caso, sus sonetos.

—Sí.

Por Dios, era como sacarle información a cucharadas. Nunca la había visto tan poco comunicativa. Claro que tampoco la conocía de hacía mucho tiempo. Aun así, no era típico de ella.

—¿Prefieres alguno en especial?

Ella lo miraba fijamente. No con rabia. Sino... sin emoción.

—«¿Que debo compararte a un día de verano?» —sugirió él.

¿No?

Lo intentó de nuevo.

—¿«Los ojos de mi amada no parecen dos soles» tal vez?

Ella enarcó una ceja y recitó de memoria:

—«Cuando jura mi amado ser hecho de verdades, realmente lo creo, aunque sé que miente».

Eso no se lo esperaba.

George se tomó el tiempo necesario para carraspear.

—Creo que has cambiado los pronombres. ¿Shakespeare no escribió el poema hablando de una mujer?

—Le he dado mi interpretación personal.

—Charlotte —dijo antes de aceptar por fin la manta de Reynolds. Sabría Dios el tiempo que iba a estar en ese pasillo intercambiando comentarios cortantes con ella y, ¡maldición!, tenía frío—. ¿Te pasa algo?

Ella sonrió, una mueca de lo más falsa que dejó a la vista todos sus dientes.

—Estoy de maravilla.

A todas luces, estaba mintiendo, pero no tenía fuerzas para discutir con ella. Se miraron en silencio un momento, y después ella hizo un gesto para indicar que le gustaría rodearlo.

—Tengo mucho que hacer —adujo.

—No te he visto en todo el día.

Ella se tensó.

—¿Y quién ha decidido que así fuera?

—Charlotte, seguro que sabes que tengo obligaciones como rey. —Técnicamente, no era mentira. Sí que tenía obligaciones reales. Aunque no eran el motivo de su ausencia.

—Sí, estoy al tanto de todas tus obligaciones. —Lo miró con otra sonrisa falsa—. Yo soy una de ellas, ¿no es así?

¿De dónde procedía toda esa hostilidad? Meneó la cabeza.

—En absoluto eres una obligación.

Ella resopló.

Ladeó la cabeza con rigidez mientras frenaba el mal genio. Había pasado todo el día soportando gritos violentos contra su persona. Lo habían sumergido sin miramientos en una bañera de hielo, dos veces, ¡por ella!

Y ni siquiera era capaz de dirigirse a él con educación.

—Pienso cenar esta noche en mis aposentos —anunció. La idea de ponerse de punta en blanco le resultaba agotadora. Y tal vez ella se ablandaría cuando estuvieran a solas—. ¿Quieres acompañarme?

—Tengo planes.

—Planes —repitió él como un tonto.

—Ya me he arreglado —dijo ella al tiempo que señalaba su exquisito atuendo—. Cenaré formalmente.

—Preferiría que cenaras conmigo.

—Brimsley —dijo ella con sequedad—, ¿se me espera en el comedor?

—Esto... —El aludido miró, frenético, al rey y a la reina.

—Brimsley —repitió ella.

—Sí, majestad, creo que...

—Ah, pero es la reina —lo interrumpió George—. Ella es quien manda en su agenda, ¿no es así?

Brimsley tragó saliva por puro instinto.

—Sí, majestad. Ella es...

—Brimsley —lo llamó Charlotte con sequedad—, ¿trabajas para mí o no?

Su ayudante estaba sudando de forma copiosa.

—Sí, majestad. La sirvo en todo...

—Brimsley —lo interrumpió George, que pronunció la última sílaba de su nombre casi a voz en grito—, ¿quién te contrató?

El asistente de la reina movía la cabeza de un lado a otro, hasta que por fin miró con desesperación a Reynolds, que clavó la mirada en sus pies.

—Me contrató la casa real, majestad —contestó al fin.

—Que la dirige...

—Usted, majestad.

—Traidor —masculló Charlotte.

—¡Majestad! —le suplicó Brimsley.

—Da igual —dijo George, agotada la paciencia—. Haz lo que quieras, Charlotte. Mi tiempo es demasiado valioso como para perderlo discutiendo aquí contigo.

Dio un paso hacia la derecha con la intención de rodearla, pero había cuatro personas en el pasillo y sus dichosas faldas bloqueaban el paso.

Maldijo entre dientes.

Ella jadeó.

—¿Qué has dicho?

—Tus dichosas faldas son demasiado anchas —masculló.

Ella se apartó. De verdad. ¿Eso era lo que la había ofendido?

—Pues que sepas que voy al último grito de la moda —repuso ella con retintín.

—Estoy seguro.

—Yo dicto la moda.

—Bien por ti. Ahora, si me disculpas... —Apartó sus faldas para abrirse paso, y tal vez fuera tan perverso como el doctor Monro insistía, porque sí se alegró un poquito al ver que ella se tambaleaba.

—¡A lo mejor tú eres una obligación para mí! —le soltó ella.

Se volvió despacio para mirarla.

—¿En serio?

Ella alzó la barbilla.

—Bien —dijo George.

—Bien.

Sin embargo, en ese preciso momento, Reynolds dio un paso al frente.

—Majestad —le dijo. Se encontraba de espaldas a la reina, de modo que ella no podía ver que su ayuda de cámara le miraba las manos con elocuencia. Habían empezado a temblarle.

—Buenas noches, Charlotte —le dijo—. Que te aproveche la comida.

—Seguro que sí. Yo...

No obstante, él ya había permitido que Reynolds lo alejara.

CHARLOTTE

Buckingham House
Dormitorio de la reina
Esa misma noche, más tarde

Charlotte estaba metida en la cama, aseada y con su camisón más suave y viejo cuando llamaron a la puerta.

Qué raro. Las criadas nunca llamaban. Se limitaban a entrar y a salir como fantasmas. Se suponía que no tenía que fijarse en ellas, de modo que casi nunca lo hacía.

Seguramente fuera Brimsley. No se le ocurriría entrar sin anunciarse después de que se hubiera acostado. El pobre se avergonzaba con facilidad.

En fin. Pues tendría que verla con su cofia para dormir, las cremas para las ojeras y todos los secretos femeninos que se suponía que los hombres desconocían.

—¡Adelante! —exclamó, esperando que su diminuto cuerpo apareciera por la puerta.

Sin embargo, entró un hombre mucho más alto. Uno mucho más corpulento.

George.

Fue consciente de que abría la boca por la sorpresa mientras se frotaba a toda prisa la crema de la cara para quitársela. ¿Qué hacía allí? Solo era una obligación para él. Lo había dicho sin rodeos, y ella recordaba cada palabra con claridad meridiana: «Me dijiste que me acostara con ella. Lo he hecho. Lo entiendo. Desde que tomé la primera bocanada de aire al llegar a este mundo, me dejaron clarísimo que he nacido para traer la felicidad o la desgracia a esta gran nación y que, por tanto, a menudo debo actuar en contra de mis pasiones».

Era una obligación. Una tarea desagradable. Y ni siquiera la había deseado de verdad.

Lo habría aceptado mejor si no le hubiera mentido. Había hecho que se sintiera deseada. Incluso venerada. Le había dicho que era especial, que era incomparable. Una joya excepcional.

Había logrado que sintiera que la suya sería una unión poco común, más que un tratado diplomático.

Lo peor de todo era que había alentado sus esperanzas.

Le había hecho creer que con ella sería Solo George. Y que tal vez ella pudiera ser Solo Charlotte.

Habría sido mejor que se hubiera mostrado horrible. Así no se sentiría tan traicionada.

—Buenas noches —lo saludó. Teniendo en cuenta la situación, se enorgulleció bastante de sus buenos modales. En realidad, quería decirle: «¿Se puede saber qué haces aquí?».

Y tal vez lanzarle algo.

—Buenas noches —replicó él. Llevaba su bata, la misma de la noche anterior. Era imposible que creyese que iban a hacer... eso... de nuevo, ¿verdad? ¿Después de lo que había dicho sobre ella?

Salvo que no sabía que ella lo había oído.

Eso era un problema. No deseaba admitir que había escuchado a hurtadillas. Semejante comportamiento no era digno de ella y, además, había algo espantoso en admitir que conocía la verdad. ¿Cómo iba a mirarlo y a decir: «Sé que solo soy otra de tus obligaciones reales para ti»?

Era más fácil fingir que era ella quien no sentía nada por él.

—No te he visto en la cena —dijo George.

—Ya te dije que deseaba cenar formalmente.

—¿Has disfrutado de la comida?

Lo miró en silencio un instante. ¿De verdad había ido a su dormitorio para mantener una conversación educada? ¿Con qué fin?

—No tenía hambre —contestó finalmente.

—Yo sí —comentó él, que cruzó la estancia y se apoyó en el borde de la cama—. Bastante.

Y después se quedó allí. Mirándola.

—Voy a leer —anunció. Extendió un brazo hacia los libros que había dejado en la mesita de noche y eligió uno. No era tonto. Captaría la indirecta.

Él no dijo nada, de modo que abrió el libro con más fuerza de la necesaria y pasó las hojas hasta llegar al título. Estaba en alemán. Estupendo. Esa noche le iría bien algo familiar.

—Muy bien. —George se levantó del borde de la cama y la rodeó para llegar al otro lado.

—¿Qué haces? —preguntó casi a voz en grito.

—Voy a acostarme. Creo que es evidente.

Ella se alejó hasta el borde del colchón.

—No puedes dormir aquí.

—Tenía la impresión de que nuestro matrimonio iba a ser de verdad.

—Tal vez —repuso ella—. Pero esta noche no.

Él dejó lo que estaba haciendo y la miró con expresión analítica y fría.

—¿Se me permite preguntar por qué no?

—¿Necesito un motivo?

George enarcó las cejas.

—Si quieres que no te considere meramente una mujer voluble, sí, necesitas un motivo.

—Muy bien —dijo al tiempo que cerraba el libro, dejando un dedo entre las páginas, como si necesitara marcar el lugar por el que iba. Bien podría pensar que había estado leyendo de verdad—. Hoy no te he visto.

—¿Ese es tu motivo? —En su cara asomó la sorpresa, y parecía que estaba a punto de reírse de ella—. Hoy no me has visto.

Hasta ella se vio obligada a admitir que era un argumento muy pobre.

—En fin... —dijo para ganar tiempo.

—Hoy. Este día. Este único día.

Se tensó al oírlo.

—Por favor, no te burles de mí.

—No me burlo. Solo intento comprenderte.

—Pues tengo la sensación de que te estás burlando.

Él ladeó la cabeza como si estuviera tomándose un momento para catalogar sus pensamientos.

—Muy bien. Sí, me estoy burlando de ti. Pero solo porque estás siendo ridícula.

—Si no tengo autonomía corporal, ¿qué me queda?

En ese momento, él sí se echó a reír. Con sequedad.

—Ninguno de los dos tiene autonomía corporal. Los dos estamos obligados a concebir un bebé.

—Sí, lo sé —masculló ella—. Tú vives para traer la felicidad o la desdicha a esta gran nación.

—Ah. Así que me oíste decir eso.

Se quedó paralizada. Tendría que admitir que había escuchado a hurtadillas.

Sin embargo, él añadió:

—He dicho lo mismo incontables veces. Tanto que me temo que pueda sustituir a «Dios y mi derecho» como lema de mi escudo de armas. Pero debes saber algo. Siempre que lo he dicho, ha sido en serio. No soy un hombre independiente, Charlotte. La Corona pesa sobre mi cabeza.

Pronto pesaría también sobre la suya. Literalmente. La coronación estaba cerca.

—Como soberano, tengo obligaciones. Ya lo sabes.

—Obligaciones —repitió con desdén. Empezaba a detestar esa palabra.

Él tomó aire. Una bocanada larga y bastante incómoda, la verdad.

—He tenido un día difícil —confesó al cabo de un momento e hizo una pausa mientras hacía algo raro con las manos. Al final, vio que apretaba los puños con tirantez y que dejaba los brazos a los costados—. No deseo discutir con mi esposa.

—No es necesario que discutas con tu esposa. Solo tienes que regresar a tus aposentos.

—Quiero dormir aquí —repuso él, y dio la impresión de que cada palabra brotaba con fuerza de lo más hondo de su alma—. Esperaba consuelo.

—Consuelo —repitió ella.

—Sí, consuelo. De mi esposa, por quien siento... —Maldijo entre dientes. Y después, sucedió algo rarísimo. Su boca no se movió, pero Charlotte habría jurado que estaba hablando consigo mismo—. Eres mi esposa —dijo él al fin.

Meneó la cabeza antes de replicar:

—No puedes desentenderte de mí todo el día y después esperar que me tumbe aquí y... y...

—¿Y?

—Y te sirva por las noches.

Eso lo dejó boquiabierto.

—¿Me sirvas? ¿Así es como lo llamas?

—Fue mi primera vez. No sé ni cómo llamarlo.

Él apartó la ropa de cama con la fuerza suficiente como para que los cojines rosas salieran volando.

—Tenía la impresión de que habías disfrutado.

—Fue... —Charlotte se esforzó por parecer despreocupada—. Agradable, supongo.

—Agradable. —Él fue ascendiendo por la cama.

Intentó no mirarlo, pero George ya estaba sobre ella, y eso la hacía sentir cosas.

—Agradable —repitió ella.

—¿Qué parte fue agradable?

—¿Cómo dices?

—¿Qué parte —dijo mientras se acercaba más— fue agradable?

—Yo... En fin...

—¿Fue cuando te toqué... aquí?

Le apartó la mano con un guantazo antes de que le pudiera acariciar el cuello.

—No te deseo —dijo.

—Mentirosa.

—Muy bien. No deseo desearte. —Intentó apartarse, pero él la había inmovilizado sin que se diera cuenta con la colcha de damasco mientras se acercaba a ella. Tiró de la colcha, pero fue en vano—. Y desde luego que no te deseo esta noche.

Eso pareció hacerle gracia.

—¿No me deseas esta noche o no deseas desearme esta noche?

Ella meneó la cabeza.

—Estás loco.

George soltó una carcajada carente de humor.

Charlotte por fin logró aflojar un poco la ropa de cama y se apartó unos centímetros.

—No puedes llegar dando un paseo hasta mi dormitorio y esperar que cumpla con mi obligación.

—Si no me falla la memoria, disfrutaste de tu obligación. Además..., ¿dando un paseo?

—No seas pedante.

—Yo no paseo. —Se sentó sobre los talones con expresión incrédula. Tal vez incluso desdeñosa—. No tengo tiempo para pasear.

—¿Y cómo quieres que lo sepa si nunca te veo?

Él puso los ojos en blanco.

—Tengo cosas que hacer.

—¿Qué cosas?

—Asuntos privados.

En ese momento, fue ella quien puso los ojos en blanco.

—Hay cosas en mi vida que no tienen nada que ver contigo. —George empezó a alzar la voz, y sus manos empezaron a hacer esa cosa tan curiosa que hacían cuando estaba nervioso.

Por raro que pareciera, esa era una de las cosas que más le gustaba de él, que a veces también se pusiera nervioso cuando estaban juntos. La ayudaba a sentirse menos sola.

—Puede que seas mi esposa —dijo George—, pero eso no te concede acceso a cada rincón de mi existencia.

—En ese caso, tú tampoco tienes acceso a cada rincón de la mía. —Le daba igual parecer infantil; debía dejar clara su postura.

—Charlotte, hay que hacer esto. —Señaló la cama. Los dos sabían a qué se refería.

—No quiero —repuso ella con un hilo de voz. Porque estaba mintiendo. Sabía que estaba mintiendo. Lo deseaba. Deseaba a su marido. La habían arrancado de su hogar y la habían mandado muy lejos. Sola.

Quería la sensación de estar cerca de otro ser humano.

Sin embargo, quería que dicho ser humano fuera el George que ella creía que era. Solo George.

Solo George era amable y gracioso, y cuando la besaba, ella perdía el sentido.

En cambio, ese George (el que la consideraba una obligación y le recordaba que «hay que hacer esto») seguramente también haría que perdiera el sentido con un solo beso.

Claro que no le tocaría el corazón.

Aun así, no dejaba de pensar en él, en su forma de ladear la cabeza cuando sonreía o en el sonido exacto de su risa. No dejaba de pensar en el beso que se habían dado en su observatorio en Kew y en que él le había dicho que se moría por tocarla. Pero, sobre todo, no dejaba de pensar en esa única noche perfecta que habían pasado juntos. Cuando él descendió por su cuerpo lamiéndola y...

—Aaaaaarg.

—¿Acabas de gruñir? —le preguntó él.

—No. —Por el amor de Dios, qué humillante era eso.

—En fin, muévete, es hora de hacerlo.

—Ya te lo he dicho. No quiero.

George se acercó a ella prácticamente botando sobre el colchón.

—No te creo.

—¿Eso quiere decir que me forzarás?

Él sonrió. Con picardía.

—No llegaría a ese extremo.

—En fin, no te quiero en mi cama.

—Bésame —dijo él de repente.

—¿Cómo dices?

—Bésame. Una vez. Si aún no me deseas, me marcharé.

Resopló al oírlo.

—No digas tonterías.

—¿Tienes miedo?

—¿Miedo? Pues claro que no. No te tengo miedo.

—Bien —dijo él—. No creía que lo tuvieras. Tienes miedo de ti misma.

—De eso nada.

—Claro que sí.

—Claro que no.

—Pareces una niña pequeña.

Era verdad, y lo culpaba a él. Era la única persona que despertaba esa agresividad en ella. Con todos los demás, era una conversadora brillante.

—¿Qué día es hoy? —preguntó de pronto.

Él parpadeó y meneó la cabeza, desconcertado por el súbito cambio de tema.

—Martes, creo.

—La fecha —repuso con sequedad—, me refiero a la fecha.

—Dieciséis de septiembre.

—Pues los días pares —anunció al tiempo que abarcaba la cama con un gesto del brazo—. Lo haremos los días pares.

—Los días pares —repitió él.

—Eso he dicho. —Y si parecía enorgullecerse de haberlo hecho, que así fuera. Había recuperado el control de la situación. Tal vez él consiguiera lo que quería, pero las condiciones las impondría ella.

Sin embargo, George seguía mirándola como si no estuviera del todo en su sano juicio.

—Vamos a tener un calendario para copular.

Ella se encogió de hombros.

—Si deseas hablar del tema de forma tan clínica...

—Teniendo en cuenta la falta de emoción entre nosotros, hablar de forma clínica del tema es lo único posible.

—Evidentemente.

—Pues muy bien. —Señaló el libro que ella tenía en la mano con un gesto de la cabeza.

—¿Qué pasa?

—Suéltalo. Tenemos trabajo que hacer.

Ella meneó la cabeza, desconcertada. ¿A qué se refería?

—Estamos en día par —dijo él. Le quitó el libro de la mano y lo arrojó a un lado.

—Ah.

¡Ah!

GEORGE

Era una victoria pírrica, pero decidió que le daba igual.

—¿Nada de sonetos de amor esta vez? —le preguntó.

—Tampoco eran sonetos de amor la otra.

Apartó la ropa de cama y se colocó sobre ella, a gatas.

—Y no habrá sonetos de amor ahora —le advirtió. Era cruel, pero su forma de rechazarlo también había sido cruel. Creía que su noche de bodas había significado algo.

Desde luego, para él lo había significado.

Bajó la mirada y la observó fijamente en busca de cualquier atisbo de miedo en los ojos... Sería incapaz de vivir consigo mismo si le tenía miedo. Pero solo vio una excitación desafiante. Tenía un brillo enérgico en los ojos, y respiraba de forma rápida y superficial.

Al igual que él.

—Qué pena que detestes tanto mis caricias —se burló mientras le acariciaba el cuello con los dedos.

Ella extendió un brazo y le colocó la mano entre las piernas antes de apretar.

—Qué pena que tú detestes tanto mis caricias.

Ah, así que iba a ir por ahí, ¿no? Los hizo girar de modo que ella quedó encima, agarró el bajo del camisón y se lo pasó por la cabeza.

—Sin botones —dijo con aprobación.

Ella jadeó por la rapidez de sus actos, pero si su desnudez la avergonzaba, no lo demostró. En cambio, empezó a apretarlo con más fuerza.

Con un poco más de fuerza de la cuenta, la verdad.

Sin embargo, era nueva en esas lides. No conocía el límite entre el placer y el dolor de un hombre.

Al menos, esperaba que no lo conociera. De lo contrario, intentaba lastimarlo mucho.

—Con un poquito menos de vigor —dijo al tiempo que interponía una mano entre la suya y su miembro. Se le había abierto la bata y, a todos los efectos, estaba tan desnudo como ella—. Así —la guio, enseñándole cómo le gustaba que se la acariciasen. Y, dado que lo justo era jugar limpio, le devolvió el favor—. ¿Te gusta esto? —susurró mientras la acariciaba con suavidad entre las piernas.

Ella asintió con la cabeza.

—Sí, así. No, ¡eso!

Esbozó una sonrisa ladina. Apenas había movido los dedos sobre ella y, al parecer, ya había encontrado el punto que más placer le daba.

Se lo frotó, con mucha suavidad.

—Ah, sí.

Y, después, lo hizo en círculos.

—¿Así?

Ella asintió con la cabeza con gesto frenético.

—Puedo hacerlo mejor si cabe.

Charlotte no parecía creerlo.

—Espera y verás —susurró y, después, antes de que ella pudiera imaginarse siquiera lo que pensaba hacer, volvió a colocarla debajo de él, se deslizó hacia abajo y le puso la cara entre las piernas.

Ella chilló por la sorpresa.

Le dio un lametón.

—¡George! ¿Qué haces? No puedes...

—Ah, claro que puedo... —dijo al tiempo que levantaba la cabeza el tiempo justo para mirarla—. Te va a gustar.

—¿Estás seguro?

Hizo una pausa de nuevo al oírla.

—Si no te gusta, dímelo.

Ella asintió con la cabeza. Al menos, confiaba en él en ese tema.

Era una práctica que ya había hecho antes, pero no a menudo. La cortesana que su tío le mandó a los dieciséis años le aseguró que a las mujeres les encantaba.

«Serán suyas para siempre —le aseguró la cortesana en aquel momento, justo después de darle un toquecito condescendiente en la nariz—. Siempre que lo haga bien».

Estaba casi seguro de haberlo aprendido bastante bien, aunque, la verdad, siempre le había parecido un poco desagradable.

Ya no.

Besar a Charlotte de forma tan íntima era una revelación. Su sabor, su calor..., los sonidos que se le escapaban con cada lametón y mordisquito... Su placer alentaba el propio de un modo que no había creído posible. Cada vez que ella gemía y se retorcía, a él se le ponía más dura. No sabía cuánto tiempo aguantaría semejante excitación y, sin embargo, algo en su interior le impedía parar.

Iba a hacer que estallara. Se había convertido en su ambición.

La penetró con un dedo.

—¡Oh! —Soltó un chillido entrecortado que hizo que sonriera contra ella.

—Te ha gustado, ¿verdad? —susurró mientras la penetraba con un segundo dedo.

Ella sacudió las caderas y gritó su nombre.

—¡Espera! —exclamó con un hilo de voz—. ¡No puedo!

Sonrió de nuevo al escucharla. Claro que podría, y lo haría.

Y él la llevaría a ese punto.

—Más no —gimió ella—. Más no.

La miró y se preguntó si podía ver cómo brillaba sobre su piel.

—¿De verdad quieres que pare?

—¡No! —exclamó casi a voz en grito al tiempo que le enterraba los dedos en el pelo y lo obligaba a bajar la cabeza de nuevo.

Se echó a reír, encantado, y redobló sus esfuerzos. Aunque dijera que no lo deseaba, ambos sabían la verdad.

Tal vez algún día Charlotte decidiera que no le gustaba, pero él siempre sabría que lo deseaba.

—George —dijo de nuevo entre jadeos—. GeorgeGeorgeGeorge.

Movió los dedos mientras la lamía, imitando los movimientos de la cópula, pero añadiendo un pequeño giro, y después…

La siguiente vez que ella pronunció su nombre, fue con un grito.

Ascendió por su cuerpo hasta dejar la cara a pocos centímetros de la suya.

—Te ha gustado, ¿verdad?

Charlotte era incapaz de hablar.

—Me lo tomaré como un «sí». —Se colocó sobre ella, separando sus piernas laxas—. ¿Estás preparada?

Ella asintió con un gesto atontado de la cabeza, y él la penetró.

Estaba mojadísima, pero solo era su segunda vez, y sabía que debía darle tiempo para acostumbrarse a él.

—Quiero que me digas si te hago daño —le ordenó.

Ella asintió con la cabeza a toda prisa.

Se quedó quieto.

—¿Te estoy haciendo daño?

—No, solo era para confirmar que te lo diré si me duele.

«Gracias a Dios». Habría salido de ella. Lo habría hecho. Aunque hacerlo lo hubiera matado.

Se movió despacio o, al menos, todo lo despacio de lo que fue capaz, hasta que por fin estuvo enterrado en ella.

—Charlotte… —gimió, porque, la verdad, en ese momento ella era todo su mundo. Se retiró, y la fricción le provocó una oleada de placer en la columna.

Ella le clavó los dedos en los hombros y alzó las caderas, y la penetró de nuevo. Y otra vez, y otra, hasta que perdió el ritmo por completo y solo quedó el anhelo.

La cama se sacudió y crujió, y él siguió moviéndose mientras Charlotte iba a su encuentro, y después sintió que ella alcanzaba el clímax de nuevo, apretándolo con tanta fuerza que lo lanzó al precipicio.

—¡Charlotte! —gritó, y se derramó en su interior, de un modo que jamás habría imaginado. Se dejó caer y rodó de costado para no aplastarla—. Por Dios —dijo.

Ella se limitó a respirar. Entre jadeos.

—Ha sido... Ha sido... —Le fallaban las palabras. De verdad. Charlotte le había robado la razón. Seguramente fuera irónico.

—¿Hemos hecho un bebé? —preguntó ella.

Volvió la cabeza para mirarla, sorprendido por la pregunta.

—No lo sabremos hasta dentro de un tiempo.

—¿En serio?

Se percató de que fruncía el ceño.

—Me dijiste que alguien te lo había explicado, ¿no?

—Sí, me dijeron que a lo mejor teníamos que hacerlo muchas veces, pero supuse que sabríamos de inmediato si había funcionado.

—Hay que esperar si te viene el periodo o no. Así es como se sabe.

—Eso lo sé —repuso ella, que parecía un poco impaciente—. Quiero decir que sé lo que significa no tener el periodo. Es que supuse que se sabía ya desde antes. Que... de alguna manera...

—¿Se podía saber cuando sucedía?

Ella asintió con la cabeza.

—No —dijo él, que clavó de nuevo la mirada en el techo.

Charlotte soltó un resoplido irritado. No le gustaba estar en la ignorancia, era algo que ya había descubierto de ella.

La verdad, tampoco podía culparla.

—En fin —dijo ella—, supongo que deberías irte.

—¿Irme?

—Estás en mi dormitorio.

Sí. Y había pensado que podría quedarse. Ella había pasado la noche en su dormitorio cuando lo hicieron la noche anterior. Pero eso fue antes de que se volviera tan fría y distante.

Charlotte se sentó en la cama, cubriéndose el cuerpo con la sábana. ¿Para no enfriarse? ¿Por pudor? Le parecía absurdo, a tenor de lo que acababan de hacer. Las mujeres no tenían sentido para él, y ella menos que ninguna.

Pensaba que le caía bien. Charlotte lo había tratado como si lo considerara un ser humano válido. Esa misma mañana, había abandonado su cama pletórico de alegría. Pero cuando la vio de nuevo por la tarde, se mostró fría. De alguna manera, había averiguado la verdad sobre él. Y si no la verdad completa, parte de ella. Que no la merecía. Seguramente, nunca lo hiciera.

—¿Y bien? —insistió ella al tiempo que le indicaba la puerta con un gesto elocuente de la cabeza.

—¿De verdad me estás pidiendo que me vaya? —le preguntó—. ¿Después de... eso? —Señaló la cama con un gesto de la cabeza.

—Eso no cambia nada.

Él apartó las sábanas, sin importarle su desnudez.

—Eso parece.

—Nuestra obligación es hacer un bebé —repuso Charlotte—. Nada más.

George intentó recuperar la bata de los pies de la cama. Sus movimientos habían sido tan acrobáticos que se había enredado en uno de los postes.

—Nada en absoluto —masculló mientras intentaba liberar la dichosa prenda.

—Te veré dentro de dos días —dijo ella con voz remilgada.

Se ató el cinturón con fuerza.

—Y ni un solo minuto antes —gruñó.

—Será un enorme placer no verte.

—Lo mismo digo —replicó él—. Cuanto antes te quedes embarazada, antes podemos dejar de... —dijo antes de señalar la cama con su gesto más desdeñoso y regio— hacer esto.

Ella se encogió de hombros.

—Ya habremos cumplido con nuestro deber. Tú podrás volver a tus estrellas y a tu cielo en Kew, y yo ya no tendré que verte la cara.

Él le hizo una reverencia con gesto burlón.

—Majestad.

Ella asintió con la cabeza con un gesto regio. ¡A él! Y, después, le señaló la puerta.

—Fuera.

—Será un placer. —Abrió la puerta con brusquedad y se fue.

Buckingham House
Laboratorio del doctor Monro
18 de septiembre de 1761

Los siguientes días no fueron mejores. Seguía sin saber por qué Charlotte estaba tan molesta con él, pero, la verdad, se sentía tan furioso que a esas alturas no estaba seguro de que le importase.

Además, no tenía tiempo para preocuparse por ella. El doctor Monro había intensificado el tratamiento, de modo que se pasaba gran parte de sus días en el sótano de Buckingham House.

El médico lamentaba la pérdida de su silla de hierro y estaba convencido de que su progreso se veía afectado por ese motivo.

—Por tu dieta también —le aseguró—. Es un problema.

—Si pudiera cenar gachas, lo haría —repuso George con cansancio—. Pero causaría demasiadas habladurías.

—Es un problema.

Contuvo el impulso de replicar: «Sí, ya lo ha dicho». No estaba bien mostrarse insolente con el médico. Eso le había supuesto tiempo extra en el baño helado, y los ayudantes del doctor Monro habían ido aumentando el tiempo que le mantenían la cabeza debajo del agua.

—Tendremos que suplir estas deficiencias de otras maneras —decidió el médico—. ¡La mordaza!

Uno de sus ayudantes se apresuró a acercarse y a obedecer. Ya le habían atado las muñecas y los tobillos a la silla de madera, de modo que estaba totalmente reducido.

—No puedes hablar —dijo el doctor Monro—, así que debes pensar lo que te voy diciendo. ¿Me entiendes, muchacho?

George asintió con la cabeza.

—Tienes que aprender a someterte. Tienes que darte cuenta de que no eres nadie. No eres mejor que nadie. —El médico se acercó a la pared, donde habían colgado varios de sus instrumentos en unos ganchos. Se tomó su tiempo a la hora de elegir uno, hasta que por fin se decantó por una delgada vara—. Con cada golpe, debes pensar: «No soy nadie». ¿Entendido?

George asintió de nuevo con la cabeza mientras miraba la vara con miedo. Hasta ese momento, solo lo había golpeado con las manos.

El doctor Monro le dio la vara a un ayudante.

—Empecemos —dijo al tiempo que le hacía un gesto con la cabeza al ayudante, que le golpeó a George los muslos con la vara. Le dolió, pero no tanto como se temía—. ¿Lo has pensado? —le preguntó a continuación.

Se le había olvidado. Así que negó con la cabeza. Debía ser sincero si quería que el tratamiento fuera efectivo.

—Más fuerte —le ordenó Monro al ayudante.

La vara descendió con un chasquido.

«No soy nadie», pensó George.

—¿Lo has pensado?

Asintió con la cabeza en esa ocasión.

—¿Lo has creído?

George se encogió de hombros. ¿Tal vez? La verdad, no estaba seguro.

El doctor Monro lo miró un momento y debió de decidir que era un progreso, porque asintió con la cabeza y se fue al otro extremo de la estancia, donde se sentó y empezó a anotar en su cuaderno. Sin apenas levantar la mirada de él, dijo:

—Otra vez.

¡Zas!

«No soy nadie».

—Otra vez.

¡Zas!

El médico frunció el ceño.

—No parece reaccionar.

George puso los ojos como platos y gruñó pese a la mordaza.

—Golpéalo en las manos.

Se tensó contra las ataduras. A diferencia de los muslos, tenía las manos desnudas. Eso iba a...

¡Zas!

George gritó.

—Mucho mejor —gruñó Monro.

¡Zas!

—¿Estás siguiendo mis instrucciones?

George asintió con la cabeza.

¡Zas!

«No soy nadie».

¡Zas!

«No soy nadie».

¡Zas!

—Cuidado con hacerlo sangrar —dijo el médico, que frunció el ceño mientras se inclinaba hacia un lado para mirarle las manos—. Eso suscitará preguntas.

El ayudante asintió con la cabeza, y el siguiente varazo lo golpeó en los antebrazos, que no había tocado hasta el momento.

—Aunque supongo que podríamos ponerle guantes y ya —dijo el doctor Monro.

«No soy nadie. No soy nadie».

¡Zas! De vuelta a las manos.

«No soy nadie».

—¿Estás siguiendo mis instrucciones? —le preguntó el médico.

George asintió rápidamente con la cabeza. Se le habían saltado las lágrimas y habían empapado la mordaza. Estaba avergonzado.

—Bien. En ese caso, funciona. —El doctor Monro miró de nuevo a su ayudante—. Sigue.

¡Zas!

«No soy nadie».

¡Zas!

«No soy nadie».

«No soy nadie…».

Dos días después

Era el rey.

Seguía diciendo que no era nadie y pensando que no era nadie, pero cuando se despertaba por la mañana, sabía que era el rey.

Había nacido solo para ser eso.

Sin embargo, quería curarse, y cada vez que veía a Charlotte por los pasillos con el desdén que sentía por él escrito en la cara se reafirmaba en la decisión de recibir el tratamiento hasta el final.

¿Habría logrado ver más allá de su máscara de alguna manera? ¿Habría detectado la locura detrás de sus ojos?

Ni siquiera de noche, los días que chillaban, gritaban y, sí, fornicaban, había ternura por parte de Charlotte, nada que indicase que lo veía como algo más que una fuente de placer físico.

Y un medio para concebir un bebé. No había que olvidarse de eso.

Sin embargo, lo único que conseguía era que redoblara sus esfuerzos. En cuanto se quedara embarazada, no tendrían que volver a verse, y eso sería maravilloso, ¿verdad? Se acabarían los insultos que recibía por doquier. Se acabarían las miradas asesinas de ese diminuto criado suyo. ¿Cómo se llamaba? ¿Burdock? ¿Bramwell?

Brimsley. Eso era. Brimsley. Lo fulminaba continuamente con la mirada, como si él tuviera la culpa del actual estado de ánimo general del palacio, que variaba de explosivo a en llamas.

Charlotte tenía la culpa. Solo ella. Él estaba siendo razonable (en fin, todo lo razonable que cabría esperar que fuera un loco), y, por añadidura, estaba sometiéndose a tortura en un intento por curarse.

Cierto, ella no era consciente de que lo estaba haciendo, ni de que de vez en cuando se le iba un poco la cabeza, pero en alguna parte, alguien debía de estar anotándolo todo, y él desde luego que estaba cumpliendo con lo que se esperaba que hiciese.

—¡Maldita sea! —intentó decir.

Intentó decirlo porque, como era habitual, lo habían amordazado.

—¿Qué ha sido eso? —preguntó el doctor Monro, que levantó la mirada de ese dichoso cuadernillo suyo—. Quitadle la mordaza.

Uno de los ayudantes, el que había decidido llamar Helmut, se la desató.

George escupió cuando se la quitaron.

—Llevamos días así. ¿Cuánto tiempo más?

—El tiempo necesario para alcanzar nuestro objetivo —contestó el médico con una calma absoluta—. Así lo acordamos.

—El objetivo fue volver a ser la persona que era. Si seguimos así mucho tiempo, no quedará persona a la que volver. ¿Un rey domesticado es mejor que un rey loco?

El doctor Monro soltó el cuadernillo y se pasó una mano por el pelo, el mismo gesto que haría un profesor que quisiera puntualizar un discurso.

—No lo llamo «el método aterrador» en vano. El terror es su base. De ese terror, lo que resulte.

El estremecimiento de placer del médico cuando dijo «lo que resulte» no lo tranquilizó en absoluto.

—Los lobos de la Selva Negra alemana eran famosos —siguió el doctor Monro, que se puso en pie—. Los más feroces del mundo. Como no se contentaban con robar pollos y ganado, se llevaban a niños. A ancianos. Pero ¿dónde están ahora esos lobos?

George esperaba de todo corazón que fuera una pregunta retórica.

—¡Han desaparecido! —masculló el médico—. Solo existen en las leyendas, en los cuentos de hadas. Gracias a la ciencia y a la fuerza de voluntad, los alemanes transformaron a sus lobos en criaturas patéticas como el pomerania que yo tenía. Verás, muchacho, la naturaleza animal es arcilla. Con la fuerza necesaria, se puede moldear. Yo te haré lo que los alemanes les hicieron a sus lobos. Te moldearé. Hasta que seas tan inofensivo y obediente como ese dichoso pomerania.

—El pomerania escapó —susurró George.

El doctor Monro se volvió para mirarlo.

—He visto la nueva mascota de la reina, majestad —repuso el médico, que pronunció con retintín la última palabra.

George intentó contener la expresión desafiante que amenazaba con aflorar a su cara. Se suponía que no debía desafiar al médico. No quería hacerlo.

—Me desobedeciste —dijo el doctor Monro—. Pagarás por ello.

—Soy el rey —repuso él.

—¡No eres nadie! —gritó el médico—. Eres quien yo te diga que eres. ¿Me entiendes?

—Soy el rey —repitió George.

El doctor Monro lo abofeteó.

—Repítelo —lo retó.

—Soy el rey. —Pero su voz sonó más débil en esa ocasión.

Otra bofetada.

—Otra vez.

—Soy el... rey.

Y otro guantazo.

—Otra vez.

—Soy... Soy...

Era el rey. Pero ¿merecía la pena? ¿Había algún motivo para decirlo? Así solo conseguiría otra bofetada, y el doctor Monro intentaba ayudarlo, ¿verdad?

—¿Quién eres? —le preguntó el médico en voz baja. Imperiosa.

—No soy nadie —contestó. No terminaba de creérselo, pero estaba dispuesto a decirlo. Si así conseguía que parase.

Así que lo dijo. Una vez. Y otra. Pero estaba pensando en algo muy distinto...

Era un día par.

Y, de algún modo, sonrió.

BRIMSLEY

Buckingham House
En algún lugar de las estancias de la servidumbre
22 de septiembre de 1761
El día de la coronación

Brimsley estaba nervioso.

Por supuesto, él sería la primera persona en admitir que no era una situación inusual.

Aunque solo lo admitiría delante de Reynolds, claro.

El asunto era que, de forma habitual, si se sentía nervioso era porque había hecho algo mal. O porque estaba a punto de hacer algo mal. O porque alguien había hecho algo mal y estaban a punto de echarle la culpa a él.

En fin, que tenía mucho que ver con hacer algo mal.

Sin embargo, en ese preciso momento, todo iba bien. En teoría. El rey y la reina vivían en la misma residencia, y él ya no tenía que temer la furia candente de la princesa Augusta porque desde luego que estaban manteniendo relaciones.

Relaciones muy escandalosas.

Se pasaba gran parte del tiempo espantando a los criados de los pasillos que conducían a los aposentos reales.

Aun así, seguía inquieto. Reynolds le estaba ocultando algo, lo que quería decir que el rey le ocultaba algo a la reina, lo que quería decir que él no estaba protegiéndola como era su trabajo.

Era su deber jurado.

Además, el rey y la reina, pese a las escandalosas relaciones, parecían odiarse. Eso no auguraba nada bueno para el futuro. Para el futuro de nadie.

Y por fin había llegado el día de la coronación. Lo que quería decir que el rey George y la reina Charlotte de Gran Bretaña e Irlanda debían aparentar que toleraban su mutua compañía. Estaba seguro de que la reina lo conseguiría. Sabía lo que se le exigía. Era el rey quien lo preocupaba. Sus cambios de humor eran mucho menos predecibles que los de ella, y por si fuera poco...

¿Dónde demonios estaba?

Aquello era como una repetición de la boda real, salvo que en esa ocasión era el rey quien había desaparecido.

Se llevó las manos a la cara, y las usó para desencajarse la mandíbula literalmente. El rey y la reina iban a acabar con él. Iba a hacerse añicos los dientes de tanto apretarlos. Y después no podría comer. Se moriría de hambre poco a poco, ¿y no les facilitaría eso el trabajo a los vendimiadores italianos y a su cabra?

Aquello tenía que acabar. Por el bien de su cordura y de sus dientes. Tenía que encontrar a Reynolds. Era hora de que supiera qué pasaba de verdad.

Sospechaba que estaba en las estancias vacías y en los pasillos que componían el nivel subterráneo de Buckingham House. Lo había visto yendo hacia allí antes, escabulléndose por las escaleras de servicio cuando creía que nadie lo veía. Y no le cabía duda de que se estaba escabullendo, porque normalmente tenía el porte de un hombre que esperaba que el resto del mundo se apartase de su camino, pero cuando lo vio poco antes, se comportaba de manera muy furtiva, mirando sin parar a todos lados para asegurarse de que nadie lo veía abandonar su puesto en la planta principal.

No había motivos, ningún motivo, para que Reynolds (¡el ayuda de cámara del rey y su hombre de confianza!) tuviera que hacer algo tan abajo. Allí era donde se lavaba la ropa, donde se guardaba la comida y donde se fregaban las cacerolas. Era un mundo aparte del lujoso palacio que estaba por encima, y casi nadie cruzaba esa frontera.

Ese día, el día de la coronación, los pasillos eran un hervidero de criados, todos vestidos con las libreas de gala. Habría una cabalgata por la tarde, y a casi todos se les había dado medio día libre para celebrarlo. Pero a Reynolds, con su metro ochenta de estatura y su lustroso pelo rubio, le costaba pasar desapercibido.

Brimsley no tardó ni dos minutos en localizarlo. Se colocó a su lado.

—Tengo que hablar contigo —dijo entre dientes.

—¿Qué haces aquí abajo? —le preguntó Reynolds—. Tú nunca bajas a las estancias de la servidumbre.

—¿Qué haces tú aquí abajo? —replicó él.

—Me necesitan. Estoy ocupándome de un asunto.

—En ese caso, a mí también me necesitan. Estoy aquí porque tú estás aquí. Tú controlas al rey. Y ella lo está buscando.

—Creía que no se hablaban.

—Es el día de la coronación —susurró Brimsley con urgencia—. Da igual que se hablen o no. Tienen que mostrarse unidos. A ver, ¿dónde está?

Reynolds tiró de él para meterlo en una hornacina, donde habría menos probabilidades de que pudieran oír su conversación.

—No deberías haber bajado.

—No me has dejado alternativa.

—No digas tonterías. Tu deber está con la reina.

—Y la reina necesita al rey. —Brimsley contuvo las ganas de poner los ojos en blanco. O de darle un puñetazo a Reynolds. Aquello era un diálogo de besugos. No llegaban a ninguna parte.

Reynolds miró hacia el pasillo antes de hablar.

—El rey se reunirá con ella a tiempo. Está estudiando sus ciencias en la biblioteca.

Brimsley frunció el ceño. Se había pasado por la biblioteca hacía una hora. No había ni rastro del rey.

—Vete —le ordenó Reynolds con ese tono superior suyo tan irritante—. Atiende a tu reina.

Sin embargo, parecía nervioso. Como si estuviera haciendo algo furtivo. Y no dejaba de mirar por encima del hombro. Como si… tal vez…

¿Se habría liado con otro? Nunca habían dicho explícitamente que no verían a otros hombres...

—¿Qué pasa? —preguntó Brimsley con suspicacia.

—No pasa nada. —Reynolds lo miró con expresión exasperada—. Tienes una imaginación portentosa.

Brimsley alzó la barbilla. Eso no pensaba tolerarlo.

—Escúchame bien, Reynolds —dijo—. No creas que me importa si te buscas a otro que te monte. Pero —añadió al tiempo que hacía una mueca furiosa con los labios mientras observaba ese sótano tan vulgar— asegúrate de que ocupa la posición adecuada.

Reynolds se apartó, indignado.

—No... Eso no es...

Brimsley cruzó los brazos por delante del pecho. Tal vez Reynolds estuviera por encima de él en la jerarquía de la servidumbre, pero en el dormitorio era otro cantar.

—No me he buscado a otro para que me monte —masculló Reynolds al fin—. Estoy aquí abajo y ya está.

—Algo que nunca haces —repuso él entre dientes.

—¿Cómo lo sabes? ¡Tú sí que no bajas nunca!

—Te estaba buscando.

Reynolds soltó el aire con un resoplido. En parte, parecía irritado y también... En fin, la verdad, no sabía cómo interpretarlo. Al final, dijo:

—Estoy aquí abajo y ya. Nada más. Atiende a tu reina. El día de la coronación es un día especial para ella y para el país.

Brimsley frunció el ceño y, por raro que pareciera, no se sintió preparado para marcharse.

—No estoy celoso —aseguró.

—Pues claro que no.

—No tengo motivos para estarlo. No nos hemos hecho promesas.

—Ninguna —convino Reynolds.

Brimsley tragó saliva. ¿Quería una promesa? Jamás había imaginado que pudiera encontrarse en una situación en la que pedir fidelidad. Porque ¿qué significaría eso? ¿Una promesa entre dos hombres? No podrían llevarla a la iglesia. No podrían mostrársela a un magistrado.

Y, sin embargo, cuando miraba a Reynolds…, cuando sus miradas se encontraban en los pasillos…

Significaba algo para él.

—Brimsley —dijo Reynolds. Antes de añadir—: Bartholomew.

Brimsley alzó la mirada. Reynolds se estaba pasando una mano por el pelo. Su pose imperturbable estaba…

Perturbada.

—No hay nadie más —le aseguró Reynolds en voz baja—. De eso puedes estar seguro.

Asintió con un gesto incómodo de la cabeza.

—Lo mismo digo.

—Deberías volver —dijo Reynolds—. Hoy hay mucho que hacer. Demasiado.

—Sí. —Brimsley suspiró y se dio media vuelta para marcharse, pero en ese momento se abrió una puerta al final del pasillo. Alguien salió con instrumental médico en las manos y…

¿El rey estaba dentro?

Reynolds prácticamente se colocó delante de él de un salto para bloquearle la visión.

—¿Es un médico? —preguntó Brimsley—. ¿Por qué hay un médico desconocido examinando al rey en el sótano?

—Brimsley…

—¿Por qué no lo está examinando el médico real?

—¡Brimsley!

Detectó algo en la voz de Reynolds. De modo que cerró la boca al punto.

—No has visto nada —insistió Reynolds.

Quería decir algo más. Se moría por hacerlo. Pero Reynolds le suplicaba con los ojos que no lo hiciera, y jamás suplicaba.

De manera que acabó asintiendo con la cabeza.

—Debo atender a mi reina —dijo. Se dio media vuelta y se marchó.

Buckingham House
Cerca de los aposentos reales
3 de octubre de 1761

La coronación fue espléndida. Así lo aseguró todo el mundo. El rey y la reina estuvieron magníficos, los dos. Interpretaron sus papeles a la perfección. De hecho, la única vez que Brimsley los vio perder las formas fue nada más volver a Buckingham House. El peso de las coronas era literal, y los dos estaban agotados.

Tanto, de hecho, que se fueron a sus respectivos aposentos y se quedaron allí el resto de la tarde.

Un día par, nada más y nada menos.

—¿Cómo crees que llegaron a este acuerdo? —le preguntó Brimsley a Reynolds mientras recorrían el pasillo juntos, con sendas bandejas de plata. No era muy tarde, estaba anocheciendo y el atardecer había teñido de dorado Buckingham House.

—¿Te refieres a los días pares? —preguntó Reynolds a su vez.

—Sí.

—Me estremezco solo de pensarlo.

—Es de lo más curioso.

—No me corresponde a mí cuestionar a la familia real —repuso Reynolds.

—Pero... —Porque era evidente que había un «pero» implícito.

—No voy a puntualizar mi comentario.

Brimsley lo miró con los ojos entrecerrados.

—Aguafiestas.

—Soy justo como tengo que ser —aseguró Reynolds.

—A eso voy. Solo alguien sin un mínimo de sentido del humor diría algo así.

Reynolds lo miró con expresión exasperada, pero él creyó detectar un puntito de afecto.

—No sonrías —dijo Reynolds.

Brimsley sonrió.

—¿Qué tienes para el rey? —le preguntó al tiempo que señalaba la bandeja que Reynolds llevaba en las manos.

—Correspondencia. ¿Y tú?

Brimsley miró los documentos que tenía en su bandeja.

—La reina está organizando un concierto. Con un pianista infantil. A mí me parece todo muy raro, pero insiste en que lo ha oído y en que es impresionante.

—¿Va a venir desde el continente?

—De Viena —confirmó Brimsley.

—¿Cómo se viaja desde Viena? —preguntó Reynolds—. ¿Por tierra? ¿O por mar?

Ya habían llegado a las puertas de los dormitorios del rey y de la reina, y llevaban allí delante al menos un minuto. Hablando sin más.

—No estoy seguro —contestó Brimsley—. La reina vino por mar. Cruzó desde Cuxhaven. Dice que fue espantoso. Vomitó sobre su hermano.

—Hermanas... —replicó Reynolds con una risilla elocuente.

—¿Tienes alguna? —quiso saber Brimsley. De repente, se dio cuenta de que no lo sabía. Y quería hacerlo.

—¿Hermanas? —repitió Reynolds—. Dos. Yo soy el menor. ¿Y tú?

Brimsley negó con la cabeza.

—Soy hijo único. Mis padres me tuvieron ya mayores. —Y después, aunque Reynolds no se lo había preguntado, añadió—: Ya no están.

—Lo siento.

—Yo también —dijo él en voz baja. Llevaba solo mucho tiempo. A lo mejor por eso le gustaba tanto la vida palaciega. Le había proporcionado un lugar al que pertenecer. Claro que no quería ponerse sentimental. Señaló las puertas de los dormitorios con la cabeza—. ¿Crees que querrán verse?

—Es un día impar —le recordó Reynolds.

—Así que tal vez... ¿uno tranquilo?

—El rey ya... —De repente, Reynolds cerró la boca.

—El rey ya...

—Ya se ha encargado de sus obligaciones reales.

Brimsley estaba segurísimo de que eso no era lo que había estado a punto de decir. También sabía que no diría nada más, por más que él lo presionara.

Era una tumba.

—¿Bajará el rey para cenar? —le preguntó.

—No lo sé —contestó Reynolds. Adoptó una expresión pensativa nada típica en él—. Está cansado. A lo mejor desea quedarse en sus aposentos.

—Si toma una decisión, por favor, dímelo para que pueda informar a la reina. Tal vez ella desee alterar sus planes en consonancia.

Reynolds volvió un poco la cabeza mientras enarcaba una ceja.

—¿Estás diciendo que si él se queda en sus aposentos, es más probable que ella cene en el comedor?

—La verdad es que no lo sé. Son de lo más impredecibles.

—¿Los miembros de la familia real?

—Sí. —La palabra estaba cargada de cansancio.

Reynolds soltó una risilla. Después, tras unos segundos de agradable silencio, suspiró y enderezó los hombros.

—Será mejor que retomemos nuestras obligaciones.

—¿De nuevo en la brecha?

Reynolds lo miró con otra sonrisa, esa que hacía que el corazón le diera un vuelco.

—Algo así.

Reynolds se volvió hacia la puerta del rey mientras Brimsley se volvía hacia la puerta de la reina, y se despidieron sin pronunciar una sola palabra.

Por un breve instante, el mundo estuvo en un equilibrio perfecto.

Buckingham House
Comedor
22 de octubre de 1761

Un día par.

Los días pares debía estar muy en guardia.

El rey y la reina habían decidido no cenar juntos la noche anterior, y aunque Brimsley albergaba la esperanza de que se reconciliaran (algo que requería que pasaran tiempo en su mutua compañía), incluso él debía admitir que era agradable pasar una noche alejado de esa tensión tan inmisericorde.

Si la furia tuviera presencia sólida, impregnaría todo el palacio, algo parecido a las natillas.

Claro que las natillas estaban buenas. Y no lanzaban jarrones.

Sin embargo, ese día acababa en dos. De modo que Brimsley y Reynolds estaban dispuestos en el comedor, junto con seis criados y unas cuantas criadas, y todos observaban al rey y a la reina mordiéndose el labio con nerviosismo.

—¿Te importaría no hacer tanto ruido al respirar? —masculló la reina.

¿En serio? Brimsley hizo una mueca. Hasta él creía que se estaba mostrando irracional. Y eso que siempre se ponía de su parte.

El rey pinchó un trozo de carne con el tenedor y la fulminó con la mirada.

—¿Te importa no hablar?

—Hablaré si así lo deseo.

—En ese caso, yo respiraré como me venga en gana.

Ella soltó un suspiro sufrido.

—Es que lo haces de una manera la mar de desagradable.

—¿Respirar? —repuso él con retintín mientras en sus ojos afloraba tanto sarcasmo como incredulidad.

Ella agitó una mano con gesto regio, como queriendo decir: «He dicho lo que he dicho».

—Es lo que tiene la vida —explicó el rey, como si estuviera dando un sermón—. La vida humana, para ser exactos. Hay que respirar. Incluso cabría decir que tú también tienes que respirar, aunque ahora mismo no estoy del todo seguro de que seas humana.

—Mira quién fue a hablar.

—¿Qué quieres decir con eso?

Ella se encogió de hombros y miró a uno de los criados.

—¿Hay arenques?

—Nada de pescado cerca del rey —les recordó Reynolds a los criados.

—Otro motivo más por el que prefiero cenar sin él —anunció la reina.

El rey estampó un puño en la mesa.

—¿Qué problema hay exactamente? Te has comportado como una niña desde la primera mañana que pasé aquí, y yo he...

Sin embargo, la reina se puso en pie de un salto. Brimsley dio un paso al frente. Pero después le vio la cara y retrocedió.

—¡Has respirado el mismo aire que yo! —gritó ella.

Por el amor de Dios. Habían perdido la razón. Los dos.

Brimsley le dirigió una mirada a Reynolds. ¿Deberían marcharse?

Reynolds hizo uno de esos gestos de la cabeza casi imperceptibles que se hacían cuando solo se quería que lo viera una persona en concreto.

Claro que, a esas alturas, el rey y la reina no se habrían fijado ni en un volcán que entrara en erupción a su lado. El rey gruñó y rodeó la mesa. Cuando por fin se detuvo, estaba a pocos centímetros de la reina.

Brimsley tragó saliva. Aquello no iba a terminar bien.

—¿Debería irme? —preguntó el rey en voz baja y con tono provocador.

—Sí. —La reina alzó la barbilla con gesto desafiante—. Márchate. Ahora.

Y después...

La reina agarró al rey de la nuca y empezaron a besarse.

—Es día par —dijo él casi con desdén.

—Lo es —mascculló ella sin lugar a dudas.

Brimsley se apartó de un salto justo a tiempo para evitar que lo alcanzara un plato de pollo asado que salió volando por los aires. El rey había apartado todos los platos y la comida de la mesa, y...

—¡Fuera! —gritó Reynolds, y entre los dos prácticamente echaron a empujones al resto de los criados.

«No le mires el trasero al rey. No le mires el trasero al rey».

Le miró el trasero al rey.

Aunque, para ser justos, era marav...

—¡Brimsley! —masculló Reynolds.

—¡Fuera, fuera! —Brimsley les indicó a los criados y a tres criadas, que no perdían ojo de lo que sucedía, que se alejaran por el pasillo. Después volvió junto a las puertas del salón justo cuando Reynolds las cerraba. Se apoyaron contra ellas y dieron un respingo al oír que se rompía algo de cristal.

Reynolds suspiró.

—La cristalería.

Se oyó un golpe seco. Seguido de un gemido. Después se oyó un ruido espantoso, cuyo origen Brimsley ni alcanzaba a imaginarse, y por último el rey empezó a mascullar:

—¡Día! ¡Par!

Brimsley cerró los ojos por la vergüenza.

—¡Día! ¡Par! —se seguía oyendo a Su Majestad.

Le había visto el trasero al rey. Era muy fácil imaginarse su aspecto contra la mesa, con la reina...

Sintió que le ardía la cara.

—¿No te encuentras bien? —le preguntó Reynolds.

Él se ajustó la corbata y mantuvo la mirada al frente.

—Ha sido un día muy... caluroso.

La reina chilló.

Reynolds carraspeó.

—Lo mismo digo.

Se oyó otro gemido procedente del comedor, ronco y lujurioso. Los dos dieron un respingo.

—Supongo que no me permitirías que fuera a..., esto..., refrescarme a tus aposentos más tarde, ¿verdad? —le preguntó Reynolds.

Brimsley se enderezó. Había pasado bastante tiempo desde la última vez que le hizo esa pregunta. Era muy agradable, la verdad.

—Podría permitirlo —contestó—. Así podrás contármelo todo sobre el médico.

—No hay ningún médico.

Brimsley se volvió para mirarlo. Estaba harto de que le mintieran.

—Pue...

—¡Sí! ¡Sí! ¡Sí! —se oyó al otro lado de la puerta.

Se enderezó de nuevo. Mejor olvidarse de Reynolds de momento. Tenía una puerta que vigilar.

Buckingham House
Invernadero de los naranjos
2 de noviembre de 1761

Resultaba bastante difícil mantenerse a cinco pasos de distancia cuando había asuntos que tratar, de modo que Brimsley se permitía caminar junto a la reina mientras repasaban sus compromisos diarios.

—Ahora que ha terminado la luna de miel —dijo él—, hay galerías de arte, óperas y obras teatrales que Su Majestad debe ver. Además, también puede llevar a cabo las obras de caridad de su elección.

—Maravilloso. —La reina sonrió de oreja a oreja.

De un tiempo a esa parte, su humor había mejorado muchísimo, pese a las constantes discusiones con el rey. Sospechaba que estaba relacionado con sus actividades de los días pares, pero, por supuesto, no le correspondía a él especular.

—Me gustaría hacer algo por las madres pobres en el hospital —decidió ella.

—Muy bien, majestad. Me encargaré...

La reina extendió un brazo en busca de una naranja que colgaba de una rama baja.

—¡Naranja! —chilló Brimsley.

Dos ayudantes aparecieron corriendo. El más rápido arrancó la naranja y la dejó con cuidado en la mano de la reina.

—Como iba diciendo —siguió—, me encargaré de hacer los arreglos pertinentes sin pérdida de tiempo. Además, mañana se reunirá con el resto de sus damas de compañía.

—Esto es ridículo. —La reina miró la naranja que tenía en la mano con el ceño fruncido antes de mirarlo a él de la misma manera—. A partir de ahora, recolectaré mis propias naranjas.

Brimsley sopesó la delicada situación. Desde luego que era ridículo que ella no pudiera recoger sus propias naranjas. Claro que tampoco había tanto trabajo en ese invernadero como para necesitar a los dos ayudantes. En ese preciso instante, la mitad de su trabajo consistía en mantenerse cerca y darle naranjas al miembro de la familia real que paseara por allí.

—Majestad… —comenzó.

—Es ridículo que alguien lo haga por mí. Yo recolectaré mis naranjas. No admito discusiones.

—Pe… —Sin embargo, decidió no discutir. ¿Cómo hacerlo? Ella era la reina. Así que aceptó su decisión con el gesto de la cabeza más sumiso y dijo—: Sí, majestad.

—¿Y qué me dices de eventos formales? —preguntó la reina, totalmente ajena al hecho de que, seguramente, le hubiera costado el puesto a un hombre—. ¿Bailes? ¿Cenas? ¿Cada cuánto tiempo tengo que organizar eventos en el palacio?

—El rey no permite que se celebren eventos sociales en el palacio. De ningún tipo.

La reina dejó de andar.

—Qué raro. En fin, supongo que podemos salir para socializar. Es que creía que…

—No socializa —le explicó Brimsley. Había supuesto que ella ya lo sabía a esas alturas.

—Sin duda con la aristocracia…

—No asiste a ningún evento de la alta sociedad, majestad.

La reina se volvió y lo miró con expresión penetrante.

—¿Por qué no?

—Yo… —Brimsley parpadeó—. Pues la verdad es que no lo sé, majestad. Así es como hace las cosas.

—¿Siempre las ha hecho así?

Brimsley rememoró los últimos años.

—De un tiempo a esta parte, sí.

—Pero ¿por qué? No parece tímido con las personas. No tartamudea. Sus modales en público son impecables. Tiene una bonita sonrisa. Es alto, fuerte, apuesto y huele a… hombre.

Brimsley sonrió. La reina podría estar describiendo a Reynolds.

—Puede que tenga algo que ver con el médico —dijo él, más pensando en voz alta que otra cosa.

—¿Médico? ¿Qué médico?

Maldita fuera su estampa. No había querido decir eso.

—Tal vez me equivoque —se apresuró a corregirse—. De hecho, estoy seguro de que es así.

La reina Charlotte se inclinó hacia él, imperiosa y aterradora. Después se enderezó y les ordenó a los criados:

—¡Fuera!

Brimsley retrocedió un paso, pero ella lo fulminó con la mirada.

—Tú no. Ahora dime: ¿qué médico? —le preguntó.

AGATHA

Palacio de Saint James
Saloncito de la princesa Augusta
8 de noviembre de 1761

Agatha odiaba esos tés.

El té era exquisito. Las galletas, divinas.

¿La compañía?

Demasiado regia.

No se rechazaba una invitación de la madre del rey. Se dejaba cualquier cosa que se estuviera haciendo, se sacaba del armario el mejor vestido de día y se pedía el carruaje lo antes posible.

Sin embargo, la urgencia de la situación sí que tuvo algo bueno. Lord Danbury había estado a punto de abalanzarse sobre ella cuando llegó la invitación. De manera que se había librado de hacer… eso.

Hasta lord Danbury entendía que la madre del rey era lo primero.

—Me alegro de que haya venido —le dijo la princesa Augusta una vez que Agatha estuvo acomodada en su silla.

—Es muy amable de su parte invitarme, como siempre.

Augusta fue directo al grano.

—Me han informado de que ha visitado a la reina varias veces.

Agatha aceptó la taza de té que le ofrecía una criada. No hizo falta que le dijera cómo le gustaba tomarlo. A esas alturas, ya lo sabía.

—Nos gusta pasear por los jardines —adujo.

La princesa Augusta se inclinó hacia delante.

—Así que confía en usted.

—Sí.

—¿Y bien?

Agatha decidió mentir.

—El rey y ella son muy felices a estas alturas.

—De verdad.

No lo dijo a modo de pregunta, sino con escepticismo.

—De verdad —le aseguró ella, tras lo cual bebió un delicado sorbo de té—. Después de la tensión de los primeros días, han disfrutado de una maravillosa luna de miel. Y la coronación los ha unido todavía más.

—En la abadía ofrecieron una imagen preciosa —murmuró la princesa Augusta.

—Desde luego. La viva imagen de la felicidad. —Eso al menos no era mentira. Con independencia de los defectos que tuviera la pareja real, no podía negarse que eran fantásticos actores. Habían sonreído y habían saludado a los asistentes, se habían tomado de la mano y se habían besado... De no haberse visto obligada a oír todas las quejas de Charlotte, habría pensado que la pareja estaba enamoradísima.

—Lo odio —le había dicho la reina justo el día anterior—. Es insoportable. Todo el mundo lo tiene por un hombre educadísimo, pero es mentira. Es un mentiroso que...

«Que el Señor se apiade de mí», había pensado Agatha en aquel momento.

—... miente —concluyó Charlotte.

Sin embargo, ella sabía muy bien lo que era verse atrapada en un matrimonio sin amor, de manera que intentó ofrecerle todo el apoyo posible.

—Sobrevivirá a todo esto —le aseguró—. Siempre y cuando siga intentando...

—Quedarme encinta —la interrumpió Charlotte, enfurruñada—. Por favor. Ya lo sé.

Agatha abrió la boca para añadir algo más, pero la reina no había acabado de hablar.

—Lo estoy intentando —le aseguró—. Soy la personificación de la constancia. Soy *standhaft* —añadió, en alemán—. Soy *inébranlable* —siguió, en francés—. Y lo diría en un cuarto idioma si me encontrara usted un intérprete. No hacemos otra cosa. Salvo intentar que conciba un bebé.

—Lo siento mucho —replicó Agatha, porque la verdad fuera dicha, parecía espantoso.

—Es una pesadilla.

—Es difícil, lo sé. El acto... —Pensó en lord Danbury, penetrándola una y otra vez. Era desagradable, era incómodo y, por el amor de Dios, era aburridísimo. Al final, había acabado haciendo listas mentales de lo que había que comprar y de las cartas que debía escribir mientras él acababa.

Charlotte debía soportarlo bajo la atenta mirada de toda la nación. No de forma literal, por supuesto, pero el escrutinio estaba allí. La reina tenía poder, pero no privacidad. Todos sus movimientos se comentaban, se diseccionaban, se analizaban al detalle.

Jamás se cambiaría por ella, y eso ya decía bastante. Al fin y al cabo, estaba casada con Herman Danbury.

—Lo odio todo de él —siguió Charlotte—. Odio esa cara tan ridícula que tiene. Odio su voz. ¡Odio hasta su forma de respirar!

¿De respirar? Agatha enarcó las cejas. Eso era un poco exagerado, ¿no?

—Majestad —dijo—, es imposible que...

—¡Es intolerable! —exclamó la reina—. No puedo... Él... —Y empezó a moverse como si fuera una marioneta manejada por unos hilos invisibles mientras jadeaba—. Uf, af, af, uf, af, uf.

Agatha la miraba, espantada.

—Majestad —dijo, con calma—. ¿Se encuentra mal?

—¡Así es como respira! —respondió la reina, prácticamente a voz en grito.

El rey no respiraba así ni mucho menos, pero sabía muy bien que no debía llevarle la contraria.

De la misma manera que también sabía que no debía compartir nada de eso con la princesa Augusta.

—¿Demuestra algún síntoma de estar encinta? —le preguntó la madre del rey—. ¿Podemos esperar la llegada de un bebé en breve?

Agatha no señaló que habían pasado dos meses justos desde la boda. Aunque Charlotte hubiera logrado quedarse encinta, sería difícil que se le notara. De manera que contestó, en cambio:

—Todavía no le he notado nada.

—Esté atenta a cualquier detalle —le ordenó la princesa Augusta—. Hay mucha presión.

Aquello era interesante. Agatha mantuvo una expresión inocente mientras preguntaba:

—¿Por parte de lord Bute?

—No es de su incumbencia quién esté presionando.

Agatha esperó. Uno, dos...

—Sí, es lord Bute —admitió la princesa Augusta, enfurruñada—. Necesitamos un bebé. Que la pareja real tenga un niño es un motivo de celebración para la plebe. Para toda la nación. Porque es una representación del amor y aleja cualquier duda sobre la sucesión.

—Por supuesto —replicó Agatha.

La princesa Augusta se inclinó hacia delante, apenas un centímetro.

—Un bebé sellará el Gran Experimento. No podemos fallar.

Ese era el pie que necesitaba Agatha para sugerir:

—¿No ayudaría al Gran Experimento que se celebrara un baile?

—¿Un baile?

—Sí. A lord Danbury y a mí nos encantaría celebrar el primer baile de la temporada social.

Eso no era del todo cierto. Su marido estaba deseando celebrar el primer baile de la temporada social. A ella, en cambio, le parecía una idea terrible. Danbury estaba seguro de que todo el mundo asistiría encantado, ya que por fin lo habían aceptado en White's, pero Agatha no lo veía tan claro. La mayoría de la alta sociedad, la vieja aristocracia, rechazaría cualquier invitación procedente de ellos. Sonreirían y se disculparían con sonrisas melosas mientras decían: «Sentimos muchísimo perdérnoslo», y después se reunirían en otro lugar ese mismo día y se reirían.

Ya le había advertido a su marido de que la princesa Augusta seguramente desaprobaría la idea. Se había mostrado tan abatido al contestarle, que verlo así casi le partió el corazón.

—Tengo la dicha al alcance de la mano, pero siempre me la arrebatan —había dicho él en voz baja y triste.

Pese a lo mucho que le desagradaba su marido, Agatha replicó:

—Eres tan válido como cualquiera de ellos.

Porque era cierto. Las cosas que lo convertían en un marido terrible eran comunes a todos los hombres, al menos que ella supiera. Y no soportaba que lo menospreciaran solo por el color de su piel.

De manera que le había prometido intentarlo. Tal vez tuviera éxito. Al fin y al cabo, ya había logrado que la madre del rey les otorgara una propiedad. ¿Tan difícil sería convencerla de celebrar un baile?

—Alteza —dijo con un dejo respetuoso—, como dama de compañía de la reina que soy, tiene sentido que sea yo la anfitriona del primer baile de la temporada social. Sería una edificante demostración de lo unida que está la alta sociedad, ¿no le parece?

La princesa Augusta ya estaba negando con la cabeza antes de que ella acabase de hablar.

—¿El primer baile de la temporada? ¿En su casa? No. Eso sería inaceptable.

Agatha había llevado una vida más resguardada que su marido. No había experimentado los desplantes y los insultos del día a día que minaban la confianza y se iban sumando hasta que las heridas se abrían y se infectaban.

O tal vez se debiera a que ni siquiera lo había intentado. A diferencia de lord Danbury, nunca había intentado entrar en esos establecimientos donde sabía que no era bien recibida. No había asistido a colegios donde nunca la tratarían como a una igual y no había ido a ningún banco donde aceptaran su dinero, pero ni siquiera le ofrecieran un té.

En ese momento, la princesa Augusta le estaba negando algo antes incluso de poder exponer sus argumentos. Le estaba diciendo abiertamente que no era lo bastante buena, que los Danbury no eran lo bastante buenos, que los nuevos aristócratas no eran lo bastante buenos.

Eso sí que era inaceptable.

Agatha soltó la taza y el platillo. Había llegado la hora de mostrarse más directa.

—Alteza, sé que le gustaría que estos tés continuaran. De otro modo, será difícil que se entere usted del embarazo de la reina antes de que sea evidente, ¿no le parece?

La madre del rey suspiró.

Agatha se hizo de nuevo con la taza y el platillo. Los necesitaba para ocultar la sonrisa.

—Lo hablaré con lord Bute —dijo la princesa.

Maldición. Sabía lo que significaba eso. Le negarían el permiso.

De manera que debía tomar una decisión.

Tardó tres segundos en hacerlo.

Los Danbury celebrarían el primer baile de la temporada social. Lo único que debía hacer era asegurarse de que las invitaciones se repartieran antes de que la princesa Augusta pudiera consultar el tema con lord Bute.

«Morado», pensó mientras regresaba a casa. El morado siempre le había gustado. Sería un color perfecto para la decoración. Morado con plata y blanco. En su mente, lo veía todo con claridad.

Y ahí se quedaría, seguramente. Lord Danbury querría decorar en tonos dorados. Su color preferido.

Daba igual. Solo era una pequeña batalla que no tendría importancia a largo plazo. Herman pensaría que llevaba las riendas y a ella hasta le alegraba permitirle creer semejante fantasía.

Porque en el fondo tenía muy clara cuál era la verdad. Aunque el Gran Experimento no fuera creación suya, a esas alturas estaba en sus manos. Y no iba a permitir que fracasara.

Buckingham House
14 de noviembre de 1761

Una semana después, Agatha ya no se sentía tan segura de sí misma. Habían empezado a llegar las respuestas a la invitación a su baile y, de momento, ni un solo miembro de la vieja aristocracia había aceptado.

La princesa Augusta le había pedido formalmente que lo cancelara.

Bueno, «pedir» tal vez fuera exagerar un poco las cosas. Lo que le había dicho en realidad la madre del rey fue: «Ese baile será la ruina del Gran Experimento. Lo cancelará de inmediato».

Y lo peor era que la princesa no se equivocaba. Sería un desastre que los Danbury fueran los anfitriones del primer baile de la temporada social y que solo asistiera la mitad de la alta sociedad. Eso demostraría lo que afirmaban los detractores: la sociedad jamás se uniría y sería inútil intentarlo.

La reina Charlotte se mantenía ajena a todo el asunto. No había hecho el menor esfuerzo por conocer la sociedad británica más allá de los bonitos muros de piedra de su palacio. Agatha intentaba no enfadarse por ello. La pobre apenas era una niña a la que habían arrancado de su hogar para casarla con un desconocido y habían obligado a vivir en un entorno con unas costumbres totalmente distintas.

Claro que nadie le había hablado del Gran Experimento. Sería hasta gracioso si el asunto no fuera tan importante. Gran Bretaña se encontraba al borde de realizar algo edificante y maravilloso, y todo porque una joven de piel marrón había sido elegida como reina.

Sin embargo, ella no lo sabía. Charlotte desconocía que era el símbolo de la esperanza y del cambio para miles de personas. No, el símbolo no. Ella era la personificación de la esperanza y del cambio.

De manera que trató de ser paciente. Charlotte merecía un poco de tiempo para aclimatarse a su nueva vida. Solo tenía diecisiete años.

Aunque ella, y el resto de la alta sociedad, carecía de tiempo. El Gran Experimento estaba teniendo lugar en ese momento.

A la princesa Augusta le gustaba hablar de la importancia de todo eso y afirmaba que Palacio se mantendría firme en su cruzada para unir a la sociedad, pero en el fondo Agatha sabía que la madre del rey no se preocupaba en absoluto por el destino de los Danbury, de los Basset y de los Smythe-Smith. Lo único que le importaba era no cargar con un fracaso. Augusta quería que el Gran Experimento funcionara porque ella lo había orquestado. Y a la madre del rey solo le importaba mantener la reputación de la familia real.

Sin embargo, para ella (y para lord Danbury, para los Basset, para los Smythe-Smith y para muchos otros) estaba en juego mucho más que la reputación. Se estaban jugando sus vidas.

De manera que debía luchar por eso. Estaba obligada a hacerlo.

Así que, por primera vez, fue a Buckingham House sin que la mandaran llamar. Nadie había previsto su llegada cuando atravesó el gran pórtico de entrada y le dijo al mayordomo que quería ver a la reina.

Le resultaba difícil creer que aquella era su vida, que podía entrar en un palacio real esperando que la recibieran. Le gustaba pensar que esa incredulidad tenía poco que ver con su color de piel. Seguramente cualquiera se asombraría de descubrirse en una relación tan estrecha con la realeza.

Sin embargo, allí estaba.

—Lady Danbury.

Alzó la mirada. Era Brimsley, el criado preferido de la reina.

—La reina se encuentra en la biblioteca, milady —le dijo—. La acompañaré hasta allí.

—¿Está leyendo? —le preguntó, más que nada para hablar de algo mientras enfilaban uno de los largos y elegantes pasillos de Buckingham House—. Me dijo que quería leer más en inglés. Afirma seguir pensando casi siempre en alemán.

—No podría especular sobre sus pensamientos —replicó Brimsley—. Pero, no, no está leyendo.

—Ah. ¿Qué está haciendo, entonces?

El criado carraspeó.

—Disfrutando de las vistas.

—¿Desde la biblioteca?

—Está orientada hacia el huerto de la cocina, milady.

—El huerto de la cocina —repitió Agatha, porque era imposible que hubiera oído bien.

—Sí —repuso Brimsley, que asintió con la cabeza.

—Qué emocionante.

—A ella se lo parece.

«Cosas de la realeza...», pensó Agatha. Jamás los entendería.

Efectivamente, cuando entró en la biblioteca, la reina Charlotte estaba mirando por una ventana, casi pegada al cristal.

—Majestad, lady Agatha Danbury —anunció Brimsley.

—No teníamos previsto encontrarnos hoy —dijo la reina sin volverse.

—Esperaba poder hablar con usted sin que estuvieran presentes las otras damas de compañía —adujo ella.

—Muy bien —replicó Charlotte, que seguía mirando hacia el exterior. Le hizo un gesto a Agatha con una mano para que se acercase.

—Es sobre el baile que estoy organizando —le dijo una vez que estuvo a su lado.

—Está organizando un baile. Qué bien.

Ni rastro de emoción en su voz. Sin embargo, Agatha insistió.

—Sé que usted no asistirá —comentó—. Y que el rey no participa en eventos sociales.

—¿No le parece raro? —La reina la miró por fin—. ¿Sabe usted por qué?

—No, yo...

Sin embargo, Charlotte había vuelto a mirar por la ventana. ¿Se podía saber qué le resultaba tan interesante? Agatha se colocó a su lado para echar un vistazo. No había nada. Solo verduras... y más verduras. La reina estaba viendo cómo crecían las coles.

Agatha respiró hondo.

—El baile —dijo sin más—. Quería preguntarle si es tan amable de pedirles a sus otras damas de compañía que asistan.

—¿No las ha invitado usted?

—Sí.

—Entonces, ¿cuál es el problema?

Agatha se recordó que la reina era joven. Que vivía en un lugar desconocido. En un país desconocido. No le cabía duda de que había que perdonar que fuera tan boba.

—Majestad —dijo con un dejo paciente en la voz—, no vendrán a menos que...

—¡Allí está! —exclamó Charlotte.

Agatha estuvo a punto de soltar un gemido.

La reina frunció el ceño y arrugó prácticamente toda la cara mientras se inclinaba hacia la izquierda para ver...

Agatha también miró.

Al parecer, se trataba del rey.

Charlotte meneó la cabeza.

—¿De verdad está...? Creo que sí, que está trabajando en el huerto.

—¿Majestad? —insistió Agatha.

—Es George —dijo la reina, presa del asombro—. Está trabajando en el huerto. Con sus propias manos. ¿Por qué lo hace? —Se volvió hacia ella—. Tenemos criados.

—Majestad —repitió Agatha, hablando prácticamente entre dientes—. Sobre el baile...

—Creía que podía ser un farol, pero todos los días trabaja en el huerto. Es muy curioso.

Por el amor de...

Agatha perdió la paciencia.

—Majestad —dijo con brusquedad, colocándose directamente entre la reina y la ventana—. Por favor.

—¿Qué hace?

—La princesa Augusta me ha pedido que cancele el baile.

Charlotte la miró con gesto impaciente.

—No entiendo qué tiene que ver esto conmigo. Si la princesa Augusta le ha dicho...

—Usted es la reina —la interrumpió—. Y entiendo que esto le parezca algo indigno. Si no fuera la reina...

—Pero lo soy —apostilló Charlotte.

Agatha luchó contra el deseo de estrangularla.

—Si no lo fuera, su vida sería muy distinta. ¿No lo entiende? Usted es la primera de las nuestras. Ha abierto puertas. Y nos ha convertido en los primeros de nuestra clase.

La reina se quedó paralizada.

—Usted nos ha cambiado la vida —añadió Agatha abiertamente—. Somos nuevos. ¿No nos ha visto? ¿No entiende lo que se espera que haga por nosotros? Le dije que consumara el matrimonio. Le dije que se quedara encinta. Le dije que lo soportara. ¡Por un motivo! —Se atrevió a mirar de reojo a Brimsley para ver si pensaba interrumpirla. Estaba pisando terreno peligroso. Sin embargo, el asistente de la reina no hizo nada, así que decidió mostrarse más atrevida—. A usted solo le preocupa saber si le gusta a un hombre. Pero no es una muchacha boba cualquiera. Es nuestra reina. Debería preocuparse por su país. Por su gente. ¡Por los de su color! ¿Por qué no entiende que tiene nuestro futuro en sus manos? Por favor, debería mirar más allá de esta estancia. —Hizo un gesto hacia el exterior, hacia el lugar donde el rey cavaba con una azada, ¡qué cosas!—. Debe mirar más allá de sus jardines.

Charlotte no dijo nada.

Agatha hizo lo único que le restaba hacer. Una genuflexión.

—Los muros de su palacio son demasiado altos, majestad.

CHARLOTTE

Buckingham House
Invernadero de los naranjos
Ese mismo día, más tarde

Charlotte no estaba acostumbrada a que la regañaran. Cuando era pequeña, sí, suponía que su madre la criticaba si no se comportaba como una señorita, pero eso nunca la había molestado. Cuando la princesa Elisabeth Albertine regañaba a su hija pequeña, su hija pequeña solía interpretarlo como un juego.

¿En cuántas cosas se equivocaba *Mutti*? ¿Cómo podía burlarla? El documento en el que argumentaba su derecho a nadar en el lago solo fue el principio. Era más lista que su madre. Era más lista que los demás miembros de su familia, salvo tal vez Adolphus, e incluso en ese caso se podría decir que estaban empatados.

Sin embargo, Agatha Danbury también era inteligente. Mucho. Su sermón en la biblioteca le había escocido. Porque tenía razón. Había sido egoísta. No le había prestado la menor atención a la gente que la rodeaba.

Podía escudarse en cualquier excusa. Llevaba en Londres, ¿cuánto?, ¿dos meses? Nadie podía esperar que cambiase el mundo en dos meses.

Claro que era la reina.

Le gustase o no, no era igual que las demás personas. Y, al parecer, la gente esperaba que cambiase el mundo en dos meses.

Suspiró y siguió paseando hasta el otro extremo del invernadero. Estaba lloviendo, y oír el repiqueteo de las gotas en las paredes de cristal le resultaba muy gratificante. Era un sonido regular, constante, como la percusión de una orquesta.

Echaba de menos la música. Había logrado que el joven Mozart actuara, pero salvo por eso...

Se miró la mano. Había arrancado una naranja sin darse cuenta. Se volvió y miró a Brimsley, que estaba a cinco pasos de distancia, como siempre.

—He arrancado una naranja yo sola —dijo.

Él mantuvo una expresión impasible.

—Eso ha hecho, majestad.

Charlotte echó un vistazo a su alrededor.

—¿Dónde están los hombres que se encargan del invernadero de los naranjos?

—Ya no son necesarios, majestad.

—¿Los has despedido?

—Ahora recoge usted sus propias naranjas, majestad —le recordó su asistente.

—No me dijiste que los despedirían.

—Se negó a atender a explicaciones, majestad.

Nadie le había dicho...

De haberlo sabido...

Brimsley debería haber insistido en explicárselo.

O tal vez ella debería haberle prestado atención.

Miró la naranja que tenía en la mano.

—Cómetela tú —le dijo a su asistente. Había perdido el apetito.

Esa noche, Charlotte seguía sintiéndose inquieta y reflexiva. Era un día par, de manera que se encontraba en la cama de George. Todavía estaba pensando en la naranja y en los dos hombres que habían perdido su puesto de trabajo porque a ella no se le había ocurrido hacer preguntas.

Recordó otra conversación que mantuvo con Brimsley, cuando le habló del médico del sótano.

Ya era hora de que empezase a hacer preguntas.

Se incorporó hasta quedar sentada, tirando de la sábana para cubrir su desnudez, y miró a George.

—¿No te encuentras bien?

Él parpadeó, sobresaltado por la pregunta.

—¿No te ha parecido lo bastante satisfactorio? Porque en mi opinión ha sido...

—No —lo interrumpió ella—. El otro día viste a un médico. En el sótano. —Lo observó atentamente, pero su expresión no reveló nada.

—No entiendo lo que quieres decir —replicó George. Sin embargo, detectó cierto recelo en su tono de voz.

—El día de la coronación —apostilló ella.

—¿Bajaste ese día al sótano?

—No, Brimsley bajó. Te vio.

—Ah.

Esperó a que añadiera algo más. Como no respondió, contuvo un suspiro exasperado y dijo:

—¿Eso es lo único que vas a decir? ¿Ah?

George pellizcó la sábana.

—No me gusta que tu criado me espíe.

—No te estaba espiando. Había bajado para... En fin, no sé qué estaba haciendo allí abajo. Estaba allí y ya está. Y te vio. Con un médico. Pero no era el médico real. Dice que era otro.

George frunció el ceño. Charlotte no sabía si estaba intentando recordar la ocasión concreta o si estaba pensando qué decirle.

—¿Y dices que fue el día de la coronación? —preguntó al fin—. Pues eso era. Había que examinar la corona el día de la coronación.

—¿En el sótano?

Él se encogió de hombros.

—Cualquiera diría que también habría querido examinar a la reina —soltó Charlotte—. Es lo único que le interesa a la gente. Verme encinta. Lo normal sería que hubiera un montón de médicos examinándome.

—No te gustaría que eso sucediera —le aseguró él.

—No he dicho que fuera a gustarme. De hecho, estoy segurísima de que lo detestaría.

George hizo un mohín con la nariz y desvió la mirada hacia la ventana. Sin embargo, Charlotte tuvo la impresión de que no estaba mirando algo en concreto, sino que evitaba mirarla a ella.

Sobre todo porque era de noche y las cortinas estaban corridas.

—Sin embargo —añadió ella, como si estuviera pensando en voz alta—, no me examinó ningún médico. Aunque yo soy quien debe quedarse encinta.

—No estoy seguro de...

Charlotte lo interrumpió:

—Pero a ti sí que te examinan. En el sótano, como si no hubiera otro sitio.

—Parece que le das mucha importancia a que sucediera en el sótano.

—Porque da la impresión de que quieres mantenerlo en secreto.

—Allí es donde está la sala de exploración.

—La sala de exploración del médico está en el sótano —puntualizó ella.

—Eso es lo que acabo de decir.

Charlotte meneó la cabeza.

—Me parece rarísimo. ¿Por qué iba a estar un médico en el sótano?

—No sé quién asigna las estancias —replicó él, encogiéndose de hombros.

—Claro, por supuesto —murmuró Charlotte. El rey estaba demasiado ocupado como para responsabilizarse de una tarea tan mundana. Y en ese momento, cuando lo normal era que se pusiera de nuevo la bata y regresara a su dormitorio, le preguntó—: ¿Por qué no me permites conocerte?

—¿Cómo dices? —Parecía sorprendido.

Receloso.

—¿A qué se debe todo esto? —insistió—. Te niegas a recibir a los cortesanos. No sales.

—Tengo obligaciones que atender.

—Tus obligaciones son las mismas que las de cualquier otro rey que conozca. ¿Qué haces durante el día?

George se encogió de hombros.

—Trabajar la tierra.

—¿En serio? —Le parecía imposible de creer, pese al hecho de haberlo visto con sus propios ojos. ¿Qué rey se pasaba los días manchándose las manos de tierra? Tal vez como pasatiempo, una hora de vez en cuando...

Él asintió con la cabeza.

—¿Y te resulta satisfactorio? ¿Pasar el día entero en el huerto y en los jardines?

—Casi nunca puedo pasar el día entero. Aunque no me importaría. Ya te he dicho que me gustan las ciencias. La agricultura es una de esas ciencias. Me gusta.

—Así que el rey George es George el Granjero.

—Sí —afirmó él, como si la retara a burlarse—. George el Granjero. Soy George el Granjero. Estas son las manos de un rey y las de un agricultor. Un rey agricultor.

Las levantó. Tenía las uñas rectas y muy bien cortadas, aunque debajo de una de ellas se atisbaba un poco de suciedad. Sonrió. Debía de haberlo pasado por alto al bañarse.

Era cierto que le gustaba trabajar con sus propias manos, pensó Charlotte, asombrada. No a todo el mundo le gustaba.

Siguió la delgada línea de suciedad con un pulgar.

—Lo siento —se disculpó George al instante—. Yo...

—No —lo interrumpió ella, que le cubrió la mano con la suya—. Me gusta. Es honesto.

Le parecía algo propio de él.

De Solo George.

¿Cómo habría sido su vida de no haber nacido para ser rey? ¿Habría sido más feliz?

El reloj dio la hora.

Medianoche.

—Ya no es un día par —señaló George.

—No lo es. Es impar, desde luego.

—¿Qué pasa, Charlotte? —le preguntó él—. ¿Por qué me haces tantas preguntas? Normalmente te vas después de... —Señaló la cama con la cabeza.

—Vives para traer la felicidad o la desgracia a esta gran nación —susurró ella.

—Charlotte…

—No. —Le colocó una mano en el brazo con delicadeza—. Solo digo que lo entiendo. Vives para traer la felicidad o la desgracia a esta gran nación. Debe de ser agotador. Y debes de sentirte muy solo. Debes de sentirte enjaulado. Con razón pasas tanto tiempo en los jardines y en el huerto.

—Allí soy un hombre normal.

—George el Granjero.

—No me tengas lástima. No conozco otra cosa. Siempre he sido así. Algo que exhibir, no una persona.

Parecía espantoso. ¡Era espantoso! Lo sabía porque en eso era en lo que se había convertido su vida. Ella también se había convertido en algo que exhibir. Nunca estaba sola. Aun cuando no tuviera a nadie con quien hablar, cuando se sentaba a una mesa para cenar con doce sillas vacías, no estaba sola. Siempre había una pequeña horda de criados atentos a lo que necesitara, examinando todos sus movimientos.

Sin embargo, de pequeña fue libre. Corría por donde le apetecía, siempre. George jamás había disfrutado de semejante libertad.

Menuda ironía. Un rey sin libertad. Menuda vida la suya.

Le tomó la cara entre las manos.

—Para mí eres una persona. Conmigo puedes serlo.

George enfrentó su mirada y por primera vez desde hacía semanas, se obligó a mirar de verdad las profundidades de sus ojos. Vio desconfianza y recelo, pero también vio esperanza.

Él le acarició una mejilla.

—¿Me besas? —susurró.

George asintió con la cabeza y le rozó los labios con los suyos. Con ternura, un beso de verdad.

—Se acabaron los días pares y los impares —dijo Charlotte.

Él sonrió y le apoyó la frente en la suya.

—Solo habrá días.

—Días —murmuró ella. Le parecía maravilloso. Solo Charlotte y Solo George.

La tomó de la mano y le acarició suavemente los nudillos con el pulgar.

—¿Puedo preguntar qué ha provocado todo esto?

—He arrancado una naranja.

—Has arrancado una nar...

—No preguntes. Sería incapaz de explicártelo.

George asintió con la cabeza.

—Muy bien.

—George —dijo—, sé que no me debes nada después de mi comportamiento. Y sé que no te gustan los eventos sociales. Pero necesito que hagamos una cosa.

—¿Qué necesitas?

Pensó en Agatha Danbury. En todos los nuevos aristócratas cuyas vidas y posiciones dependían de lo que ella hiciera. Y lo que tenía que hacer no era difícil. De hecho, era facilísimo.

Se volvió hacia su marido y le dijo:

—Los muros de nuestro palacio son demasiado altos.

Danbury House
Salón de baile
6 de diciembre de 1761

—¿Está lista, majestad?

Charlotte se volvió hacia su marido con una sonrisa.

—Lo estoy, majestad.

Ambos se habían vestido con sus mejores galas reales; George iba de brocado blanco y plata, y Charlotte llevaba un vestido drapeado del rosa más claro. La tela llevaba cientos de cristales bordados, de manera que brillaba como el cielo nocturno.

George le hizo un gesto con la cabeza al mayordomo de los Danbury, que anunció con voz estentórea:

—¡Su Majestad el rey George III y la reina Charlotte!

El salón de baile, que hasta ese momento era un hervidero de actividad, se quedó en silencio al instante. Charlotte tragó saliva en un intento por controlar los nervios; tendría que acostumbrarse a esas cosas. Dio un paso al frente, tomada del brazo de George.

Miró hacia la izquierda de la estancia. La vieja aristocracia.

Miró hacia la derecha. La nueva aristocracia.

Completamente separadas.

—Eso no va a funcionar —dijo George en voz baja.

—No —convino ella—. Así, no.

Se acercaron juntos a los anfitriones.

—Lord Danbury, lady Danbury —dijo George tal vez un poco más alto de lo necesario—. Gracias por recibirnos.

Lord Danbury hizo una reverencia.

—Majestades.

Charlotte miró a Agatha a los ojos y le dijo en silencio: «Aquí estoy. No fallaremos».

En voz alta, dijo:

—Lady Danbury, su casa es exquisita. Le agradecemos mucho la invitación.

—Desde luego —añadió George, que le besó la mano a Agatha y después se volvió hacia ella con una sonrisa en los labios—. Creo que la temporada social debería inaugurarse todos los años con un baile de los Danbury, ¿qué te parece, amor mío?

—Opino igual —convino ella, que miró de nuevo a los Danbury, aunque alzó la voz para que todos la oyeran mientras decía—: Es una orden.

Lord Danbury parecía incapaz de hablar. Por suerte para él, su esposa mantuvo su habitual dignidad y compostura al replicar:

—Es un honor, majestades. Será un enorme privilegio para nosotros organizar todos los años el primer baile de la temporada social.

George se despidió de los anfitriones con otro gesto de la cabeza y extendió la mano para que Charlotte se la tomara.

—¿Vamos?

La orquesta había dejado de tocar con la llegada de los reyes, pero en cuanto la pareja real se colocó en el centro de la estancia, la música volvió a sonar. Era una pieza lenta y romántica.

—Solo George —susurró Charlotte mientras se tomaban de las manos.

—Solo Charlotte —replicó él con una sonrisa.

Charlotte vio con el rabillo del ojo que un miembro de la vieja aristocracia invitaba a bailar a Agatha. Aunque no recordaba bien su nombre, le parecía que era el marido de Vivian Ledger, una de sus damas de compañía.

La vieja aristocracia y la nueva aristocracia. Unidas.

Otra pareja unida se acercó a la pista de baile, y luego otra más. Después llegaron los Smythe-Smith y, tras ellos, una pareja de la vieja aristocracia, y al cabo de un instante, la pista de baile se llenó. Algunas parejas estaban formadas por miembros de la vieja y de la nueva aristocracia. Otras, no. Pero todas bailaban el mismo minué.

—Gracias —le dijo Charlotte a su marido.

—No es necesario que me agradezcas nada —replicó él, que le dio un golpecito en la nariz con un dedo. Un gesto breve y cariñoso que no formaba parte de los pasos de baile en absoluto—. Somos un equipo —siguió—. ¿No es así?

—Lo somos. Y haremos grandes cosas.

—Juntos.

—Juntos —repitió ella—. Pero antes necesito que hagas una cosa sin mí.

—¿El qué?

—Debes bailar con lady Danbury. En cuanto acabe este minué.

—Preferiría seguir bailando contigo.

—Y a mí me encantaría bailar solo contigo, pero esto es más importante.

George soltó un suspiro teatral.

—Esperemos que todas mis obligaciones monárquicas sean tan sencillas como invitar a bailar a lady Danbury.

—Desde luego.

—No sé si eres consciente de lo que has hecho —le dijo George en voz baja mientras abandonaban la pista de baile—. En una sola noche, con una fiesta, Gran Bretaña ha avanzado más que en todo el siglo pasado. Hemos logrado un cambio mayor que el que jamás podría haber imaginado.

Charlotte le dio un apretón en la mano.

—Puedes hacer lo que te propongas, George.

Y tal vez ella también podría hacerlo. No solo era Charlotte, no solo era Lottie.

Era la reina.

Era más que una persona, era un símbolo. Siempre lo había sabido, claro, pero no había asimilado la importancia de ese hecho hasta esa misma noche, después de verlo con sus propios ojos.

Tenía poder. Un accidente de nacimiento, tal como George lo había llamado en una ocasión. O tal vez fuera por un accidente de matrimonio. En cualquier caso, tenía poder y ya era hora de que lo usara.

Ya era hora de que se lo ganara.

—Ve a bailar con lady Danbury —le dijo a George—. Me quedaré con tu madre y fingiré que me encanta charlar con ella. Tendrá el mismo efecto.

—Mi sacrificio es menor —replicó él.

—Ve —insistió Charlotte mientras le daba un empujoncito cariñoso—. Cuanto antes bailes, antes podremos regresar a casa y estar solos.

—Me gusta cómo funciona tu mente.

Ella lo miró con una sonrisa deslumbrante.

—Pero antes, creo que debemos hacer algo más —dijo él.

—¿Ah, sí? ¿El qué?

George sonrió.

—Bésame.

—O también puedes besarme tú a mí —replicó Charlotte.

George fingió sopesarlo.

—No, creo que deberías ser tú quien me bese.

—¡Oh, muy bien! —Charlotte se acercó y lo besó en la mejilla.

Alguien jadeó.

—Solo una verdadera esposa haría algo así en público —adujo George en voz baja.

—¿Soy una verdadera esposa?

—Para siempre —le prometió él, que le colocó una de sus grandes manos en una mejilla y se inclinó para besarla con suavidad en los labios. Fue apenas un roce, una caricia fugaz, pero también fue una promesa. De amor, de respeto y de determinación.

Juntos cambiarían el mundo.

Esa noche solo era el principio.

AGATHA

Danbury House
Esa misma noche, más tarde

—Gracias, muchas gracias.

—Ha sido maravilloso.

—... la preferida de la reina, sin duda...

—La limonada estaba exquisita.

—... una casa preciosa.

La aristocracia, tanto la vieja como la nueva, abandonaba el salón de baile de camino a la puerta principal. Agatha y su marido estaban en el pórtico, despidiendo a los invitados.

El baile había sido un triunfo.

Agatha había bailado con el rey.

¡Con el rey!

El rey había bailado con la reina, y después había bailado con ella. Y con nadie más. Ni siquiera con su madre. No podría haber dejado más claro su apoyo.

Los Danbury eran oficialmente favoritos reales.

La sociedad iba a unirse.

Empezaba un nuevo día para Gran Bretaña.

Esa noche se habían producido dos victorias. La primera estaba clara, y todo el mundo entendía las implicaciones. La vieja aristocracia y sus costumbres habían acabado. La sociedad se mezclaría y el color de la piel no determinaría el rango de las personas.

La segunda victoria..., esa era más íntima. Y era solo suya, de Agatha. Jamás la compartiría con nadie, pero siempre lo sabría. Ella era la artífice de todo eso.

Le había dicho la verdad a quien ostentaba el poder. Se había asegurado de que Charlotte entendiera que tenía responsabilidades, que podía usar su posición de joven reina para cambiar el mundo.

De la misma manera que ella podía usar su posición de confidente de la joven reina.

No conocía ninguna sociedad, ninguna cultura, donde a las mujeres se les permitiera usar el poder de forma explícita. Debían actuar de forma ladina, manipular a los hombres para que pensaran que las buenas ideas procedían de ellos.

Ser mujer significaba no llevarse jamás el mérito de los logros alcanzados.

Sin embargo, ese no era el caso para una reina. Una reina podía actuar. Podía tener iniciativa. Podía hacer cosas.

¿O no? Agatha frunció el ceño. Le había pedido a la reina que uniera la sociedad asistiendo al baile de los Danbury, pero lo que Charlotte había hecho era lograr que el rey asistiera a su baile.

Decidió que lo mejor era no buscarle tres pies al gato. Merecía sentirse orgullosa de lo que había logrado. Y estaba segura de que Charlotte se acostumbraría poco a poco a su nuevo papel y aprendería a usar su propio poder.

—Gracias de nuevo —dijeron los últimos invitados mientras bajaban los escalones.

—¡Buenas noches! —se despidió Agatha. Su marido y ella regresaron al interior, donde la servidumbre los esperaba en el recibidor.

El mayordomo cerró la puerta. Lord Danbury levantó una mano y todo el mundo lo miró, expectante. Acto seguido, miró por la ventana, a la espera de que el último carruaje se alejara. Después, cuando se aseguró de que nadie podría oírlo, soltó un grito de alegría.

Y todos lo imitaron. Agatha y toda la servidumbre. Todos juntos gritaron de alegría, celebrando el triunfo.

—Somos un éxito —le dijo Agatha a su marido. No recordaba haberle visto nunca semejante alegría y orgullo en la cara. Estuvo a punto de abrazarlo.

Su marido se lo merecía. Pese a todos sus defectos, que eran muchos, merecía ese momento triunfal. Después de una vida de menosprecios e insultos, lo habían nombrado favorito del rey. Por fin era el hombre que siempre había sabido que era.

Y verlo fue precioso.

—¡El rey! —exclamó Herman—. Le escribió a la aristocracia para informar a todo el mundo en persona de que asistiría al baile. Su apoyo no podía ser más explícito.

—Desde luego —replicó ella.

—Lord Ledger me ha invitado a una de sus cacerías —siguió Herman—. Y el duque de Ashbourne ha mencionado una fiesta en su casa solariega.

—Es maravilloso —dijo Agatha.

—Todas las cosas que he estado esperando. Solo necesitaban verme.

—Cierto.

—¡Soy un éxito! —exclamó Herman—. ¡Vamos a celebrarlo!

La agarró de la mano y tiró de ella hacia la escalinata. Su marido reía de alegría y ella también quería reír, pero..., ¡uf!, estaba claro que quería que se acostase con él, y eso era lo último que le apetecía hacer en ese momento.

Claro que ese era su trabajo. De la misma manera que Coral le preparaba el baño y que la señora Buckle hacía el pan, ella debía acostarse con su marido y dar a luz de vez en cuando. Ya no era tan malo como antes, más que nada porque se había acostumbrado. A veces, incluso aprovechaba esos momentos para planear sus tareas semanales y la correspondencia.

Aunque no era lo que le apetecía hacer para celebrar su triunfo.

Suspiró mientras entraban en su dormitorio. Danbury estaba muy excitado. Tal vez no durara mucho.

—¡Arriba! —le dijo mientras le daba una palmada en el trasero.

—Por supuesto, querido —replicó ella—. Déjame ponerme el camisón primero.

—No hace falta. Lo haremos con tu vestido palaciego —repuso con evidente placer.

Y así fue como al cabo de poco tiempo se encontró a gatas en la cama, con el vestido dorado de seda arrugado sobre la espalda. Danbury estaba disfrutando de lo lindo, metiéndosela con frenesí. Ella estaba pensando en otras cosas, como en sus parejas de baile. El primero fue lord Ledger, después el rey y luego su marido, porque nadie salvo un marido tendría el valor suficiente para seguir al rey.

Después bailó con lord Bute, aunque sospechaba que eso había sido obra de la princesa Augusta, y luego con Frederick Basset, el amigo de su esposo. A continuación, con lord Smythe-Smith, con sir Peter Kenworthy y con…

Qué raro.

Su marido se había parado.

—¿Danbury?

Volvió la cabeza. No le había parecido que hubiera acabado, pero tampoco le estaba prestando mucha atención.

—Querido, ¿has acabado?

Seguía sin contestarle, apoyado sobre su espalda. Se retorció para quitárselo de encima y librarse de su peso, y acto seguido Herman cayó hacia atrás, aterrizando con un golpe seco en el suelo.

—¿Querido? —lo llamó de nuevo, pero esa vez con un hilo de voz. Gateó hasta el borde del colchón y miró hacia abajo—. ¿Herman? —Sin embargo, llamarlo no serviría de nada. Estaba tirado de espaldas, con los ojos abiertos de par en par.

Muerto.

Agatha tragó saliva. Aquello era… Se había convertido en…

Rodeó con cuidado el cuerpo de su marido y se hizo con su bata. No estaba segura de lo que debería estar sintiendo en esos momentos.

Regresó junto a lord Danbury y le dio un suave puntapié. Por si acaso.

Seguía muerto.

En fin…

Aquello lo cambiaba todo.

Estaba ridícula con la bata morada encima del vestido de noche, pero de todas formas abrió la puerta y asomó la cabeza hacia el pasillo. Coral, su doncella, la esperaba sentada en una silla a unos metros.

—Milady —dijo la muchacha, que se puso en pie—, le he ordenado al criado encargado de la planta alta que suba el agua caliente para el baño.

Agatha asintió con la cabeza. Esa era la rutina acostumbrada. Coral llevaba a su lado desde antes de su matrimonio. Sabía que en muchas ocasiones ella necesitaba un baño caliente para aliviar la piel después del vigor de lord Danbury.

—Gracias, Coral —replicó y carraspeó—. Esto... Ya no será necesario que me prepares el baño con tanta frecuencia.

—Tonterías, milady. Ahora que se han cubierto todas las plazas del personal de servicio es muy fácil. Hoy hasta le he ordenado a la nueva criada que prepare aceite de lavanda. Huele divinamente y me han dicho que ayuda a quitarle el aspecto ceniciento a la piel y...

—¡Coral! —exclamó ella.

La doncella parpadeó.

Agatha repitió despacio, para que le quedara claro:

—Ya no será necesario que me prepares el baño con tanta frecuencia.

Coral puso los ojos como platos y se acercó más a ella.

—Milady —susurró—, ¿se ha acabado?

Agatha se apartó para que pudiera echar un vistazo hacia el interior del dormitorio.

—Se ha acabado.

La doncella jadeó y después se llevó un dedo a los labios para indicar que debía guardar silencio. Cerró la puerta, y se oyó el chasquido metálico del pestillo.

Agatha fue incapaz de seguir conteniéndose. Soltó un breve chillido de felicidad y abrazó a su doncella. Juntas empezaron a saltar y a moverse en círculos, aunque tuvieron que apartarse un poco porque, ¡por Dios!, lord Danbury seguía en el suelo y, sí, aquello era indigno y seguramente inmoral. Pero... ¡por fin era libre!

Agatha Danbury por fin era libre.

Coral se alejó de ella con los ojos brillantes.

—¿Quiere cambiarse primero?

—No, creo que... En fin, supongo que no debería llevar la bata. —Dejó que Coral se la quitara de los hombros y la colocara en una silla.

—¿Está preparada? —le preguntó la doncella.

—Sí —contestó. Lo estaba. Estaba preparada de verdad.

—Buena suerte. Regresaré a mi silla.

Agatha asintió con la cabeza y cerró la puerta. Contó hasta tres, para darle tiempo a Coral a volver a su puesto, y después soltó un alarido.

¡Por el amor de Dios! Ni siquiera sabía que era capaz de emitir un sonido semejante.

—¡Socorro! ¡Socorro! ¡Ay, no! ¡Socorro!

La puerta se abrió de golpe y Coral apareció, presa del pánico.

—¡Milady! —gritó—. ¿Qué pasa?

—¡Es lord Danbury! —chilló Agatha—. Creo que está…

—¡No! —exclamó Coral—. ¡Oh, no!

—¡Amor mío! —sollozó Agatha—. ¡Amor mío!

El pasillo no tardó en convertirse en un hervidero de criados, muchos de ellos todavía con la librea de gala.

—Algo le ha pasado a lord Danbury —dijo Coral—. Henry, ve a buscar al médico. Charlie, despierta a su ayuda de cámara. ¡Ya!

—¡Se ha ido! —gimió Agatha—. ¡Mi amor me ha dejado!

Coral se volvió hacia el resto de la servidumbre, que seguía congregada en el pasillo.

—Esperad aquí. Debo asegurarme de que todo esté presentable por la dignidad de lady Danbury y después podréis entrar para ayudar.

Asomó la cabeza por la puerta y miró a Agatha, que sollozó de nuevo.

—Debemos sacarla del dormitorio, milady —dijo la doncella—. No puede seguir aquí, con el cuerpo de milord.

—¡Nooo! ¡Nooo! Debo quedarme a su lado. ¡Debo hacerlo!

—Acompáñeme, milady. —Coral la tomó de un brazo y la guio hacia el pasillo, caminando entre los criados, que la miraban con lástima.

Agatha sintió una punzada de culpabilidad por engañarlos de esa forma, pero había que mantener ciertas fachadas.

—La llevaré a una habitación de invitados —siguió Coral.

—¿Qué va a ser de mí? —se lamentó ella—. ¿Qué será de nosotros? Mis hijos… mis hijos…

—Vamos, milady, por aquí. Alguien acompañará al doctor cuando llegue.

Agatha asintió entre lágrimas y dejó que la doncella la llevara a una habitación de invitados.

—Le traeré ropa para que se cambie —dijo, una que vez que Agatha estuvo instalada.

—Sí —replicó ella, que todavía llevaba el vestido dorado. Herman lo había llamado su «vestido palaciego». Era precioso. Exquisito, la verdad, y le sentaba de maravilla.

Aunque no estaba segura de que alguna vez volviera a ponerse de nuevo ese tono de dorado. Quería elegir sus propios colores. Quería elegir sus vestidos.

Quería elegirlo todo.

Danbury House
Gabinete de lord Danbury
Varias horas después

Agatha llevaba casi una hora deambulando por la casa. No estaba segura del porqué, salvo que no estaba cansada y que se sentía muy rara, como si de alguna manera debiera examinar las cosas de su difunto marido.

Sus reliquias.

Él sí que había sido una reliquia...

Sin embargo, la casa era nueva. Sus muros no albergaban recuerdos. Algo bueno. Porque sería de ella. No de él.

Nunca de él.

Acarició los lomos de sus libros. ¿Los habría leído alguna vez? No recordaba haberlo visto leer.

El periódico. Leía el periódico.

El mayordomo lo planchaba y se lo llevaba a lord Danbury. Ella lo leía cuando él acababa. Después, lo arrojaban al fuego.

¿Sería eso una metáfora? Debía de serlo, aunque no acababa de encontrarle el sentido. Al menos no lo hacía en ese momento.

—¿Lady Danbury?

Agatha miró hacia la puerta. Era Coral.

—Milady, ¿qué hace aquí?

—Nada —respondió.

Todo.

—¿Necesita algo? —le preguntó su doncella.

—No —contestó. Y luego añadió—: Espera.

—¿Sí?

—La niñera ha dicho que los niños se han ido directo a la cama.

—Dominic tenía algunas dudas, pero eso es normal. Es el mayor. —Coral la miraba con amabilidad—. ¿Tiene frío? ¿O hambre?

Agatha negó con la cabeza.

—No me han parecido muy alterados por la muerte de su padre. Aunque tampoco me sorprende. Lord Danbury era un desconocido para ellos. Solo lo veían un par de veces al mes.

Coral parecía no saber qué decir.

—Puedo despertar a Charlie y decirle que encienda el fuego de la chimenea. O decirle a la cocinera que prepare algo frío. O un desayuno temprano.

—¿Desayuno?

—Son casi las cuatro de la madrugada, milady.

Agatha abrió la boca por la sorpresa.

—No me había dado cuenta. Lo siento. Coral, por favor, vuelve a la cama.

—No voy a dejarla sola. No me sorprende que lamente usted su muerte. Al fin y al cabo, era su marido, aunque...

Agatha levantó las cejas.

—Quizá un poco de té —dijo la doncella—. En vez de... ¿Qué está bebiendo?

Agatha miró el vaso que tenía en la mano.

—Oporto. Está malísimo. Pero es la bebida preferida de lord Danbury. O lo era. Era su preferida.

Soltó el vaso. No quería beberlo.

Le temblaba la mano. ¿Por qué le temblaba la mano? No estaba alterada. No lo echaría de menos. ¿Por qué le temblaba la mano?

—¿Milady? —La voz de Coral rezumaba preocupación.

Agatha apartó más el vaso.

—Tenía tres años cuando mis padres acordaron mi compromiso con él. ¿Lo sabías?

La doncella asintió con la cabeza.

—Tres años. Creo que nunca asimilé lo pequeña que era hasta el año pasado, cuando Dominic cumplió esa edad. Me prometieron en matrimonio a los tres años. ¿Cómo se les ocurrió?

Coral guardó silencio.

—Me educaron para ser su esposa —siguió Agatha, mirando la pared—. Me enseñaron que mi color preferido era el dorado, porque el color preferido de lord Danbury era el dorado. Me dijeron que mi comida preferida era la comida preferida de lord Danbury. Solo leía los libros que a él le gustaban. Aprendí a tocar al piano sus canciones preferidas. Bebo este oporto porque es su bebida preferida y, por tanto, también debe ser la mía. —Miró a Coral—. No me gusta el vino de Oporto.

—No, milady.

—Por más que lo haya soñado, imaginado, esperado y planeado, nunca he pensado en lo que sentiría cuando él por fin no estuviera. Cuando desapareciera de la faz de la Tierra. Me educaron para él. Y ahora soy... nueva. —Miró el vino—. Soy nueva por completo —siguió—. Y ni siquiera sé cómo respirar el aire que él no haya exhalado. —Se volvió hacia la puerta—. Creo que voy a acostarme.

—Por supuesto, milady. —Coral se apartó para dejarla pasar, pero Agatha no estaba preparada para moverse todavía.

—Este mundo no deja de cambiar —dijo.

—Sí, milady.

Agatha asintió con la cabeza y por fin se marchó. Había llegado la hora de encontrar su lugar en ese mundo nuevo.

Aunque antes, debía dormir.

GEORGE

Buckingham House
Aposentos del rey
Esa misma noche

George no sabía por qué se había despertado en plena noche. ¿Algún ruido del exterior quizá? ¿El viento? ¿Algún pájaro? O tal vez no hubiera motivo alguno.

¿Quién sabía por qué abría un hombre los párpados mientras la luna todavía brillaba en el cielo? Lo único que sabía era que, una vez despierto, estaba espabilado por completo.

Comprendió que estaba demasiado feliz para dormir.

Y también tenía hambre. Quería… ¿Qué le apetecía? Cualquier cosa menos gachas. No volvería a comer ese engrudo asqueroso jamás. Al día siguiente (¿o el día siguiente era ya?) le diría al doctor Monro que habían acabado. Había creído que sus poco convencionales tratamientos lo estaban ayudando, pero a esas alturas tenía claro que era Charlotte quien lo había ayudado.

Ella era la clave de su salud. Ella alimentaba su felicidad.

Sería su hacedora.

Para muestra, la hazaña que habían conseguido esa noche en el baile de los Danbury. La sociedad se había transformado. Y todo había sido muy fácil. Había pasado tanto tiempo lamentándose de lo que era ser rey que se le había olvidado lo que significaba para los demás.

Era un accidente de nacimiento. Eso le había dicho a Charlotte y hablaba en serio. Pero podía usar ese accidente para hacer cosas buenas. Con su mujer a su lado para guiarlo, para ayudarlo…

Podría hacer cualquier cosa.

Aunque antes tenía que comer algo.

Con cuidado para no despertar a Charlotte, salió de la cama, se puso la bata y salió del dormitorio. No sabía qué hora era. ¿Las dos? ¿Las tres de la madrugada?

Buckingham House dormía y no veía razón alguna para despertar a alguien solo porque tenía hambre.

¿Tan difícil sería encontrar un trozo de pan y un poco de queso?

Sabía dónde estaba la cocina. Pasaba frente a ella todos los días, de camino al laboratorio del doctor Monro. ¿Habría sabido adónde ir si estuviera en el palacio de Saint James? Esa sí que era una pregunta interesante. Que él recordara, nunca había puesto un pie en la cocina de Saint James.

Daba igual. Buckingham House era su hogar a esas alturas. Junto a Charlotte. Eso era lo importante.

En el sótano hacía más frío y se arrepentía de ir descalzo a medida que se acercaba a la cocina. ¿Por qué se enfriaban más los pies que el resto del cuerpo? Debía de ser por la distancia que los separaba del corazón. La sangre no estaría tan caliente cuando llegara allí abajo.

Se detuvo un instante para frotarse un pie contra otro, atravesó el vano de la puerta y…

Descubrió que no estaba solo.

—Doctor Monro —dijo, deteniéndose justo al entrar—, ¿qué hace aquí?

El médico levantó la mirada de la cazuela que tenía al fuego.

—No puedo dormir. ¿Y Su Majestad?

—No, yo…

—Su insomnio no me sorprende —lo interrumpió—. Este entorno no es adecuado para usted. En Kew progresábamos mucho más.

—No pienso volver a Kew.

El doctor Monro torció el gesto, irritado.

—Me preocupan los efectos de este lugar. Desde que se trasladó a Buckingham House no se ha sentado ni una sola vez en la silla. Como no retomemos el tratamiento pronto, nos arriesgamos a echar por tierra todo lo que hemos avanzado.

—¿Hemos? —George estuvo a punto de soltar una carcajada—. Usted y yo, doctor, no hemos hecho ningún avance. Cualquier mejora por mi parte ha sido obra de mi esposa. Sus métodos han hecho más por mí que lo que usted y su silla podrían conseguir jamás.

—¡Métodos! —se burló el médico—. ¡Bah! La reina no ha estudiado. Carece de formación. Si Su Majestad cree que le está siendo de ayuda...

—No lo creo, estoy seguro —lo interrumpió George. Aunque era imposible que el doctor Monro entendiera el poder redentor de la alegría. Esa noche, el baile de los Danbury había hecho más por su alma que cualquier baño helado o vara de abedul lograrían jamás.

—Su Majestad se está apartando del camino —repuso el doctor Monro, enfadado—. Se muestra imprudente. Está dando rienda suelta a sus impulsos más caprichosos.

George cruzó los brazos por delante del pecho.

—Lo mismo hace ella.

—A eso me refiero exactamente —murmuró el médico.

George atravesó despacio la cocina, pasando los dedos por una encimera de madera.

—Cuando era un bebé —susurró—, mis cólicos no eran cólicos normales. Eran un desastre, un mal presagio, podían ser la ruina de Inglaterra. Cuando crecí, una negativa por mi parte a comer guisantes podía ser la ruina de Inglaterra. Una suma incorrecta en un problema matemático podía ser la ruina de Inglaterra. Me he pasado toda la vida aterrado por los errores, porque cualquier error podía ser la ruina de Inglaterra. Ese terror ha estado a punto de destrozarme. Descubrí lugares donde ocultarme. Las granjas. Mi observatorio. —Se volvió hacia el médico y lo miró, furioso—. Mi locura. —El doctor Monro guardó silencio. George vio una hogaza de pan y arrancó un pedazo—. Creía que el terror era el precio por ser el rey, pero ahora... —Se llevó un trozo de pan a la boca y lo masticó. Tragó—. Ahora he conocido a una mujer a la que nada la aterra. Que hace lo que quiere. Que infringe reglas. Que tienta el escándalo. Que comete las peores impertinencias. Y es la persona más regia que jamás he conocido.

El doctor Monro se encogió de hombros.

—Ella me curará —siguió George, que alzó la voz. No entendía la falta de reacción del médico. Lo ponía nervioso.

—Es tarde, majestad —dijo, en cambio, mientras sacaba la cuchara de la cazuela, la olía y retomaba la labor de agitar el contenido—. Debe volver a la cama. Ahora mismo estoy ocupado y no puedo ofrecerle tratamiento.

¡Por el amor de Dios! ¿Acaso ese hombre no prestaba atención a lo que se le decía?

—Es posible que no me haya expresado con claridad —repuso George—. Ya no es usted mi médico.

—¿Ah, no? Qué lástima. —Siguió agitando tranquilamente el contenido de la cazuela—. En todo caso, seré el médico de la reina.

George se quedó helado.

—¿Cómo dice?

El médico señaló el burbujeante menjunje de la cazuela.

—Justo ahora le estoy preparando esta cataplasma.

George sintió un hormigueo en los brazos. Y un zumbido atronador en los oídos. Cuando habló, le pareció que le arrancaban la voz de la garganta.

—¡No se acerque a ella!

El doctor Monro sonrió.

—Pero, majestad, es ella quien ha solicitado mis servicios.

—Imposible —replicó George.

—Ha oído que aquí era donde estaba el médico del rey —siguió el doctor Monro, hablando al mismo tiempo que él— y, al parecer, ha llegado a la conclusión de que ella no debe conformarse con menos. —Alzó la mirada—. Una mujer inteligente.

George hizo oídos sordos a la indirecta.

—¿Para qué necesita un médico?

—En fin, es obvio que está encinta.

George sintió que empezaba a temblarle la boca, los labios, como si tuviera algo que decir. Pero solo era el terror.

—No estaba segura —siguió el médico—, pero yo sí lo estoy.

—No —replicó George—. No.

—Pero ¿por qué está tan sorprendido? Esto era lo que buscaba, ¿no es así?

Sí. No. Todavía no. No estaba preparado.

El médico olisqueó de nuevo la cuchara.

—Perfecta. —Golpeó el mango de la cuchara contra la cazuela para devolver los restos que habían quedado en ella—. Debemos aplicársela directamente en... En fin, no creo que quiera conocer todos los detalles, ¿verdad?

George retrocedió un paso. En el exterior estaba oscuro; la única luz procedía de las lámparas que tanto el doctor Monro como él habían llevado a la cocina, cuyas fluctuantes llamas proyectaban sombras siniestras en la cara del médico. George se preguntó qué aspecto tendría él.

¿Parecería asustado?

¿Grotesco?

Se sentía así y mucho más.

Sentía...

Sentía...

Sentía demasiadas cosas. Sentía demasiado. No sabía cómo manejarlo.

—Un bebé real —dijo el médico—. Enhorabuena, majestad. Un día jubiloso para Inglaterra.

George salió despacio de la cocina. No sabía qué decir. No sabía qué pensar. Eran buenas noticias. Un bebé. Debían de ser buenas noticias.

Charlotte. Charlotte con un bebé. Charlotte con un bebé con un médico. Con el doctor Monro.

Al doctor Monro le gustaba su silla. Y los baños helados. La vara de abedul y las correas.

«Charlotte con un bebé».

«Charlotte con un bebé con el médico con la silla».

No. Charlotte no vería al doctor Monro. No lo permitiría. Debía de haber alguien más. Alguien que no supiera...

«Charlotte. Charlotte es una estrella. Un cometa. Brilla. Brilla con el bebé con el médico con la silla».

Parpadeó. Había vuelto a su dormitorio. ¿Cómo había llegado hasta allí? No recordaba haber caminado por el palacio.

Miró hacia su cama. El cabecero era rojo. Rojo como el amor. Rojo como la sangre.

Miró a Charlotte. Estaba dormida. Parecía muy tranquila.

¿Lo sabría?

¿Sabría que estaba embarazada?

¿Sabría que él estaba loco?

¿Qué era más fuerte, el amor o la sangre?

«Charlotte con el bebé con el médico con la...».

¿Qué estaba pasando? Aquello no era lo mismo. Parecido, pero no igual. ¿Dónde estaba el firmamento? ¿Dónde estaban las estrellas?

«Venus, el tránsito de Venus».

Corrió hacia la ventana y la abrió de par en par.

¿Por qué había nubes? No podía ver nada. Era el rey. ¡Y ordenaba que desaparecieran!

«Venus. ¿Dónde está Venus?».

«Charlotte es una estrella. Brilla».

Una pluma. Necesitaba una pluma. ¿Dónde estaba su pluma?

Corrió a su escritorio. No había pluma, pero sí un carboncillo. ¿Por qué había un carboncillo? Daba igual. No importaba. Podía usar el carboncillo.

Buscó un espacio vacío en la pared y empezó a escribir. A formular. A calcular. Ecuaciones de equilibrio.

—El tránsito de Venus —dijo en voz alta. Y también lo escribió.

«El tránsito de Venus. 1769. 1+7+6+9».

Escribió. Calculó. Siguió escribiendo.

«George el Granjero. El Granjero George. El rey granjero. Localizar Venus. Hacerlo bien».

Dibujos. También necesitaba dibujos. Geometría. Ángulos. Isósceles obtuso. Isósceles agudo.

«Agudo agudo agudo agudo».

—¿George? —Era la voz de Charlotte. Pero era una estrella. No debería poder hablar.

«El tránsito de Venus. El rey granjero. George el Granjero. Esto no está bien».

—George, ¿qué te pasa?

—Cállate. Eres una estrella.

Siguió garabateando. Escribiendo. Calculando.

«1+7+6+9».

—George, me estás asustando.

—Calla. No. Necesito intentarlo. —Sumó los números. No tenía sentido—. El rey granjero —se recordó—. El rey astrónomo. Recalcular para localizarlo. El tránsito de Venus. Venus, Venus, Venus. —La miró. ¿Quién era? ¿Qué hacía allí?—. Tengo que irme —le dijo—. Necesito ver.

Salió al pasillo. Por allí se iba al exterior. Allí podría ver el cielo. Necesitaba ver el cielo.

Alguien se interpuso en su camino.

—Majestades, ¿necesitan algo?

—George está trabajando —dijo la estrella—. Vuelve a tu puesto. Estamos bien.

Él no estaba bien. Necesitaba el cielo. ¿Por dónde se iba para ver el cielo?

«El cielo, el cielo. El firmamento. Venus. El tránsito de Venus. Uno más siete más seis más nueve. Uno más siete más seis más nueve».

Por allí. Y luego por allí. Muchos giros y vueltas para salir. Aquello no estaba bien. Debería ser libre. Era un agricultor. George el Granjero. Su sitio estaba al aire libre.

—George, hace frío —dijo la estrella—. Estás descalzo.

No le importaba.

«Uno más siete más seis más nueve».

Ya casi había llegado.

«Uno más siete más seis más nueve».

Abrió la puerta de par en par y salió en tromba al exterior.

—¡TE VEO! —gritó mientras corría sobre la hierba. Rápido. Cada vez más.

Sin embargo, la estrella insistía en perseguirlo. Brillaba como el firmamento y era rápida.

—Estoy aquí —le dijo—. No te preocupes.

—No eres una estrella —dijo él, mirándola maravillado. Sabía quién era. ¿Cómo era posible que lo hubiera pasado por alto?—. Eres Venus.

—Soy Venus —repitió ella—. Sí, soy Venus.

—¡Te veo! ¡Venus! ¡Mi ángel! ¡Estoy aquí! —Le tendió los brazos, pero ella retrocedió. ¿Por qué? ¿Por qué lo rechazaba Venus?—. Háblame —le suplicó—. ¡No te vayas! Sabía que vendrías. Lo sabía. Venus, no te vayas. No te asustes. Soy yo. ¿No me reconoces? —Se arrancó la bata y dejó su cuerpo desnudo para que la noche lo viera—. ¿No me ves?

—¡Majestad! —gritó alguien.

George se dio media vuelta. Alguien con la cabeza dorada. Parecía arder. No debía tocarlo.

«Caliente como el sol. Una estrella candente».

—Majestad —dijo la cabeza dorada—, he pensado que tal vez le gustaría entrar en calor. ¿Recuerda? ¿Cuando éramos pequeños? Té caliente. O leche templada. Con azúcar, para que parezca un dulce. Podemos entrar y...

Negó con la cabeza. No tenía frío.

—¡Es Venus! —dijo, señalándola—. ¿No la ves?

—La veo, majestad —dijo la cabeza dorada.

—¡Salúdala!

—Hola, Venus —dijo la cabeza dorada—. Majestad...

—¡George el Granjero! —gritó con alegría, extendiendo los brazos hacia el cielo—. ¡George el Astrónomo!

—Astrónomo George, vamos a taparlo con esto...

George lo miró con recelo. ¿Qué sostenía en las manos la cabeza dorada? ¿Qué intentaba hacer?

—No, quiero a Venus —dijo, al tiempo que lo esquivaba. La cabeza dorada no lo atraparía. Era demasiado rápido—. Solo a Venus. —La miró y sonrió con alegría—. ¡Hola, Venus!

—George —dijo Venus.

Se alejó hacia la derecha. La cabeza dorada todavía lo perseguía.

—George —repitió Venus, en esa ocasión alzando la voz—. ¡Granjero George!

Se detuvo y la miró.

—Soy Venus —dijo.

—Lo sé. Hola, Venus. Eres Venus.

—Sí. Y Venus va a regresar al interior. Tienes que acompañarme.

—Muy bien. —Le gustaba Venus. Brillaba. Era amable. Pero ¿no era raro que estuviera allí, en el jardín? La miró con curiosidad—. Creía que estabas en el cielo.

—Y lo estaba —le aseguró ella, que le colocó una mano con delicadeza en un brazo—. Pero ahora voy a entrar en Buckingham House. ¿No quieres venir conmigo?

La miró, miró hacia el palacio y miró a la cabeza dorada.

—A ver —siguió Venus, que le colocó algo sobre los hombros—. Esto evitará que te enfríes.

—Hace frío —dijo él.

—Ven conmigo —insistió ella, y juntos echaron a andar hacia el palacio.

—Venus va a entrar —señaló—. Un planeta. Dentro de un edificio. Qué raro.

—Mucho —convino Venus—. Es rarísimo.

George se volvió. La cabeza dorada los seguía, pero a Venus no parecía importarle. La miró y le hizo un gesto con la cabeza para que mirase hacia atrás, por si acaso no se había dado cuenta.

—Es un amigo —le explicó ella.

—¿Estás segura?

—Sí. Vamos, ya estamos dentro. Venus está en el interior. Está contigo.

Venus.

Estaba con Venus.

Sonrió.

—Gracias, Venus.

Ella asintió con la cabeza y, por un momento, creyó que estaba llorando, pero eso era imposible. Los planetas no lloraban.

Solo era su brillo. Porque Venus brillaba.

Venus estaba dentro.

Qué raro.

Pero estaba dentro.

Con él.

CHARLOTTE

Buckingham House
Poco después

—Por aquí —dijo Charlotte, mientras guiaba con cautela a George por los silenciosos pasillos del palacio.

—Venus —repuso él con una sonrisa cansada.

Parecía que estaba a punto de quedarse dormido de pie.

—Pesa —le dijo ella a Reynolds, que los seguía a dos pasos de distancia. De inmediato, Reynolds se adelantó y sujetó al rey por el otro lado.

—Cabeza dorada —dijo George.

Charlotte y Reynolds se miraron.

—Las cabezas doradas son buenas —le dijo ella a George. No sabía qué más decir—. Son amables.

—No debería tocarla —siguió George. Soltó una risilla—. Pero lo haré. —Extendió un brazo y le dio unas palmaditas a Reynolds en el pelo.

Su lustroso pelo rubio. Charlotte por fin lo entendió.

—No quema —dijo George—. Creí que quemaría.

La manta se le deslizó por los hombros, y Charlotte se la volvió a subir. Estaba desnudo debajo de ella, y se encontraban en un pasillo muy público de Buckingham House. Era plena noche y no parecía haber nadie más cerca, pero por si acaso.

—Brimsley ha asegurado la zona —adujo Reynolds.

Charlotte lo miró. No tenía ni idea de lo que quería decir con eso.

—Se está asegurando de que nadie venga a esta parte del palacio. Le dije que encerrase a los criados en sus estancias si era necesario.

—Ah. Gracias. Supongo. —Sus palabras sonaron un poco apagadas. Sin fuerza alguna.

Era raro. Debería encontrarse muy alterada. Debería estar presa de la rabia o de la preocupación, o de algo apasionado y volátil; en cambio, tenía la sensación de estar dormida. Como si hubieran separado por completo su mente y su cuerpo.

De alguna manera, su cuerpo sabía lo que tenía que hacer: llevar al rey a sus aposentos, quitarle la tierra de los pies, meterlo en la cama. Su mente, en cambio… Estaba en otra parte. Tenía preguntas.

—¿Cuánto tiempo? —le preguntó a Reynolds.

—¿Majestad?

—¿Cuánto tiempo lleva así?

—Yo… no sabría decirlo con exactitud, majestad.

Charlotte lo habría golpeado de haber tenido fuerzas para hacerlo. Y de no estar sujetando al rey.

—¿Podrías decirlo con inexactitud?

—Varios años —admitió él.

—¿Es habitual? Lo de esta noche.

—Ha sido peor que de costumbre —admitió de nuevo Reynolds.

Llegaron a los aposentos del rey. George bostezó.

—Estoy muy cansado —dijo.

—Lo tendremos en la cama en nada de tiempo —le aseguró Reynolds.

—Hay que lavarlo —señaló Charlotte, todavía con voz baja y apagada.

—Sí —convino Reynolds—. ¿Puede quedarse con él mientras traigo agua y jabón?

Charlotte asintió con la cabeza. Lo que fuera que hubiera poseído a George, haciéndolo correr y gritar como un loco, había desaparecido, dejándolo muy cansado. Lo vio bostezar de nuevo, y Reynolds y ella lo sujetaron con cuidado hasta que se dejó caer al suelo. Lo apoyaron en la pared, la que había pintarrajeado con sus garabatos a carboncillo, y él cerró los ojos.

—¿Está dormido? —preguntó Charlotte. Parecía estarlo, pero ¿cómo iba a saberlo? Nunca había visto a un hombre comportarse como lo había hecho su marido esa noche. A saber si su sueño era un sueño normal o no.

—Eso creo —contestó Reynolds—. Es habitual que esté muy cansado después...

Lo miró, retándolo a que lo dijera. A que lo llamara por su nombre.

—Voy a por agua y jabón —dijo el ayuda de cámara.

—Sí.

Reynolds se marchó, dejándola a solas con George, que seguía apoyado en la pared con los ojos cerrados. Aunque estaba mascullando algo. Nada que ella alcanzara a comprender. Ni siquiera entendía las palabras sueltas que murmuraba de vez en cuando. Era como si lo hubiera propulsado al jardín una enorme llamarada que había acabado extinguiéndose después, de manera que solo quedaba un rescoldo.

Agotada, se sentó a su lado en el suelo. Al verlo estremecerse, le tomó una de las manos entre las suyas con la esperanza de tranquilizarlo.

—¿Qué te pasa, George? —preguntó en voz alta.

Él suspiró.

—¿Por eso me dejaste aquí y te fuiste a Kew? No querías que te viera de esta manera.

Él masculló. Más incongruencias.

Charlotte cerró los ojos y los apretó con fuerza, de modo que una lágrima le resbaló por la mejilla. Estaba casada con ese hombre. Y le caía bien. Incluso lo amaba.

¿O no? El George que ella amaba... ¿existía acaso? ¿O solo era una pieza de un conjunto desconocido? Y de ser así, ¿de qué tamaño era dicha pieza?

¿Y si Solo George (su George) era un trocito muy pequeño?

Hablaba de matemáticas. Muy bien, ella también sabía sumar, multiplicar y sacar porcentajes. ¿Qué porcentaje era su George? ¿Disfrutaría de él la mitad del tiempo? ¿Tres cuartas partes?

¿Menos?

—¿Qué voy a hacer contigo?

Él no le contestó. Tampoco creyó que fuera a hacerlo.

Llamaron con suavidad a la puerta, y Reynolds la abrió sin esperar a que ella le diera permiso. Llevaba una palangana con agua. Tras él, Brimsley llevaba toallas.

Charlotte lo miró fijamente. ¿Lo sabía Brimsley? ¿La había servido durante todas esas semanas, a cinco pasos por detrás, sin decirle ni una sola vez que su marido era un loco?

Brimsley tragó saliva con dificultad.

—Si Su Majestad prefiere retirarse, el señor Reynolds y yo somos más que capaces de...

—¿No se me permite lavar al rey? —quiso saber Charlotte.

Brimsley parecía incómodo.

—No es lo... habitual.

—Confieso que me quedan muchas cosas que aprender del protocolo palaciego —replicó con malos modos—. Por ejemplo, acabo de sacar al rey del huerto de la cocina. Donde estaba muy ocupado hablando con el cielo. ¿Eso es habitual?

Brimsley no le contestó, y menos mal. A ella no le interesaba oír lo que fuera a decirle. Esa noche, no.

—Lo haremos nosotros —le dijo Reynolds a Brimsley—. Tú... vigila el pasillo.

—Por supuesto —convino Brimsley, que salió y cerró la puerta a su espalda.

—Círculos concéntricos —dijo Charlotte.

Reynolds la miró.

—¿Cómo dice?

—Somos círculos concéntricos alrededor del rey. Tú y yo somos los más cercanos. Lavamos su cuerpo. Luego está Brimsley. Él vigila la puerta. Luego... En fin, no sé quién más hay después. Supongo que su madre. ¿Lord Bute? ¿El conde de Harcourt? Supongo que todos lo saben.

—Así es, majestad.

Charlotte mojó una punta de una toalla en la palangana. El agua estaba caliente, pero no demasiado. Con cuidado, empezó a lavar las manos de George. Reynolds hizo lo propio con los pies.

—Todos lo sabían —dijo Charlotte—. Deben de haberse reído de lo lindo de mí.

—No, majestad. No se han reído de usted.

—¿Cómo lo sabes? Sé que estás muy unido al rey. Seguramente seas su mayor confidente. Pero no asistes a las reuniones del Gobierno. No te llega el sentir del Parlamento.

—Los criados oyen más de lo que se imagina, majestad.

Charlotte soltó una carcajada seca.

—Así que erais vosotros los que os reíais. La servidumbre.

—¡No! —exclamó Reynolds. La miró con expresión fervorosa—. Nosotros... Yo jamás me he reído de usted. Al contrario, es mi mayor esperanza.

Lo miró. Sentía el escozor de las lágrimas en los ojos, pero no lloraría. Era la reina. No lloraría delante de ese hombre.

—Jamás imaginé que podría hacer tanto por él —siguió Reynolds—. Es buena para él.

«Pero ¿él es bueno para mí?».

Era una pregunta que nunca haría en voz alta.

Palacio de Saint James
A la mañana siguiente

Charlotte no había dormido.

En cuanto Reynolds y ella metieron al rey en la cama, volvió a sus propios aposentos. Se metió en la cama, se arropó con las suaves sábanas y se quedó tumbada de espaldas, con la mirada clavada en el dosel.

En un momento dado, su entumecimiento se transformó en desesperación. Y un momento dado después de eso, la desesperación dio paso a la rabia.

Que era como se encontraba en ese momento.

Furiosa.

Echando chispas.

Y de camino a ver a la princesa Augusta.

—Majestad...

Charlotte recorría el pasillo con paso airado, acompañada por el repiqueteo de sus botas.

—Deja de seguirme, Brimsley.

—Le ruego que lo reconsidere, esto no acabará bien.

Charlotte se dio media vuelta con una expresión tan feroz que Brimsley retrocedió un paso.

—¿Que esto no acabará bien, dices? ¿Que esto no acabará bien, dices ahora? ¿Dónde has estado metido todas estas semanas? Dices que estás aquí para servirme. Dices que has jurado entregar tu vida a mi bienestar. Y aun así ¿te callas este secreto?

—No lo sabía, majestad.

—No lo sabías —repitió Charlotte con desdén. Lo vio la noche anterior—. No te creo.

—No lo sabía —insistió Brimsley, que extendió una mano, casi como si fuera a agarrarla del brazo. Pero, por supuesto, no lo hizo—. Sospechaba algo —admitió—. Pero no esto. Jamás habría sospechado algo así. Pero sabía que ocultaban algo. Intenté averiguar de qué se trataba. Le juro que lo intenté.

—Puedo entenderlo de ella —repuso Charlotte, que extendió un brazo con gesto violento hacia el saloncito de la princesa Augusta—. Es egoísta. Solo le preocupa la Corona. Pero se suponía que tú estabas de mi parte.

—¡Y lo estoy, majestad!

Charlotte no replicó. Ya había llegado al saloncito. Entró en tromba sin la menor consideración por los buenos modales ni por la etiqueta. La princesa Augusta estaba desayunando con una amiga.

—¿Charlotte? —Augusta sonrió con sorpresa y afecto—. No te esperaba. El baile de los Danbury fue un triunfo. Bien hecho, muchacha.

Charlotte no le prestó atención.

—¿Su Alteza ha intentado alguna vez cortar cordero inglés con un cuchillo romo?

La princesa Augusta se quedó inmóvil.

—¿Cómo dices?

—Los cuchillos en Buckingham House eran bastante afilados. Pero, de repente, un día descubrí que todos estaban romos.

—Creo que no entiendo lo que dices.

—Fue el día que el rey se trasladó conmigo. —Charlotte adoptó una expresión plácida mientras esperaba la respuesta de Augusta.

La princesa se volvió hacia su acompañante.

—Lady Howe, me temo que tendremos que aplazar el desayuno para otro día.

La aludida se marchó todo lo deprisa que pudo. Aun así, Augusta mantuvo una mano en alto hasta varios segundos después de que la puerta se cerrase tras ella.

—¿Qué decías? —le preguntó entonces.

—Los cuchillos —le recordó Charlotte—. Romos de repente. Me resultó raro, pero me lo tomé como una coincidencia. Seguramente también fue una coincidencia que el mismo día sellaran las ventanas de las plantas superiores. Eso me molestó un poquito. Me gusta tener aire fresco mientras duermo.

—Yo...

—Pero, de pronto, había cerraduras por todas partes. Cerraduras en la sala de armas, en la cocina, en el cobertizo donde los jardineros guardan sus cizañas. Otra coincidencia, sin duda. —Charlotte avanzó mientras miraba con los ojos entrecerrados a su suegra—. Sin embargo, que desapareciera de repente de la biblioteca el ejemplar *El rey Lear* de Shakespeare ya no me pareció una coincidencia.

—Perdona, no me entusiasma Shakespeare —replicó la princesa Augusta con expresión impenetrable.

—¿Ah, no? Pues permítame iluminarla: *El rey Lear* es la que trata de un rey loco.

—¡Charlotte!

Eso fue lo que hizo que perdiera el control. El tono condescendiente y tranquilizador de su suegra, como si todo fueran imaginaciones suyas. Como si ella fuera idiota, como si ella fuera quien estuviera perdiendo la razón.

—¿Sabes de lo que me he dado cuenta, Augusta? —preguntó con retintín, tuteándola.

La princesa se irritó visiblemente al oírla usar su nombre de pila.

—Vivo en un manicomio. —Se puso a pasear de un lado para otro en un intento por controlar sus emociones. No lo consiguió. Se dio media vuelta y dijo casi a voz en grito—: El rey está loco, y yo vivo en un manicomio.

—Cuidado con lo que dices —le advirtió Augusta.

—Me he pasado todo este tiempo creyendo que yo era la defectuosa, que de alguna manera yo era la que tenía una tara. Y resulta que él...

—El rey no está loco —masculló Augusta. Tenía las manos quietas delante de ella, con los dedos dispuestos como garras, como si necesitara ese momento, esa tensión, para controlarse—. El rey solo está agotado porque lleva sobre sus hombros el peso de la mayor nación del mundo —dijo, cada palabra un martilleo de sílabas y de mentiras.

—No permitiré que...

—No, soy yo la que no te lo va a permitir a ti —la interrumpió la princesa al tiempo que apartaba la silla para ponerse en pie—. Has venido como si lo supieras todo. No es verdad. Eres una chiquilla.

—Soy un peón.

—Y tal vez lo seas. ¿Qué más da? ¿Vas a quejarte? Te has convertido en la reina consorte de Gran Bretaña e Irlanda. ¿Cómo te atreves a quejarte por eso?

—Nadie me dijo...

—¿A quién le importa? —replicó Augusta con malos modos—. A mí desde luego que no. ¿Qué íbamos a decirte al respecto? ¿Qué ibas a comprender? ¿El peso de una nación sobre los hombros de un niño? ¿El peso sobre una madre mientras ve que su hijo empieza a resquebrajarse? Si, Dios mediante, alguna vez tienes un heredero, empezarás a aprender, y tu primera lección será esta: harás cualquier cosa para tapar las grietas. Contratarás a médicos espantosos y sus miles de tratamientos horripilantes. —La miró a los ojos y añadió—: Recorrerás Europa en busca de una reina lo bastante agradecida como para ayudarlo.

Charlotte dio un respingo. Deseó haberse controlado. Quería mostrarse fuerte, orgullosa e indiferente. Sobre todo, quería mostrarse indiferente. Cualquier cosa con tal de no sentir eso.

—¿Crees que el color de mi piel me hace estar agradecida? —le preguntó.

—Creo que has cambiado el mundo.

—Yo no pedí cambiar el mundo.

—Yo no pedí un hijo con imperfecciones. Pero es lo que tengo y lo protegeré con toda mi alma.

—¿Imperfecciones? —repitió Charlotte, incrédula—. Estaba hablándole al cielo.

—¿Y qué más da? Tú no eras nadie. Procedes de la nada. Ahora tienes en tus manos el timón del mundo. ¿Qué más da si tu marido tienes excentricidades?

—¿Excentricidades? ¿Lo considera un excéntrico? Alteza, usted no lo vio anoche.

—Lo he visto antes —repuso Augusta en voz baja.

—Cree que soy Venus.

—Pues sé Venus.

Charlotte meneó la cabeza, sin dar crédito a lo que estaba escuchando.

—No pedí tener el timón del mundo en mis manos. No pedí un marido. Pero si estoy obligada a tener uno, si me han obligado a abandonar mi casa, mi familia, mi idioma, mi vida...

—¿Qué, Charlotte? —preguntó Augusta. Su voz carecía de inflexión—. ¿Qué?

—No puede ser por un hombre a quien no conozco. Un hombre al que no me permiten conocer.

—Ahora lo conoces.

—¡Me contaron una mentira!

—Una mentira que estuviste dispuesta a tragarte.

Tuvo que contener una carcajada. ¿Qué más daba en ese momento si había estado dispuesta o no? Estaba casada con un rey. No había manera de deshacerlo. Y no sabía si quería deshacerlo. Solo quería...

¿El qué?

¿Qué quería?

¿Sinceridad?

¿Verdad?

¿Confianza?

No iba a conseguir nada de eso de la princesa Augusta.

—Dime una cosa —siguió su suegra—: ¿Estás embarazada?

—No lo sé —mintió. Estaba casi segura de que sí lo estaba. El doctor Monro así lo había creído.

—Me lo dirás en cuanto estés segura —le ordenó Augusta.

—Te lo diré cuando desee decírtelo.

—Acabarás descubriendo que no se gana nada siendo terca por el mero hecho de serlo.

—Ah, no sabría decirte —masculló ella. La expresión avinagrada de su suegra fue el único momento agradable de esa mañana.

El único momento agradable de toda su dichosa vida.

Ninguna de las dos vio al hombre que estaba en el pasillo, al otro lado de la puerta del saloncito. Ninguna oyó sus pasos mientras salía del palacio y regresaba al carruaje que lo había llevado desde Buckingham House. Y ninguna supo que después puso rumbo a Kew, con la intención de ver al doctor Monro en su laboratorio.

—¿Majestad? —lo saludó el médico. Estaba preparándose para trasladar todo su instrumental. No esperaba ver al rey.

George atravesó la estancia y se sentó en la espantosa silla.

—Áteme de nuevo.

AGATHA

Danbury House
Saloncito de lectura de Agatha
12 de enero de 1762

—Lord y lady Smith han venido para verla, milady.

Agatha soltó un largo suspiro. No le apetecía recibir visitas, pero había pasado un mes desde la muerte de su marido. La etiqueta dictaba que la dejaran tranquila las primeras semanas de luto, pero había llegado el momento de que la alta sociedad le presentara sus respetos.

Se puso en pie y se alisó las faldas negras.

—Los recibiré en el salón.

—Muy bien, milady —repuso su mayordomo—. La están esperando allí.

—Por supuesto.

—Junto con el duque de Hastings.

—¿Cómo? —gimió Agatha. No le caía bien el hombre cuando era Frederick Basset y no le caía bien en ese momento cuando ya era el duque de Hastings.

—Y lord y lady Kent.

—¿También ha venido el zar de Rusia?

—No, milady.

El mayordomo de los Danbury nunca había tenido sentido del humor. Lo había contratado Herman, por supuesto.

—Pero lord y lady Hallewell, sí.

Agatha miró al mayordomo con algo parecido al espanto.

—¿Y todos están en el salón?

—He ordenado que preparen té, milady.

—Pero no galletas —repuso Agatha—. No quiero que se queden mucho tiempo.

—Por supuesto que no, milady.

El mayordomo le abrió la puerta del saloncito de lectura para que saliera y después la siguió.

—Gracias por venir, son muy amables —dijo ella en cuanto entró en el salón. Estaba abarrotado. Parecía que la mitad de los nuevos integrantes de la alta sociedad estaba allí.

Los saludó uno a uno antes de sentarse en su nuevo sofá. De damasco de seda dorado, por supuesto. Lo habían encargado antes de la muerte de lord Danbury.

—Agatha, querida —dijo lady Smythe-Smith—. La acompañamos en el sentimiento. Estamos desolados, muy tristes.

¿De verdad?, quiso preguntar. Herman Danbury no le había caído bien a nadie, salvo al flamante duque de Hastings.

—Era un gran hombre —dijo el duque.

—Era un paladín —terció lord Smythe-Smith.

Lady Smythe-Smith se sumó a los comentarios, repitiendo:

—Estamos desolados, muy tristes.

Agatha esperó un momento. Miró a los Kent y a los Hallewell, que estaban de pie detrás de los Smythe-Smith. La miraban con expresión compasiva, pero parecían preferir que fueran los otros quienes hablaran.

—Pero —dijo ella finalmente. El aire crepitaba por las palabras que no se habían pronunciado—. Hay un «pero» en alguna parte, ¿verdad?

Porque era imposible que hubieran ido todos a la vez para ofrecerle sus condolencias. Ese tipo de visitas no se hacían en grupo, sino de forma particular.

Lord Smythe-Smith carraspeó.

—Hay un «pero», sí. Y le pedimos disculpas por venir de golpe. Pero necesitamos saberlo. ¿Qué va a suceder ahora?

—¿Qué va a suceder ahora? —repitió ella.

—¿Qué sabe usted? —insistió lord Smythe-Smith.

—¿Qué será de usted? —preguntó su esposa.

—¿Qué será de nosotros? —añadió el duque de Hastings con más ímpetu.

—Perdónenme —se disculpó Agatha mientras miraba de uno a otro—. No acabo de entender a qué se refieren.

—Es usted un miembro ilustre de la corte —adujo lord Smythe-Smith.

—Es la favorita de la reina —apostilló su mujer.

El duque de Hastings se inclinó hacia delante.

—Sin duda Palacio le ha indicado algo. Sobre el procedimiento. De lo que pasará a continuación.

Agatha parpadeó. ¿A continuación?

—¡Lord Danbury ha sido el primero en morir! —estalló lord Smythe-Smith, que se secó la frente con un pañuelo—. El primer aristócrata con título de nuestro lado. Y usted tiene un hijo.

Oh.

¡Oh!

Agatha por fin lo entendió.

—Me están preguntando si mi hijo de cuatro años es el nuevo lord Danbury.

—Necesitamos saber si las leyes de sucesión de su lado se aplican al nuestro. ¿El título se hereda?

—No había pensado... —Por el amor de Dios. Danbury llevaba muerto un mes y no se le había ocurrido preguntarse si conservarían el título. Había supuesto que su hijo tenía la posición garantizada.

Alzó la mirada. Todos los ojos de los presentes estaban clavados en ella.

—Podríamos perderlo todo en una generación.

—Sí —convino lady Smythe-Smith—. Lo que usted pierda, lo perdemos nosotros. Usted sienta el precedente. Usted es el precedente.

El duque de Hastings la miró con un ceño feroz.

—¿Seguirá siendo lady Danbury o es la mera señora Danbury?

—Yo... lo averiguaré —dijo. ¿Qué alternativa le quedaba?

—Lo antes posible, por favor —repuso el duque.

Lady Smythe-Smith colocó una mano sobre la suya.

—Dependemos de usted. Todos nosotros.

Agatha esbozó una sonrisa desvaída. El futuro del Gran Experimento recaía de nuevo como una losa sobre sus hombros.

Danbury House
Gabinete de lord Danbury
Ese mismo día, más tarde

Agatha abrió otro cajón y rebuscó entre los documentos. Debería haberlo hecho antes, no para aclarar el asunto de la herencia, sino porque se había quedado sola y tenía que estar al tanto de su situación económica.

La verdad, debería haber estado al tanto de su situación económica cuando lord Danbury estaba vivo, pero él jamás se lo habría permitido.

—Maldita sea, Herman —masculló. Sus archivos no tenían ni orden ni concierto. No era tonto. Debería haberlo hecho mejor.

Coral entró en el gabinete y cerró la puerta tras ella.

—Su ayuda de cámara no tiene información —dijo—. Tampoco el mayordomo. A lo mejor lord Danbury no tenía abogado.

—Mi marido tenía un abogado —aseguró Agatha—. Se reunió con él en numerosas ocasiones por… asuntos. —Aunque no sabía qué tipo de asuntos eran. No había prestado atención. Era evidente que debería haberlo hecho—. Solo necesito dar con su nombre.

Coral se quedó junto a la puerta un momento, pellizcándose la tela del delantal.

—Estoy intentando ver el lado positivo, milady.

Agatha levantó la mirada, sin saber si sentirse sorprendida o incrédula. La verdad, no estaba segura.

—¿El lado positivo? —repitió. Le costaba verlo últimamente.

—Es libre —repuso Coral—. ¿No es lo que quería?

Agatha soltó un suspiro apático.

—¿Me crees libre? Creí que lo sería. Creí que la muerte de lord Danbury me dejaría sin trabas, pero solo he descubierto que cargo con el peso de lo que significa ser una mujer que no está ligada a un hombre.

—¿Eso no es bueno?

Agatha se encogió de hombros.

—¿Quién sabe? Estoy sola, pero la vida está fuera de mi alcance. No tengo nuevas libertades. De lo único que estoy segura es de la duración del luto, de las labores de bordado y de los tés en silencio con otras viudas. Para siempre.

Coral no replicó. ¿Qué podía decir?

Agatha cerró un cajón de golpe y abrió otro de un tirón.

—¡Y ahora no encuentro el nombre del abogado! Me han encargado la tarea de preservar los títulos de toda esa buena gente, y ni siquiera soy capaz de encontrar el nombre del hombre que puede ayudarme a mí.

—¿Tan malo sería, milady? —preguntó Coral—. Perder el título.

Agatha alzó la mirada.

—Sí, Coral. Sería malo. Se presentaron aquí, todos juntos, en busca de respuestas. Dependiendo de mí.

—Seguro que no es responsabilidad suya.

—Yo lo convertí en mi responsabilidad cuando insistí en celebrar aquel baile. Cuando les pedí a los reyes que asistieran. Les dimos esperanza a la nueva aristocracia. Un sorbo de aire fresco. Igualdad. No podrán desprenderse de eso con facilidad. —Repasó otro montón de documentos—. ¿Y por qué deberían hacerlo?

—Pero...

—¡Lo encontré! —Agatha levantó una carta con gesto triunfal.

—¿El abogado?

—Sí. —Miró el nombre—. Un tal señor Margate. Él se encargará de esto. Él sabrá qué hacer. Le escribiré una nota, y vendrá.

Se sentó a la mesa de lord Danbury y empezó a escribir una nota. Pero, en ese momento, Coral preguntó:

—¿De verdad cree que un abogado vendrá a ver a una mujer?

Maldición.

A veces, detestaba a los hombres. De verdad.

—Firmaré como «Danbury» sin más. Ojalá suponga que soy un hombre con malos modales.

—Pero ¿no sabrá que lord Danbury ha muerto?

—Creerá que soy un hermano o un primo, cualquiera menos yo. Así piensan los hombres.

—Espero que tenga razón, milady.

—Debo tenerla —repuso Agatha con un suspiro—. No puedo equivocarme. En esto no.

Danbury House
Dormitorio de Agatha
Tres días después

—Ha venido un caballero para verla.

—¿Un caballero? —Agatha alzó la mirada del libro que estaba leyendo.

—Dice que es el abogado —explicó Coral—. Que busca a la dama que no firma con su nombre completo.

—Válgame Dios. —Agatha se levantó de la cama de un salto—. ¿Estoy presentable? ¿Este vestido parece lo suficientemente serio?

—Es negro, milady. El negro siempre es serio.

—Sí, supongo que tienes razón. El luto es un asunto serio.

—La espera en el gabinete de lord Danbury.

Agatha asintió con la cabeza mientras se ponía los zapatos.

—Deséame suerte.

—No la va a necesitar.

Agatha la miró con una sonrisa agradecida antes de bajar la escalinata a toda prisa.

—Señor Margate —dijo a modo de saludo al llegar al gabinete de su marido—, gracias por venir.

El hombre era viejo y llevaba peluca, y tenía el aspecto que suponía que debía tener un abogado.

Se sentó a la mesa de lord Danbury y le indicó con la mano que tomara asiento en un sillón.

—Siéntese, por favor.

—Me temo que no tengo buenas noticias.

Agatha apretó los dientes, pero se las apañó para parecer serena cuando dijo:

—Por favor, explíquese.

—No hay precedentes para un caso así. Por algo lo llamaron «experimento».

—Y mi marido ha sido el primero en morir.

El señor Margate hizo una mueca. Agatha apenas tenía experiencia con abogados (ninguna en realidad), pero hasta ella sabía que su expresión era la reservada para cuando estaban a punto de dar pésimas noticias.

—El problema es que tanto el título como la propiedad le fueron otorgados específicamente al difunto lord Danbury, que Dios lo tenga en Su gloria. No a usted.

—Por supuesto que no —repuso Agatha, impaciente—. Los títulos casi nunca se otorgan a las mujeres.

—Normalmente, pasaría al siguiente lord Danbury.

—Que sepa que tengo un hijo.

El señor Margate reconoció sus palabras con un brevísimo gesto de la cabeza.

—Pero en ningún sitio se ha aclarado si estos nuevos títulos aristocráticos pasarán a la siguiente generación. Es muy posible que reviertan a la Corona.

—Lo que me dejaría siendo lady Nada. Con la antigua casa y el dinero de mi marido como únicas posesiones.

El señor Margate volvió a poner esa cara.

—Ay, no —dijo Agatha—. ¿Qué pasa?

—Es que… —El abogado soltó un suspiro pesaroso—. Cuando su marido aceptó la nueva propiedad, empleó una considerable cantidad de sus activos para financiar su nueva vida. Sastres, cuotas de clubes, caballos, personal extra…

Agatha meneó la cabeza. Era imposible creer lo que estaba oyendo.

—Mi marido tenía una de las mayores fortunas de todo el continente europeo. ¿Ha oído hablar de Sierra Leona, señor Margate? ¿Conoce las riquezas que hay allí? ¿Las minas de diamantes?

—Me temo que su marido haya exagerado su riqueza ante usted. También gastó bastante para llevar la vida adecuada a un aristócrata.

—No ostentó el título durante mucho tiempo.

—Pero antes también. Su ropa. La de usted… —Le miró el vestido de damasco italiano, como si fuera el responsable de su actual desgracia de alguna manera.

Agatha quería gritar. Quería saltar sobre la mesa y retorcerle el cuello a ese hombre. Pero no lo hizo. Mantuvo la dignidad, porque, al parecer, era lo único que le quedaba.

—Me está diciendo que gastó con más alegría de la debida cuando lo nombraron lord —dijo ella.

El señor Margate asintió con la cabeza.

—Así que, debido al título nobiliario, que tal vez ni podamos conservar, voy a quedarme…, ¿cómo?, ¿sin dinero? ¿Qué pasa con nuestra antigua casa? —No llevaban viviendo mucho tiempo en la nueva propiedad.

—Era un arrendamiento. Los dueños ya la han arrendado a otras personas.

—Así que no solo no tengo dinero, sino que también estoy sin casa.

El señor Margate hizo otra mueca. Agatha empezaba a preguntarse si enseñaban esa expresión como parte de los estudios de Derecho. No se podía ejercer como abogado hasta no aprender a dar las malas noticias con una mueca. Solo le faltaba un poquito de compasión fingida para completar el cuadro.

—¿Qué voy a hacer ahora? —preguntó.

—Pues lo que hacen todas las viudas pobres: buscar la compasión de un pariente masculino. O casarse de nuevo.

Danbury House
Vestíbulo principal
Dos días después

El señor Margate tenía razón. Debía buscar la ayuda de un pariente masculino. Sin embargo, lo más humillante era que dicho pariente se trataba de su hijo de cuatro años.

—Dominic, por favor —dijo mientras esperaba junto a la puerta—. Deja que Nany te anude la corbata.

—Ven, diablillo —dijo la niñera—. Solo es un pañuelo.

—¡Es como la soga del patíbulo! —aulló Dominic.

Agatha puso los ojos en blanco. Su hijo no tenía ni idea.

—Huy, huy —lo reprendió la niñera—. Menuda impertinencia.

El niño la miró con una sonrisa. Una sonrisa que nunca esbozaba para sus padres. Agatha sintió una punzada de arrepentimiento. Haría algo al respecto. Sería mejor madre a partir de ese momento, pero ese día no era el indicado para sonsacarle sonrisas.

—Dominic, ya basta —le ordenó con seriedad—. Es un día importante, y tienes que portarte bien.

El niño miró a la niñera para saber qué hacer. Ella asintió con la cabeza.

—Tienes que ser un niño bueno —le dijo—. Hazle caso a tu madre.

Agatha lo tomó de la mano y lo condujo al carruaje que esperaba.

—¿Cuándo volvemos con Nany? —preguntó él.

Agatha tragó saliva.

—Dominic —dijo con un dejo mucho más tierno del que había usado desde hacía semanas—, siento que no me conozcas. Yo tampoco conocía bien a mis padres, y sé que debe de ser aterrador dejar a Nany así. Pero soy tu madre, y tu padre se ha ido con los ángeles, y ahora eres el cabeza de familia.

Su hijo la miró con expresión solemne en esos ojos de un niño de cuatro años.

—El cabeza de familia.

Que Dios los ayudara.

Agatha siguió, ya que no le quedaba alternativa.

—Tu familia necesita que cumplas con tu deber.

—Muy bien. —Dominic sopesó esas palabras un momento antes de sonreír—. ¿Vamos a ver a una princesa?

—Sí.

—¿Una de verdad?

—De verdad de la buena.

—¿Lleva corona?

Agatha tuvo que pensarlo. No creía haber visto a la princesa Augusta una sola vez sin tiara.

—Seguramente.

—¿Le caeré bien?

—No veo por qué no.

Dominic sonrió. Miró por la ventanilla mientras emprendían la marcha. No tardarían mucho. La nueva Danbury House disfrutaba de una localización excelente, a poco más de un kilómetro del palacio de Saint James.

—¿Sabes que sé contar, madre? —preguntó Dominic.

Agatha no lo sabía, pero mintió al contestar:

—Por supuesto.

—Uno. Dos. Tres —fue diciendo mientras movía la cabecita con cada número—. Cuatro. —Hizo una pausa—. Tengo cuatro años.

—Lo sé.

—El siguiente es el cinco —añadió él—. Eso es lo que tendré pronto.

—Tal vez celebremos una fiesta.

—¿Con tarta y galletas?

—Con tarta y galletas, faltaría más.

Dominic dio una palmada y siguió contando.

—Después viene el seis —dijo—. Y luego el siete. Ocho. —Alzó la mirada—. Voy a necesitar ayuda después del diecinueve.

—Yo te ayudaré —le aseguró Agatha.

Y así fue como llegaron al número ciento cuarenta y tres mientras se apeaban del carruaje.

Tomó a Dominic de la mano.

—Recuerda lo que te he dicho.

Agatha le entregó su tarjeta de visita al mayordomo, aunque el hombre sabía muy bien quién era.

—¿La princesa espera su visita?

—No —contestó ella—, pero me recibirá.

El mayordomo les hizo un gesto para que esperasen en un banco en uno de los anchos pasillos. Poco tiempo después, regresó.

Agatha tomó a su hijo de la mano de nuevo. Le parecía muy pequeña, y aun así, era mayor que ella cuando sellaron su destino al firmar su compromiso con Herman Danbury.

Siguieron al mayordomo hasta el saloncito de la princesa Augusta, que ocupaba su lugar habitual en el sofá, con las amplias faldas abarcando casi todo el asiento. Como era habitual, lord Bute y el conde de Harcourt estaban de pie tras ella, uno a cada lado. Agatha no les prestó atención y se dirigió a la princesa.

—He creído que ya era hora de que Su Alteza Real conozca a mi hijo, lord Danbury.

Le dio un ligero apretón a Dominic en el hombro para animarlo, y él hizo una reverencia preciosa antes de decir:

—Es un placer conocerla, alteza.

La princesa Augusta sonrió, a todas luces maravillada por ese niño tan precioso.

—Un placer conocerlo, lord…

Lord Bute empezó a toser con violencia.

Augusta apartó la mirada de Agatha y de Dominic.

—¿Se encuentra bien? —le preguntó a lord Bute.

—El tema de la herencia —susurró él.

Agatha fingió no oírlo.

—No se ha decidido ni mucho menos —terció el conde de Harcourt.

—Las preocupaciones que…

Agatha no acertó a oír el final de esa frase, pero sí oyó sin problemas que el conde de Harcourt le decía a la princesa Augusta:

—¿Entiende lo que eso implica?

Silencio.

La princesa Augusta se volvió hacia sus invitados.

—Qué preciosidad de niño —dijo—. Por favor, vuelvan pronto de visita. —Y los despachó con un movimiento de muñeca.

Agatha no podía decir nada, no delante de lord Bute, del conde de Harcourt y de Dominic, de modo que hizo una genuflexión y retrocedió caminando hacia atrás para salir de la estancia.

—¿He cumplido con mi deber, madre? —le preguntó Dominic en cuanto salieron al pasillo.

No lo había hecho, pero lo había intentado. Los dos lo habían intentado. Agatha se arrodilló delante de él y le tomó las manitas entre las suyas.

—Les has demostrado quién eres.

Él la miró con expresión solemne.

—Dominic Danbury. Hijo de Herman Danbury.

—Sí, lo eres. Y eres lord Danbury, y ocuparás el lugar que te corresponde porque es tu derecho. Y porque también eres mi hijo. Eres hijo de Agatha Danbury, nacida como Soma, con sangre real de la tribu Gbo Mende de Sierra Leona. Vienes de una estirpe de guerreros.

—¿De guerreros? —susurró él.

—Siempre ganamos. —Le dio un apretón en las manos—. Nunca lo olvides.

Solo tenía que recordárselo a sí misma.

BRIMSLEY

Buckingham House
Jardines
31 de enero de 1762

Habían pasado casi dos meses desde el incidente del rey.

Incidente.

Brimsley no sabía de qué otra manera llamarlo, pero, por Dios, «incidente» se quedaba cortísimo.

No estaba seguro de poder perdonar a Reynolds por haberle ocultado semejante secreto. Sí, comprendía su necesidad de defender al rey, pero sin duda la reina tenía derecho a saberlo.

Lo que quería decir que se lo tendrían que haber comunicado a él. Así la habría apoyado. Podría haberla preparado.

Bueno, no podría haberla preparado. Nada podría haberla preparado para eso. Pero lo habría intentado. Podría haber hecho algo para disminuir ese impacto tan horrible.

En cuanto al rey, no se lo había visto por Buckingham House ni una sola vez desde aquel aciago día. Se había marchado a Kew y se negaba a recibir visitas.

Ni siquiera de la reina.

Ella le escribía cartas. Le escribía muchísimas cartas, pero no recibía respuesta.

Brimsley intentó obtener alguna, pero Reynolds apenas le contaba nada. Solo que el rey había retomado sus intereses científicos. Y que estaba recibiendo tratamiento para su enfermedad. Le había preguntado por el tipo de tratamiento (porque, la verdad, ¿qué se hacía para algo así?), pero Reynolds le dijo que no era asunto suyo.

Y también que cerrara la boca.

Reynolds no lo tenía muy contento de un tiempo a esa parte.

—¿Está bien abrigada, majestad? —preguntó. No hacía mucho frío para ser enero, pero seguía siendo enero, y estaban en la linde del huerto del rey.

—Sí —contestó ella—. No estaré fuera mucho tiempo.

Brimsley miró el huerto. Ya no estaba tan frondoso, pero todavía crecían algunas verduras. Era increíble, la verdad.

—El rey tiene mucho talento —comentó.

—¿Cómo dices?

—Para cultivar hortalizas que crezcan en invierno.

—Le gusta mucho la ciencia, sí.

Brimsley bajó la mirada.

—¿Qué es eso? ¿Brócoli? ¿Calabazas diminutas? Estoy seguro de que están deliciosas.

—Que las cosechen y se las den a los pobres —dijo ella.

—Enseguida, majestad. —Estaba decidiendo cuál era la persona más indicada para hablar de ese tema cuando un criado se acercó a toda prisa.

—La princesa Augusta acaba de llegar —anunció en voz baja.

Brimsley intentó contener un gemido.

—¿Ha escrito? —preguntó la reina con un dejo esperanzado en su voz.

Era la esperanza lo que más dolía.

—Me temo que no, majestad. Es la princesa viuda de Gales.

La reina intentó disimular una mueca desdeñosa.

—¿Qué quiere?

Brimsley miró al criado.

—Ha llegado con lord Bute —dijo él.

—No estoy disponible para las visitas —repuso Charlotte antes de alejarse.

El criado aferró a Brimsley del brazo.

—Hay más —añadió con voz ansiosa—: La acompaña el médico real.

La reina se dio media vuelta, porque era evidente que lo había oído.

—Me niego en redondo a ver al médico.

Buckingham House
Dormitorio de la reina

Media hora después, el médico real examinaba a la reina, que estaba tumbada de espaldas en su cama, con las faldas levantadas y las piernas, abiertas. Brimsley se encontraba junto a la pared más alejada, con la cara vuelta para no mirar. La princesa Augusta intentó ordenarle que se fuera, pero la reina intervino. No lo había dicho claramente, pero Brimsley era de la opinión de que quería un aliado.

Ojalá lo considerase como tal. Había tardado un tiempo en perdonarlo por lo que ella consideraba una deslealtad. Esperaba que la reina comprendiese que de verdad no estaba al tanto del alcance de la enfermedad del rey.

Ni de que estaba enfermo para empezar.

—Está tardando mucho —protestó la princesa Augusta, supuestamente al médico.

—Muchísimo —terció lord Bute.

—Soy metódico —repuso el médico.

La reina soltó un suspiro. Aunque fue más un gruñido.

—¿Majestad? —dijo Brimsley. Había visto el instrumental del médico antes de que ella se tumbara en la cama. Le parecían instrumentos de tortura. De metal brillante y de formas raras. Él no sabía mucho de anatomía femenina (la verdad, seguramente había aprendido tanto como la reina durante la lección de lady Danbury durante aquel té hacía ya tantos meses), pero no alcanzaba a imaginar que esos horribles aparatos pudieran encajar en algún sitio.

—No es nada —aseguró la reina con voz estoica.

—Es algo —dijo el médico al fin—. Está encinta.

La princesa Augusta soltó un suspiro que pareció de euforia.

—¿Lo damos por hecho?

—¿Está seguro? —preguntó lord Bute.

—Sin la menor duda —sentenció el médico.

—Las dudas son la mejor parte del interior de una mujer —repuso la princesa Augusta.

Brimsley hizo una mueca. ¿Qué demonios significaba eso?

—¿Está todo lo seguro que puede estarlo? —insistió la princesa.

—¡Segurísimo! —contestó el médico—. De hecho, Su Majestad está muy avanzada. Su progreso es magnífico.

—Gracias a Dios —dijo lord Bute—. ¿Podemos anunciarlo?

—No hasta que se mueva —ordenó la princesa Augusta con la voz de alguien que estuviera planeando un ataque estratégico—. ¿Cuándo será?

—Diría que antes de que pase un mes —contestó el médico.

La princesa soltó otro chillido de alegría.

—Enhorabuena, alteza —le dijo lord Bute a la princesa Augusta con una sonrisa de oreja a oreja.

—Creo que a usted también habría que darle la enhorabuena, lord Bute —repuso ella.

¿Y qué pasaba con la reina?, se preguntó Brimsley. ¿Por qué nadie le daba la enhorabuena a ella? Era ella quien llevaba a un hijo en su seno. Era ella la única de entre todos los presentes que había contribuido en algo a la creación del heredero real.

Brimsley le dirigió una miradita. Estaba más cerca de su cabeza que de sus pies, de modo que no había peligro de que viese algo que no debía. Sus miradas se encontraron. Ella clavó los ojos en el dosel de la cama y luego suspiró.

—¿Ya ha terminado? —preguntó Brimsley. Porque, la verdad, no parecía muy cómoda.

No le prestaron atención. La princesa Augusta se acercó a la cabeza de Charlotte y la miró.

—Ordenaré que trasladen mis cosas a Buckingham House de inmediato.

Brimsley hizo una mueca. A la reina no le gustaría.

La princesa le dio unas palmaditas en el hombro a su nuera. Seguramente quería que fuese un gesto maternal, pero a ojos de Brimsley pareció un tanto monstruoso. La pobre Charlotte estaba tumbada en la cama sin poder ver nada más que la cara de Augusta.

—Llevas la corona —dijo la princesa Augusta—. Tu seguridad es lo primordial. No te dejaré sola ni un momento. Esperaremos la llegada del futuro rey juntas.

—Juntas —repitió la reina con un hilo de voz.

—Doctor —dijo la princesa Augusta—, le ha dejado esa cosa dentro.

—Ah, sí, lo siento. —Sacó el instrumento del cuerpo de la reina. Parecía una especie de pato de hierro.

Brimsley deseó no haber estado mirando.

No era fácil para un hombre querer a otros hombres, pero, por Dios, era mejor que ser una mujer.

Palacio de Kew
Pórtico principal
24 de febrero de 1762

—¿Otra? —preguntó Reynolds.

—Le escribe al menos dos veces a la semana —repuso Brimsley—. No debería sorprenderte que haya venido para entregar otra carta.

—Solemos vernos en el parque.

—La reina no ha recibido respuesta de las cartas que te he entregado en el parque. Me ha parecido prudente venir a Kew en persona.

—Brimsley —dijo Reynolds con un suspiro. Se pasó una mano por el pelo—. Brimsley, por favor.

—¿Qué?

—Solo... —Sin embargo, no terminó la frase. Nunca terminaba las frases que tenían que ver con el rey.

—La reina está sufriendo —dijo Brimsley con brusquedad. Nunca le había hablado con tanta brusquedad a Reynolds.

El ayuda de cámara meneó la cabeza.

—Sabes que no puedo. Mi deber...

—¡Está sufriendo! —exclamó él casi a voz en grito.

—No puedo... Soy incapaz de...

—Aunque me encantaría quedarme aquí para ayudarte a encontrar las palabras, tengo deberes propios que atender. Entrégale esta carta a Su Majestad. —Se la dio y echó a andar, pero Reynolds lo llamó.

—¡Espera!

Se volvió hacia él.

—Quiero que sepas que las entrego —dijo con voz entrecortada—. Las entrego todas. En persona.

—¿Y las lee?

Reynolds tragó saliva con incomodidad.

—No lo sé. No sabría decirlo.

Brimsley sospechaba que eso era un «no».

—Tal vez podamos hacer algo —sugirió—. Para que vuelvan a estar juntos. Sin duda eso es lo mejor.

Reynolds no parecía muy convencido; de hecho, parecía incómodo.

—He limpiado la pared —le dijo Brimsley—. Ya no hay ni rastro de aquella noche. Y podemos proteger el jardín. Si Su Majestad necesita tiempo para pasear desnudo a la luz de la luna, podemos construir una mampara.

—Una mampara —repitió Reynolds con incredulidad—. ¿Crees que esto se puede solucionar con una mampara?

—Hay algo más —añadió Brimsley—. Su Majestad la Reina... está sumida en un estado en el que no la había visto nunca. Me preocupa, Reynolds. Me temo que la reina está al borde del desastre. No sé si le iría bien ver a ese hombre de nuevo. Al médico del rey. Por su estado mental en esta ocasión.

—De ninguna de las maneras —repuso Reynolds con sequedad.

—Reynolds, solo...

—¡He dicho que no! —Y, en esa ocasión, alzó la voz con tono imperante.

Brimsley sintió que le ardía la cara.

—No me das nada —protestó—. Solo me cuentas mentiras. Te pido ayuda, y te niegas a tratarme como a un compañero o a un igual.

—¡No puedo ayudarte! —gritó Reynolds, furioso.

¿O dolido?

De alguna manera, parecía ambas cosas a la vez.

Al final, apretó con fuerza la carta que le había dado Brimsley y se dio media vuelta para regresar al interior.

Brimsley meneó la cabeza y regresó al carruaje.

—¡Espera!

Se volvió al oír el grito.

—Dile... Dile que la echa de menos —le dijo Reynolds.

—¿Y es así?

—Sí. Estoy seguro.

—¿Lo ha dicho él? —le preguntó Brimsley.

Reynolds no contestó.

Eso quería decir que no.

Brimsley se guardó su conclusión cuando regresó a Buckingham House.

—¿Alguna novedad? —le preguntó la reina. Se dirigía a posar para un retrato y la habían vestido con toda la pompa de su boda. Era una ironía dolorosa.

—Me temo que no, majestad.

—¿Estás seguro de que recibe las cartas?

Brimsley estaba seguro de que no las estaba recibiendo. O, al menos, de que no las estaba leyendo. Pero evitó mentirle diciendo:

—Yo las entrego, majestad.

La reina frunció el ceño y miró hacia el final del pasillo.

—¿Sigue ella aquí? —preguntó, refiriéndose a la princesa Augusta—. ¿No se ha caído por las escaleras ni se ha atragantado con un trozo de carne?

—Siento informarle de que sigue bien de salud, majestad.

La reina gimió.

—Es hora de que pose para su retrato, majestad —le recordó Brimsley.

Ella gimió de nuevo, aunque tal vez no tan fuerte como lo había hecho por la princesa Augusta.

—Es aburridísimo.

—Y, sin embargo, también es una parte indispensable de la vida palaciega, majestad. Una reina debe ser recordada para siempre.

—Es raro, ¿no crees? Mi retrato colgará de estas paredes durante siglos. Y el tuyo, no.

No era su intención ser desagradable, Brimsley lo sabía. Solo era la reina. Era distinta.

—Deberían recordarte de alguna manera —siguió ella—. Tal vez todos deberíamos ser recordados.

—Eso parece casi revolucionario, majestad.

—Pues sí. —Lo miró con una sonrisa carente de humor—. Seguramente porque me irrita muchísimo tener a la princesa viuda de Gales residiendo aquí.

—Nos pasa a todos —susurró él.

—Últimamente estás muy deslenguado, Brimsley —comentó la reina.

—Le pido disculpas.

—No son necesarias —repuso la reina, que entró en el salón donde posaría para el retrato real.

—¡Aquí estás! —exclamó la princesa Augusta.

—Hablando del rey de Roma... —masculló Charlotte.

Brimsley contuvo una sonrisa.

—El señor Ramsay te ha estado esperando —siguió la princesa—. Por favor, vuelve a sentarte en la misma pose.

—Por aquí, majestad —dijo Brimsley, que la guio hasta la posición asignada—. ¿Puedo traerle algo? ¿Un refrigerio?

—No la van a pintar bebiendo un vaso de limonada —protestó la princesa Augusta.

—No hace falta —le contestó la reina.

Brimsley ocupó su puesto en un extremo de la estancia. Era al menos la cuarta vez que la reina Charlotte posaba. Era aburridísimo, pero ella tenía un aspecto magnífico. La habían peinado de manera que el pelo pareciera una nube que sujetaba su tiara nupcial, tal como lo llevaba el día de su boda.

Era imposible no amarla.

—¿Queda poco para terminar? —preguntó la reina.

—Me temo que no vamos ni por la mitad —contestó el señor Ramsay.

—Ramsay —dijo la reina—, eso debe de ser imposible. No soy una mujer tan grande.

—No, majestad, pero... —El pintor giró el caballete.

Brimsley se acercó para verlo mejor. La reina Charlotte estaba casi terminada, y era un retrato excelente. Pero a su lado..., había un enorme vacío donde debería estar el rey.

—Aún necesitamos al rey —terminó el señor Ramsay con incomodidad.

—Todavía no está disponible —repuso la princesa Augusta.

—De todas formas —insistió el artista—, es un retrato nupcial. A petición de Su Majestad el Rey.

—Sí, Su Majestad el Rey pidió un retrato nupcial —convino la reina con retintín.

—Su Majestad el Rey es muy atento —dijo la princesa Augusta.

Brimsley miró de una mujer a otra. Se estaban manteniendo varias conversaciones tras sus palabras. Ataques verbales. Guerras.

—Mi piel es demasiado clara —dijo la reina de repente. Se volvió hacia el señor Ramsay—. Píntala más oscura. Como es en realidad.

—Majestad —repuso Ramsay.

Brimsley casi se compadeció del pintor.

—Déjame verlo —dijo la princesa Augusta, que se levantó del sofá en el que estaba sentada e inspeccionó el retrato a medias—. No —dijo con esa voz tan desabrida que tenía—. Aclárale la piel. Que sea pálida. Su Majestad el Rey quiere que brille.

La reina y la princesa se miraron fijamente.

—Me pintará como soy —dijo la reina Charlotte.

—Te pintará como tus súbditos desean que seas —replicó la princesa Augusta.

—Tal vez deberíamos dar por terminada la sesión de hoy —terció Brimsley, interponiéndose entre ambas mujeres—. Está cansada, ¿no es verdad? —le preguntó a la reina.

Ella entrecerró los ojos con expresión furiosa.

—Estoy...

—Cansada —la interrumpió antes de que pudiera decir algo de lo que él se arrepentiría. —Ella no se arrepentiría, eso lo tenía clarísimo. Pero él sí, porque tendría que lidiar con las consecuencias—. Está encinta —les recordó a los presentes—. Merece tranquilidad. Y una compañía relajante. —Miró al señor Ramsay con expresión elocuente—. Y hemos perdido la luz, ¿no es así?

—¡Oh! —exclamó el pintor—. Oh, sí. Las nubes. Han aparecido de la nada.

—Estamos dentro del palacio —señaló la princesa Augusta.

—Eso da igual —aseguró el señor Ramsay.

—Tal vez otro día —dijo Brimsley. Se dirigió a la reina—. ¿Majestad? Tal vez le gustaría echarse un rato...

—Sí —convino ella.

Sin embargo, algo en su voz lo inquietó.

—Tengo que escribir otra carta.

—¿Otra, majestad? —preguntó, sorprendido. Normalmente, esperaba aunque fuera un día.

—Mantengo correspondencia con más personas además de mi marido —repuso ella, que salió de la estancia con paso regio.

¿De verdad?

—¿De verdad? —le preguntó.

—Deja de seguirme —le ordenó ella.

—Sabe que no puedo.

—A lo mejor me gusta decirlo.

—En ese caso, seguiré disfrutando al oírlo.

La reina se detuvo un momento para soltar un gemido frustrado.

Brimsley esperó con paciencia. Estaba acostumbrado a eso. No era la primera vez que lo hacía.

Después, Su Majestad se dirigió a sus aposentos y se detuvo en la puerta.

—¿Debo suponer que estarás aquí esperando hasta que salga?

—Por supuesto, majestad.

—Bien. Te veré cuando sea.

La reina le cerró la puerta en las narices.

También estaba acostumbrado a eso.

Palacio de Kew
Vestíbulo
Esa noche

—Has vuelto —dijo Reynolds.

—Pues sí, y no te alegres.

—¿Qué quieres decir?

Brimsley intentó tragarse la bilis que le quemaba la garganta.

—Tengo otra carta.

—¿Ya?

—No va dirigida al rey.

—En ese caso, ¿por qué la traes aquí?

—Le ha escrito al duque Adolphus.

La sorpresa de Reynolds se reflejó en su rostro.

—¿Cómo, a su hermano? ¿Ha escrito una carta a Alemania? ¿Por qué?

—Porque no puede abandonar Inglaterra sin un país que le proporcione asilo seguro.

—¿Cómo? —Reynolds le dio la espalda antes de mirarlo de nuevo—. No. No sería capaz de marcharse.

—Claro que sí. Reynolds, no es feliz. He intentado decírtelo.

—¿Y estás seguro de que está pidiendo…?

—Estoy seguro.

Brimsley no se sentía orgulloso, pero había usado hielo para congelar el sello y así despegarlo sin que se rompiera. Había leído la correspondencia privada de la reina antes de sellarla de nuevo con cuidado.

—Oh.

—Oh. ¿Oh? ¿Es lo único que vas a decir? Reynolds, he leído la correspondencia privada de la reina. Estoy segurísimo de que es un crimen capital.

—No se lo diré a nadie.

—¡Ya lo sé! —repuso él, frustrado a más no poder—. Solo te lo he dicho para demostrar hasta dónde estoy dispuesto a llegar para protegerla. Estoy preocupado, Reynolds. Y asustado.

Reynolds meneó la cabeza, el gesto vacuo de alguien que carecía de respuestas.

—¿Qué quieres de mí?

—Ayúdame —le suplicó Brimsley—. ¿La envío?

—¿Me lo preguntas a mí?

—Sí, te lo pregunto a ti. Nadie más cuenta con la confianza del rey. Esto es… Quiere marcharse.

Reynolds apartó la mirada y la clavó a lo lejos, en el horizonte.

—Puedo no enviarla —dijo Brimsley—. ¿Debería no enviarla?

Reynolds tragó saliva con gesto incómodo.

—Eso es decisión tuya.

—No. Es nuestra... Trabajamos juntos. Puedes contárselo a Su Majestad. Él actuará. Volverá con ella. Todo se solucionará.

Brimsley esperó. Pero Reynolds siguió sin contestarle.

—¿Debería no enviarla? —le preguntó de nuevo.

Reynolds cerró los ojos. Parecía apenado.

—No se puede hacer nada. Envíala.

Brimsley maldijo entre dientes. Maldijo esa situación insostenible y maldijo al hombre a quien creía amar.

—Todo corre peligro —le advirtió—. Y tú guardas secretos.

—No son míos para poder desvelarlos —repuso Reynolds, que se alejó.

Brimsley supuso que también debería estar acostumbrado a eso.

CHARLOTTE

Buckingham House
Salón de recepciones
22 de abril de 1762

Charlotte estaba harta de leer. Estaba harta de bordar, estaba harta de ordenarles a los criados que preparasen cestas para los pobres. Estaba harta de todo. Estaba aburrida, y se sentía sola, y la única diversión que tenía consistía en inventarse maneras de evitar a la princesa Augusta, que debía de ser una bruja, porque, por Dios, esa mujer estaba en todas partes.

Amenacitable. Esa sería su nueva palabra. George le había dicho que era su derecho como reina inventarse todas las palabras que quisiera.

Supergallinaclueca. Esa tenía su punto elegante.

O tal vez debería volver a algo ya asentado: *Backpfeifengesicht.* Una cara que necesitaba un puñetazo.

En fin. Hacía semanas que no se lo pasaba tan bien.

Brimsley entró en la estancia acompañado por el repiqueteo de sus zapatos. Charlotte creía que se estaba comportando un poco más como los alemanes por ella. Era muy tierno.

—Majestad —dijo él—, el duque Adolphus Frederick IV de Mecklenburg-Strelitz ha llegado.

¡Su hermano! La abrumó un profundo alivio. Por fin había llegado. Podría volver a casa.

Adolphus entró y le hizo una reverencia muy formal.

Ella miró a Brimsley.

—¿Dónde está... ella? —Los dos sabían que se refería a Augusta.

—Creo que está con su modista.

Suspiró, aliviada.

—Espera fuera, Brimsley.

Aunque no pareció hacerle gracia, se marchó.

Adolphus le hizo otra reverencia.

—Majestad.

Puso los ojos en blanco al verlo.

—Levántate, estás ridículo.

Él sonrió con sorna.

—Me alegro de verte bien, hermana.

—¿No podrías haber venido más rápido? —le preguntó.

—*Mein Gott*, ser reina te sienta bien.

Charlotte se puso en pie (empezaba a sentirse un poco incómoda con su propio cuerpo) y se acercó a él. Sonrió al ver su querida cara y después lo abrazó.

—Habría llegado antes, pero la travesía ha sido dura —adujo Adolphus—. Sigo sin aguantar la comida en el estómago.

—Ya tenemos algo en común. —Se apartó y se separó el vestido, dejando al descubierto su abultado vientre.

—¡Majestad! —exclamó él, encantado—. Voy a ser tío. Qué feliz noticia.

—Pues yo no soy feliz. —Le aferró una mano entre las suyas—. Quiero irme a casa, Adolphus.

—¿A casa? Tonterías. Además... —Hizo un gesto para abarcar el lujoso salón—. Además, esta es ahora tu casa.

Lo dijo con absoluta pomposidad y condescendencia. Por Dios, cómo odiaba a los hombres a veces.

—No digas que son tonterías —replicó ella con sequedad—. Me llevarás contigo a casa. Ahora. Y no puedes negarte. Cuando vinimos, me dijiste que no se le podía negar nada al Imperio británico, y ahora soy su reina.

—Te estás dejando llevar por las emociones —señaló Adolphus.

—Como digas eso una vez más —repuso hablando despacio—, haré que te decapiten.

—Charlotte —dijo su hermano con tono condescendiente—, en tu vientre madura el fruto de Inglaterra. Y hasta que madure del todo, tu cuerpo solo es...

—No me llames «flor» —le advirtió.

—Un árbol —dijo él en cambio.

Menuda mejora.

—Eres un árbol en la huerta de la Corona. Y cuando florezca...

—Soy un árbol —lo interrumpió ella sin inflexión en la voz. Iba a matarlo.

—Solo quiero decir que el hijo que llevas en tu seno no es tuyo.

—Es mi cuerpo el que lo lleva dentro para que crezca.

—¿Y qué importa eso?

—¿Cómo que qué importa? Pues llévalo dentro tú.

—Tu cuerpo no es tuyo —repuso Adolphus con voz seria—. Dejar el reino en este momento sería traición. Estarías secuestrando al rey. Tal vez incluso un acto de guerra.

—Solo quiero estar en casa —insistió Charlotte, consciente del dejo lacrimógeno de su voz. Sabía que era infeliz, pero no había entendido la magnitud de su desdicha hasta que vio la cara de su hermano—. Quiero estar en Schloss Mirow. Con mi propia familia —añadió. Estaba costándole la misma vida no llorar.

Las reinas no lloraban.

—Ya no soy tu familia —le recordó Adolphus. Parecía lamentarlo, pero no lo suficiente como para ayudarla.

—Por supuesto que no —masculló ella—. Me han cambiado en un trueque como si fuera ganado. Me vendiste.

—Charlotte.

—Es verdad. Me vendiste. Y eso quiere decir que mi familia ha dejado de serlo.

—El rey George es ahora tu familia —dijo su hermano—. A menos... —Adoptó una expresión de verdadera preocupación—. ¿Pasa algo, Charlotte? ¿Algo que, tal vez, no hayas podido poner por escrito?

—No —se apresuró a contestar. Con suerte, su hermano no se percataría. Porque no podía desvelar el secreto de George. Aunque fuera tan desdichada, jamás lo traicionaría de esa manera. Daba igual lo que estuviera pasando, aquello no era culpa de George.

Adolphus siguió insistiendo.

—No te hará daño, ¿verdad?

—No, claro que no. Todo va bien.

Debió de convencerlo, porque su hermano dijo a continuación:

—Es un alivio oírlo. Habría sido muy difícil tomar partido. Lo habría hecho, por supuesto. Eres mi hermana. Pero lo habría sido.

No tenía claro que le gustase el alivio tan grande que detectó en su voz.

—¿Qué estás diciendo, Adolphus?

Su hermano se percató del plato con galletas que descansaba en una mesita auxiliar y se acercó en busca de una.

—Negocié tu compromiso de manera brillante. Conseguí establecer una alianza entre nuestra provincia y Gran Bretaña.

—Una alianza —repitió ella—. ¿Por eso me casaste con esta familia?

—Era bueno para todos los implicados. —Le dio un mordisco a la galleta—. Está riquísima.

—Adolphus.

—Lo siento. —Masticó y tragó—. Pero, Charlotte, teníamos los leones a las puertas. Esta alianza significa que Mecklenburg-Strelitz queda protegida por el inmenso poder de Gran Bretaña.

—Por supuesto —dijo ella. Ya lo sabía. Pero esa era la primera vez que su hermano lo reconocía sin tapujos.

—Nuestros destinos están unidos —siguió Adolphus, ajeno al torbellino de emociones que ella sentía—. Razón por la cual es bueno que seas feliz aquí.

Lo miró fijamente.

Él sonrió sin tener la menor idea.

—Pero ¿qué más da eso? —repuso ella con un suspiro—. Mi cuerpo es suyo, ¿no es así? Mi cuerpo pertenece a este dichoso país.

—Charlo...

—Ahora tenemos faisanes tártaros —anunció ella. Y sonrió. Su preciosa y vacua sonrisa regia—. ¿Te gustaría verlos?

A su hermano se le iluminó la cara.

—Sería maravilloso. Enséñamelo todo. Qué vida llevas, hermana. Es gloriosa.

Gloriosa, desde luego.

Buckingham House
Comedor
Esa misma noche

Como era habitual, fue imposible escapar de Augusta. Charlotte esperaba una cena relativamente informal con su hermano, pero en cuanto la princesa viuda de Gales se enteró de la presencia de Adolphus, insistió en reunirse con ellos.

—Es maravilloso que venga a visitar a su hermana —dijo Augusta—. Cuando yo me casé, casi no volví a ver a mi familia. Charlotte eres afortunada.

Charlotte clavó la mirada en su plato. *Sole meunière,* lenguado a la menier. Sin George, tenían permitido comer pescado.

—¿Charlotte?

—¿Mmm? —Salió del trance en el que estaba sumida. Su hermano la miraba con preocupación. Al igual que Augusta. O lo que parecía preocupación en su cara.

—Está agotada —adujo su suegra—. El embarazo. Lo recuerdo muy bien. Llevar al futuro rey en el seno no es fácil.

—Podría ser una niña —susurró Charlotte.

—Y sería totalmente aceptable, por supuesto —repuso la princesa—. Yo tuve una hija antes que a mi querido George. —Se volvió hacia Adolphus—. Seguramente se casará pronto. Estamos negociando con la casa de Brunswick.

—Enhorabuena.

Charlotte suspiró.

—¿Dónde está el rey? —preguntó Adolphus—. ¿Se reunirá Su Majestad con nosotros?

—Su Majestad el Rey tiene asuntos que atender —contestó Augusta, que empleó la servilleta para limpiarse la boca con delicadeza—. Charlotte ha sido un gran apoyo para él.

Ella clavó la mirada en la ventana. Podría atravesar esa ventana. Primero la abriría, no estaba tan loca. Pero podría atravesarla y alejarse sin más.

—¿Majestad? —la llamó Augusta con retintín.

Charlotte parpadeó.

—Lo siento.

—Hablábamos del increíble apoyo que es para Su Majestad el Rey.

—Ah. Sí, por supuesto. —Consiguió esbozar una sonrisilla—. Le escribo cartas.

—¿Cartas? —repitió Adolphus.

—Está en Kew —explicó ella. Se llevó un trocito de lenguado a la boca, pero después lo devolvió al plato. El pescado era demasiado para su nariz de embarazada. ¿Acaso no era una ironía maravillosa? Por fin tenía pescado en la mesa y no soportaba comerlo.

—¿Kew? —preguntó su hermano.

—Es la otra residencia de Su Majestad el Rey en Londres —se apresuró a contestar Augusta, que le dirigió una mirada de advertencia a Charlotte.

Ella cerró los ojos. Estaba cansada.

—¿Está cerca de Buckingham House? —quiso saber Adolphus.

—Ah, sí —aseguró la princesa—. Muy cerca. Allí es donde le gusta llevar a cabo sus experimentos científicos. Tiene un observatorio.

—Sí —convino Charlotte, como se esperaba de ella—. Es un observatorio magnífico, sin parangón. El único de Inglaterra.

—Mi George tiene una mente brillante —siguió Augusta—. La verdad, una de las mejores de nuestra generación. No se le puede molestar mientras está trabajando.

Adolphus miró a Charlotte. Ella asintió con la cabeza y clavó de nuevo la mirada en la ventana. ¿Qué diría todo el mundo si se levantara sin más y la atravesaba? ¿Qué harían?

¿Sería capaz de abrirla siquiera? Jamás había visto esa ventana abierta. Podría estar encajada.

Una puerta sería mejor. No resultaría una salida tan dramática, pero la sencillez y la facilidad tenían también su importancia. ¿Alguien la detendría si se levantaba y salía? ¿Si seguía andando?

Apartó el pescado con el tenedor y cortó una patata cocida en dos. En realidad, no tenía hambre, pero debía comer algo, aunque solo fuera porque, si no, después Augusta le echaría un sermón.

La madre del rey tenía opiniones sobre cuál era la mejor manera de gestar a un futuro monarca.

De modo que se comió la patata.

Y no salió por la ventana ni por la puerta, aunque deseaba mucho hacerlo.

Más tarde esa misma noche, mientras escuchaban música en el salón, Augusta se inclinó hacia ella y dijo de forma que nadie más pudiera oírla:

—Querida, lo peor ya ha pasado. Has cumplido con tu deber. Has concebido un heredero. Ahora eres libre.

No se sentía libre, pero ¿qué sentido tendría decirlo?

—En cuanto a mi hijo —siguió Augusta—, no tendrás que verlo de nuevo si así lo deseas. En fin, no hasta que necesitemos otro vástago.

Charlotte esbozó una sonrisilla tirante.

—Me voy a retirar ya —anunció.

—Por supuesto —dijo Augusta. Le dio unas palmaditas en un brazo—. Estás cansada. Debes descansar.

Sin embargo, estaba mucho más que cansada. Era algo distinto. Era algo más que la necesidad de dormir. Quería acostarse, pero no porque necesitase descansar, sino porque era incapaz de seguir caminando, hablando, sonriendo y haciendo todo lo que los demás esperaban de ella.

Solo quería acostarse.

Cerrar los ojos.

Desaparecer.

Buckingham House
Jardines
Tres días después

Siempre que el tiempo lo permitía, Charlotte se obligaba a salir al exterior al menos una hora todos los días. El aire frío era una sensación agradable sobre su piel. A veces, su frialdad le parecía el único recordatorio de que seguía viva.

Tenía el cerebro abotargado. No estaba usando la mente y, además, estaba cansadísima a todas horas. Aun así, una minúscula parte de su fuerza de voluntad la obligaba a ponerse la capa y a salir al aire invernal.

O tal vez se debiera al uso continuo de la cotilla. De un tiempo a esa parte no lo tenía muy claro.

Como de costumbre, se descubrió caminando hacia el huerto del rey. No quedaba nada que destacase, solo enredaderas secas y hojas medio podridas.

—¿Quiere que plantemos para el año que viene? —le preguntó Brimsley.

—No —contestó—. Que se muera.

No era adecuado ofrecer esperanza, ni siquiera a las plantas.

—Majestad… —dijo Brimsley.

Lo miró. Los ojos de su asistente tenían una expresión preocupada. Y apenada. Intentó sonreírle. Él sí que se preocupaba por ella, y no se lo agradecía lo suficiente.

—No puede marcharse —dijo él.

—Lo sé. —No debería haberle escrito a Adolphus. En el fondo, sabía que no podía irse a ninguna parte.

—De Inglaterra —añadió él con énfasis. Se enderezó la corbata, y se dio unos tironcitos como si se le hubiera encogido de golpe y le quedara muy apretada—. No puede marcharse de Inglaterra.

Lo miró a los ojos fijamente. ¿Estaba entendiendo bien lo que le estaba diciendo? ¿Estaba aconsejándola que abandonara el palacio?

—No puedes acompañarme —repuso ella.

—Debo quedarme a su…

—No —lo interrumpió—. Te culparán si me acompañas. Debes quedarte aquí.

—Pero…

—No permitiré que te castiguen por mí. Has hecho… —Tragó saliva. Brimsley había sido su única constante en Inglaterra, la única persona que siempre había estado de su parte—. No deben culparte de nada.

—¿Sabe adónde ir? —preguntó él. Pero era más una afirmación. Los dos sabían adónde iría.

Danbury House
Salón
Una hora después

—Majestad, ¿a qué debo este honor?

Charlotte atravesó la estancia y se sentó en el sillón que lady Danbury le indicó.

—He venido para darle el pésame oficialmente, por supuesto. Para ofrecerle mis condolencias. Mis oraciones.

Agatha era demasiado educada como para señalar que habían pasado varios meses desde que su marido murió. Charlotte contaba con eso.

—Muy amable de su parte —repuso Agatha—. Pero Su Majestad debería estar descansando. En casa. Se encuentra en una etapa crítica.

A Charlotte empezaron a temblarle los labios. Nada de lágrimas. No podía echarse a llorar. Era la reina. No lloraba.

—¿Majestad? —Agatha extendió un brazo y la tomó de la mano—. ¿Charlotte?

—En casa —repitió Charlotte—. Ese lugar no es mi casa. Me he ido y no pienso volver jamás de los jamases.

Agatha se quedó totalmente estupefacta.

—Pero ¿adónde irá, majestad?

Charlotte resopló con fuerza.

—Vaya, pues aquí he venido.

Agatha parpadeó. Varias veces.

—¿Aquí, majestad?

—Sin duda tiene una habitación de sobra.

—Sí, por supuesto, pero...

—No seré una molestia.

—Sería un gran honor acogerla, pero...

—Gracias —la interrumpió Charlotte. Con mucha emoción.

Agatha se puso en pie.

—Si me disculpa un momento. —Corrió hacia la puerta—. ¿Estará bien mientras me ausento?

—Por supuesto —contestó Charlotte.

—Ordenaré que le traigan galletas.

—Sería estupendo.

—Y... ¿té?

—Sí, gracias.

Agatha asintió de nuevo con la cabeza. Parecía un poco alterada, la verdad. Después, cerró la puerta.

Charlotte suspiró y se permitió recostarse en el sillón. Se alegraba muchísimo de haberlo hecho. Allí estaría cómoda.

Muchísimo mejor que en Buckingham House.

AGATHA

Danbury House
A las puertas del salón
25 de abril 1762

Tenía que librarse de la reina.

Cuanto antes.

Ya.

Cerró la puerta tras ella sin hacer ruido. El vestíbulo de entrada parecía a la vez más pequeño y más grandioso con el grupo de la guardia real que había acompañado a Charlotte. Ocupaban bastante espacio, pero sus casacas rojas añadían un toque indudablemente regio.

Vio que Coral se acercaba a ella a toda prisa, con un sinfín de preguntas, a juzgar por su expresión. Tras llevarse un dedo a los labios, le hizo un gesto con la cabeza a la doncella. Debían hablar en un lugar donde no las escucharan.

—Su Majestad pretende quedarse —susurró.

—¿Quedarse? —Su doncella parecía entusiasmada—. ¡Qué honor!

—No, no es ningún honor —masculló Agatha—. Es un horror. Está encinta. De un bebé real. Lleva en su seno al futuro heredero del Imperio británico. No puedo hacerme responsable de ella.

—¿Ni siquiera por una tarde?

—¡No se refiere a quedarse una tarde! Quiere acomodarse en una de las habitaciones de invitados.

—¡Oooh! —Coral no pudo contener el asombro.

—¡Ya está bien! —la reprendió ella con seriedad. Estaba seria y petrificada. Seria, petrificada y al borde del pánico—. Esto no puede suceder. ¿Me entiendes? Estaría acogiendo a...

—¿Una reina? —sugirió su doncella, esperanzada.

—Coral, me está pidiendo que cometa traición.

—¡Válgame Dios! —Coral frunció el ceño—. ¿Está segura?

—Sí, estoy segura. —No, no lo estaba. Pero sí estaba segura de que Palacio definía lo que era traición según conviniese. Y acoger a la reina en contra de la voluntad de la corte no se vería con buenos ojos.

—¿Qué quiere que haga? —le preguntó Coral.

—Envía un criado a Buckingham House. ¡Ahora mismo!

Coral se alejó a toda prisa, y ella miró con nerviosismo la puerta del salón. ¿Qué debería hacer? ¿Entrar de nuevo? ¿Esperar fuera? Le había dicho a la reina que iba a pedir té y galletas. Pero le había dado la orden a Coral, que ya se había ido, y no se atrevía a abandonar ese lugar para ir a pedirle a la cocinera que preparara la bandeja del té.

De manera que agarró una silla y la colocó delante de la puerta del salón. Tras sonreírles a los guardias, se sentó.

Cruzó los brazos.

No pensaba moverse de ese sitio.

El destino de una nación estaba en juego.

Veinte minutos después, llegó Brimsley acompañado por un hombre de piel oscura a quien le presentaron como el duque Adolphus de Mecklenburg-Strelitz, el hermano de la reina.

—Está en el salón —les dijo, sin saber muy bien a cuál de los dos debía dirigirse.

Ambos hicieron ademán de entrar en la estancia.

Ella levantó una mano.

—Tal vez lo mejor sería que yo los anunciara. Para suavizar el impacto.

Apartó la silla y entró en el salón, tras lo cual cerró la puerta a su espalda.

—¿No iba a pedir el té? —le preguntó la reina. Estaba tumbada en su diván y parecía agotada, algo que solo podría entender otra mujer que hubiera estado embarazada.

—Le pido disculpas —replicó ella—. Se me ha olvidado. Pero debo informarle de que acaba de llegar su asistente, Brimsley.

—Qué bien hace su trabajo, maldito sea —murmuró la reina.

—Su hermano también está aquí.

—No pienso recibirlos —decretó Charlotte.

Agatha carraspeó mientras decidía cuál era la mejor manera de proceder.

—Majestad, no voy a fingir que entiendo los problemas que la aguardan. Pero sí sé que aquí no va a resolver ninguno.

—No se resolverán en ningún lado —le aseguró la reina.

Agatha soltó un trémulo suspiro.

—¿Quiere explicarme qué la preocupa?

—Me encantaría. Pero no puedo. No puedo decírselo a nadie. Lo único que puedo decir es que, salvo usted, todos me han mentido y me han traicionado desde que llegué a este país. Usted es mi única amiga.

No lo era ni mucho menos. No había sido una amiga para Charlotte. Le había vendido sus secretos a la princesa Augusta para comprar esa casa, para garantizar la admisión de lord Danbury en White's y, en ese momento, seguramente para conseguir que su hijo heredara el título.

La había traicionado de todas las maneras posibles.

—Majestad —le dijo al tiempo que tomaba asiento frente a ella—, no soy su amiga. Pero quiero serlo. Sin embargo, en este momento solo soy su súbdita. Y he actuado como tal. Sin tener en cuenta sus sentimientos. La he convertido en una corona en vez de considerar su humanidad. Y lo siento mucho. —No sabía si confesar lo que había hecho. Porque no tenía muy claro qué iba a conseguir sacando a la luz el pasado. Pero se juró que sería mejor persona en adelante—. Si vamos a ser amigas, debemos empezar de cero —sugirió—. Porque yo también necesito una.

Charlotte la miró. Durante un buen rato. Y después, al final, dijo con una voz que parecía la de una niña, no la de una reina:

—¿Vas a ser mi amiga?

Agatha asintió con la cabeza.

—Lo seré.

Charlotte le aferró una mano y le dio un apretón.

—Esta no es la vida que deseaba.

—Me resulta evidente que es desdichada.

—¿Qué me aconsejas hacer?

Agatha eligió sus palabras con mucho cuidado.

—No puedo aconsejarle nada sin conocer los detalles de su situación.

A Charlotte le temblaron los labios. Sin embargo, mantuvo la mirada firme mientras decía:

—¿Cuento con tu discreción?

—Sí —le aseguró.

—El rey... está...

Por su mente pasaron un sinfín de posibilidades en un segundo. Ninguna de ellas se acercaba a lo que Charlotte dijo al fin.

—Está... enfermo.

—¿Cómo? —le preguntó tras jadear—. ¿Se está muriendo?

—No —le aseguró Charlotte—. No es nada de eso. Su enfermedad reside... en su cabeza.

Agatha puso los ojos como platos. Ni siquiera fue capaz de replicar.

—No es algo continuo —se apresuró a añadir la reina—. Casi siempre (bueno, al menos durante el tiempo que lo he visto) se comporta con normalidad. Pero... en una ocasión... —se mordió el labio inferior y guardó silencio— fue aterrador.

Agatha se inclinó hacia delante.

—Debo preguntarle una cosa: ¿le hizo daño?

—No —le aseguró Charlotte y Agatha agradeció que contestara sin titubeos y con firmeza—. No —repitió—. Y no creo que fuese capaz. Pero cuando... cuando se pone así..., no me reconoce. No creo que se reconozca a sí mismo.

—Y nadie se lo dijo antes de que se casara con él —dedujo Agatha.

Charlotte asintió con la cabeza y contestó con aspereza:

—Por eso me eligieron. —Se señaló la cara, su preciosa tez oscura—. Pensaron que me mostraría tan agradecida por la posición que pasaría por alto sus excentricidades.

—¿Excentricidades?

Charlotte soltó una carcajada amarga.

—Así es como lo llama la princesa Augusta. En mi opinión, se queda cortísimo.

—Yo... no estoy segura de... —Agatha tenía muchas preguntas que hacerle, ¿pero cómo atreverse a pedirle detalles? Seguramente hacerlo sería considerado motivo de traición.

—Solo he visto que suceda en una ocasión —dijo Charlotte—. Estaba dormida y, cuando me desperté, lo oí decir tonterías sobre las estrellas y el firmamento y, la verdad, no sé qué más.

Agatha le dio un apretón en la mano. No tenía palabras, así que ese gesto tendría que bastar.

—Estaba escribiendo en la pared. Y repitiendo números. Creo que estaba intentando solucionar una ecuación matemática, y después... se... —Levantó la mirada con gesto suplicante—. Prométemelo. Prométeme que no dirás nada.

—Se lo juro por la vida de mis hijos.

—Salió al jardín y se quitó la ropa.

Agatha jadeó. No pudo evitarlo.

—Empezó a gritarle al cielo. Creía que yo era Venus.

—¡Dios Santo! —susurró Agatha—. ¿Quién lo vio así?

—Yo. Brimsley, aunque él solo vio parte. Y Reynolds, el ayuda de cámara del rey. Creo que él sabe más que nadie.

—¿Qué hizo usted?

Charlotte se encogió de hombros con tristeza.

—Reynolds y yo lo llevamos de vuelta al interior. Lo lavamos y lo acostamos. Estaba muy cansado. Se quedó dormido al instante. Y después, al día siguiente...

Agatha se inclinó hacia delante.

—Desapareció.

—¿Desapareció?

Charlotte asintió con la cabeza.

—Se fue a Kew. No lo he visto desde entonces.

Agatha intentó asimilar toda esa información.

—¿Cuánto tiempo hace de eso?

—Más de cuatro meses.

—¿¡Cómo!? —No se esperaba esa respuesta.

—Ha estado en Kew todo este tiempo. Y yo en Buckingham House. Sola. —Soltó una carcajada amarga—. Bueno, tan sola como se puede estar con un regimiento de criados. Y la princesa Augusta. *Mein Gott,* esa mujer está en todos lados.

Agatha asintió con la cabeza. Ella había estado en el palacio y sabía que la reina carecía de privacidad.

—¿Está recibiendo tratamiento el rey? —preguntó.

—Sí, hay un médico. Lo he visto en una ocasión. No me gusta. No sé explicarte por qué. Fue algo instintivo.

—¿Ha mejorado?

La reina se encogió de hombros con impotencia.

—No lo sé. Nadie me dice nada. Le escribo cartas, pero no recibo respuesta. Así que supongo que no ha experimentado ninguna mejoría. De lo contrario, alguien me lo habría dicho.

Agatha se acomodó en su asiento y se tomó unos minutos para recomponerse. Lo que la reina acababa de decirle... Tenía el potencial de acabar con la monarquía. Con el Gobierno. Con la forma de vida que conocían.

—¿Quién está al tanto de esto? —le preguntó.

—Su madre, por supuesto.

«Por supuesto», repitió Agatha para sus adentros con sarcasmo.

—Lord Bute. El conde de Harcourt. Pero dudo mucho que alguno de los tres esté al tanto de la severidad del problema. No lo vieron esa noche.

—Charlotte —dijo Agatha—, ¿puedo tutearte? —Aunque la había llamado antes por su nombre de pila, le pareció correcto pedirle permiso para dar un paso más. La reina asintió con la cabeza—. ¿Qué quieres hacer tú?

Charlotte la miró con gesto inexpresivo. Como si no se le hubiera ocurrido que su opinión importase. Que tenía algo que decir al respecto.

—Nadie me lo ha preguntado nunca —contestó.

—¿Quieres irte? —le preguntó Agatha—. Porque no puedes hacerlo. Estoy segura de que lo sabes. Pero ¿de verdad es eso lo que quieres hacer?

—No —respondió la reina—. Ni siquiera estoy segura de por qué he venido hoy aquí. Es que... —Meneó la cabeza, y Agatha tuvo la impresión de que estaba considerando la pregunta por primera vez.

—Hay ciertas cosas que no puedes hacer —le recordó—. No puedes salir del país. No puedes divorciarte del rey. Pero, si quieres, sí que puedes vivir separada de él. Aquí no —se apresuró a añadir.

—Eso es lo que he estado haciendo —señaló Charlotte—. Él está en Kew y yo en Buckingham House.

—Pero ¿eso es lo que quieres?

Agatha había visto al rey solo en dos ocasiones. La primera, el día de la boda real, cuando intercambiaron unas cuantas palabras y después, el día del baile en Danbury House, cuando cambió el mundo al invitarla a bailar. Era imposible juzgar a una persona basándose solo en dos encuentros, pero el instinto le decía que era un buen hombre, un hombre decente.

Con un gran problema.

—Charlotte —dijo al tiempo que tomaba a la joven reina de las manos—, ¿qué tipo de hombre es el rey? Háblame de él. Del hombre que es de verdad. Cuando es... él mismo.

Los labios de la reina esbozaron una sonrisa trémula.

—Es gracioso. Y amable. E inteligentísimo. No esperaba... Sé que muchos creen que los miembros de la realeza son casi todos idiotas bobalicones que consiguieron el puesto que tienen por nacimiento, pero él es muy listo. Tiene un telescopio gigante. ¿Has visto alguna vez uno? No, por supuesto que no. El suyo es el único de toda Gran Bretaña.

Agatha la miró con detenimiento. Era una persona distinta cuando hablaba de su marido. Cuando hablaba de él como persona, no como su rey.

—Me ve —siguió—. Me ve de verdad. A mí, como persona, no lo que represento o lo que soy por llevar a este niño en mi seno. Me pide opinión.

¿Sabes que antes de la boda me dijo que podía irme si quería? Allí estábamos, con mi hermano y... ¡ay, *Himmel*! —miró hacia la puerta—. ¿Todavía está en el pasillo?

—Que espere —repuso Agatha—. Esto es mucho más importante.

—Intenté escapar antes de la boda —confesó Charlotte con un brillo travieso en los ojos.

—¡Lo sabía!

—¿Qué? ¿Cómo?

—Te vi. En la galería. Y la ceremonia llevaba un retraso considerable. Sabía que había pasado algo. —Se inclinó hacia delante. Aquello se había convertido en una maravillosa conversación de mujer a mujer, y estaba claro que ambas estaban desesperadas por forjar ese vínculo—. Olvídalo. Cuéntame qué pasó.

—Intenté trepar por el muro del jardín.

—¡No me digas!

—Sí. A ver, lo intenté, pero fracasé. Y entonces salió George, y yo no sabía quién era, y le pedí que me ayudase a saltar el muro.

Agatha estalló en carcajadas.

—¡Lo sé! —exclamó Charlotte.

Alguien llamó a la puerta.

—¿Va todo bien ahí dentro? —preguntó el hermano de Charlotte con un marcado acento alemán.

—Un momento —respondió Agatha, que se acercó a la puerta para abrirla una rendija y asomar la cabeza—. Necesitamos un poco más de tiempo.

—No tenemos tiempo —repuso el duque.

Agatha lo miró con gesto impasible.

—¿Por qué no?

—Porque... —Miró a Brimsley, que se encogió de hombros—. Supongo que sí lo tenemos —se corrigió—. Siempre y cuando ella regrese al palacio.

—Eso hará —le aseguró—. Pero ahora mismo necesita una amiga. —Le cerró la puerta al duque en las narices (dejándolo pasmado) y volvió al lado de Charlotte—. ¿Qué pasó después —le preguntó con un dejo ansioso en la voz.

—Charlamos e hizo gala de su encanto.

Agatha asintió con la cabeza.

—Lo tiene a raudales, sí. ¿Recuerdas que bailé con él?

—Sí, por supuesto. Pues en ese momento llegó Adolphus, y se quedó espantado.

Agatha se echó a reír.

—Me lo imagino.

—Y luego George dijo que yo estaba decidiendo si quería casarme con él o no, y Adolphus dijo algo del estilo: «Por supuesto que va a casarse con usted», y George dijo: «No. Todavía no se ha decidido. La decisión es totalmente suya».

Agatha pensó que era lo más romántico que había oído en la vida.

—Creo que es posible que lo ame —susurró la reina.

—En ese caso, tienes que luchar por él.

Charlotte levantó la mirada al instante.

—Así se lo dije en una ocasión. Le pedí que luchara por mí.

—Tal vez lo esté intentando —señaló ella—. A su manera.

La expresión de la reina se tornó pensativa y triste.

—Su forma de actuar me resulta incomprensible. Creo que nadie lo entendería.

Agatha no supo qué decirle.

—Pero ni siquiera te he preguntado cómo estás —dijo Charlotte de repente—. Sé que han pasado muchos meses, pero sigues sufriendo por una gran pérdida. ¿Y los niños? ¿Puedo hacer algo por vosotros?

Agatha separó los labios. Se le detuvo el corazón. Charlotte podía hacer muchísimo. Con solo agitar una mano, todos sus problemas desaparecerían. Dominic se convertiría en lord Danbury de pleno derecho, mil cabezas de ganado regresarían a las tierras de los Danbury y la propiedad volvería a generar ingresos.

Sin embargo..., no podía pedirle algo así. No cuando le había jurado que sería su amiga.

—Esto —contestó con firmeza—. Esto es lo que necesito. Pasar tiempo con una amiga. Me ayuda mucho.

—Maravilloso —replicó Charlotte con esa sonrisa tan única—. En fin. Le he preguntado al médico real y dice que el niño saldrá de forma rápida e indolora. Tú has tenido niños. Dime. ¿Duele?

—Dar a luz a un hijo es el peor dolor que te puedes imaginar.

—Lo sabía —replicó Charlotte, que levantó la cabeza de repente—. Un momento. ¿De verdad?

Agatha atisbó el malestar en sus ojos y se echó a reír.

—No. Duele un poquito —mintió—. Y una vez que acabe, casi no lo recordarás.

—¡Ah! —exclamó la reina con un suspiro—. Menos mal.

—No tienes motivos para preocuparte —le aseguró.

—Salvo mi hermano, que está al otro lado de la puerta, y mi marido, que está en Kew, haciendo sabrá Dios qué con ese médico.

Agatha se inclinó hacia delante y la tomó de las manos.

—Somos mujeres —le recordó—. Y los hombres que controlan nuestros destinos ni siquiera conciben que tengamos deseos y sueños propios. Si queremos llegar a vivir las vidas que deseamos, debemos lograr que lo entiendan. Nuestro valor, nuestra fuerza de voluntad, debe ser la prueba que se lo demuestre.

—Sí —replicó Charlotte. Solo eso. Sí.

La reina se puso en pie.

Agatha hizo lo mismo.

—Nunca podré agradecerte públicamente lo que has hecho hoy por mí —dijo Charlotte—. La ayuda que me has prestado. Pero quiero que sepas que siempre te estaré muy agradecida, de todo corazón.

Honrada, Agatha hizo una genuflexión.

—Majestad —dijo.

Charlotte le pidió que se enderezase.

—Para ti, desde ahora, solo Charlotte. —Con esas palabras, echó a andar hacia la puerta y la abrió. En cuanto salió al pasillo, cambió. Su porte, su actitud, la expresión de su mirada.

Ya no era Charlotte.

Era la reina.

—Hermano —dijo—, qué amable que hayas venido a buscarme.

El duque no parecía estar de muy buen humor.

—Charlotte, no puedes...

Ella lo interrumpió levantando una mano y volviéndose hacia Agatha.

—Lady Danbury, gracias por su hospitalidad.

—De nada, majestad.

Mientras Agatha la observaba atravesar el vestíbulo en dirección a la puerta principal, el duque se acercó a ella.

—Lady Danbury, yo también le agradezco su discreción y su cortesía.

—Lo que Su Majestad la Reina necesite —repuso.

Y lo decía en serio.

Sin embargo, Charlotte se detuvo en ese momento. Regresó a su lado y la tomó de la mano. «Fuerza», pareció querer decirle.

—Estoy preparada —anunció.

Agatha la siguió hasta la puerta, mientras su hermano la acompañaba. Brimsley los seguía a cinco pasos de distancia.

—La primera responsabilidad de una reina no son sus caprichos, sino sus súbditos —oyó que le decía Adolphus.

Pobre Charlotte. Ya la estaban sermoneando.

—Antes que tú, innumerables reinas han llevado el peso de esa responsabilidad sobre los hombros —siguió el duque—, y tus circunstancias no son peores que las suyas. Con el tiempo, aprenderás a amar tus responsabilidades. Es imposible que tu noble carácter te lleve por otros derroteros.

Charlotte se detuvo.

—¿Charlotte? —dijo su hermano.

La reina siguió allí de pie. Agatha intentó no quedarse boquiabierta.

—Brimsley —dijo Charlotte.

El asistente se colocó a su lado de inmediato.

La reina se volvió hacia su hermano.

—Regresa como puedas a Buckingham House. Tal vez lady Danbury pueda prestarte su carruaje.

—¿Qué estás diciendo? Hemos venido a por ti. ¿Adónde vas ahora?

—Me vendiste para que fuera la reina de Inglaterra —repuso Charlotte irguiendo la espalda—. Voy a ser la reina de Inglaterra.

Por fuera, lady Agatha Danbury era la personificación de la elegancia y la dignidad mientras le ordenaba a un criado que preparasen el carruaje para el duque alemán.

Sin embargo, por dentro, ¡daba saltos de alegría!

CHARLOTTE

Palacio de Kew
Avenida de entrada
25 de abril de 1762

Charlotte no perdió el tiempo y echó a andar con paso firme nada más apearse del carruaje. Había llegado el momento de ser reina.

—¿Dónde está el rey? —exigió saber.

Reynolds se acercó a ella a la carrera. Intentó recordarse que era un buen hombre, que se preocupaba muchísimo por el bienestar de George, pero en ese momento solo era un irritante obstáculo.

El ayuda de cámara del rey la saludó con una reverencia y dijo:

—Lo siento mucho, majestad, pero el rey no puede verla en este momento.

—Tonterías. Llévame con él.

—Majestad, nada me gustaría más que...

—Necesita verlo —terció Brimsley con brusquedad—. Está en su derecho.

Reynolds parecía dividido.

—Ojalá pudiera...

Sin embargo, en ese momento, salió un hombre con muchas prisas, limpiándose las manos con un trapo. Era ese médico. El que no le gustaba.

—Majestad —la saludó con voz grave y autoritaria—, siento que se haya molestado en hacer el viaje. Pero me temo que es imposible que vea usted al rey.

Charlotte se mantuvo firme.

—Por supuesto que es posible. Quiero verlo. ¿Dónde está?

—No —repuso el médico con desdén—. Su Majestad no quiere verlo.

Charlotte intentó mantener la compostura regia. Porque lo que realmente quería era estrangular a ese hombre.

—No me diga lo que quiero o no quiero hacer. Llévame a su lado o les ordenaré a mis hombres que registren todo el palacio.

El médico apretó los dientes y se movió. Apenas fue un paso, pero quedó claro que su intención era bloquearle el paso.

Charlotte se volvió hacia Reynolds.

—¿Cómo se llama?

—Es el doctor Monro, majestad.

—Doctor Monro —dijo ella, pronunciando cada sílaba de forma cortante—, ¡soy su reina!

El hombre no se ablandó.

En ese momento, Reynolds se interpuso entre ellos, dándole la espalda al médico de forma elocuente.

—Majestad, acompáñeme. La llevaré con el rey.

—No —protestó el doctor Monro—. No puedes hacer eso. Mi trabajo... Estamos en un momento precario y...

Charlotte no le hizo ni caso. Brimsley y ella siguieron a Reynolds por el palacio, dejando atrás los preciosos salones públicos y las cómodas estancias privadas. Enfilaron un pasillo muy largo y, al final, llegaron a una sencilla puerta. El médico los seguía, sin dejar de soltar una retahíla de amenazas.

—Que alguien le cierre la boca —murmuró Charlotte.

—¡Que nadie abra esa puerta! —bramó el hombre.

Charlotte la abrió de golpe.

Y entró en el infierno.

Había jaulas en todas las superficies. Algunas abiertas, otras con animalillos en su interior. Ninguna tan grande como para alojar a un ser humano, gracias a Dios, pero ¿qué hacían allí?

Y sangre. Había sangre. No mucha, pero sí salpicaduras en algunos sitios, además de unas horribles manchas amarillentas en el suelo.

Había sillas volcadas y un sinfín de instrumentos metálicos con formas grotescas. Látigos. Cadenas. Y en el centro de todo eso, atado de pies y manos a una monstruosa silla de hierro, estaba George.

Lo oyó gemir algo incoherente al tiempo que se le caía la cabeza hacia un lado. Se le había pegado el pelo a la frente por el sudor. Tenía el cuerpo lleno de moratones y terribles verdugones. Y estaba muy delgado, tanto que parecía en los huesos.

—*Mein Gott* —musitó. Jamás se habría imaginado esa escena. Jamás podría habérsela imaginado.

Los ayudantes del médico no la habían visto entrar, ya que estaban muy concentrados en su trabajo. Aunque George estaba atado a la silla, uno de ellos lo sujetaba por los hombros mientras el otro le apretaba un hierro candente sobre la piel.

George soltó un alarido de dolor.

Y ella también lo hizo.

—Desatadlo —dijo casi incapaz de hablar.

Los ayudantes miraron al médico en busca de confirmación.

—¡Desatad al rey! —rugió ella.

Los hombres se apresuraron a liberarle las manos. Brimsley y Reynolds hicieron lo mismo con las correas que le sujetaban los pies. Parecieron tardar una eternidad. Charlotte miró a su alrededor en busca de un cuchillo. Acababa de localizar uno cuando Brimsley consiguió soltar la última atadura, y George quedó por fin libre. Se levantó de un brinco de la silla y corrió hacia ella, sollozando para abrazarla.

—¡Todos fuera! —gritó Charlotte—. ¡Ahora mismo!

El doctor Monro y sus ayudantes le obedecieron sin pérdida de tiempo, pero Reynolds y Brimsley titubearon.

—Majestad, ¿está segura? —le preguntó su asistente—. Está sobreexcitado y es mucho más fuerte que usted.

—Estoy segura.

Sin embargo, mientras hablaba, George la empujó contra la pared.

—No, sí, George el Granjero —gimió. Enterró la cara en su cuello y siguió murmurando incoherencias.

Brimsley corrió hacia ellos.

—Es demasiado fuerte. No puedo dejarla sola con él.

—No pasa nada. No pasa nada. —Charlotte estiró el cuello para poder mirar a su asistente por encima del hombro de George—. Solo está intentando alejarse de esa espantosa silla. ¡Vete! Por favor.

Reynolds y Brimsley abandonaron la estancia. Charlotte esperaba que se quedaran a cinco pasos de distancia.

—Nadie nadie. No soy nadie, pero lo intentaré. Lo intentaré, lo intentaré. Lo haré. —George le aferró los hombros y sus ojos la miraron, frenéticos—. Lo intentaré. Lo intentaré. Pero haz que pare. Lo intentaré. Lo haré. Lo haré.

—George, ya basta —le suplicó ella. Aquello no se parecía en nada a su carrera desnudo bajo las estrellas. Era un hombre sumido en el dolor. Un hombre perdido, casi destrozado.

—No —sollozó él, negando también con la cabeza muy rápido. Y luego más rápido—. No, no. Lo haré. Lo haré. Antes, no.

—George —lo llamó con firmeza—. George, mírame, soy yo.

Sus ojos le recorrieron la cara.

—Venus —dijo en un intento por llegar hasta él—. Venus ha venido, George.

Sin embargo, él siguió sin reconocerla. La abrazaba, le suplicaba, pero no la reconocía.

—¡Al cuerno con Venus! —soltó de repente—. Soy Charlotte. Soy Charlotte y necesito que vuelvas a ser George. Necesito que lo intentes. —Le aferró la cara entre las manos intentando contener los estremecimientos—. Eres Solo George y yo soy Solo Charlotte. Vuelve conmigo. Por favor, George. Vuelve.

Él gimoteó. Musitaba palabras, pero le resultaba imposible entenderlas. Desesperada, le tomó una mano y se la colocó en la barriga.

—George, ¿lo sientes? Me da patadas. Está creciendo. ¡Es nuestro!

Eso pareció calmarlo un poco, porque dejó de murmurar y de mover los ojos de un lado a otro.

—Soy Charlotte —repitió—, y este es nuestro hijo, y necesitamos que seas George. O no seremos nadie.

Sintió que sus dedos la aferraban, y en ese momento George levantó la mirada.

—Charlotte —susurró—. Charlotte.

—Sí —murmuró ella al tiempo que asentía con la cabeza, y las lágrimas que había jurado no derramar se deslizaban por sus mejillas—. Estoy contigo —dijo—. Estoy aquí y te prometo que nunca más te abandonaré.

—Solo estaba intentando ponerme bien —gimoteó él—. Solo intentaba curarme.

—Y lo harás. Pero así no.

George asintió con la cabeza, pero en sus ojos Charlotte vio a un niño asustado.

¿Qué le habían hecho? ¿Cómo había podido ella permitir que eso sucediera?

—Ese médico jamás volverá a acercarse a ti —sentenció—. Te lo prometo.

—Quiero curarme. —George le acarició una mejilla, casi como para convencerse de que realmente estaba allí—. Quiero ponerme bien por ti.

—Te curarás —le aseguró ella, aunque no sabía si sus palabras eran ciertas. Tal vez siempre estaría enfermo. No podía entrar en su mente, no podía extender un brazo y solucionar lo que fuera que lo hacía perderse.

Sin embargo, nada podía ser peor que lo que había hecho el doctor Monro. Tal vez ella no pudiera curarlo, pero podía asegurarse de que estuviera muchísimo mejor de lo que lo estaba en ese momento.

—¿Qué te gustaría comer? —le preguntó, manteniendo la voz suave y baja—. Estás demasiado delgado. ¿Te apetece algo dulce? ¿Algo salado?

—¿Las dos cosas? —contestó él con el asomo de una sonrisilla en los labios, y Charlotte vio un atisbo del hombre al que adoraba.

—Y un baño —añadió, intentando no estremecerse por su hedor—. También te prepararemos un baño.

—Gracias.

Lo miró a la cara fijamente. Seguía demacrado.

Torturado.

Aunque tal vez hubiera un granito de esperanza.

Lo tomó de la mano mientras se acercaba a la puerta y la abría. Reynolds y Brimsley los esperaban al otro lado.

—Majestades —dijeron los dos a la vez.

—Reynolds, ¿puedes encargarte del rey? —le preguntó—. Necesita un baño y algo para comer mientras ordeno que le preparen una comida decente.

—Cualquier cosa menos gachas —terció él, y ambos se miraron. Charlotte agradeció ser testigo de ese momento. Porque vio amistad. Y humanidad.

Se volvió hacia George y le dijo:

—Volveré dentro de nada. Pero antes tengo que atender unos cuantos asuntos urgentes. —Esperó mientras el ayuda de cámara se lo llevaba y después miró a Brimsley y añadió—: Ven. Vamos a encargarnos del médico.

—Con sumo gusto, majestad.

Regresaron por el pasillo, pero por desgracia se equivocaron en un giro, de manera que tardaron un poco más de la cuenta en dar con el doctor Monro y sus ayudantes, que ya estaban en la avenida de entrada del palacio. El sol empezaba a ponerse, y su brillo dorado bañaba el paisaje.

—Tú —dijo Charlotte con voz amenazante, señalando al médico—. Vete y no regreses más.

El doctor Monro se acercó a ella, con el porte de un hombre que esperaba haber obtenido el éxito.

—Me disculpo si Su Majestad...

—¡Demasiado cerca! —mascculló Brimsley, que se colocó delante de ella.

El médico retrocedió un paso.

—Majestad, no la esperábamos.

—Es evidente —replicó ella.

—Debe entender que esa no es la parte del tratamiento que preferiría que hubiese visto.

—¿El tratamiento tiene alguna parte agradable? —quiso saber Charlotte—. ¿Cuál es? ¿La que le provoca los verdugones? ¿O la de los moratones?

—Majest...

Sin embargo, ella no había acabado de hablar.

—¿La parte donde lo matas de hambre? —siguió con la voz cada vez más aguda.

El doctor Monro unió las manos, casi como si fuera un sacerdote.

—Majestad, no lo entiende. Aunque mis métodos son dolorosos, su éxito está garantizado. Yo deseo que el rey recupere la cordura tanto como lo hace Su Majestad.

—Su cordura no me importa —repuso ella—. Me preocupa su felicidad. Su alma. Si es lo que necesita, dejémosle que siga loco.

—Se equivoca —replicó el médico.

—Cuidado —le advirtió Brimsley.

Charlotte apuntó al doctor Monro con un dedo.

—Fuera de aquí. —Se volvió hacia los guardias que la habían acompañado al palacio—. Echadlo del palacio.

—¡Esto es un error! —gritó el médico—. ¡Un error que va a destrozarlo!

Charlotte se volvió hacia él, hirviendo de furia.

—¡Agradece que no vaya a ordenar que te destrocen a ti! —Observó mientras los guardias se lo llevaban. La imagen la alegró. Cuando dejó de oír sus gritos airados, se volvió hacia Brimsley y le dijo—: Necesito que me hagan el equipaje. Que lo trasladen todo. Nos mudamos a Kew.

Palacio de Kew
Observatorio
Una hora después

Charlotte había creído que encontraría a George en sus aposentos, pero supuso que tenía más sentido que Reynolds y él hubieran ido al observatorio. El lugar donde George era más feliz.

Estaba sentado a una mesa, recién bañado y vestido, comiendo con desesperación el festín que le habían puesto delante. Cordero (por supuesto), panecillos templados y sus patatas gratinadas preferidas. En Kew también había naranjos, de manera que habían pelado varias naranjas y había dispuesto los gajos para que él los eligiera a placer.

—Una comida caliente y un baño deben de ser un bálsamo —comentó Charlotte—. Pareces haber vuelto en ti. Tienes mejor aspecto.

Él la miró con el tenedor a medio camino entre el plato y la boca.

—¿Te encuentras mejor? —le preguntó.

George bajó despacio el tenedor y lo soltó.

—No deberías haber venido.

Charlotte tragó saliva. Debería haber contado con que aquello no sería fácil. Pero mantuvo una sonrisilla alegre.

—Ha sido un placer.

—No —la contradijo él, meneando la cabeza—. No. Esto es un error.

—Lo siento mucho, amor mío. —Hizo ademán de echar a andar hacia él, pero su semblante amenazador la detuvo. Sin embargo, añadió—: Debería haber venido antes. Pero no temas. Me quedaré a tu lado mientras…

—No, Charlotte —la interrumpió George, alzando la voz. Ella no supo de dónde sacaba las fuerzas para hacerlo, pero se levantó y dijo con claridad—: Escúchame bien. No deberías haber venido. No te quiero aquí.

No lo creía. Se negaba a creerlo.

—Vuelve a Buckingham House —añadió—. Por favor.

Charlotte no habló. George se equivocaba. Lo sabía, y lo único que necesitaba era que él lo entendiera también. Así que se acercó despacio.

—¿Me has oído? He dicho que vuelvas a Buckingham House. Allí es donde vives. Ese es tu lugar. —Extendió un brazo y señaló hacia la puerta, con todo el cuerpo temblándole—. ¡Vete!

Ella siguió sin obedecerlo.

George se puso en pie y atravesó la estancia hasta ella. Una vez allí gritó:

—¡No te quiero! ¡No quiero verte nunca! ¡Vete! ¡Fuera de aquí!

—No.

George temblaba de la cabeza a los pies.

—¡Te lo ordeno!

—No. No, George.

—Charlotte…

Ella se mantuvo firme.

—No puedes obligarme a irme. No me iré.

—Es una orden. ¡Vete!

Finalmente, ella también alzó la voz para decir:

—¡Me quedo! ¡Porque yo lo ordeno!

George se quedó tan sorprendido que guardó silencio y siguió mirándola mientras ella se acercaba.

—Por favor, Charlotte —dijo en voz baja, como si estuviera a punto de quebrársele—. Por favor, vete.

Ella repitió de nuevo:

—No.

—Charlotte, no me estás escuchando.

—Sí que te escucho. Me has dicho que desearías que no hubiera venido, que quieres que me vaya, que no quieres verme.

—Pues entonces hazme caso —le suplicó él.

—Lo que no he oído es que no me amas.

Eso lo dejó petrificado.

—He estado sufriendo, sola, creyendo que he fracasado como esposa y como tu reina porque te empeñas en mantenerte alejado de mí como si yo fuera la peste. Y hoy, de repente, se me ha ocurrido que tal vez haya otro motivo. Un motivo mejor. Tal vez te empeñas en alejarte de mí porque me quieres. Tal vez te mantienes alejado de mí porque me amas. —Se acercó más—. ¿Me quieres?

—Estoy intentando protegerte.

—¿Me quieres?

Él negó con la cabeza.

—No puedo... No podemos... Esta conversación no...

Charlotte lo miró con las cejas arqueadas.

—No puedo hacer esto —dijo George por fin.

No pensaba permitirlo.

—¿Me quieres? —insistió.

—Nunca tuve la intención de casarme —dijo él, negando con la cabeza—. Nunca quise...

—¿Me quieres?

Se mostraba implacable. Debía serlo.

—Charlotte, por favor, detente. —Sin embargo, lo dijo como si tuviera el corazón destrozado. Tal vez había sido necesario que le destrozaran el corazón para que ella se lo recompusiera.

—¿Es porque no me crees capaz de quererte? —le preguntó—. Porque sí que te quiero. Te quiero, George. Te quiero tanto que haré lo que tú digas. —En ese momento, George abrió la boca para hablar, pero ella se lo impidió levantando una mano y añadió—: Si no me quieres... —sintió la repentina necesidad de moverse, de mecer al bebé que crecía en su interior, así que dio unos pasos hacia una ventana y clavó la mirada en el exterior— solo tienes que decir que no me quieres y me iré. —Se volvió y enfrentó su mirada sin titubear—. Regresaré a Buckingham House, llevaremos vida separadas, daré a luz a este bebé yo sola, me las arreglaré, ocuparé mis días y sobreviviré por mi cuenta. Lo haré. Pero antes tienes que decirme que no me quieres. —Y tras una pausa—: Tienes que decirme que estoy completamente sola en el mundo.

Los ojos de George la recorrieron. Captó la angustiosa tensión de su cuerpo, como si él mismo temiera acabar rompiéndose en pedazos. O tal vez como si estuviera preparándose para escapar. Al final, cuando el silencio se tornó tenso, replicó:

—Solo soy un loco. Soy un peligro.

Charlotte negó con la cabeza.

—No. Escúchame —insistió él—. Hay otros mundos que de repente invaden mi mente. El cielo y la tierra colisionan, y no sé dónde estoy.

Ella le hizo la única pregunta relevante.

—¿Me quieres?

—Eso da igual —respondió George—. No deseas vivir conmigo. Nadie lo desea.

Estaba harta de que los hombres le dijeran lo que quería. Sobre todo en ese momento, cuando estaba en juego su corazón.

—George —dijo con voz implorante—, estaré a tu lado entre el cielo y la tierra. Yo te diré dónde estás.

—Charlotte...

—¿Me quieres? —repitió, prácticamente a voz en grito.

Y allí estaba. Suplicando. Se había desnudado por completo, le había ofrecido su orgullo, su corazón y todo lo que tenía a ese hombre, y él...

—Te quiero —contestó George, como si le hubieran arrancado las palabras del alma. Lo había negado, se había cerrado a lo que albergaba su corazón. Charlotte lo veía en sus ojos, anegados por las lágrimas.

—George... —susurró.

—No, déjame terminar. Te he querido con desesperación desde que te vi intentando trepar por el muro. No puedo respirar cuando no estás cerca. Te quiero, Charlotte. —Le tomó la cara entre las manos—. Mi corazón te llama a gritos.

La besó con amor, deseo y desesperación. La besó como si quisiera acercarse todavía más a ella, como si no se sintiera lo bastante cerca.

Como si jamás fuera a dejarla marchar.

—Quería decírtelo —le aseguró—. Quería que lo supieras, pero esta locura ha sido mi secreto durante toda la vida. Esta oscuridad es mi carga. Tú me has traído la luz.

—George... —Lo miró. Miró ese rostro que tanto quería, esas cejas oscuras, y ese labio inferior tan carnoso que a él le gustaba morderse cuando algo le hacía gracia. Lo conocía, comprendió. Conocía al hombre que había dentro, y si a veces ese hombre acababa sumergido debajo de un mar angustioso, podía ayudarlo a regresar a la superficie. No se apartaría de su lado—. Somos tú y yo —le juró—. Podemos hacerlo. Juntos.

BRIMSLEY

Palacio de Kew
8 de mayo de 1762

Brimsley decidió que le gustaba muchísimo vivir en Kew.

La vida allí era más sencilla que en Buckingham House, o al menos todo lo sencilla que podía ser la vida de la realeza. Reynolds y él recibían un trato deferente por parte de la servidumbre, aunque también había mayordomo y ama de llaves. Pero, sobre todo, le gustaba porque en Kew el rey y la reina parecían felices... y encantados de estar juntos.

Sin embargo, los primeros días fueron difíciles. El rey tardó en recuperarse de su calvario. Aunque él carecía por completo de conocimientos médicos, no entendía cómo alguien podía pensar que torturar al rey iba a sanar su mente.

Además, empezaba a entender la tensión bajo la que había vivido Reynolds, que debía atender al rey al mismo tiempo que guardaba su secreto. Aquel primer día, cuando la reina despachó al doctor Monro de forma tan magnífica, él intentó ofrecerle su ayuda, pero Reynolds estaba tan acostumbrado a llevar solo esa carga que no le resultaba fácil aceptar ayuda.

Una vez que todo se tranquilizó y los reyes se retiraron para descansar, Reynolds y él salieron a dar un paseo y acabaron en las caballerizas. Había empezado a llover y se refugiaron en el interior para no mojarse. No olía tan mal como siempre había temido. Saltaba a la vista que el personal que se encargaba de la limpieza hacía su trabajo maravillosamente.

Buscaron un lugar donde sentarse, apoyados contra un fardo de heno. Reynolds suspiró. No recordaba haberlo visto nunca tan cansado.

—¿Te he contado alguna vez cómo conseguí este puesto? —le preguntó.

Brimsley ladeó la cabeza y apoyó la sien en su hombro.

—Supongo que destacaste ya a una edad temprana por tu incomparable perfección y superioridad.

Reynolds esbozó una sonrisa ufana, pero sin ser desagradable.

—El rey y yo crecimos juntos. Fui el compañero de juegos de Su Majestad. Pasamos la infancia pescando y trepando a los árboles.

Brimsley asintió con la cabeza. Reynolds lo había mencionado con anterioridad. Aunque no a menudo, porque acostumbraba a mostrarse muy circunspecto sobre su pasado.

—Sigo sin saber por qué Palacio lo permitió —siguió—. Se mostraban muy estrictos a la hora de permitir que alguien se acercara a los príncipes y a las princesas. Supongo que en mi caso se debió a que mi madre era una doncella de confianza y mi padre, un orfebre que trabajaba para la casa real. Y porque mi edad era la adecuada. Solo nos llevamos dos meses de edad.

—¿Quién es el mayor? —quiso saber.

—Yo —contestó Reynolds, con una de esas sonrisas que a él tanto le gustaban—. Por supuesto.

—Por supuesto.

—Nadie más se interesaba por pasar tiempo con él a menos que algún dignatario o príncipe extranjero viniera de visita, aunque esas siempre eran ocasiones incómodas. Dos niños de punta en blanco a los que se les ordenaba hacerse amigos.

—No creo que acabara muy bien.

—No —murmuró Reynolds—, nunca acababa bien. La mitad de las veces ni siquiera hablaban el mismo idioma. Así que solo me tenía a mí. Solo estábamos George y yo. En aquel entonces, todavía usaba su nombre de pila.

—¿Ya no lo haces?

Reynolds lo miró.

—Sabes que no lo hago. Ni tampoco lo hacía cuando era pequeño si había alguien cerca.

Brimsley rio entre dientes.

—No, supongo que eso tampoco habría acabado muy bien.

—Sabía muy bien cuál era mi lugar, pero George me caía bien. Me caía bien incluso cuando los adultos me apartaban a empujones para saludarlo con reverencias y genuflexiones. —Reynolds levantó la mirada y sonrió. Una sonrisa sentimental, con un dejo tristón—. Era un niño afable —siguió— y siempre estaba de buen humor. No se daba aires de grandeza. Tal vez yo fui el primero en darme cuenta de sus... excentricidades. Pero no por eso dejó de caerme bien. Yo era lo más parecido que tenía a un amigo, así que le guardé el secreto. Le cantaba para distraerlo cuando perdía el control de sus pensamientos. Le mantenía los brazos pegados al cuerpo cuando empezaba a temblar. —Miró a Brimsley fijamente—. Oculté lo que le pasaba para que no lo viera el monstruo de su abuelo.

—Hiciste bien —replicó él en voz baja. Había oído lo que se decía de George II. No fue un hombre amable.

Reynolds asintió despacio con la cabeza, no como si le estuviera dando la razón, sino como si estuviera rememorando aquella época.

—Cuando llegó el momento de seguir los pasos de mi padre en el gremio de los orfebres, pedí seguir al lado de George. No sería un oficio tan rentable, pero escogí esa opción de buena gana. Porque él me necesitaba. Y porque... —Tragó saliva—. Porque él también conocía mis secretos. Mis propias... excentricidades. Y no le importaba. Me guardó el secreto, de la misma manera que yo le guardé el suyo. Tuve que hacerlo. Incluso contigo.

—Siento mucho haberme enfadado tanto —se disculpó él.

—Yo habría hecho lo mismo —admitió Reynolds.

—Es que... la reina...

—Lo entiendo.

—He jurado protegerla, ese es mi deber.

Reynolds lo miró con una sonrisilla.

—Yo he jurado proteger al rey, ese es mi deber.

—Qué vidas más extrañas las nuestras —murmuró él—. ¿Cuándo nos protegemos a nosotros mismos? ¿O el uno al otro?

Reynolds lo besó en la mejilla.

—Todos los días, espero. Pero nosotros no somos lo primero ni lo seremos nunca.

Brimsley soltó un suspiro exagerado.

—Me alegra que al menos sea el rey quien está por delante de mí, ya que estoy obligado a ser el segundo en tu vida.

Reynolds rio entre dientes, pero no tardó en ponerse serio.

—Su secreto ya no es solo nuestro. No pude guardarlo tanto como me habría gustado. Lo intenté. Pero primero se enteró su madre y luego, lord Bute y lord Harcourt. A estas alturas, hasta las dichosas camareras susurran por los pasillos. Y luego está el médico ese... —Lo agarró de la mano. Con fuerza—. Ahora entiendes por qué te supliqué que lo mantuvieras alejado de la reina.

—Sí —se apresuró a replicar Brimsley—. No quiero ni imaginármelo. Solo de pensarlo me pongo enfermo.

—Su Majestad el Rey ha sufrido muchísimo. No sabría por dónde empezar a describirlo.

—Por lo poco que vi... —repuso él.

—Intenté intervenir —siguió Reynolds—. Supongo que podría haberlo intentado con más ahínco.

Brimsley fue incapaz de seguir soportándolo. No soportaba el dolor que transmitían los ojos de Reynolds. Solo quería alejarlo, aunque fuera por un instante. Extendió los brazos, le tomó la cara entre las manos y lo besó.

Con ternura.

Con amor.

Con una promesa que no sabía si podría mantener.

Palacio de Kew
Saloncito de la reina
1 de junio de 1762

La reina estaba bordando, algo que a Brimsley siempre le había parecido extraño. Jamás habría pensado que Su Majestad tenía el temperamento adecuado para resistir un pasatiempo tan repetitivo, pero parecía gustarle, y a él le gustaba que a ella le gustase, sobre todo desde que le dio permiso para que se mantuviera sentado en una silla al lado de la puerta en vez de pasarse todo el tiempo de pie.

Sin embargo, en ese momento llegó el rey, lo que significaba que tenía que ponerse en pie sí o sí. Reynolds apareció a cinco pasos de distancia y se detuvo a su lado.

—Voy a trabajar la tierra —anunció el rey, que desde luego estaba vestido para ello, ya que no llevaba sus mejores galas precisamente—. Estamos cultivando mijo para ver su ciclo vital. —Se inclinó y besó a la reina en la coronilla—. ¿Quieres acompañarme?

—Ni hablar —respondió ella, riendo entre dientes—. Me quedaré aquí, mientras nuestro pequeño rey crece en mi interior.

Él la besó en los nudillos y después le acarició la barriga, tras lo cual hizo ademán de irse.

—¡George! —lo llamó la reina de repente—. Casi se me olvida. Has recibido una carta. ¿Dónde está?

—Aquí mismo —dijo Brimsley, adelantándose. Tras recuperarla de la consola donde descansaba, se la entregó al rey—. Es de la princesa Augusta.

—¿Mi madre me ha escrito? —preguntó el rey, que puso los ojos en blanco y arrojó la carta sin abrir al fuego.

Brimsley no supo si sentirse espantado o encantado por el gesto.

Sin embargo, la alegría del rey era contagiosa. Regresó junto a la reina y la besó de nuevo.

—¡Eres preciosa! —exclamó—. ¡Mi mujer es preciosa!

Y se fue.

Brimsley parpadeó. Fue como si un remolino de luz hubiera atravesado la estancia. Habían pasado varias semanas desde que la reina lo rescató de manos de aquel terrible médico, pero la diferencia no dejaba de resultar milagrosa.

Se volvió para sonreírle a Reynolds, que todavía no había seguido al rey, pero descubrió que estaba mirando a la reina con una expresión pensativa.

—¿Quieres decir algo, Reynolds? —le preguntó ella.

—No, majestad.

Brimsley observó la escena con interés. Era evidente que Reynolds quería decir algo.

La reina alzó la mirada de su bastidor y descubrió que el ayuda de cámara del rey seguía allí.

—Habla —le dijo.

Reynolds carraspeó.

—Su Majestad el Rey tiene días buenos. Y días malos.

—Pues sí —repuso ella—. Pero ahora que yo estoy aquí, todos sus días son buenos. Está mejor. ¿No es así?

—Está mejor, sí —convino él. Aunque su expresión decía otra cosa bien distinta.

Brimsley lo conocía demasiado bien y reconoció la preocupación de su mirada.

—¿Pero? —insistió la reina.

—Tal vez sería aconsejable cierta cautela y...

—Reynolds —lo interrumpió ella—, déjalo tranquilo. Solo necesitaba a su esposa y una rutina para librarse de ese horrible médico. Ahora está bien.

Reynolds no parecía muy convencido, pero hizo una reverencia y replicó:

—Por supuesto, majestad.

—¿Lo acompañarás a trabajar la tierra? —quiso saber.

—Sí, majestad. Plantar mijo es lo que más me gusta del mundo.

Brimsley estuvo a punto de ahogarse mientras contenía la risa.

La reina miró al ayuda de cámara del rey con expresión astuta.

—Eres un buen hombre, Reynolds.

—Gracias, majestad.

—Que te diviertas con el mijo.

—Sí, Reynolds —terció Brimsley—. Que te diviertas con el mijo.

Reynolds lo miró con el ceño tan fruncido mientras salía que hasta la reina se rio.

Él se sentó de nuevo en su silla junto a la puerta y sonrió. Así era como debería ser siempre la vida.

Palacio de Kew
Dormitorio de Reynolds
Esa noche

Era tarde y los reyes se habían retirado, lo que significaba que, en teoría, su jornada laboral y la de Reynolds había llegado a su fin.

Dado que Reynolds tenía bañera, allí fue donde decidieron pasar la noche.

Era el final perfecto para un día precioso.

—¿Crees que durará? —preguntó.

—¿A qué te refieres? —replicó Reynolds.

—Al rey. ¿Seguirá tal como está ahora?

—Ojalá —contestó de forma misteriosa mientras empezaba a enjabonarle la espalda.

Aquello era el paraíso.

—¿Reynolds?

—¿Mmm?

—Si dura, se tendrán el uno al otro. Estarán juntos. Serán un verdadero matrimonio. Envejecerán juntos.

Reynolds le echó agua en la espalda para enjuagarle la espuma.

—Los serviremos juntos —añadió en voz baja.

—Toda una vida —susurró Reynolds.

Era el tipo de cosa con la que los hombres como ellos jamás se atrevían a soñar. Al igual que el rey y la reina, ellos también estarían juntos. Tendrían una relación de verdad. Envejecerían juntos en pareja.

Brimsley se volvió para poder verle la cara a Reynolds. Era guapísimo, como un aristócrata. Los demás criados se burlaban diciendo que debía de ser el bastardo de algún duque, y no era de extrañar que pensaran así. A veces, ni él mismo entendía cómo era posible que un hombre así hubiera elegido estar con él.

Sin embargo, después se recordaba que Reynolds también tenía suerte. Aunque él no tuviera la cara de un Adonis, tampoco era feo. Y lo más importante: era listo y fiel. Era buena persona y sabía lo que valía.

—¿Crees que es posible? —preguntó.

Reynolds asintió con la cabeza.

—No lo sé. Quizá. El amor puede obrar milagros.

—Desde luego.

—Y, tal vez, Dios mediante, aquí se obre uno.

AGATHA

Danbury House
Dormitorio de lady Danbury
28 de junio de 1762

Agatha estaba sentada al tocador mientras Coral le preparaba el pelo para acostarse. Podía ser un momento complicado, dependiendo de los planes que tuviera al día siguiente y de cómo quisiera ir peinada.

Ese día en concreto era una labor minuciosa. Agatha había recibido una carta de la princesa Augusta, invitándola a otro de sus tés. Sabía bien lo que buscaba la princesa viuda de Gales: información confidencial sobre el traslado de la reina al palacio de Kew.

Habían empezado a circular rumores sobre la pareja real. Nada sobre los problemas del rey. Eso, al menos, no había salido de los muros del palacio. Pero la aristocracia quería saber por qué los reyes vivían recluidos, por qué nunca salían de Kew. El Parlamento empezaba a inquietarse. El día anterior, Agatha había oído a un hombre decir en una tienda que si el rey no visitaba la cámara pronto, corría el riesgo de perder su apoyo.

La princesa Augusta debía de estar poniéndose nerviosa. Muy nerviosa. De ahí la invitación.

—¿Qué le dirá a la princesa? —le preguntó Coral.

—Nada. ¿Qué puedo decirle?

—Estoy segura de que puede ofrecerle a la princesa algún detallito. Peras. Su Majestad pidió peras cuando estuvo aquí.

Agatha no recordaba la mención de las peras, pero eso importaba poco. Augusta no iba a contentarse con una anécdota sobre una fruta.

—No voy a seguirle la corriente a la princesa —le aseguró—. Le he prometido mi amistad a la reina.

—Si son amigas, tal vez pueda pedirle a Su Majestad que intervenga —sugirió la doncella—. Parece muy amable. Estoy segura de que nombraría lord Danbury a Dominic si se lo pidiera.

—Su Majestad se ha mudado al palacio de Kew —replicó Agatha con firmeza—. No puedo aparecer sin más allí y pedirle un favor. Además, está encinta. Su estado es delicado. No pienso hacer nada que pueda alterarla o preocuparla.

—Bastante tiene con lo que tiene… —repuso Coral con un suspiro.

Agatha se volvió al instante con brusquedad.

—¿A qué te refieres?

Coral ató la cinta de tela con la que le había asegurado un tirabuzón y eligió otra.

—En fin, hay rumores que tener en cuenta.

—¿Rumores? —Se estaba poniendo nerviosa. Los rumores que oía la servidumbre eran distintos de los que oía la alta sociedad. Y solían ser mucho más acertados.

Coral dejó de fingir que estaba arreglándole el pelo y se sentó frente a ella.

—Según he oído, los cimientos del Palacio no son muy firmes. Al parecer, el rey está enfermo, o herido o…, en fin, algo no va bien.

—Coral, eso son habladurías.

—No. Las habladurías no me gustan. —Y añadió con retintín—: De lo contrario, ya le habría dicho que he oído a varias criadas de la cocina comentar que los miembros de la Cámara de los Lores están preocupados por el rey. Se rumorea que el Palacio está perdiendo apoyo.

—Pero tú no participas de esas habladurías.

—Nunca.

Agatha soltó un suspiro cansado. Eso confirmaba lo que había oído en la tienda.

—No puedo pedirle ayuda a la reina si eso es cierto.

—Pues no —convino Coral—. Pero si yo participara de las habladurías, cosa que no hago, diría que he oído que son la princesa Augusta y lord Bute quienes ostentan todo el poder.

Agatha miró su reflejo mientras la doncella se ponía en pie y seguía recogiéndole el pelo. ¿Qué opciones tenía? No podía traicionar a la reina. No lo haría. Pero la única manera de asegurar el futuro del Gran Experimento pasaba por la princesa Augusta.

Y le estaba exigiendo compartir secretos.

Palacio de Saint James
Saloncito de la princesa Augusta
Al día siguiente

Había vuelto.

Había vuelto al elegantísimo saloncito de la princesa Augusta, donde todo tenía el borde dorado y hasta el techo era un ejemplo de buen gusto: una bóveda ovalada con frescos que bien podían rivalizar con los de la Capilla Sixtina.

—Gracias por recibirme, alteza —dijo.

—Gracias a usted por su visita, lady Danbury —replicó la princesa Augusta.

—Me alegro mucho de que haya conocido a lord Danbury. —Agatha hizo una pausa intencionada—. Al nuevo lord Danbury.

—¿Lo he conocido? —La princesa Augusta esperó hasta que una de sus damas de compañía sirvió una taza de té, tras lo cual le hizo un gesto para que se la ofreciera a Agatha—. Sé que he conocido a su hijo. Es muy guapo. Una preciosidad de niño.

Agatha esperó a que la princesa Augusta bebiera un sorbo de té antes de llevarse su taza a los labios.

—Me han dicho que ha tenido el honor de recibir una visita de Su Majestad la Reina.

—Hace un par de meses, sí. —Quería dejar claro que no había visto a la reina desde su traslado al palacio de Kew.

—Sí —repuso Augusta—. Lo sé.

Por supuesto que lo sabía.

—No es habitual que la reina visite a sus damas de compañía en sus casas —señaló la princesa Augusta.

—La reina tuvo la amabilidad de ir en persona a darme el pésame por la muerte de mi querido marido. El difunto lord Danbury.

—Sí. La acompaño en el sentimiento. Perder al marido es... una inconveniencia. —La princesa sonrió, pero el gesto apenas si fue evidente en sus labios—. La reina debe de haberle tomado cariño si salió durante el embarazo.

—Sí —convino ella. Sabía a qué estaba jugando Augusta y se negaba a participar. En esa ocasión no lo haría. Le había jurado a Charlotte que sería una verdadera amiga.

—Sí —repitió la princesa Augusta.

Agatha la miró por encima del borde de la taza.

La princesa hizo lo mismo.

Agatha respiró hondo. Había llegado el momento.

—Dado que es un hecho que mi hijo heredará el título de su padre... —dijo.

—¿Ah, sí? —la interrumpió la princesa Augusta—. ¿Es un hecho?

—¿No lo es?

—Si el Gran Experimento continúa después de esta generación es algo que solo puede decidir Su Majestad el Rey. —Augusta soltó la taza y el platillo e hizo un gesto extraño con las manos—. Es un debate muy complicado.

—Entiendo.

—Por supuesto, estoy segura de que podría ofrecerle una respuesta para su caso concreto —siguió la princesa—, siempre y cuando contara con información que pudiera serme útil.

—No estoy segura de qué tipo de información cree que puedo poseer que no esté ya en manos de alguien tan sagaz como Su Alteza Real.

Y, la verdad, era cierto. ¿Qué sabía ella? ¿Que el rey estaba enfermo? La princesa Augusta ya lo sabía. Pero tal vez no supiera hasta qué punto. Lo que Charlotte le había confiado podía causar mucho daño.

Sin embargo, no quería hablar de eso. Con nadie. Le había jurado fidelidad a la reina y no la traicionaría.

—En fin —dijo la princesa Augusta—, creo que será difícil decidir si los títulos son hereditarios o no. ¿Más té?

—No —respondió ella—. Gracias. Creo que es mejor que me vaya.

—Tiene mucho sobre lo que reflexionar —señaló la princesa Augusta.

—Como de costumbre.

La princesa se rio de su réplica. Y no de forma insultante.

—Es usted una mujer muy inteligente, lady Danbury.

—Es el mejor halago que podría hacerme —repuso Agatha—, dado que usted también lo es.

La princesa Augusta asintió con la cabeza con gesto regio.

—Las mujeres deben moverse por este mundo de manera distinta de como lo hacen los hombres. Creo que usted lo entiende.

—Sí, alteza. —Y ese era el motivo de que sintiera el corazón como una piedra cuando intentaba dormir por las noches.

—Espero que volvamos a vernos pronto —dijo Augusta.

Agatha asintió con la cabeza, hizo una genuflexión y se marchó. Le costó la misma vida no dejarse caer contra una pared y tomar una honda bocanada de aire.

—¡Lady Danbury!

Alzó la mirada. Era el hermano de la reina, el duque Adolphus. Caminaba hacia ella con paso decidido. Era un hombre guapo. Algo que no la sorprendía, dado que la reina, su hermana, era una mujer de gran belleza.

—¡Ah, buenas tardes! —Lo saludó con una genuflexión—. Estaba tomando el té con la princesa Augusta.

—Qué bien. ¿Son amigas?

—En cierto modo —fue su evasiva respuesta.

—Me alegra mucho verla —dijo él. Hablaba inglés a la perfección, con un acento precioso.

—Lo mismo digo —replicó.

—¿Puedo acompañarla? —le preguntó el duque.

—Por supuesto.

La miró con una sonrisa cordial.

—Dado que queda poco para el alumbramiento, creo que voy a quedarme en Inglaterra más de lo que esperaba.

—Me alegro por usted. Quiero decir, que supongo que le agrada quedarse. Tal vez le esperen obligaciones y debiera regresar.

—Delo por hecho, pero nada que no pueda demorarse. Un hombre no tiene todos los días la oportunidad de asistir al nacimiento de su sobrino. —Se inclinó hacia delante con una sonrisilla en los labios—. Que da la casualidad de que será el futuro rey.

—Puede ser una niña —le recordó ella.

—Cierto. Y si es así, le desearé al rey George toda la suerte del mundo. Mi padre nos dejó cuando Charlotte tenía ocho años. Educarla fue una tarea complicada.

—¿Por qué me da la impresión de que insinúa que fue un desafío?

—Mucho más que un desafío —respondió él entre carcajadas—. Pero su carácter es encomiable. Creo que será una gran reina.

—Creo que tiene razón.

El duque le sonrió de nuevo. Agatha experimentó una agradable sensación en el estómago. ¿Cuándo había coqueteado con ella un hombre tan apuesto? La comprometieron con Herman cuando tenía tres años, y sus padres la mantuvieron alejada de la sociedad hasta la boda. No tenía sentido presentarla en sociedad si su futuro matrimonio ya estaba asegurado.

—¿Cree que la reina añora su hogar en Mecklenburg-Strelitz? —le preguntó al duque.

—Creo que lo añora en parte —contestó él—. Espero que me eche de menos a mí.

Agatha soltó una carcajada.

—Supongo que añora la libertad —añadió el duque—. Pero la pérdida de la libertad ha llegado acompañada de un gran poder. Dado que conozco bien a mi hermana, sé que ese poder le encanta.

Agatha rio de nuevo. Aquello era muy divertido. Qué sorpresa después del espantoso té con la princesa Augusta.

—Pero a veces se siente sola —siguió el hermano de la reina—. Me alegro de que cuente con usted.

—Es un honor ser su amiga.

—Puede ser difícil que los que ostentan el poder tengan amigos de verdad —señaló él—. Estoy seguro de que encontrará más a su debido momento. Pero por ahora la tiene a usted, y eso es bueno.

—Gracias —replicó ella—. ¿O debería decir *danke*?

El duque rio, encantado.

—*Danke schön* —contestó—, en caso de que esté muy agradecida. —La miró con un brillo travieso en los ojos—. Quiere decir «muchas gracias». No quiero aconsejarla que diga algo sin que sepa su significado correcto.

—En fin, pues ahora sí que estoy muy agradecida.

Él sonrió.

Ella sonrió.

Llegaron a la puerta principal del palacio, y el duque la acompañó hasta el carruaje.

—Lady Danbury —dijo—, dado que voy a quedarme en Inglaterra un poco más, me preguntaba si puedo ir a visitarla.

Agatha estuvo a punto de tropezarse con sus propios pies.

—¿A visitarme?

—Sí. Ya ha abandonado el luto, ¿no? ¿O estoy equivocado?

—Lo he abandonado, sí —le confirmó ella—. O casi. En realidad, estoy en semiluto —le explicó al tiempo que señalaba el vestido color lavanda.

—Ah. En ese caso, espero que mi atrevimiento no la haya ofendido.

—No —le aseguró ella.

—Entonces, ¿puedo visitarla?

—Me gustaría mucho.

La tomó de la mano para ayudarla a subir al carruaje. Se sentó mirando hacia el frente, como siempre hacía, pero después de que se pusieran en marcha, miró hacia atrás.

El duque todavía la estaba mirando.

Danbury House
Dormitorio de lady Danbury
Esa noche

Agatha estaba sentada al tocador mientras Coral le preparaba el pelo para acostarse. En esa ocasión, el proceso no era tan complicado como la noche anterior. No planeaba salir de casa al día siguiente.

—Coral —dijo—, creo que he solucionado mi problema.

La doncella se inclinó hacia delante para poder mirarla a la cara.

—¿Se lo ha pedido a la princesa Augusta? ¿Le ha dicho que ella garantizará el título?

—No. Se ha mostrado tan intransigente como siempre.

—¿Entonces...?

—He hablado con el hermano de la reina.

—¿Con el príncipe Adolphus? ¿Qué puede hacer él?

—Me ha preguntado si puede cortejarme. Le he dicho que sí.

—¡Un príncipe! —exclamó la doncella.

—Técnicamente, creo que en realidad es un duque.

—¡Lo mismo da! —replicó Coral.

Agatha se mordió el labio inferior mientras pensaba.

—Creo que me casaré con él.

—Es alemán —le recordó la doncella.

—Es un buen hombre. Desde luego es mejor que lord Danbury en todo caso. Me ha hecho reír. Varias veces.

—En fin, eso es algo que lord Danbury nunca consiguió, desde luego.

Agatha asintió con la cabeza.

—Es un gobernante por derecho propio, no por un experimento. Posee su título por nacimiento.

Coral parpadeó con rapidez, intentando asimilar todo aquello.

—Tendrá que aprender alemán.

—Pues sí. —Agatha sonrió y le dio una palmadita a la doncella en el brazo—. Y tú también.

—¿Yo? —replicó Coral, sorprendida.

—No podría sobrevivir sin ti. Seguro que lo sabes.
—¿Me cree lo bastante inteligente como para aprender alemán?
—Por supuesto que sí. Esta tarde ya he aprendido un poco. *Danke schön.*
—¿Qué significa?
—Muchas gracias.
—Supongo que es útil.
—Casi tanto como «¿Dónde está el orinal?».
Ambas se rieron.
—¿Son amables en Alemania? —preguntó Coral.
—La reina lo es. Y su hermano también.
—Alemania —dijo la doncella—. ¡Qué cosas!
Agatha asintió con la cabeza.
—¡Y que lo digas!

CHARLOTTE

Palacio de Kew
Observatorio
2 de julio de 1762

Habían pasado varios meses desde que Charlotte llegó a Kew. George había ganado peso, y los moratones y los verdugones se habían curado por completo. Charlotte decidió que esa iba a ser su verdadera luna de miel. Estaban relativamente a solas y podían disfrutar de su mutua compañía.

Podían convertirse en amigos, además de amantes.

George no había tenido otro episodio, pero ella había aprendido a percatarse de las señales que indicaban que tenía problemas. A veces le temblaban las manos. O cerraba los ojos de una forma rara, como si estuviera sufriendo espasmos o luchando contra sus propios pensamientos. Otras veces, repetía algunas palabras, normalmente sobre Venus o sobre el tránsito de Venus, o el año 1769, que era la fecha en la que tendría lugar el siguiente, según le había explicado él.

—Suponía que sería antes —le dijo a George una vez, mientras estaban en el observatorio—. Por tu forma de hablar del tema.

Él la miró con una sonrisa. Parecía disfrutar cuando interrumpía su trabajo.

—En realidad, sucedió en junio del año pasado.

—¿Cómo? ¿Y no me lo dijiste?

—No estabas aquí.

—Sí, pero es evidente que se trata de algo muy importante para ti. Lo normal sería que me lo hubieras contado.

Él la miró con una sonrisa torcida.

—Me he pasado gran parte del tiempo ocupado con otros asuntos.

—No sé cómo puedes bromear sobre ese monstruo —repuso Charlotte. De haber sido por ella, habrían ordenado el arresto del doctor Monro por su forma de tratar a George, pero él la convenció de que eso solo crearía más problemas.

Lo vio encogerse de hombros.

—A veces, el sentido del humor es la única forma de aguantar.

—Tendré que hacerte caso. —Se acercó al telescopio y deslizó los dedos por el cilindro alargado. Tuvo mucho cuidado para no tocar las palancas, los botones o cualquier cosa que pudiera caerse. George lo tenía todo colocado con suma precisión—. ¿Cómo fue el tránsito? —le preguntó—. ¿Glorioso?

—Por desgracia, no pudimos verlo al completo desde aquí. Una pena. No habría tenido que irme muy lejos. Solo hasta Noruega.

—¿Por qué no te fuiste?

Él la miró con expresión indulgente.

—Soy el rey. No puedo irme de excursión a Noruega para ver las estrellas así sin más.

—Pues para mí que eso es lo que haría un rey. ¿No tienes permitido disfrutar de ninguno de los placeres de la vida?

George la miró con una sonrisa picarona.

—Te tengo a ti.

Se acercó a él con paso torpe.

—Pues sí. Y cada día más.

George le tocó la barriga.

—¿Cuándo llegará? Nuestro pequeño rey.

—Pronto, me temo. Muy pronto.

Él se inclinó hacia delante y dijo, casi pegado a ella:

—Hola, pequeño rey. Hola.

Charlotte se rio al sentir una patada.

—Creo que acaba de devolverte el saludo. —Le tomó una mano y se la puso en la barriga—. Espera un momento. Ya verás como lo hace de nuevo.

—¿Estás segura?

—No se detiene.

George sonrió.

—Un muchacho sano y fuerte.

Charlotte regresó junto al telescopio.

—¿Puedo mirar?

Él la siguió.

—Por supuesto, aunque no sé qué puedes ver ahora mismo. Teniendo en cuenta que estamos en pleno día y demás.

—Puede que las nubes. Me gustan las nubes.

—A mí me gusta que te gusten las nubes.

Puso los ojos en blanco al oírlo. Era incorregible. Y lo amaba.

Echó un vistazo por el telescopio que, tal como él le había advertido, no le reveló nada de especial interés.

—¿Podrás ver el siguiente tránsito de Venus? —le preguntó ella.

—Si nuestros cálculos son correctos, volveremos a tener una vista parcial.

Apartó la cara del telescopio para mirarlo.

—¿Puedes viajar hasta una localización mejor? Creo que deberías hacerlo.

—Por desgracia, el nuevo punto es incluso menos conveniente que el anterior. Tendría que dirigirme a las Américas. O a los Mares del Sur.

—Por Dios. Deberías haber ido a Noruega.

—Tal vez. Pero tenemos suerte de poder contar con la visión parcial de ambos tránsitos. No muchas zonas geográficas tienen tanta fortuna.

—¿Qué pasará en el siguiente? Que será en... —Charlotte calculó mentalmente—. En 1787, ¿correcto?

—Siento decirte que es incorrecto.

—¿No es cada ocho años?

—Me temo que no. En realidad, tiene un ciclo de doscientos cuarenta y tres años en total.

Charlotte lo miró sin comprender, convencida de que lo había oído mal.

—Y aun así, ¿esta vez se repetirá a los ocho años?

—Sí, el asunto está muy claro. Sucede cada ciento cinco años, después cada ocho, luego cada ciento veintidós años y otra vez cada ocho.

—Clarísimo, desde luego —repitió ella.

—En fin, en realidad es cada ciento cinco años y medio.

—Por supuesto.

—Así es —repuso él, que no captó su sarcasmo—. Y ciento veintiún años y medio.

Fue incapaz de contener la sonrisa al oírlo. Le encantaba verlo tan apasionado, aunque fuera por un tema del que ella comprendía bien poco.

—¿Qué es lo que se ve? —le preguntó.

—¿Durante el tránsito?

—Sí. Has dicho que se puede observar. ¿Qué se ve?

—Es un punto negro delante del sol. —Se acercó a su montón de cartas estelares y empezó a rebuscar entre ellas—. Tengo un diagrama por alguna parte. Dame un momento... ¡Aquí está! —Sacó una enorme hoja de papel y la extendió sobre una mesa.

Charlotte bajó la mirada. Era tal como él lo había descrito. Un puntito negro cruzando por delante de una gran esfera.

—Es más impresionante en la vida real —le aseguró George.

—Me lo imagino. —Se sentó, cansada de repente de estar de pie—. Me gustaría aprender más cosas de astronomía.

—Sí, ya lo has dicho antes.

—Pero creo que preferiría aprender más de diferentes tipos de ciencias. De cosas que no sean tan lejanas.

—¿Como qué?

Lo estuvo pensando.

—Tal vez de medicina. No —decidió—, de locomoción.

—¿De locomoción? —Eso pareció sorprenderlo. Para bien—. ¿A qué te refieres?

—Piensa en lo que se tarda en viajar de un punto a otro. Me gustaría visitar mi hogar algún día. Tengo muy buenos recuerdos de Schloss Mirow y me encantaría enseñártelo. Pero es imposible. Eres el rey. Si no tienes tiempo para visitar Noruega y ver el tránsito de Venus, tampoco lo tienes para viajar a Mecklenburg-Strelitz y ver el hogar de mi infancia.

—A lo mejor el hogar de tu infancia es más importante para mí que el tránsito de Venus.

—Sé que solo estás intentando ser un poeta romántico —lo reprendió—. Pero piénsalo... ¿Y si hubiera un modo de movernos más deprisa de lo que ya lo hacemos?

—Mejores caminos —sugirió él—. Lo cambian todo. Aunque son caros.

—Supongo. No creo tener respuestas. De hecho, estoy segura de que no las tengo. Pero creo que sería un tema interesante para leer y estudiar.

—En ese caso, te buscaremos libros. Tengo a un hombre que se encarga de eso para mí.

—Qué conveniente es ser rey.

Él le dirigió una mirada elocuente.

—La mayor parte del tiempo.

No era precisamente el pie que ella buscaba, pero decidió aceptarlo de todos modos.

—¿Cómo te sientes de un tiempo a esta parte, amor mío?

Él se señaló la cabeza con un dedo, apuntando de forma parecida a un arma.

—¿Te refieres a esto?

—Yo habría usado otro gesto para señalar —repuso ella.

—Mejor. —Después, pareció cambiar de idea y dijo—: Mejorado. —Se acercó a su mesa y estuvo buscando entre los documentos—. No quiero hablar del tema.

—Ojalá creyeras que puedes hacerlo.

George suspiró.

—Es demasiado difícil de explicar.

—Podrías intentarlo.

—No cuando me siento tan bien. ¿Qué sentido tiene recordar? —Extendió los brazos para abarcar la gloriosa estancia que era su observatorio—. Tengo todo esto. Te tengo a ti. Mi mente se está comportando. ¿Por qué pensar en las cosas desagradables que pasan cuando no lo hace?

—¿Para aprender a evitarlo?

—Es imposible de saber —afirmó con dureza—. Créeme. Lo he intentado. Puedo crear un mundo tranquilo, y eso ayuda un poco, pero no es infalible. No hay forma de saberlo, y no hay forma de pararlo. Y por eso soy tan peligroso.

—George —extendió un brazo para tomarle una mano, pero él no se dejó—, no eres peligroso. Eres cariñoso. Y eres amable. Eres un rey fantástico y serás un padre fantástico. Nos quedaremos en este precioso capullo. Tú, yo y pronto el bebé. Seremos felices.

—Nunca he sido tan feliz como lo soy ahora —le dijo él.

Extendió de nuevo la mano y, en esa ocasión, George la aceptó.

—Solos los tres.

—Solos los tres.

Y, durante un brevísimo periodo, fue verdad.

Palacio de Kew
Salón
8 de julio de 1762

—La princesa Augusta ha llegado, majestad.

Charlotte miró a Brimsley sin molestarse en ocultar su desagrado.

—¿Hay alguna probabilidad de convencerla de que no estamos?

—Ninguna —contestó él—. Ya ha demostrado ser de lo más intratable.

—En fin, hazla pasar —dijo Charlotte con un suspiro—. Pero tráela directamente aquí. En ninguna circunstancia puede ver al rey.

La madre del rey no era una visita agradable, y Charlotte estaba decidida a hacer que la vida de George fuera lo menos estresante y problemática posible.

—Majestad —la saludó Augusta con formalidad cuando la hicieron pasar antes de añadir—: Tienes buen aspecto.

Charlotte se puso en pie para recibirla, aunque, según el protocolo más estricto, no tendría que hacerlo. Al fin y al cabo, estaba por encima de Augusta.

Aun así, le parecía un gesto educado hacia una suegra, sobre todo hacia una suegra a la que estaba a punto de decepcionar.

—Gracias —replicó ella al tiempo que se acercaba para besarla en ambas mejillas—. Me temo que más voluminosa cada día que pasa.

—Eso es maravilloso. Algo incómodo para ti, pero maravilloso para la nación.

Charlotte se dio unas palmaditas en la barriga.

—Hacemos lo que debemos.

—Yo hice lo que debí nueve veces —señaló Augusta con increíble tranquilidad—. A lo mejor tú incluso me superas.

Dado que Charlotte había perdido la cuenta de las veces que había vomitado al principio del embarazo, no quería ni imaginarse alcanzar una cifra de dos dígitos.

—Es una carrera que estaré encantada de dejarla ganar —le aseguró con una carcajada.

—Siempre y cuando produzcas, al menos, un niño sano —señaló Augusta—. De momento. De todas maneras, querrás uno extra por si acaso. —Debió de ver su cara de asombro, porque añadió—: No me creas una desalmada en lo referente a mis hijos. Los quiero a todos. Con locura. Pero no podemos olvidarnos de que somos la familia real y de que tenemos obligaciones y responsabilidades distintas de las del resto del mundo. Solo tienes que ver a George.

—¿A qué se refiere? —preguntó Charlotte con cautela. Se sentó de nuevo al tiempo que le indicaba a Augusta que hiciera lo mismo.

—En fin, estábamos convencidos de que iba a morir al poco de nacer. Fue muy prematuro.

—Sí, me lo ha comentado.

—Incluso durante los primeros años, fue una preocupación constante. Siempre es una preocupación constante, aunque el niño nazca regordete y sano. El padre de George y yo descansamos más tranquilos cuando llegó el príncipe Eduardo. Solo nueve meses y medio después —añadió con orgullo.

—¿Nueve meses y medio después? —preguntó Charlotte con inquietud.

—Me tomo mis responsabilidades muy en serio.

—Es admirable —comentó Charlotte.

—Bueno —dijo Augusta, dispuesta a ir al grano—, el motivo de que haya venido: necesito hablar con el rey.

—Ah, me temo que no es posible —repuso Charlotte al tiempo que entrelazaba las manos por delante como una muñeca serena.

Augusta apretó los labios.

—No lo entiendo.

—El rey no recibe visitas ahora mismo.

—No soy una visita. Soy su madre.

—La invito a regresar en un momento futuro.

—Ya estoy aquí.

Charlotte adoptó una expresión contrita.

—George no está disponible ahora.

—¿Sabe siquiera que estoy aquí? —le preguntó su suegra.

Ella se encogió de hombros.

—Está ocupado.

—Es posible que acabe preocupándome por la posibilidad de que estés reteniendo al rey en contra de su voluntad —le advirtió Augusta—. Algo que sería...

—Traición —terminó Charlotte por ella, casi con alegría.

—Sí. Se consideraría traición que no me permitieras verlo.

—Lo siento, pero el rey no desea recibir visitas ahora mismo.

—¿Te atreves a hablar por él? —preguntó Augusta con furia—. No eres el rey.

—No —convino y, tras haber decidido que había llegado el momento de jugar sucio, añadió—: Pero soy la reina.

Augusta jadeó.

—En fin. Ya veo que te has acostumbrado al puesto.

Charlotte bebió un sorbo de té.

—Me eligió usted bien.

—Llevas a un rey en tu seno —repuso Augusta con sequedad—. ¿Al otro? ¿A George? A ese lo llevé yo. Y mientras tu pequeño rey se puede esconder, calentito y a gusto en tu interior, el mío no puede hacerlo. —Se puso en pie y empezó a pasear de un lado para otro antes de volverse para mirarla echando chispas por los ojos—. ¿Cómo es posible que no sepas lo que yo siempre he entendido? Un rey no puede esconderse una vez que está en el mundo. No hay cabida para la enfermedad o las debilidades. Solo hay poder. He hecho todo lo que he podido para reforzar el poder de George. Y tú lo estás deshaciendo.

—Eso no es...

—Ni siquiera se está esforzando —la interrumpió Augusta con brusquedad—. Y tú se lo permites. No puedes permitir que se esconda. Su reinado no sobrevivirá. Es un país. Tiene súbditos. Debe gobernar. Lord Bute lo espera. El Gobierno empieza a impacientarse. Y a sospechar. George debe enfrentarse al Parlamento.

—Alteza... —dijo Charlotte, pero, la verdad, no sabía qué decir. Augusta tenía razón.

—Lo dejo en tus manos —dijo Augusta mientras echaba a andar hacia la puerta—. Es todo tuyo.

Charlotte sabía que no lo decía en serio. Sería tan incapaz de dejar de entrometerse como de dejar de respirar.

Sin embargo, en esa ocasión, Augusta estaba en lo cierto. George era el rey. Y no se podía esconder para siempre, por más que ella quisiera protegerlo y reconfortarlo.

Se puso en pie con un suspiro cansado y se dirigió al lugar donde sabía que lo encontraría.

Palacio de Kew
Observatorio
Diez minutos después

—¡Charlotte! —la saludó George con alegría al verla entrar—. ¿Qué tal el día?

—Tu madre ha estado aquí.

Los dedos de George, que estaban toqueteando uno de sus instrumentos científicos, se quedaron inmóviles.

—No quiero verla.

—Lo sé, la he despachado.

Él sonrió. Era una sonrisa rebosante de amor y de agradecimiento. Ella lo comprendía. Lo protegía. Le daba lo que él necesitaba. Y sabía lo agradecido que él estaba por eso.

De la misma manera que sabía que debía trazar una línea entre lo que necesitaba y lo que quería de una vez por todas.

—Sin embargo, nosotros también tenemos que irnos. De vuelta a Buckingham House.

—No —dijo él—. Charlotte, no.

—Debes dirigirte al Parlamento. El pueblo necesita ver a su rey.

—No estoy preparado.

—Puedes estarlo. Y lo estarás.

—No. —George meneó la cabeza—. Tendré que dar un discurso. Tendré que escribir un discurso.

—Y será brillante. Te apoyaré en todo. Además, tu jardín de Buckingham House sufre un lamentable abandono. Estoy segura de que a estas alturas estará lleno de malas hierbas.

—Sabes que los jardineros nunca lo permitirían —repuso él.

—Muy bien —convino—, pero no estará como tú lo habrías hecho.

Él esbozó una sonrisilla. Y después se mordió el labio.

—Será distinto esta vez —le aseguró ella—. Esta vez estamos juntos. Somos uno solo.

George le tocó la barriga.

—Somos tres.

—Somos tres —convino ella—. Y uno. —Se puso de puntillas para besarlo—. Eres un rey estupendo, George. Y un mejor hombre si cabe. Puedes hacerlo.

Él asintió con la cabeza, pero fue un gesto un tanto trémulo.

—Puedo hacerlo.

Charlotte consiguió salir de la estancia y recorrer todo el pasillo antes de dejar caer los hombros por el alivio. Por Dios, deseaba que George pudiera hacerlo.

Buckingham House
Gabinete del rey
11 de agosto de 1762

—Sé que me estás mirando.

Charlotte se apartó con timidez del lugar que ocupaba en la puerta. Llevaba varios minutos espiando a George.

—Me gusta mirarte.

Él levantó la cabeza y se pasó las manos por el pelo. Tenía los dedos manchados de tinta.

—Haces que me cueste más escribir.

—Estás haciendo un buen trabajo, no me cabe duda.

—Es un discurso ante el Parlamento. No puedo hacer un buen trabajo. Tengo que ser brillante.

Charlotte se acercó a su mesa, que estaba llena de discursos ya descartados. Levantó la hoja que estaba encima de las demás y la ojeó.

—Estas son las palabras de un hombre brillante —le dijo. Señaló el resto—. Y esas también.

—Esas no las has leído.

—No me hace falta. Eres brillante, George. Por lo tanto, tus palabras también lo serán. Confío en ti.

Sin embargo, él no parecía confiar en sí mismo.

Regresó a su lado y le puso las manos en los hombros para masajeárselos.

—A lo mejor necesitas una pequeña distracción —dijo con un dejo travieso.

—¿Una distracción?

—Sí. Y creo que tengo la distracción perfecta para ayudarte. —Se inclinó hacia delante y lo besó en ese delicado punto detrás de la oreja.

Sin embargo, él no pensaba dejarse distraer. Ni deshacerse de su ansiedad.

—No necesito una distracción. Lo que necesito es dar un discurso perfecto ante el Parlamento. ¿O deseas que deje de ser rey?

—George, no...

—A lo mejor debería rendirme sin más y ofrecerles mi cabeza. Ponerle fin a la monarquía. Dejar que me llamen «George, el rey loco» y que se rían. ¿Eso es lo que quieres?

—Ya basta. —No soportaba oírlo hablar así.

—Lo siento —se disculpó él de inmediato—. Necesito que esto sea... —Cerró los ojos con fuerza y movió una mano por delante de su cara, como si estuviera tratando de cortar el aire—. Es importante. Sería mejor que dejáramos las distracciones para otro momento.

Suponía que él tenía razón. El discurso era importante. Importantísimo. Y por más que ella lo intentara, jamás comprendería la presión a la que estaba sometido para hacerlo bien. Pero...

Hizo una mueca de dolor.

Se aferró la barriga.

—¿George?

—Ahora no, Charlotte. Tengo que volver al trabajo.

Otro apretón. Más fuerte en esa ocasión.

—El bebé... —dijo, con toda la calma de la que fue capaz—. Ya viene.

Él se puso en pie de un salto.

—¿Ahora?

—Eso creo. —Lo miró con una sonrisa temblorosa—. Es la primera vez que hago esto.

George corrió hacia la puerta, con la cara demudada por el pánico.

—¿Estás segura?

—Tan segura como puedo estarlo.

Él abrió la puerta de golpe y gritó a pleno pulmón:

—¡REYNOLDS!

Charlotte casi se echó a reír. Porque ¿a quién sino iba a llamar cuando su mujer se ponía de parto?

GEORGE

Buckingham House
Unas horas después

Había llegado la hora. El bebé iba a nacer, y a Dios ponía por testigo que iba a ser el parto más fácil de toda la historia de la humanidad.

Era el rey. Eso tenía que valer para algo.

Habían llevado a Charlotte a su dormitorio, que habían transformado meticulosamente para el alumbramiento. Él solo la había visto de pasada, porque, en fin, lo habían echado a toda prisa.

Sin embargo, se había quedado al lado de la puerta, con la oreja pegada, y de vez en cuando una criada salía en busca de paños, de té o de alguna otra cosa, y la pobre acababa sufriendo un interrogatorio.

Un par de ellas habían huido entre lágrimas.

Así al menos conseguía información cada cierto tiempo.

Charlotte estaba bien.

Aunque le dolía.

Aunque eso era normal.

Aunque le dolía.

—Pero, majestad, eso es normal. Y lo está llevando como una reina.

—¿Qué demonios quiere decir eso? —le preguntó a la criada.

Ella estalló en lágrimas. Ya era la tercera.

Llegado a ese punto, fue cuando decidió que ya era hora de que el médico llegara para atenderla. Era la reina consorte de Gran Bretaña e Irlanda, por el amor de Dios. Todos los genios médicos del país deberían estar a su lado.

Salvo el doctor Monro. Eso no había ni que decirlo.

Se alejó por el pasillo en busca de Reynolds. A esas alturas, él era la única persona en la que confiaba, tal vez con la excepción de Brimsley, pero por algún motivo, a Brimsley le habían permitido quedarse en la sala de partos. Se había pasado las últimas cuatro horas mirando por una ventana, según le habían dicho.

—¡Reynolds! —gritó.

Dos criados salieron corriendo a su encuentro.

—¡Fuera de mi camino! —les ordenó a voz en grito.

Los criados huyeron.

George patinó al doblar una esquina y se detuvo justo antes de chocarse con Reynolds.

—¿Dónde está el médico? —exigió saber—. ¿Por qué no ha llegado todavía? Charlotte no puede estar sin médico. ¡Opio! ¡Necesita opio!

—Lo estaba buscando para decirle que el médico real ha llegado. Hace un momento. Creo que ahora está con Su Majestad la Reina.

George tardó medio segundo en asimilar lo que le decía antes de dar media vuelta y correr en la dirección contraria. Pero cuando llegó al dormitorio de Charlotte, descubrió que en ese momento había seis hombres junto a la puerta. Por Dios, ¿acaso no iban a tener intimidad?

—¡Majestad! —dijeron los hombres a la vez.

George intentó saludarlos a todos.

—Arzobispo. Primer ministro. Lord Bute. Saludos. Gracias por venir. Si me disculpan… —Pasó junto a ellos para entrar en el dormitorio y así hablar con el médico, pero el arzobispo lo agarró de la muñeca.

—Majestad —dijo lord Bute—, no pretenderá entrar durante el alumbramiento. Son labores de mujer.

—Esperaremos aquí fuera —terció el arzobispo con tranquilidad.

—Claro —dijo George, que empezó a darse golpecitos nerviosos en los muslos con las manos—. Sí.

Empezó a andar de un lado para otro. Miró a Reynolds en busca de apoyo. Anduvo un poco más. Se encogió cuando un grito rompió el silencio.

—Charlotte —susurró al tiempo que se abalanzaba hacia la puerta.

En esa ocasión, fue Reynolds quien le puso una mano en el brazo.

—Es normal —le dijo con esa voz ronca y tranquilizadora.

—Y eso... ¿cómo lo sabes?

—Pues... he oído cosas.

—Has oído cosas —repitió George, enfurruñado.

—Tengo hermanas. Las dos tienen hijos.

—¿Estabas presente en sus alumbramientos? —George no sabía muy bien por qué estaba siendo tan grosero con Reynolds. Seguramente solo necesitaba mostrarse grosero con alguien, y no podía serlo con el arzobispo.

—Pues no —contestó Reynolds con esa sempiterna calma suya—. Pero las dos son magníficas a la hora de contar historias y me informaron de hasta el más mínimo detalle.

Otro grito, aunque tal vez no tan desgarrador como el anterior.

—Esto no puede ser normal —dijo George.

Reynolds abrió la boca para hablar, pero justo en ese momento se abrió la puerta y lady Danbury asomó la cabeza.

George la miró con cierta sorpresa. ¿Cuándo había llegado?

—Majestad —dijo ella—, la reina solicita su presencia.

—No puede entrar —protestó el arzobispo.

Lady Danbury miró a George con expresión firme y directa.

—Majestad.

George se volvió hacia el arzobispo.

—¿Le gusta ser el arzobispo de Canterbury? ¿Le gustaría seguir siendo el arzobispo de Canterbury?

El aludido echó la cabeza hacia atrás, sacando papada.

—Majestad...

George pegó su cara a la del hombre.

—¿De verdad cree que puede seguir siendo arzobispo desafiando a la cabeza de la iglesia de Inglaterra? ¡APÁRTESE!

La boca del arzobispo adoptó una mueca que no habría desentonado en una tortuga. Murmuró su consentimiento y le dejó el paso libre a George.

—Por aquí, majestad —dijo lady Danbury, que lo condujo junto a Charlotte.

—Cariño mío —dijo él, tomándola de la mano—, ya estoy aquí.

Ella consiguió esbozar una sonrisa muy trémula.

—No quiero hacer esto.

—Me temo que ya es demasiado tarde. —Le devolvió la sonrisa mientras intentaba darle fuerzas a través del buen humor—. Pero estoy contigo. Aceptaría el dolor si pudiera.

—Tal vez un nuevo experimento científico —dijo Charlotte.

—Me pondré a ello de inmediato —intentó bromear él, y los dos soltaron una carcajada queda, que bastó para sustentarlos hasta la siguiente contracción que la asaltó.

—¡Aaaaaaaaaaah! —gimió ella.

—¿No se le puede dar nada para el dolor? —preguntó George.

—Ya le he dado láudano —contestó el médico—. No me atrevo a darle más. La dosis debe ser precisa.

George miró a lady Danbury.

—Algo que pueda morder. ¿Ayudaría eso? Usted ha pasado por esto, ¿no es así?

—Cuatro veces, majestad —contestó lady Danbury.

—¿Y? ¿Qué le parece?

Lady Danbury miró de reojo al médico antes de responder:

—Está perdiendo sangre.

—¿Es normal?

—Sí —confirmó lady Danbury con voz titubeante—, pero parece demasiada.

—¡Doctor! —mascullÓ George—. ¿Qué pasa? ¿Por qué hay tanta sangre?

—Una mujer debe perder sangre durante el alumbramiento —contestó el médico con condescendencia—. Es parte del recubrimiento de...

—¡Sé de anatomía! —lo interrumpió George con brusquedad—. Lo que quiero saber es por qué la reina está perdiendo tanta.

El médico regresó a su lugar entre las piernas de Charlotte. Le palpó la barriga y después le introdujo los dedos. George hizo una mueca, ya que cada movimiento del médico hacía que Charlotte gimiera de dolor.

—El bebé viene de nalgas —anunció el médico al fin—. Debemos esperar la evolución natural.

—¿Cuánto tiempo? —quiso saber George.

El médico se encogió de hombros.

—No se puede saber. Varía de una paciente a otra.

George miró a lady Danbury. Ella meneó la cabeza.

—Es todo muy natural —le aseguró el médico—. Todo normal.

—Doctor —dijo George—, si dejáramos todas las decisiones a la naturaleza...

Charlotte gritó de nuevo. George regresó corriendo a su lado y le pasó un paño húmedo por el cuello y la frente.

—Charlotte, no —intentó bromear—. Esto no puede ser. Vamos a despertar a los vecinos.

—Y tenemos muchos —masculló ella.

—Esa es mi chica —repuso, dándole un apretón en una mano. Que ella pudiera bromear en semejante situación... Era magnífica. Lo supo desde el primer momento en el que la vio. Pero en ese preciso instante, Charlotte necesitaba su ayuda. Se volvió hacia el médico—. Cuando era pequeño tuve un caballo, mi preferido. Estaba de nalgas dentro de la yegua. Los mozos de cuadra... También lo he visto hacer con ovejas, con vacas... Hay formas de ayudar en esta situación. Para darle la vuelta al bebé. ¿No es así?

El médico parecía espantado.

—Hay métodos, sí. Sin embargo, con una paciente de la realeza...

—¡Prepárelos! —ordenó George—. ¡Ahora!

—Majestad, no es una yegua. Ni una oveja.

—Todos somos animales, doctor, y para mí es evidente que este bebé tiene que salir. Si podemos hacerlo con un ternero o con un cordero, sin duda podemos hacerlo con un humano diminuto.

—¿Cómo puedo ayudar? —preguntó lady Danbury.

—Tendremos que sujetarla entre los dos mientras el doctor trabaja —contestó él.

Ella asintió con la cabeza y se colocó a su lado a toda prisa.

—Creo que tenemos que cambiarte de postura —le dijo George a Charlotte—. Solo hasta el borde del colchón. Rodéame el cuello con los brazos. —A lady Danbury le dijo—: Sujétela con fuerza de los hombros.

—Estoy preparado —anunció el médico.

—Yo no —protestó Charlotte.

—Lo estás, amor mío —le aseguró George—. ¿Recuerdas? Juntos. Podemos hacer cualquier cosa juntos.

—Es usted la mujer más fuerte que conozco —dijo lady Danbury.

—Y podrías haber saltado el muro de no haber llevado esas faldas —añadió George—. Aunque me alegro mucho de que no lo hicieras.

—Necesito que me enseñe a maldecir en alemán —dijo lady Danbury.

—¿Cómo? —preguntó Charlotte.

Lady Danbury miró a George y se encogió de hombros. Juntos estaban consiguiendo distraer a Charlotte mientras el médico movía al bebé.

—Le gusta inventarse palabras —le dijo a lady Danbury—. ¿Lo sabía?

—Pues sí, la verdad. Es algo típico de los alemanes.

—Es algo típico de los alemanes —consiguió decir Charlotte.

—Otra cosa que puede enseñarme —repuso lady Danbury.

—¿Por qué quieres aprender..., ¡ay!, alemán? —preguntó Charlotte, que no dejaba de jadear por el dolor.

—Ah, para expandir mi mente. Además, somos amigas. ¿No sería estupendo tener un idioma secreto?

—No tan secreto —terció George—. La mitad del palacio lo habla.

—Casi he terminado —dijo el médico.

«Gracias a Dios», pensó George.

—¿Lo ha oído? —preguntó lady Danbury—. Casi ha terminado, majestad. Pronto ten...

—Ya está —anunció el médico—. El bebé ya se ha dado la vuelta.

Todos suspiraron aliviados.

—Y ahora ¿qué? —quiso saber George.

—Esperamos a que salga como cualquier otro bebé.

—¿Lo dice en serio? —preguntó George casi a voz en grito.

—Estoy segurísimo de que no falta mucho —repuso el médico.

Y, ciertamente, fue así. Media hora después, George sostenía a su hijo recién nacido entre los brazos.

—Es perfecto, Charlotte. ¿Te gustaría verlo?

Ella asintió con la cabeza.

George le colocó el bebé entre los brazos con cuidado. En cuanto los vio seguros, se volvió hacia lady Danbury, en quien confiaba muchísimo más que en el médico, la verdad.

—¿Le parece que ahora va todo bien?

—Sí —contestó ella—. Ha expulsado la placenta y se ha detenido la hemorragia. —Miró al médico antes de mirarlo a él de nuevo—. Si me permite que hable con franqueza, majestad...

—Por supuesto.

Lady Danbury dijo en voz baja:

—Creo que Su Majestad la Reina y el principito le deben la vida a usted. No soy experta en alumbramientos...

—Salvo por el hecho de haber pasado por cuatro —la interrumpió George.

—Salvo por el hecho de haber pasado por cuatro —convino con una sonrisa—, pero las mujeres hablamos. He oído cosas. Una mujer no puede estar de parto indefinidamente con un bebé de nalgas. Había llegado el momento de hacer algo.

George tragó saliva. No estaba seguro de si sus palabras le daban alas a su confianza o si le infundían terror. Cualquier cosa podría haber salido mal.

—Gracias —dijo finalmente—. Por estar aquí. Ha sido un apoyo increíble para la reina. Y para mí.

Ella puso los ojos como platos por el halago, que aceptó con un elegante gesto de la cabeza. Después, señaló la puerta.

—Creo que hay varias personas a las que les gustaría conocer al príncipe.

George enarcó las cejas.

—Su madre —adujo ella— y el hermano de Su Majestad la Reina.

—Ah, supongo que será mejor que no los haga esperar.

—Mejor, sí —convino lady Danbury con una risilla elocuente.

—Es verdad —repuso George—, ha entablado una relación con mi madre.

—Me ha invitado a tomar el té en varias ocasiones —confirmó lady Danbury.

—No nos libraremos de ella hasta que vea al bebé —siguió él—, y no deseo invitarla a que pase. Charlotte necesita descansar. ¿Se quedará con ella mientras me llevo al príncipe?

—Por supuesto —contestó lady Danbury.

George regresó junto a Charlotte y la besó en la frente.

—¿Te importa que me lo lleve un ratito?

—No —contestó Charlotte—. La verdad es que estoy muy cansada.

—Descansa —le dijo—. Lady Danbury se quedará contigo mientras les presento nuestro hijo a mi madre y a tu hermano.

Charlotte asintió con un gesto somnoliento de la cabeza y cerró los ojos. George acunó con mucha calma al bebé envuelto y se lo llevó al pasillo, donde esperaban Augusta y Adolphus.

—¡Mi nieto! —exclamó Augusta.

—Es magnífico —dijo Adolphus—. ¿Cómo está Su Majestad la Reina?

—Tomándose un merecido descanso —contestó él.

Augusta se acercó.

—¿Está sano? Ay, ojalá pudiera contarle los dedos de las manos y de los pies.

—Puedo asegurarte que tiene diez de cada —repuso George—. Y la comadrona me ha advertido que no debo desarroparlo por ningún motivo.

—Parece un conjunto de pliegues de ingeniería avanzada —bromeó Adolphus.

Augusta miró la cara del principito.

—Qué guapo —dijo en voz baja. Y después, tras mirar de soslayo a Adolphus, le preguntó en voz baja a George—: ¿Hay algún indicio de...?

—¿De qué, madre? —replicó George, casi retándola a decirlo.

Sin embargo, Augusta era muy consciente de la presencia de Adolphus, de modo que se limitó a decir:

—Solo pregunto...

—Será nuestro próximo rey —dijo George. Miró a su madre a los ojos—. ¿Cómo no iba a ser la perfección absoluta?

CHARLOTTE

Buckingham House
Habitación infantil
15 de septiembre de 1762

—Majestad —dijo Brimsley—, el rey la necesita.

Charlotte asintió con la cabeza y salió a toda prisa de la habitación infantil. Ya debería estar con George, pero el pequeño George estaba inquieto y la había necesitado más que de costumbre.

Había llegado el día. El del discurso de George ante el Parlamento. Había trabajado muchísimo. Había redactado un borrador tras otro. Ella los había leído todos y le había dado su opinión, pero todavía llevaba muy poco tiempo en el país. Había sutilezas culturales que se le escapaban.

—¿Cómo está? —le preguntó a Brimsley.

—Nervioso. Reynolds parece preocupado.

Charlotte se mordió el labio. Reynolds era siempre muy estoico. Si parecía preocupado, eso quería decir que George necesitaba ayuda sin lugar a dudas.

—Acompáñame —le dijo a Brimsley.

—Siempre la acompaño.

Eso le arrancó una sonrisilla.

—Cierto.

—Si se me permite hablar con franqueza, majestad...

—Eso también lo haces a menudo.

Él admitió el comentario con un gesto de la cabeza.

—Creo que tal vez solo necesite que alguien lo jalee.

—¿Te refieres a darle ánimos?

—Sí, majestad. De un tiempo a esta parte, está muy bien. ¿No cree? Seguramente solo sean nervios. Cualquiera estaría nervioso en semejante situación.

—Es verdad —convino Charlotte—. Incluso yo lo estaría.

Brimsley contuvo una sonrisa.

—Tú no eres tan estoico como Reynolds, ¿no es así? —susurró ella.

—¿Cómo dice?

Agitó una mano para no contestar. Habían llegado al salón. George estaba paseándose de un lado para otro delante de la ventana, musitando palabras y gesticulando. Reynolds lo observaba con expresión preocupada.

—¡Aquí estoy! —anunció con voz cantarina y risueña.

—Te estaba esperando —repuso George. Estaba magnífico con su uniforme militar, pero le temblaban las manos.

—Estaba con el bebé —adujo ella—. No he llegado tarde. Hay tiempo de sobra.

George asintió con la cabeza, pero fue un gesto tenso.

—Estás guapísimo —siguió ella al tiempo que le quitaba una imaginaria mota de polvo de la casaca—. ¿Tienes tu discurso?

—Lo tengo controlado —confirmó él—. Aunque me estoy repensando la parte central sobre las colonias...

—El Parlamento estará encantado de oír todo lo que tengas que decir —le aseguró ella—. Has trabajado muchísimo. Estás preparado.

Se puso de puntillas para besarlo. Él le apoyó la frente en la suya, y el contacto pareció calmarlo un poco. Charlotte se aseguró de tomarlo de las manos. Se las sujetó el tiempo necesario para que los temblores se apaciguaran.

Él soltó un largo suspiro.

—Gracias.

—Anda, vete —le dijo. Era un «ahora o nunca». Y ambos sabían que «nunca» no era una opción.

George se fue, seguido de cerca por Reynolds. Charlotte contó hasta diez antes de volverse hacia Brimsley.

—Va a estar magnífico —dijo.

—Por supuesto, majestad. Es el rey.

Buckingham House
Saloncito de la reina
Una hora después

—Majestad.

Charlotte alzó la mirada y vio a Reynolds de pie en el vano de la puerta. Menuda sorpresa. No esperaba que volvieran tan pronto.

Y la expresión de su cara… no era buena.

El miedo empezó a atenazarla.

—¿Qué ha pasado? ¿El discurso no ha ido bien?

Reynolds miró de reojo a Brimsley antes de mirarla de nuevo a ella con expresión apenada.

—Su Majestad no ha dado el discurso. No ha bajado del carruaje.

Charlotte se puso en pie.

—¿Qué quieres decir con que no ha bajado del carruaje?

—Su Majestad ha sido incapaz de bajar del carruaje.

—En fin, ¿qué ha pasado? —quiso saber Charlotte—. ¿Qué has hecho? Estaba bien cuando se marchó de aquí.

—¡No estaba bien! —exclamó Reynolds.

Charlotte se quedó paralizada y, a su lado, Brimsley jadeó por el estallido de Reynolds.

—Majestad —dijo el ayuda de cámara del rey—, perdóneme. Por favor. Es que… el rey no estaba bien. No lo estaba. Solo había… esperanza.

—Esperanza —repitió ella.

Reynolds asintió con la cabeza. En sus ojos había una expresión triste, y muy cansada.

—He intentado decir…. —comenzó.

—Lo sé —lo interrumpió Charlotte. Ella no había querido saberlo. Pero ya no le quedaba alternativa—. ¿Qué ha pasado? —le preguntó—. Cuéntamelo todo.

—Empezó bien —explicó Reynolds—. Yo iba en el pulpitillo para poder mirar por la ventanilla trasera. Él estaba repasando su discurso. Practicando, murmurando las palabras. Pero conforme nos fuimos acercando…

Charlotte tomó una entrecortada bocanada de aire.

—Empezaron a temblarle las manos —dijo el ayuda de cámara.

A Charlotte se le cayó el alma a los pies. Sabía lo que eso quería decir.

—Y empezó a... —Reynolds la miró como si fuera la viva estampa de la angustia—. No sé cómo describirlo, majestad, salvo decir que empezó a encogerse.

—¿A encogerse? —preguntó Brimsley cuando quedó claro que ella no era capaz de hacerlo.

—Era como si se estuviera plegando sobre sí mismo. —Reynolds se lo demostró encorvando los hombros, de modo que su barriga quedó cóncava—. Y después, antes de darme cuenta, estaba en el suelo.

Charlotte se llevó una mano a los labios.

—¿En el suelo? ¿Del carruaje?

Reynolds asintió con la cabeza.

—Estaba en el suelo, pero solo lo sabía yo. Porque era el único que podía verlo por la ventanilla trasera. No sabía qué hacer cuando nos detuvimos delante del Parlamento. Me bajé todo lo deprisa que pude. No dejé que nadie más se acercara a la portezuela.

—Gracias —susurró Charlotte.

—Intenté abrirla, pero él la había cerrado por dentro.

Charlotte cerró los ojos.

—Ay, no.

—¿Había muchas personas presentes? —preguntó Brimsley.

—Sí —contestó Reynolds con un dejo apenas perceptible que solo podía interpretarse como histeria—. Sí, había mucha gente presente. Todos los integrantes del Parlamento lo estaban esperando. Hice lo único que se me ocurrió. Me subí de nuevo al pulpitillo y miré hacia el interior del carruaje.

Charlotte y Brimsley lo miraron con cara de «¿Y qué más?».

—Seguía en el suelo, pero era peor que antes. Se había hecho un ovillo, como si intentara hacerse lo más pequeño posible. Como si intentara desaparecer.

Charlotte contuvo un sollozo.

—Le dije a todos que la puerta estaba encajada —siguió Reynolds, que la miró arrepentido—. No creo que nadie me creyera.

—No podrías haber hecho nada más —terció Brimsley, haciendo ademán de extender un brazo, como si quisiera consolarlo, aunque acabó retirándola.

Reynolds tragó saliva varias veces. Por un instante, Charlotte creyó que se iba a echar a llorar.

—Iré a verlo —dijo ella.

—Majestad, no sé si... —comenzó Reynolds.

—Soy su esposa. Iré a verlo.

Antes de que pudiera llegar a la puerta, se encontró a Brimsley al lado, ofreciéndole una copita de licor.

—*Schnapps* de manzana —dijo su asistente.

Bebió un sorbo. Y otro más. Era el sabor de su hogar. No, el sabor de Mecklenburg-Strelitz. Londres se había convertido en su hogar.

—Estoy preparada —afirmó.

Brimsley le quitó la copita de las manos y asintió con la cabeza.

—La acompaño hasta allí.

Buckingham House
Dormitorio del rey
Unos minutos después

La estancia estaba a oscuras cuando Charlotte entró, con las cortinas corridas para no dejar entrar el sol vespertino.

—¿George? —dijo—. ¿George? Soy yo.

—¿Charlotte? —La voz sonaba amortiguada.

Miró a su alrededor, buscándolo. No lo vio.

—Sí, cariño. Soy yo. Reynolds me ha contado lo que ha pasado. Estoy aquí, George. —Se acercó a las ventanas y descorrió las cortinas. La luz inundó el dormitorio, pero seguía sin verlo.

¿Detrás de su biombo? No. ¿En su mesa? ¿Debajo de la mesa? No.

—¿George? George, ¿dónde estás?

Y después lo oyó decir con la vocecilla más triste del mundo:

—Lo siento.

Tardó un momento. Se tiró al suelo y miró debajo la cama. Allí estaba George, tumbado de espaldas, todavía con su espléndido uniforme.

—George, cariño mío —dijo con el corazón en un puño—, ¿puedes salir por mí?

—Quiero —le contestó—, pero no puedo. Es el firmamento. Aquí abajo no puede encontrarme. Me estoy escondiendo.

—Te estás escondiendo —repitió ella con paciencia—. Del firmamento.

—Aquí debajo no puede actuar.

—George, todo está bien.

—No —la contradijo—. Todo está mal, muy mal.

No sabía cómo seguir mintiéndole. Tenía razón. Todo estaba muy mal. Inspiró hondo, se tumbó de espaldas y se deslizó debajo de la cama hasta quedar tumbada a su lado mirando la parte inferior de la cama.

—Cuéntamelo —le dijo.

—No podía bajar del carruaje. Ni siquiera era capaz de leer las palabras del papel. No soy un rey. No soy el rey de nadie.

—Lo harás mejor la próxima vez —lo tranquilizó.

—No. Es imposible mejorar. No hay cura. Así es como soy.

—Te quiero tal como eres —repuso.

Él meneó la cabeza.

—No lo entiendes. Estaré aquí a veces, pero otras veces estaré... —La miró con expresión atormentada—. Puedes dejarme. Lo entendería y te dejaría marchar.

—George, no voy a dejarte —le aseguró.

—Deberías.

—No lo haré.

—Tienes un marido a medias, Charlotte. Una vida a medias. No puedo ofrecerte el futuro que te mereces. No soy un hombre completo. Este no es un matrimonio completo. Solo te ofrezco la mitad. Medio hombre. Medio rey. Media vida.

—Si lo que tenemos es la mitad, la convertiremos en la mejor mitad. Te quiero. Con eso basta. —Extendió el brazo y le tomó una mano antes de entrelazar sus dedos—. Soy tu reina —añadió—. Y mientras lo sea, nunca me separaré de ti. Eres el rey. Serás el rey. Tus hijos regirán el país. —Le dio otro apretón en la mano—. Juntos, estamos completos.

Se quedaron allí tumbados, mirando hacia arriba.

—Esto está lleno de polvo —comentó George al fin.

Charlotte contuvo una carcajada.

—Pues sí.

Él hizo un gesto con la mano libre.

—Esa mota parece un cúmulo.

Ella hizo un gesto con la mano libre.

—Aquella parece un conejo deforme.

—¿Te refieres a un pomerania?

—No, me refiero a un conejo deforme. Los pomeranias son regios y dignos.

George sonrió. Ella no lo vio, porque no le estaba mirando la cara, pero se percató por el cambio en su respiración.

Sin embargo, después él se puso serio. Triste.

—Siento muchísimo no haberte dado la posibilidad de elegir. No haberte contado la verdad de quién era yo antes de casarnos.

—Me contaste la verdad. Me dijiste que eras Solo George. Y eso eres. Medio rey. Medio granjero. Pero siempre Solo George. Es lo único que tienes que ser.

Se quedaron tumbados varios minutos en silencio, oyendo tan solo el aire que brotaba de sus labios, que poco a poco fue suavizándose hasta que acabaron respirando al mismo tiempo.

—No sé cómo arreglar lo sucedido en el Parlamento —confesó George—. Temo que me depongan.

—Si el rey no puede ir al Parlamento, será el Parlamento quien venga a ver al rey. Tal vez sea hora de que abramos las puertas de Buckingham House.

—¿Qué quieres decir?

—Un baile.

—¿Aquí?

—¿Por qué no?

—Habrá mucha gente.

—Había mucha gente en el baile de los Danbury —le recordó—, y estuviste maravilloso.

Él volvió la cara para mirarla.

—Eso fue porque estabas conmigo.

Charlotte volvió la cara para mirarlo y sonrió.

—Precisamente.

AGATHA

Palacio de Saint James
Saloncito de la princesa Augusta
21 de septiembre de 1762

—Me sorprende verla de nuevo tan pronto —le dijo la princesa a Agatha—. ¿Tiene noticias?

—¿Noticias?

—De Buckingham House.

—No —respondió ella—. Ninguna.

Augusta arqueó un poco las cejas como si quisiera decir: «Entonces, ¿a qué ha venido?».

Agatha tomó una honda bocanada de aire.

—Alteza, necesito saberlo. ¿Se ha tomado alguna decisión?

Sin embargo, la princesa decidió hacerse la ignorante.

—¿Una decisión? ¿Sobre qué?

—Sobre el título. ¿Mi hijo será lord Danbury?

Esa era la pregunta. Junto con muchas otras que seguían sin respuesta. ¿Podrían lord y lady Smythe-Smith pasarles el título a sus hijos? ¿Habría un segundo duque de Hastings? El destino de muchos de ellos dependía de esa decisión.

—Como ya le dije en otra ocasión —contestó la princesa Augusta—, esa es una decisión que solo puede tomar Su Majestad el Rey. Cualquiera diría que a estas alturas ya tendría usted noticias. Por su cercanía con la pareja real. Estuvo presente en el alumbramiento. En el nacimiento de mi nieto.

—No puedo… —Agatha tragó saliva, intentando controlarse—. No puedo hablar con los reyes de esos asuntos.

—Qué lástima. Podría ser de mucha ayuda. —Se produjo un breve silencio, tras el cual la princesa se inclinó hacia delante y la miró con expresión penetrante—. Su Majestad la Reina intenta controlar al rey. Estoy segura de ello. ¿Qué sabe del tema?

Agatha se mordió la lengua. No traicionaría otra vez a Charlotte. Sin importar la relevancia de lo que estuviera en juego.

—En ese caso, el baile —siguió la princesa Augusta—. Me han informado de que pretenden celebrar un baile en Buckingham House. ¿Qué sabe de eso?

—No sé nada —respondió ella con sinceridad—. No he recibido ninguna invitación.

—Todavía no las han enviado —repuso la princesa—. Estoy segura de que su nombre se encuentra en la lista de invitados. Al igual que los del resto de la aristocracia…, de los dos lados, ¿creo?

Agatha meneó la cabeza.

—No lo sé, alteza. Hace varias semanas que no veo a Su Majestad la Reina.

La princesa Augusta apretó los labios, irritada.

—Supongo que se ha enterado de lo que sucedió en el Parlamento.

—Solo que Su Majestad el Rey no se encontraba bien —replicó ella con cautela—. Un dolor de garganta, según he oído.

No había oído absolutamente nada, pero intuía que eso era lo que quería oír Augusta. Lo que sabía de la enfermedad del rey la había llevado a pensar que, en realidad, podría haber sucedido algo terrible. Sin embargo, no le preguntaría a Charlotte. No era asunto suyo. Y tampoco le correspondía a ella hablar del tema con la madre del rey.

—Me pregunto qué intentan conseguir con este baile —dijo la princesa.

—Alteza, prefiero no especular. Hasta hace un momento ni siquiera sabía que estaban planeando un baile.

La princesa Augusta la miró con suspicacia. Estaba claro que no sabía si creerle.

—En fin —dijo finalmente—, es una pena que no quiera hablar conmigo. Teníamos un acuerdo estupendo, ¿no es así? ¿No consiguió usted todo lo que quería? ¿No sería una lástima que acabara perdiendo esa propiedad tan maravillosa en la que vive?

Agatha contuvo el aliento. No se le había ocurrido que pudiera perder su hogar. Cierto que no tenía dinero, y que era bastante posible que Dominic no heredara el título, pero no se le había pasado por la cabeza que la Corona reclamara sus propiedades.

Y después...

¡Ay, no!

«Por favor, Señor, no».

Se echó a llorar.

A llorar a moco tendido.

Augusta la miró, espantada.

—¡Shhh! Silencio —le dijo con incomodidad—. Nada de lágrimas. No. Pare.

Sin embargo, Agatha no podía parar. La tensión del año transcurrido. La tensión de toda una vida... Todo había acabado cristalizado en ese momento tan bochornoso, y le resultaba tan imposible detener los sollozos como dejar de respirar.

Lloró por los años que había pasado con Herman, que jamás la había visto como a una persona de verdad.

Lloró por el trabajo que había hecho para apoyar el Gran Experimento, aunque jamás le reconocieran el mérito.

Lloró por el hecho de que todo ese trabajo sería en vano, porque la princesa Augusta, lord Bute y los demás eran demasiado egoístas como para abrir sus mentes y sus corazones a la gente que no tenía el mismo aspecto que ellos.

Lloró por su hijo, y lloró por ella, y lloró porque necesitaba llorar, punto.

—Vamos, vamos —le dijo la princesa, al tiempo que despachaba a los criados con un gesto de la mano. Después, la miró de nuevo—. Deje de llorar.

Sin embargo, Agatha no podía. Llevaba en su interior las lágrimas que no había derramado en años. En décadas.

Augusta sacó una petaca de debajo de un cojín y le echó un chorrito del contenido al té de Agatha.

—Brandi de pera —le dijo—. Me lo traen directamente de Alemania. Beba. Y deje de llorar ahora mismo. Por favor.

Agatha bebió un sorbo.

—Lo siento —logró decir—. Yo...

—No —la interrumpió la princesa con firmeza—. No quiero saber qué carga lleva sobre los hombros ni qué preocupaciones la acechan en su día a día. No me importan.

Agatha la miró con los ojos llenos de lágrimas. Esa mujer era una criatura muy extraña. Actuaba con gesto maternal, pero hablaba con una brusquedad dictatorial.

Bebió otro sorbito de té con brandi. Estaba bueno. Y la ayudaba. La princesa Augusta le rellenó la taza.

—Quiero que me escuche —le dijo—. Cuando mi querido marido murió, me quedé a merced de su padre, el rey George II. Espero que no lo conociera. Era un hombre cruel y despiadado. Mi marido lo despreciaba. Yo lo despreciaba. Trataba muy mal a George. Los moratones... Yo también los tenía. Pero no teníamos alternativa.

Agatha jamás había imaginado que podía sentirse reflejada en esa mujer, pero eso era lo que estaba sintiendo en ese momento.

—Lo soporté —siguió la princesa—. Y a lo largo de los años aprendí que no debía conformarme con seguir la vida sin propósito a la que se rinden las mujeres. De manera que me esforcé por asegurar que mi hijo ascendiera al trono. Descubrí el modo de controlar mi propio destino.

Le tendió la petaca de nuevo y Agatha aceptó otro chorrito.

—No me gusta usted —confesó la princesa abiertamente—. Sin embargo, hasta ahora ha sido una adversaria admirable. Nuestras batallas me han gustado mucho. ¿Esto? —Agitó la mano para señalar su cara, mojada por las lágrimas—. No lo toleraré. No le permito que venga aquí a llorar. No le permito que se rinda. Es una mujer. Cúbrase los moratones y enderece los hombros. No entregue las riendas de su destino, Agatha.

Ella asintió con la cabeza y tomó unas cuantas bocanadas de aire para recomponerse. Tal vez hubiera una manera de salir del atolladero. Tal vez no tuviera que traicionar a Charlotte. Tal vez podía contentar a la princesa con detalles sin importancia. O, al menos, tal vez podía conseguir un poco de tiempo.

—Y, ahora, dígame —siguió Augusta—, ¿cómo va la vida en Buckingham House?

Agatha levantó la barbilla. Encontraría algo que no traicionara su promesa de devoción a la reina.

—Creo que las noticias dependerán del título de mi hijo, alteza.

Augusta sonrió. Su adversaria había vuelto.

Danbury House
Salón
23 de septiembre de 1762

—Estás muy callada hoy —dijo Adolphus.

Agatha lo miró con una sonrisa. El hermano de la reina la visitaba con frecuencia desde el nacimiento del príncipe. Habían forjado una amistad.

—No era mi intención —le aseguró.

En realidad, todavía estaba pensando sobre la conversación con la princesa Augusta. Había creado el cuento de haber oído rumores sobre una posible laringitis del rey, pero no lo veía suficiente como para persuadir a la princesa de que hablara en su favor, y en el de Dominic. Al fin y al cabo, no le había ofrecido información de peso sobre los reyes. Solo rumores y falsos, para más inri.

—Vamos —le dijo a Adolphus—, háblame de tus aventuras de esta semana.

—He hecho progresos con algunos acuerdos comerciales —le dijo con cierto orgullo—. Los británicos son gente testaruda. —Ladeó la cabeza, flirteando—. No me refiero a las damas, por supuesto.

Ella asintió con elegancia.

—Por supuesto.

Adolphus sonrió, pero ella seguía pensando en la princesa Augusta. No le caía bien esa mujer. Y seguramente nunca le caería bien. Pero la respetaba. ¿Cuánto tiempo había pasado desde la muerte del príncipe Federico? Más de diez años. Durante todo ese tiempo, Augusta había luchado por su familia y por sí misma. Estaba rodeada de hombres que le decían constantemente qué hacer o qué pensar, y pese a todo había logrado mantener su independencia.

Aunque no estuviera de acuerdo con sus métodos ni con sus opiniones, no podía menos que admirarla por haberse labrado un hueco en ese mundo regido por los hombres.

—Agatha —dijo Adolphus—, mis negocios en este país han concluido. Mi sobrino ha nacido. Pronto regresaré a casa.

—Nunca he pensado que ibas a quedarte para siempre —le aseguró ella—. Pero espero que nos veamos la próxima vez que vengas de visita.

—No —replicó él—. A ver, me explico… Es que esperaba…

Lo miró con curiosidad. Por regla general, Adolphus se mostraba confiado y seguro. Ese titubeo no era habitual en él en absoluto.

—Agatha —repitió—, ¿considerarías la idea de acompañarme en mi regreso al hogar? ¿Como mi esposa?

—Yo… Yo… —No debería sorprenderse. Adolphus le había dejado bien claro su intención de cortejarla, y ella misma le había dicho a Coral que lo veía (a él y a su inminente proposición matrimonial) como la solución a sus problemas.

Sin embargo, llegado el momento, no tenía claro qué hacer.

—Lo sé —replicó él—. Es demasiado pronto. Prácticamente acabas de abandonar el luto y mi cortejo ha sido muy breve. Pero creo que podemos ser felices juntos.

—No sé qué decir —murmuró ella.

—No es necesario que me des una respuesta ahora mismo —le aseguró él—. No diré palabras floridas y románticas porque sé que no eres una mujer de palabras floridas y románticas, pero creo que hay algo entre nosotros. —Se sentó a su lado y la tomó de la barbilla—. Hay algo —repitió. La besó con ternura al principio, y después con pasión—. No me des una respuesta ahora —dijo—. Piénsatelo. Esperaré tu decisión. —Se puso en pie con gran aplomo y se despidió con una magnífica reverencia.

Agatha se quedó sentada, atónita y en silencio, hasta que Coral entró unos minutos después a la carrera.

—¿Va a decir que sí? —le preguntó la doncella.

—¿Tenías la oreja pegada a la puerta?

—¿Me creerá si le digo que no?

Agatha puso los ojos en blanco.

—Es un hombre muy guapo —comentó Coral.

—Sí.

—Y no tendría usted que preocuparse por su futuro.

—Sí.

—Ni por el problema del título.

—Sí.

—Y es importante que su hermana sea la reina Charlotte. Imagine, quedarnos en el palacio cuando volvamos de visita...

—Sí —repitió.

Coral se sentó a su lado en el sofá, algo que no acostumbraba a hacer.

—He estado practicando alemán. *Ich diene der Konigin.* Eso significa «sirvo a la reina». La reina es usted. Porque sería reina. Y cuando perteneces a la realeza, las preocupaciones desaparecen y...

—Deja de hablar, Coral —le suplicó. ¡Necesitaba pensar!

La doncella torció el gesto, se puso en pie y echó a andar hacia la puerta.

—¿Va a decirle que sí?

—¡Coral, vete! —le ordenó.

Porque no tenía ni idea de lo que iba a hacer.

GEORGE

Buckingham House
Galería de los retratos

—El parecido es asombroso, ¿no crees? —George aferraba la mano de su esposa mientras contemplaba su retrato de bodas—. Un retrato para el que ni siquiera he posado. Soy una inserción.

—Seguimos siendo nosotros —señaló Charlotte—. Tú y yo.

—Sí. Pero no es real. —Y eso era lo que le preocupaba. En su vida había muchas cosas que no eran reales. Charlotte no sabía hasta qué punto. Se había convertido en un experto a la hora de ocultar sus peores momentos de falta de lucidez. Pero el firmamento no cejaba en su empeño. Sentía su presencia hasta cuando estaba lúcido para hablar y comportarse con normalidad.

En ese momento, incluso. Con su amada esposa a su lado, en ese palacio al que llamaba su «hogar», un trocito de su mente iba por sus propios derroteros.

«Venus —le decía—. Venus».

—George —lo llamó Charlotte.

Se obligó a regresar al presente y a mirarla de nuevo. Era magnífica. Una reina de los pies a la cabeza. Llevaba una peluca, la primera vez que la veía con una, que la hacía parecer más alta que él.

—Mírate —le dijo—. Eres una joya excepcional.

Levantó la mano libre para tocarle la cara, pero le temblaba. De forma incontrolable. No recordaba la última vez que le había sucedido con esa intensidad. Trasladó la mirada de la cara de Charlotte a su mano. Le resultaba imposible apartar los ojos de sus dedos. Temblaban y temblaban, y de alguna manera, era la cara de Charlotte lo que empezó a ver borroso tras ellos.

No la tocó. No se atrevía. No con esa mano.

Sin embargo, Charlotte sí se atrevió. Ella siempre se atrevía. Tomó esa mano entre las suyas y la mantuvo inmóvil.

—Tú y yo —le dijo.

Logró responderle con un levísimo asentimiento de cabeza.

—Tú y yo.

—¿Preparado? —le preguntó ella.

—Sí —respondió. Y rezó para que fuese cierto.

Echaron a andar hacia el salón de baile, que ya estaba abarrotado de invitados. Reynolds y Brimsley los siguieron, por si acaso.

Por si acaso.

¡Cómo detestaba eso! Charlotte no debería pasarse la vida al lado de alguien que siempre necesitaba un «por si acaso».

—¿Majestad? —dijo Reynolds cuando llegaron a la puerta.

George asintió con la cabeza.

Reynolds se adelantó y anunció:

—¡Sus Majestades el rey George III y la reina Charlotte!

«Venus. El tránsito de Venus».

Aferró la mano de Charlotte. Con fuerza.

—Estoy aquí —susurró ella—. Soy Charlotte.

Él asintió con la cabeza de forma brusca, pero sus pies se negaron a moverse.

La multitud guardó silencio después del anuncio de Reynolds, pero como la pareja real tardaba en aparecer, los murmullos empezaron a flotar en el aire.

Muchas voces.

Muchas voces.

«Venus. Venus».

Y, después, de repente oyó la voz de lord Bute.

—Si no es capaz de enfrentarse a su propia gente, está acabado.

—No puedo —le dijo George a Charlotte.

—Sí que puedes. Tú y yo —le recordó—. Juntos. Somos uno.

Él asintió de nuevo con la cabeza y, de algún modo (nunca supo cómo lo logró), sus pies empezaron a moverse. Entró en el salón de baile con Charlotte a su lado.

Mucho ruido.

Muchas caras.

—George —la voz de Charlotte—. ¿George?

Se concentró en su cara. En su sonrisa.

—No estés nervioso —le dijo.

—Estoy bien —le aseguró él—. ¿No lo parezco?

—Me estás haciendo daño en la mano.

George miró hacia abajo. Por Dios, le estaba aferrando los dedos con todas sus fuerzas. La soltó al instante.

—Charlotte —dijo—, no pretendía... Esto es un error.

Tenía que irse. Hizo ademán de volverse.

Sin embargo, ella lo tomó de la mano. Con delicadeza.

—George, mírame —le ordenó—. Mírame a mí. Apriétame la mano si lo necesitas. No pasa nada. Un poco menos. Así. Muy bien. Vamos a sonreír y a saludar con la mano. ¿Preparado?

George sonrió. Fue un gesto forzado, pero no estuvo mal del todo.

—Y ahora saludamos —le dijo ella.

Y lo hicieron. Sonrieron y saludaron, y la multitud los vitoreó.

—Eres Solo George —la oyó decir—. Mi George. Vamos a bailar.

Juntos caminaron hasta el centro de la estancia.

—No dejes de mirarme —le dijo Charlotte—. No mires a nadie más. No hay nadie, salvo nosotros.

—Tú y yo —repuso él mientras sonaban los primeros acordes de la música.

—Tú y yo.

Tras esos primeros acordes, la música se apoderó del salón de baile. George no apartó la mirada en ningún momento de la cara de Charlotte. Ni falta que hacía. Se conocía los pasos de baile como si se los hubieran grabado a fuego en los músculos, de la misma manera que caminaba o montaba a caballo. Su cuerpo sabía qué hacer. En cuanto a su mente..., solo necesitaba concentrarse en Charlotte.

Solo Charlotte.

Sus manos se tocaron y, al momento, se separaron. Se acercaron, y luego los pasos los alejaron. Trazaron un círculo. Asintieron con la cabeza. Y mientras la música lo atravesaba, sucedió algo milagroso. Ese trocito de su cerebro, esa parte que obraba en poder del firmamento...

Se sumió en el silencio.

No duraría eternamente, lo sabía. Pero de momento, en esa estancia, con la música y (lo más importante) con esa mujer...

Estaba presente.

Por completo.

Cuando la música acabó, tomó a su reina de la mano y la besó en los dedos. Y después pensó...

«Esto no basta. Esto nunca bastará».

Y allí mismo, delante de la alta sociedad, delante de su madre y de lord Bute, y de todos los demás, la besó. Besó a su mujer. Besó a su reina.

A su Charlotte.

Tal vez estuviera loco. Y tal vez su estado fuese a peor. Pero no dejaría que ese momento se le escapara. Todo el mundo sabría que la amaba, que ella era la reina, que si algo le sucedía a él, debían acudir a ella.

—¿George? —susurró Charlotte, sin aliento después del beso.

—Todo irá bien —le aseguró—. Me siento bien.

La sonrisa de su mujer se ensanchó.

—Solo George.

—Tu George. Pero si me disculpas, debo ejercer algunas responsabilidades reales.

—Por supuesto, majestad.

Y se fue. Tenía aristócratas a los que conquistar, miembros del Parlamento a los que tranquilizar. Había mucho que hacer, y sabía que debía aprovechar ese momento, cuando se sentía tan bien.

Pasó una hora más o menos interpretando su papel de rey. Bailó con varias damas; con su madre, por supuesto, y con lady Danbury, a quien siempre favorecería. Charló con lord Bute y bromeó con su cuñado Adolphus. En resumidas cuentas, se comportó como debería hacerlo un rey.

Estaba orgulloso de sí mismo.

Aunque quería a Charlotte de nuevo. Ya había cumplido con su deber. Había llegado el momento de bailar otra vez con su mujer.

La oyó antes de verla. Estaba a punto de doblar una esquina cuando la oyó hablar con su madre. Se detuvo para escucharlas sin el menor reparo.

—Es un baile precioso —decía su madre.

—Lo es —replicó Charlotte—. Nos encanta ejercer de anfitriones.

Eso casi le arrancó una carcajada. Era una mentira tremenda. Por su parte, detestaba ejercer de anfitrión, pero lo haría. Si lo ayudaba a disfrutar de más momentos como ese, lo haría.

—Deberíamos hacerlo más a menudo —dijo su mujer.

—Bien —repuso su madre.

—Sí.

El momento empezaba a ser incómodo. «Tal vez debería intervenir», pensó.

Sin embargo, su madre habló justo entonces.

—Lo único que he querido siempre es que sea feliz.

—Lo es —le aseguró Charlotte.

—Tú lo haces feliz.

George contuvo una sonrisa. Su madre no era una mujer fácil y poseía orgullo a montones. Había dedicado su vida a su reinado y, en ese momento, le estaba cediendo su lugar a Charlotte.

Asomó la cabeza por la esquina.

—Gracias —añadió su madre, que hizo una genuflexión. La mayor que la había visto hacer en toda su vida. Acto seguido, miró a Charlotte a los ojos y dijo—: Majestad. —Después se enderezó, recuperó su habitual porte erguido y el momento pasó—. Debo hablar con lord Bute —anunció y se alejó, dejando a su mujer un tanto desconcertada.

George se acercó a ella y la rodeó con los brazos.

—¿Has visto eso? —le preguntó Charlotte.

—Sí.

—No estoy segura de que…

—No lo pienses siquiera —le aconsejó—. ¿Bailamos?

—Sí, pero… —Echó un vistazo a su alrededor.

—¿Qué pasa, amor mío?

—Vamos a bailar solos por una vez. Donde nadie pueda vernos.

—¿Eso significa que podré besarte?

—Ni se te ocurra despeinarme —le advirtió ella.

—No me atrevería.

—¿En el jardín?

Él asintió con la cabeza, la tomó de la mano y echó a andar. Ambos estallaron en carcajadas, como dos colegiales traviesos.

—Shhh… —le advirtió Charlotte—. Nos van a oír.

—¿Quién va a oírnos? —susurró él.

—No lo sé. Pero deberíamos… —Dejó la frase en el aire de repente.

—¿Qué…? —empezó a preguntarle, pero ella le asestó un codazo y después hizo un gesto con la cabeza, señalando un punto en la distancia, por delante de ellos.

George miró hacia el lugar. Era otra pareja. Bailando.

Reynolds y Brimsley.

George se llevó un dedo a los labios y tiró de Charlotte para esconderse detrás de un seto.

—¿Lo sabías? —le preguntó ella en voz baja.

—Sabía que Reynolds prefería a los hombres, pero no sabía nada de Brimsley.

Charlotte se asomó.

—Parecen muy felices.

George tiró de ella para poder ocupar su lugar y mirar. Estaban bailando como una pareja enamorada. Reynolds llevaba el control, seguramente porque era el más alto. Se reían y susurraban, y de repente se le ocurrió que se parecían mucho a Charlotte y a él.

Estaban enamorados.

Felices.

—Vámonos —le dijo en voz baja a Charlotte—. Necesitan este momento más que nosotros.

Ella asintió con la cabeza y ambos regresaron casi de puntillas al interior. El rey y la reina, entrando a hurtadillas como un par de ladrones.

—¡Fíjate! —exclamó Charlotte una vez lejos de la pareja.

—¡Vaya!

—Me ha... sorprendido.

—Para bien.

Ella asintió despacio con la cabeza.

—Sí, para bien.

George carraspeó y miró hacia el salón de baile.

—Creo que debería hacer un brindis.

—Espera —le dijo ella—. Quiero decirte una cosa.

La miró con gesto indulgente. De repente parecía tímida, y esa no era una emoción que se pudiera asociar con Charlotte.

—Tú y yo, George —empezó—, hemos cambiado el mundo con nuestro amor. Pero la Corona puede ser frágil y el destino de muchas personas depende de que nuestro linaje sea fuerte.

Mientras asimilaba el comentario, lo tomó de la mano y se la colocó sobre la seda de color claro que le cubría el abdomen.

—Nuestro linaje —murmuró él, mirándola con creciente asombro—. Tú y yo.

—Y ellos —añadió Charlotte—. El pequeño George y quienquiera que sea el próximo.

La besó y después le besó los dedos y se los colocó sobre el abdomen.

—Pero de momento esto queda entre nosotros, ¿verdad?

—Desde luego.

—Me encantaría retirarme ya a dormir —comentó con pesar—, pero me temo que debemos ser de nuevo el rey y la reina.

Y con esas palabras regresaron de nuevo al salón de baile. Le sirvieron vino, y George se colocó en el centro de la estancia, entre la multitud. El embarazo de Charlotte sería un secreto durante varios meses, pero tenían a su primogénito para celebrarlo.

Levantó la copa y esperó a que se hiciera el silencio antes de decir:

—Os agradecemos que hayáis venido esta noche para celebrar la llegada del nuevo príncipe.

Se oyeron vítores. Un bebé era algo mágico. Un bebé real lo era todavía más.

—No creo que resulte sorprendente, dado que soy yo el tercero, ¡pero hemos elegido el nombre de George IV! —Levantó de nuevo la copa—. ¡Por vuestro futuro rey!

La multitud se unió al brindis.

—¡Por nuestro futuro rey!

Por el futuro.

Sin importar lo que les deparase.

AGATHA

Buckingham House
Jardines
Poco después del brindis

A Agatha le encantaban las fiestas, mucho más desde la muerte de Herman, porque no se veía obligada a controlar el comportamiento de su marido. Ni el suyo propio, que él siempre encontraba defectuoso o transgresor.

Sin embargo, esa fiesta le parecía agotadora. Rebosaba secretos y tensiones ocultas. Había visto la mirada de terror en los ojos del rey cuando por fin entró con la reina en el salón de baile. Había visto a Charlotte tomarlo de la mano y susurrarle de manera que nadie más pudiera oírla.

Sin embargo, se le había concedido un acceso insondable a sus secretos y tenía una buena idea de lo que podía haberle dicho.

Se compadecía de su amiga.

No sabía lo que el futuro les depararía (nadie lo sabía), pero sospechaba que a Charlotte le quedaban muchos años por delante de sostenerle la mano al rey, de mantenerlo seguro y cuerdo. De protegerlo de las habladurías y las intrigas.

En algún momento, el rey tropezaría, y ella sería el poder real detrás de la Corona. Esa era una carga pesada.

La fiesta estaba en pleno apogeo, pero decidió que necesitaba un respiro, de manera que salió a los jardines. No fue demasiado lejos (una dama debía pensar en su reputación, incluso las viudas respetables como ella), pero el ambiente era fresco y fragante, y la ayudó a encontrar la paz.

Sin embargo, al cabo de unos minutos descubrió que tenía compañía. Adolphus. Le dio la impresión de que había estado buscándola.

—Te disgustan las multitudes tanto como a mí —dijo una vez que la alcanzó—. Otro detalle que nos convierte en la pareja perfecta.

—Cierto. Necesitaba respirar aire fresco. El salón está a rebosar.

—Mi hermana es un éxito absoluto —comentó él—. Me alegro por ella.

Agatha lo miró con una sonrisilla. Charlotte no compartía sus problemas con su hermano, estaba segura. Adolphus no sabía nada de la enfermedad del rey, de la fuerza y del tesón que Charlotte iba a necesitar para seguir adelante en los años venideros.

Él solo veía a una reina deslumbrante.

Y Charlotte lo era. Pero también era mucho más.

Adolphus se acercó a ella.

—A mí también me gustaría ser feliz.

Agatha decidió no hacerse la tonta.

—¿Cómo sería nuestra vida? —le preguntó—. Si nos casamos y me voy contigo a tu hogar.

Él esbozó una enorme sonrisa, y el orgullo le hinchó el pecho.

—Seguramente esté cometiendo traición al decir esto aquí, pero mi provincia es el mejor lugar del mundo. De una belleza exquisita, con campos verdes y lagos cristalinos. La mejor gente, la mejor comida...

—Parece bonito.

—Lo es, por supuesto, pero como mi consorte también tendrías que seguir algunas reglas. Allí somos más igualitarios.

Eso sonaba muy bien.

—La mayoría de las mujeres casadas de la corte son mayores que tú, pero te gustarán —le aseguró él—. Una vez que aprendas el idioma.

—Por supuesto —murmuró Agatha. Sabía que eso sería un requisito indispensable.

—Y es una ventaja que seas joven. Eso significa que podrás tener más hijos.

—Más hijos —repitió. ¡Por Dios! Ya tenía cuatro. No quería más. Los embarazos no le habían resultado agradables, y los alumbramientos mucho menos.

Claro que nadie disfrutaba de esas cosas, pero además sabía de primera mano el peligro que entrañaba. Charlotte había estado a punto de morir durante el nacimiento del príncipe de Gales. Había sido aterrador.

Y algo que sucedía con frecuencia.

—Agatha —dijo él—, criaré a los hijos de lord Danbury como si fueran míos. Cuidaré de ellos igual que lo haces tú. Pero debes saber que necesito un heredero que lleve mi sangre. Tal vez dos o tres.

—Dos o tres. —Tragó saliva. Dos o tres niños más. No quería dos o tres hijos más.

—Puedes viajar conmigo —siguió él con alegría—. Incluso podemos regresar a Inglaterra cada pocos años si sientes añoranza por tu hogar. Pero te garantizo que no te durará mucho. Habrá festividades, bailes, obras de caridad y…

—No —soltó de repente. No sabía que iba a rechazarlo. Le salió de repente, sin planearlo. Fue algo impulsivo, pero sincero.

—Agatha —dijo él, sorprendido.

—No puedo casarme contigo. —Y según pronunciaba las palabras, reconocía la verdad que entrañaban—. Lo siento.

La expresión de Adolphus dejó clara la confusión que sentía.

—Te he puesto nerviosa al hablarte de tantos cambios.

—No. No puedo casarme contigo. Pero solo porque… —Y en ese momento fue cuando lo entendió—. No puedo casarme con nadie.

Adolphus retrocedió un paso, mirándola sin entender.

—Eres un hombre maravilloso —le dijo ella—. Y durante tu cortejo has despertado algo en mi interior que me ha devuelto la esperanza. Me habrías salvado de mil problemas. Me habrías rescatado. Me habrías escuchado y me habrías cuidado.

—Pues permíteme hacerlo —le suplicó.

Agatha negó con la cabeza.

—Eso no cambia la verdad. No puedo casarme contigo. No puedo casarme con nadie. No quiero volver a casarme. Adolphus, me he pasado la vida respirando el aire que exhalaba otra persona. No conozco otra cosa. Ha llegado la hora de que respire solo el mío.

—Agatha —repuso Adolphus—, no hagas esto. Estás... estás cometiendo un terrible error.

—Es posible que lo esté haciendo, sí. Pero será un error mío. Espero que me perdones. —Le sonrió con dulzura y lo besó en una mejilla—. Adiós, Adolphus.

Dio un paso. Y luego otro. Caminaba sola. Por su cuenta.

Era una persona por derecho propio.

Por fin.

Buckingham House
Entrada trasera
Una hora después

Era hora de irse. Había sido una noche maravillosa, aunque trascendental, y estaba agotada. Echó a andar hacia su carruaje, pero antes de poder subir, oyó la inconfundible voz de la reina.

—¡Lady Agatha!

Jamás la había oído usar ese tono de voz con anterioridad. No con ella. Ni con nadie. Caminaba hacia ella con paso firme y decidido, y una actitud que, la verdad, resultaba inquietante.

—Majestad... —se apresuró a decir mientras hacía una genuflexión—, gracias por...

—¿Le ha dicho que no a mi hermano? —le preguntó Charlotte con voz imperiosa, negándose a tutearla—. Le ofrece esperanza para que se haga ilusiones de casarse, de ser feliz, ¿y acaba rompiéndole el corazón? ¿En mi baile? ¿¡En mi casa!?

Pues claro que Charlotte estaba al tanto del cortejo de su hermano. No recordaba haber hablado del tema con ella específicamente, pero Adolphus debía de haberlo hecho. Y también debía de haberle dicho que lo había rechazado. Se le cayó el alma a los pies y le flaquearon las rodillas.

—Majestad... —repitió, manteniendo el tratamiento formal.

—Admito que no es un hombre muy gracioso —siguió Charlotte— y que, sí, su paternalismo no tiene límites. Sin embargo, su carácter es intachable, tiene un gran corazón y ninguna mujer en sus circunstancias encontraría mejor opción, ¿¡no es cierto!?

—Desde luego —convino Agatha al instante—. Majestad, por favor, le pido que acepte mis disculpas. Dígame… qué puedo…

—Adolphus sobrevivirá —la interrumpió Charlotte con brusquedad—. Pero estoy preocupada porque no sé qué hacer con usted.

—¿Conmigo?

—No me cuenta sus preocupaciones. Sus temores con respecto a la herencia. Al título. Al destino de su familia. De todas las familias que acaban de convertirse en miembros de la alta sociedad.

—¿Cómo se ha enterado? —le preguntó ella, con un hilo de voz.

Charlotte arqueó las cejas.

—¿Acaso importa?

—No, desde luego.

—Soy la reina. Mi trabajo consiste en estar al tanto de estos asuntos. Es mi obligación. Y mis amigas más íntimas deberían acudir a mí para tratar esos temas abiertamente y con sinceridad.

Agatha inclinó la cabeza.

—Lo siento, majestad. No quería cargarla con mis problemas porque bastante tiene con los suyos. Que ya son…

No llegó a completar la frase, de manera que la reina la animó a que lo hiciera:

—¿Cómo son?

—Una corona ya es pesada de por sí —dijo Agatha con voz queda—. Pero llevar dos…

La reina se demoró en su réplica y la miró en silencio con una intensidad que la llevó a preguntarse si habría cometido un error. No debería haber aludido a los problemas del rey, a las increíbles responsabilidades a las que se enfrentaba Charlotte. Debería haberse mostrado más circunspecta.

Sin embargo, la reina habló al fin. Y lo hizo con la autoridad de una persona nacida para ese preciso momento.

—Somos una corona —le aseguró—. El peso de la corona del rey es mío, y el de la mía, es suyo. Una sola corona. Regimos para el bien de nuestros súbditos. Para la nueva aristocracia y para la vieja. Ya sean amigos o enemigos. Con título o sin él. Me dijo usted que los muros de mi palacio eran demasiado altos. Pues ahora le contesto que así deben ser. Hasta el cielo si es necesario. Para protegerla a usted, para proteger a todos nuestros súbditos.

Agatha solo acertó a mirarla, con la sensación de estar presenciando el nacimiento de algo espectacular. De algo milagroso.

—Le sugiero que sustituya el miedo por la confianza. Que acuda a nosotros con sus temores —siguió Charlotte, cuya expresión se suavizó un poco—. Directamente. De otro modo, dará la impresión de que no somos capaces de ahuyentarlos. ¿O acaso no nos cree capaces, lady Danbury?

Agatha no podía ni hablar. Esa muchacha (¡esa mujer!) era una maravilla. Cambiaría el curso de la historia. Ya lo había hecho.

—Puede marcharse —la despachó la reina—. La mandaré llamar pronto.

—Majestad... —logró decir ella como buenamente pudo. Hizo una genuflexión. Casi rozó el suelo.

Charlotte se dio media vuelta, pero después de unos cuantos pasos, se volvió y dijo:

—Salude de mi parte al joven lord Danbury. Se llama Dominic, ¿verdad?

La esperanza y, sí, la alegría inundaron el corazón de Agatha.

—Sí, majestad. Dominic.

—Es un niño muy guapo. No tanto como lo será mi George, claro.

Agatha contuvo una sonrisa.

—Claro.

Esperó hasta que la reina se fue y después aceptó la mano del lacayo para subirse al carruaje. Una vez que emprendieron el camino de vuelta a su casa, a esa maravillosa mansión cuya titularidad había conseguido que se mantuviera en la familia, se dejó caer contra los mullidos asientos con un suspiro y una sonrisa.

¿El Gran Experimento?

Ya no era un experimento.

Era un hecho.

Y era grande. Grandioso.

CINCUENTA Y SEIS AÑOS DESPUÉS

CHARLOTTE

Palacio de Kew
Aposentos del rey
30 de octubre de 1818

El trayecto desde Buckingham House a Kew no era muy largo, pero para Charlotte, reina consorte del Reino Unido, era como si viajara a otro planeta.

No hacía dicho trayecto tan a menudo como debería. Ver a George era doloroso. Le rompía el corazón. Le rompía el cuerpo. Le rompía el alma. Había pasado muchísimos años siendo testigo de su alejamiento y a esas alturas...

Ya no la reconocía. Durante el año anterior, tal vez había logrado que la reconociera en una ocasión. Y el año anterior, lo consiguió en dos ocasiones. Era desgarrador. Recuperar brevemente ese vínculo, recordar lo que sentía cuando él era Solo George y ella, Solo Charlotte.

La alegría de ese instante no bastaba para paliar el inevitable dolor que llegaba después, cuando la locura volvía a apoderarse de él, con el firmamento, sus estrellas y sus ecuaciones. Además, de un tiempo a esa parte, solo hablaba en galimatías. Antes no le costaba trabajo entender lo que decía, aunque tuviera poco sentido. Pero a esas alturas todo era incomprensible.

Su George era un fantasma, a la espera de la muerte.

Sin embargo, ese día tenía noticias importantes. Y debía decírselas, la oyera o no. George era el amor de su vida, y siempre lo sería. Se lo debía.

Entró en sus aposentos y lo encontró escribiendo en las paredes, como era habitual. Un criado lo vigilaba, sentado en un rincón. Se le había ordenado que dejara al rey escribir lo que quisiera, donde quisiera.

Eso lo hacía feliz. Y eso era lo que ella quería por encima de todo. Que George fuera feliz.

—Puedes retirarte —le dijo al criado, que la miró como si quisiera preguntarle: «¿Está segura?». George tenía en ocasiones arrebatos violentos. Miró al hombre con cara de: «Soy tu reina. Fuera de aquí».

El criado se marchó.

—George —dijo en cuanto la puerta se cerró.

Su marido no se volvió, pero agitó una mano como si quisiera echarla.

—No me molestes en el cielo.

—George, soy yo. Tu Charlotte.

Él siguió sin hacerle caso, murmurando palabras ininteligibles.

—George, traigo noticias. Noticias maravillosas. —Se acercó a él—. ¿George? ¿George?

Era como si no la oyese siquiera. Siguió murmurando y escribiendo en la pared, y ella se preguntó si en realidad el fantasma no era ella, esperando la muerte sin más.

Miró la cama. No era la misma cama de su dormitorio en Buckingham House, pero seguía siendo una cama. Y se le ocurrió...

«Es posible... A lo mejor...».

Se puso de rodillas y carraspeó con fuerza mientras lo hacía.

Él la miró y frunció el ceño.

Charlotte se tumbó de espaldas y se metió debajo de la cama, una hazaña complicada con el vestido que llevaba.

—¿Solo George? —dijo—. ¿Granjero George? —Esperó, conteniendo el aliento. Y al cabo de un momento, él se acercó y se asomó por el borde del colchón—. Ven —le dijo con una sonrisa—. Escóndete del firmamento conmigo.

Lo vio considerar su petición un instante, y después asintió con la cabeza y se reunió con ella.

—¡Charlotte! —exclamó con evidente júbilo—. ¡Vaya, hola!

—Hola, George. —No lloró, porque ¡ella no lloraba! Pero sentía algo raro en los ojos.

—Qué silencio hay aquí —comentó él.

—George —dijo ella—, lo hemos conseguido. Nuestro hijo Eduardo se ha casado y su esposa está encinta.

—¿Eduardo va a ser padre?

—Sí. Tu linaje sobrevivirá.

—Nuestro linaje —la corrigió él.

—Nuestro linaje —repitió Charlotte.

Y después, la besó con gran ternura. Fue como volver al pasado. Como saborear de nuevo el amor que llevaba en el corazón.

—Qué curioso encontrarte aquí debajo —dijo George.

Ella se echó a reír. Pero en ese momento su marido la miró con una expresión que ya rara vez veía en su cara. Una expresión seria, serena, pero rebosante de amor.

—No saltaste el muro —dijo.

Charlotte sonrió.

—No, George. No salté el muro.

SOBRE LAS AUTORAS

JULIA QUINN, la autora superventas que ha llegado al número uno en la lista del *The New York Times*, empezó a escribir al mes de graduarse en la universidad y, salvo por un breve periodo en la Facultad de Medicina, lleva pegada al teclado desde entonces. Sus novelas se han traducido a cuarenta y tres idiomas, y el mundo entero las adora. Tras graduarse en Harvard y en Radcliffe, ahora vive con su familia en la costa noroeste del Pacífico.

SHONDA RHIMES es una galardonada guionista, directora y productora de televisión, además ser la directora general de la productora Shondaland. Ha recibido numerosos premios durante su carrera profesional y forma parte del Salón de la Fama de la Academia de Artes y Ciencias de la Televisión de Estados Unidos. Ha revolucionado el modelo de la industria del entretenimiento y ha cambiado la cara de la televisión.